徐志摩

散文经典

中国现代文学经典名著一本通丛书

编选·注释·导读：李忠阳

21
二十一世纪出版社
21st Century Publishing House
全国百佳出版社

图书在版编目（CIP）数据

徐志摩散文经典 / 徐志摩著 . —— 南昌 : 二十一世纪出版社 , 2011.11（2022.4重印）

（中国现代文学经典名著一本通 . 第 2 辑）

ISBN 978-7-5391-6984-2

Ⅰ . ①徐… Ⅱ . ①徐… Ⅲ . ①散文集 – 中国 – 现代Ⅳ . ① I266

中国版本图书馆 CIP 数据核字 (2011) 第 218917 号

徐志摩散文经典　　　　　　　　　李忠阳 / 编选·注释·导读

丛书主编　张秀枫
责任编辑　吴　镝
出版发行　二十一世纪出版社
　　　　　　（江西省南昌市子安路 75 号　　330009）
　　　　　　www.21cccc.com　cc21@163.net
出 版 人　张秋林
经　　销　新华书店
印　　刷　北京金康利印刷有限公司
版　　次　2012 年 4 月第 1 版　2022 年 4 月第 4 次印刷
开　　本　720mm × 1000mm　1/16
印　　张　22.5
字　　数　290 千
书　　号　ISBN 978-7-5391-6984-2
定　　价　35.00 元

赣版权登字——04—2011—702

如发现印装质量问题，请寄本社图书发行公司调换 0791-86524997

CONTENTS
目录

导　论
——徐志摩散文的诗与思

李忠阳

今夜是谁在扮演你，重复你

在试穿你的衣服，如火中取栗

而心是风中之蕊，迎向寒烟里的晨钟

倘若我们望向精神的空际，寻一片翩翩、自在、轻盈的游云，便看到他；如果我们步入文学的幽林，找一只多情、恳挚、终宵歌吟的杜鹃，便听到他；假使我们探往历史的深谷，觅一只如春光、火焰和热情的黄鹂，便感到他。他耽悦云游，却关切大地的命运；他不乏凄唱，而歌唱本身是热切的；他积极扬厉，但非基于盲目的幻象。他灵魂真纯，不失赤子之心，如林间春水；他思想驳杂，难以一言蔽之，若南山秋色。庄周梦蝶，栩栩然、蘧蘧然，他是；曾皙春游，歌咏自适，他是；华兹华斯隐居湖畔，行吟田园，他是；雪莱伴游西风，那不羁的精灵，他是。阮籍独驾，穷途哭返，而他说："迎上前去！"子桑抚琴，歌哭时命，而他说："我们自身就是我们运命的原因。"罗曼·罗兰说："一种卑琐的物质压在我们的心里，压在我们的头上，叫所有民族与个人失却了自由工作的机会。"而他说："除非我们自愿让物质的势力整个扑灭我们心灵的发展，那才是生活里最大的悲惨。"泰戈尔说："即使全世界都认为物质结果是人生的最终目的，印度也不要接受。"而他说："切近我们中国自身的问题说，就在排斥太平洋那岸过来的主义（工业主义、物质主义、功利主义——编者注），与青年会所代表的道德。"不论生前死后，他被赞颂，被模仿，被误解，被攻击，被低估，而未尝被遗忘。这就是徐志摩。

野马上的唱诗者

作为新月诗派的灵魂，志摩以诗著称，藉诗传世，而其散文亦属佳品，摇曳多态，光华灼灼，丰丽馥郁，颇为可观。诸多文段不啻诗歌，美得出尘，自天上来，仿若玉露琼浆，我们且擎起杯盏：初巡口腹欢愉，再巡灵魂微醺，三巡身心偕忘。梁实秋先生说："我一向爱志摩的散文。我和叶公超一样，以为志摩的散文在他的诗歌以上。志摩的可爱处，在他的散文里表现最清楚最活动。"杨振声先生亦称："至于他那'跑野马'的散文，我老早就认为比他的诗还好。那用字，有多生动活泼！那颜色，真是'浓得化不开'！那联想的富丽，那生趣的充溢！尤其是他那态度与口吻，够多轻清，多顽皮，多伶俐！而那气力也真足，文章里永看不出倦怠，老那样像夏云的层涌，春泉的潺湲！他的文章的确有他独到的风格，在散文里不能不让他占一席之地。比之于诗，正因为散文没有形式的追求于束缚，所以更容易表现他不羁的天才吧？"此论既肯定了志摩的散文，且对其艺术特征的概括恰切而生动。

志摩 1922 年于文坛初试啼声，至 1931 年殒落尘寰，前后不过十载，而创作颇丰，留下四部诗集：《志摩的诗》《翡冷翠的一夜》《猛虎集》《云游》，四部散文集：《落叶》《巴黎的鳞爪》《自剖》《秋》，一部小说集《轮盘》，一部戏剧《卞昆冈》，以及诸多译作、集外诗文。以诗名世的志摩，不论作散文抑或写小说，无不赋之以"浓得化不开"的诗情。盛瓶虽异，而馨香恒在，秾丽无改，千姿一贯，总教人忘不了是为志摩的篇章。他自称："我是一只没笼头的野马，我从来不曾站定过。"彼时及后世的论者便爱以"跑野马"形容其自由无羁的文风。我们不妨视之为野马上的唱诗者。知堂先生的涩味与冲和气象是学不来的，而志摩的诗情与野马风气怕也难以仿拟。前者炼的是心境与造诣，后者仗的是天赋与个性。这恐都归于造化的吧。

如上所述，志摩的散文颇具"野马风"，行文如脱缰野马，腾跃恣纵，奔跳自如，灵动无拘，行止由意，往复随心，写得洒然、翩然、飘然，一任思绪飞动、联想迭生、意象沛发。此正是志摩个性之潇洒、创造之活跃与想象之丰沛的体现。且以《印度洋上的秋思》为例，文章里时而是恒河边情醉的男女，时而是纱帐中甜睡的婴儿，时而是河石上独伤的诗人，时而是柴屋里悲泣的少妇，时而是抽烟的矿工，时而是凝定的潭水，时而又回转于志摩的船上，并藉以引发又一轮遐思，繁缛络绎，绵绵未断，目不暇给。其野马风气，可见一斑。然而这匹"野马"并非无踪可寻、散漫无度、乱纵失序，文章里虽是画面繁复、联想纷呈，但其间却有联络，即一轮清明的秋月。而萦绕秋月者，是志摩的一脉绵绵愁思。

志摩到底是诗人，作文如唱诗，取其两长，异彩各彰，既得了散文形式之自由，也未尝阻遏诗情之涌流；既有散文的平易、晓畅、连贯与完整，亦不乏诗歌的意境、意象、音韵与跳跃。简而言之，志摩的散文是"诗化散文"，颇具形式感，尤为风格化。举其要者，即修辞之繁与音乐之美。志摩的文章，网罗艳华之象，出入虚实之间，读之不能不能感受到他修辞的缛丽。其譬喻丰富，意象层出，联想环生，排比成势，处处珠玑，在在有情。同时，志摩善于协调长短句式，以成节奏的起伏缓急、音韵的悠扬铿锵，求的是音乐之美。试举一段，描写云雀，文出《想飞》：

> 你能不能把一种急震的乐音想象成一阵光明的细雨，从蓝天里冲着这平铺着青绿的地面不住的下？不，那雨点都是跳舞的小脚，安琪儿的。云雀们也吃过了饭，离开了它们卑微的地巢飞往高处做工去。上帝给它们的工作，替上帝做的工作。瞧着，这儿一只，那边又起了两！一起就冲着天顶飞，小翅膀活动的多快活，圆圆的，不踌躇的飞，——它们就认识青天。一起就开口唱，小嗓子活动的多快活，一颗颗小精圆珠子直往外唾，亮亮的唾，脆脆的唾，——它们赞美的是青天。瞧着，这飞得多高，有豆子大，有芝麻大，黑刺刺的一屑，直顶着无底的天顶细细的摇，——这全看不见了，影子都没了！但这光明的细雨还是不住的下着……

前两个句子之精彩，令人拍案叫绝。层层比喻，相互套嵌，连缀成片，繁密无间，由近而远，打通感官，恣纵想象，又恰切得当，不能不服膺志摩的诗才。所谓"妙喻"，须既"奇"且"通"。初读，耳目一新，颇感陌生；再思，情理俱通，甚觉恰切。这两句话有着水晶般艺术品质，读之仿佛看到水晶结生水晶，生发不已，彼此辉映，无限纯粹。后面关于云雀的飞动与啼啭的叙写，多出之以灵动的短句，既活现云雀的情态，且富于音乐性，节奏轻快活泼，宛如云雀之乐音。徐文之诗化，由此可见。志摩的文章富于变化，此处恐难详尽，只得见诸具体篇章的赏析了。

被低估的现代性批判者

志摩的思想、主张和关切，在散文里表达得最为清楚。而每篇内容到底不同，或云游异国，或深自省察，或审视社会，或悼念逝者，所感各异，所思有别，此处取其荦荦大端者，或谓一以贯之者，亦是最富启示者。同时，笔者拟为志摩的思想略作重估，稍作辩护，旨在反思当下。对于读者而言，或可视之为阅读的意义所在。

20 世纪 90 年代以降，大众媒体所书写的志摩形象，大抵是一位风度翩翩的贵族公子哥，是情圣、情痴的代表，故其所演绎的故事无出于才子佳人、风月韵事的范围。比之于上世纪 50—70 年代对志摩的政治大批判和全盘否定，大众文化虽是给他"黄袍加身"，但同样是"不及其余"式的理解，是一种遮蔽、误解与低估。至若今日学界，其对志摩思想的梳理及概括，大体全面，相对客观。但在价值、意义的评估上，其或不置一词，或罔顾其最深刻的洞见。而这殊非意外，是今人对现代性的迷信使之然。志摩彼时不合时宜，今日亦然，一如他的自嘲："我的信仰，我也不怕陶先生（陶孟和——编者注）与读者们笑话，我自认永远在虚无缥缈间。"倘若没有对人性、生命、人生与世界更为广阔的理解，是难以理解一位诗人之意义的，因为他所呼唤的正是这份"广阔"，而非一点罗曼蒂克的幻想。

胡适先生对志摩有一段评语，已成后世不易之论，即"他的人生观里真是有一种'单纯的信仰'，这里面有三个大字：一个是爱，一个是自由，一个是美。他梦想这三个理想条件能够会合在一个人生里，这是他的'单纯信仰'。他一生的历史，只是追求这个单纯信仰的实现的历史。"此言大体不错，而容易引入误解之处，即许多人将志摩的"单纯信仰"狭隘地理解为是他个人的实现，而无视他对社会的关切。除却上述"爱、自由、美"的单纯信仰，志摩也是一个情感的信仰者、生命的信仰者、自然的信仰者。而这些亦可统一于他的单纯信仰。这份信仰，绝非囿于他个人之美好生活的意义，更是他对生活共同体的关切，是对整个现代生活的重新构想。在精美的语言器皿里，志摩投入了对现代生命深情着注的目光，盛放了对社会的忧思与性灵的补剂。人，尤其置身于现代处境者，应当如何生活？这是他所追问、所关怀、所思考并不断作答的根本问题。或许他的思考不成系统，或许他的观察亦有偏颇，或许他的回答无甚创见，但并非不深刻，并非没有启示，并非大流之论。我们该摒除既往对他的固定印象与图式，重新倾听他的声音。

志摩对现代文明的批判是激烈的，其观点今天读来仍不失振聋发聩之效，且愈发见其深刻性。他自然不是守旧派，却也不迷信现代。他曾说："归根的说，现有的工业主义、机械主义、竞争制度，与这些现象所造成的迷信心理与习惯，都是我们理想社会的仇敌，合理的人生的障碍。现在，就中国说，唯一的希望，就在领袖社会的人，早早的觉悟，利用他们表率的地位，排斥外来的引诱，转变自杀的方向，否则前途只是黑暗与陷阱"（《罗素又来说话了》）。他还说："在我们一班信仰（你可以说迷信）精神生命的痴人，在我们还有寸土可守的日子，决不能让实利主义的重量完全压倒人的性灵的表现，更不能容忍某时代迷信（在中世是宗教，现代是科学）的黑影完全淹没了宇宙间不变的价值"（《论自杀》）。在志摩看来，"现代的文明只是骇人的浪费，贪淫与残暴，自私与自大，相猜与相忌，飓风似的倾覆了人道的平衡，产生了巨大的毁灭"（《泰戈尔》）。他认为，科学破除宗教迷信，而自身成为现代迷信；而现代文明本身，也是一种野蛮，如他说："那时候的人（对现代文明沾染较浅的人——编者注），我猜想，也一定比较的不野蛮，近人情，爱自然，所以白天里听得着满天的云雀，夜里听得着夜莺的妙乐"（《济慈的夜莺歌》）。而这正像霍克海默和阿多诺对现代的看法："人类没有进入真正的人性，反而深深地陷入野蛮状态。"他们在《启蒙辩证法》一书中认为，启蒙使人类依靠理性与科学而从神话世界中解放出来，而其自身成为新的神话，带来了新的蒙昧。"一个被彻底启蒙的世界却笼罩在一片因胜利而招致的灾难之中。"可以说，志摩的观点对于彼时和今日狂热追求现代性的中国而言，都显得不合时宜。然而我们只消看一看现代性所带来的危机，如最为直观的生态危机，便会觉得他的话也并非是无的放矢。

对现代性做出批判，或许如今看来不算新鲜，诸多知识分子致力于此业。而志摩的启示性何在呢？难道仅仅是因为他把这些观点表达得娓娓动听吗？笔者以为，志摩的洞见与启示在于：现代文明的病因在人自身，在人心。他说："如其一时期的问题，可以综合成一个，现代的问题，就只是

'怎样做一个人？'"难道生态危机不是缘于人类的贪婪吗？所以他始终呼唤着心灵的真纯，表彰着伟大的人格，如《泰戈尔》《罗曼罗兰》等篇章。他的文字是人性高贵的表达，是赤子之心的跃动，是告诉我们学会面向伟大，将心灵敞向丰饶。我们大概习惯了"欲望叙事"所表达的当代人性，习惯了由资本逻辑所界定的"现实"，也见惯了媒体所追捧的商业成功者。而志摩告诉我们，不必理会美国十大富豪，该去倾听托尔斯泰与甘地的真谛。

志摩对现代性的批判，是一种审美的批判，道德的批判，伦理的批判。"精神的生命"，是他的出发点和归宿地。张汝伦先生在《如果泰戈尔今天来华》一文中指出：

> 最近几十年，对西方种种制度（machinery）的迷信，更是达到了登峰造极的地步，社会科学在中国思想文化界占有压倒的优势就是一个明证。人们不但不反对现代的物质主义，更不反对这种物质主义在思想文化上的表现，这就是社会科学帝国主义。人们总是停留在物质制度层面谈问题，几乎没有人再关心人的精神了，更没有人会从人的精神和灵魂出发来谈问题，十几年前人们对人文精神讨论的反应，也从一个侧面说明了这一点。人们认为当务之急是制度，而不是人心，人心早已不在我们的思想家考虑的范围之内……我们不能不承认今天世界上的种种问题归根结底是人的问题，世界的危机归根结底是人的危机。近代以来，人们陷入的最深的迷信是制度迷信，以为有某种制度可以包治百病，不但能使民富国强，也能使魔鬼变成善人。这种迷信是启蒙对工具理性迷信的一个变种。

面对现代的问题，与泰戈尔的着眼点庶几近之，徐志摩正是从人心、精神和灵魂的角度来谈，从人自身来谈，所以他才说："我们自身就是我们运命的原因"（《落叶》）。学人李慧超指出："我们不仅缺乏对自我的思考，也缺乏这种思考的意识，所以无论是什么时候，我们都会习惯性的找'自我'以外的原因，比如制度。"我们在探索制度的同时，或许也该思志摩所思、问志摩所问：怎样做一个人？这或是问题的肯綮所在，也是最可珍贵的启示。

志摩对现代世界的期望，是一个有情的世界。他希望以"感情"来重构现代人之间的关系。他者对于我而言，并非一个契约主体，且彼此关系并非被现代权利观念和资本逻辑所宰摄。在志摩看来，"真的感情，真的人情，是难能可贵的，那是社会组织的基本成分"（《落叶》）。人在社会中是孤立的个体，而感情则如同线索和经纬，将人与人联系在一起，形成和谐的整体与统一的力量。他认为，社会的危机是感情的危机。现代社会的根本病症不在于政治经济制度，而是真的感情的丧失，是人心的堕落。

大抵或有人讥嘲志摩天真、虚妄，将其想法归于一个诗人的浪漫幻想。首先，这类人貌似精明而成熟，实则视野狭隘而浅近，目光为现代性原则所蔽，缺乏对生命、生活的广阔理解，失去对个人存在和人类历史的新的想象。我们为什么单单迷信制度，而不着眼于感情？我们为什么独独信赖物质，而不尊重精神？我们应该有不同的思考，不同的构想，不同的追求，为了一个不同于今日的美好而良善的未来。"人类对世界、对自己可以有一个更为自由和广阔的理解。只有这种理解，才能把人类从现代性中拯救出来"（张汝伦语）。

此外，笔者不认为志摩的思想是完全脱离传统和本土的，并非某些论者所言："当徐志摩全身心地融入到剑桥式的西方文化体系中去时，他却没有很好地把它与中国传统文化有机地结合起来。"首先，中国是伦理本位的社会。中国人"从中国就家庭关系推广发挥，而以伦理组织社会，消融了个体与团体两端"（梁漱溟：《中国文化要义》）。人与人之间所重者，是情与义。"在中国社会处处见相与之情者，而西洋社会却处处见出人与人相对之势。"（同上）志摩提出"感情"是社会组织的基本成分，期望以修复感情来修复现代社会，正合贵人情、重乡情的传统国情。而他所谓"感情"，是"友爱与同情"，融入了"平等"的现代精神。其次，志摩贵自然，强调在自然中求得性灵自由、身心和谐，这固然可说是受英国湖畔诗人的自然主义的影响，却也未始不见庄周的影子。

人云志摩西化尤甚，是个人主义者，亦言之有据。然而，我们莫忽视志摩身上的古典气质或"反现代"特征。在诸多篇章里，志摩未尝言理性与权利，说的是性灵与感情；所重并非科学，热爱的是自然；瞩目的不是独立个体，关注的是人伦关系。这也是确凿有据的，见诸《落叶》《秋》《罗素又来说话了》《泰戈尔》等文。倘若我们的世界精神颓败、感情贫乏、性灵窒碍、自然毁坏，那么权利、民主、科学等又有何存在的意义呢？

胡适说："他（徐志摩——编者注）的失败是一个单纯的理想主义者的失败。他的追求，使我们惭愧，因为我们的信心太小了，从不敢梦想他的梦想。"或许徐志摩正如堂·吉诃德，屡屡碰壁，总在失败，时被讥讪，更被风车打翻在地。然而这位愁容骑士到底走了多远，经历了怎样的丰富，见到了怎样的世界，实现了怎样的奇迹，是他的乡人们永远不知道的。口言历史、现代、人类等，太过宏大，且从自身说起：对人生自由而广阔的理解，对生命的另一重想象，对心灵图景的拓展，对人性高贵的向往，对美的深切感受，或可成为我们阅读志摩的起点和终点。志摩的文字，是我们心灵的诗意的栖居之所。

就是这样。

印度洋上的秋思

昨夜中秋。黄昏时西天挂下一大帘的云母屏，掩住了落日的光潮，将海天一体化成暗蓝色，寂静得如黑衣尼在圣座前默祷。过了一刻，即听得船梢布篷上窸窸窣窣啜泣起来，低压的云夹着迷蒙的雨色，将海线逼得像湖一般窄，沿边的黑影，也辨认不出是山是云，但涕泪的痕迹，却满布在空中水上。

又是一番秋意！那雨声在急骤之中，有零落萧疏的况味，连着阴沉的气氲，只是在我灵魂的耳畔私语道："秋！"我原来无欢的心境，抵御不住那样温婉的浸润，也就开放了春夏间所积受的秋思，和此时外来的怨艾构合，产出一个弱的婴儿——"愁"。

天色早已沉黑，雨也已休止。但方才啜泣的云，还疏松地幕在天空，只露着些惨白的微光，预告明月已经装束齐整，专等开幕。同时船烟正在莽莽苍苍地吞吐，筑成一座蟒鳞的长桥，直联及西天尽处，和轮船泛出的一流翠波白沫，上下对照，留恋西来的踪迹。

北天云幕豁处，一颗鲜翠的明星，喜孜孜地先来问探消息，像新嫁媳的侍婢，也穿扮得遍体光艳。但新娘依然姗姗未出。

我小的时候，每于中秋夜，呆坐在楼窗外等看"月华"。若然天上有云雾缭绕，我就替"亮晶晶的月亮"担扰。若然见了鱼鳞似的云彩，我的小心就欣欣怡悦，默祷着月儿快些开花，因为我常听人说只要有"瓦楞"云，就有月华；但在月光放彩以前，我母亲早已逼我去上床，所以月华只是我脑筋里一个不曾实现的想象，直到如今。

现在天上砌满了瓦楞云彩，霎时间引起了我早年许多有趣的记忆——但我的纯洁的童心，如今哪里去了？

月光有一种神秘的引力。她能使海波咆哮，她能使悲绪生潮。月下的喟息可以结聚成山，月下的情泪可以培畤百亩的畹兰，千茎的紫琳耿。我疑悲哀是人类先天的遗传，否则，何以我们儿年不知悲感的时期，有时对着一泻的清辉，也往往凄心滴泪呢？

　　但我今夜却不曾流泪。不是无泪可滴，也不是文明教育将我最纯洁的本能锄净，却为是感觉了神圣的悲哀，将我理解的好奇心激动，想学契古特白登[1]来解剖这神秘的"眸冷骨累"。冷的智永远是热的情的死仇。他们不能相容的。

　　但在这样浪漫的月夜，要来练习冷酷的分析，似乎不近人情！所以我的心机一转，重复将锋快的智刃收起，让沉醉的情泪自然流转，听他产生什么音乐，让绻缱的诗魂漫自低回，看他寻出什么梦境。

　　明月正在云岩中间，周围有一圈黄色的彩晕，一阵阵的轻霭，在她面前扯过。海上几百道起伏的银沟，一齐在微吒凄其的音节，此外不受清辉的波域，在暗中坟坟涨落，不知是怨是慕。

　　我一面将自己一部分的情感，看入自然界的现象，一面拿着纸笔，痴望着月彩，想从她明洁的辉光里，看出今夜地面上秋思的痕迹，希冀她们在我心里，凝成高洁情绪的菁华。因为她光明的捷足，今夜遍走天涯，人间的恩怨，哪一件不经过她的慧眼呢？

　　印度的 Ganges[2]（埂奇）河边有一座小村落，村外一个榕绒密绣的湖边，坐着一对情醉的男女，他们中间草地上放着一尊古铜香炉，烧着上品的水息，那温柔婉恋的烟篆，沉馥香浓的热气，便是他们爱感的象征月光从云端里轻俯下来，在那女子脑前的珠串上，水息的烟尾上，印下一个慈吻，微哂，重复登上她的云艇，上前驶去。

　　一家别院的楼上，窗帘不曾放下，几枝肥满的桐叶正在玻璃上摇曳斗趣，月光窥见了窗内一张小蚊床上紫纱帐里，安眠着一个安琪儿似的小孩，她轻轻挨进身去，在他温软的眼睫上，嫩桃似的腮上，抚摩了一会。又将她银色的纤指，理齐了他脐圆的额发，蔼然微哂着，又回她的云海去了。

　　一个失望的诗人，坐在河边一块石头上，满面写着幽郁的神情，他爱人的倩影，在他胸中像河水似的流动，他又不能在失望的渣滓里榨出些微甘液，他张开两手，仰着头，让大慈大悲的月光，那时正在过路，洗沐他泪腺湿肿的眼眶，他似乎感觉到清心的安慰，立即摸出一枝笔，在白衣襟上写道：

　　　　月光，
　　　　你是失望儿的乳娘！

　　面海一座柴屋的窗棂里，望得见屋里的内容：一张小桌上放着半块面包和几条冷肉，晚餐的剩余，窗前几上开着一本家用的"圣经"，炉架上两座点着的烛台，不住地在流泪，旁边坐着一个皱面驼腰的老妇人，两眼半闭不闭地落在伏在她膝上悲泣的一个少妇，她的长裙散在地板上像一只大花蝶。老妇人掉头向窗外望，只见远远海涛起伏，和慈祥的月光在拥抱蜜吻，她叹了声气向着斜照在圣经上的月彩嗫道：

　　"真绝望了！真绝望了！"

　　她独自在她精雅的书室里，把灯火一齐熄了，倚在窗口一架藤椅上，月光从东墙肩上斜泻下去，笼住她的全身，在花砖上幻出一个窈窕的倩影，她两根垂辫的发梢，她微润的媚唇，和庭前几茎高峙的玉兰花，都在静秘的月色中微颤，她加她的呼吸，吐出一股幽香，不但邻近的花草，连月儿闻了，也禁不住迷醉，她腮边天然的妙涡，已有好几日不圆满：她瘦损了。但她在想什么呢？月光，你能否将我的梦魂带去，放在离她三五尺的玉兰花枝上。

　　威尔斯[3]西境一座矿床附近，有三个工人，口衔着笨重的烟斗，在月光中间坐。他们所能想到的话都已讲完，但这异样的月彩，在他们对面的松林，左首的溪水上，平添了不可言语比说的妩媚，惟有他们工余倦极的眼珠不阖，彼此不约而同今晚较往常多抽了两斗的烟，但他们矿火熏黑，煤块擦黑的面容。表示他们心灵的薄弱，在享乐烟斗以外，虽然秋月溪声的载刺，也不能有精美情绪之反感。等月影移西一些，他们默默地扑出了一斗灰，起身进屋，各自登床睡去。月光从屋背飘眼望进去，只见他们都已睡熟；他们即使有梦，也无非矿内矿外的景色！

　　月光渡过了爱尔兰海峡，爬上海尔佛林的高峰，正对着静默的红潭。潭水凝定得像一大块冰，铁青色。四围斜坦的小峰，全都满铺着蟹青和蛋白色的岩片碎石，一株矮树都没有。沿潭间有些丛草，那全体形势，正像一大青碗，现在满盛了清洁的月辉，静极了，草里不闻虫吟，水里不闻鱼跃；只有石缝里潜涧沥沥之声，断续地作响，仿佛一座大教堂里点着一星小火，益发对照出静穆宁寂的境界，月儿在铁色的潭面上，倦倚了半晌，重复跋起她的银舄[4]过山去了。

　　昨天船离了新加坡以后，方向从正东改为东北，所以前几天的船梢正对落日，此后"晚霞的工厂"渐渐移到我们船向的左手来了。

昨夜吃过晚饭上甲板的时候，船右一海银波，在犀利之中涵有幽秘的彩色，凄清的表情，引起了我的凝视。那放银光的圆球正挂在你头上，如其起靠着船头仰望。她今夜并不十分鲜艳：她精圆的芳容上似乎轻笼着一层藕灰色的薄纱；轻漾着一种悲喟的音调；轻染着几痕泪化的雾霭。她并不十分鲜艳，然而她素洁温柔的光线中，犹之少女浅蓝妙眼的斜暝；犹之春阳融解在山巅白云反映的嫩色，含有不可解的迷力，媚态，世间凡具有感觉性的人，只要承沐着她的清辉，就发生也是不可理解的反应，引起隐复的内心境界的紧张，——像琴弦一样，——人生最微妙的情绪，戟震生命所蕴藏高洁名贵创现的冲动。有时在心理状态之前，或于同时，撼动躯体的组织，使感觉血液中突起冰流之冰流，嗅神经难禁之酸辛，内藏汹涌之跳动，泪腺之骤热与润湿。那就是秋月兴起的秋思——愁。

昨晚的月色就是秋思的泉源，岂止、直是悲哀幽骚悱怨沉郁的象征，是季候运转的伟剧中最神秘亦最自然的一幕，诗艺界最凄凉亦最微妙的一个消息。

今夜月明人尽望，不知秋思在谁家。

中国字形具有一种独一的妩媚，有几个字的结构，我看来纯是艺术家的匠心：这也是我们国粹之尤粹者之一。譬如"秋"字，已经是一个极美的字形；"愁"字更是文字史上有数的杰作；有石开湖晕，风扫松针的妙处，这一群点画的配置，简直经过柯罗[5]的画篆，米仡朗其罗[6]的雕圭，Chopin[7]的神感；像——用一个科学的比喻——原子的结构，将旋转宇宙的大力收缩成一个无形无踪的电核；这十三笔造成的象征，似乎是宇宙和人生悲惨的现象和经验，吁唱和涕泪，所凝成最纯粹精密的结晶，满充了催迷的秘力。你若然有高蒂闲[8]（Gautier）异超的知感性，定然可以梦到，愁字变形为秋霞黯绿色的通明宝玉，若用银槌轻击之，当吐银色的幽咽电蛇似腾入云天。

我并不是为寻秋意而看月，更不是为觅新愁而访秋月；蓄意沉浸于悲哀的生活，是丹德[9]所不许的。我盖见月而感秋色，因秋窗而拈新愁：人是一簇脆弱而富于反射性的神经！

我重复回到现实的景色，轻裹在云锦之中的秋月，像一个遍体蒙纱的女郎，她那团圆清朗的外貌像新娘，但同时她幂弦的颜色，那是藕灰，她踟躇的行踵，掩泣的痕迹，又使人疑是送丧的丽姝。所以我曾说：

秋月呀？
我不盼望你团圆。

　　这是秋月的特色，不论她是悬在落日残照边的新镰，与"黄昏晓"竞艳的眉钩，中宵斗没西陲的金碗，星云参差间的银床，以至一轮腴满的中秋，不论盈昃高下，总在原来澄爽明秋之中，遍洒着一种我只能称之为"悲哀的轻霭"，和"传愁的以太"。即使你原来无愁，见此也禁不得沾染那"灰色的音调"，渐渐兴感起来！

秋月呀！
谁禁得起银指尖儿
浪漫地搔爬呵！

　　不信但看那一海的轻涛，可不是禁不住她一指的抚摩，在那里低徊饮泣呢！就是那：

无聊的云烟，
秋月的美满，
熏暖了飘心冷眼，
也清冷地穿上了轻绡的衣裳，
来参与这
美满的婚姻和丧礼。

十月六日志摩。
（原刊于1922年12月29日《晨报副刊》）

注释：

1. 契古特白登，今通译为夏多布里昂（1768—1848），法国作家，著有《阿达拉》、《勒内》、《墓畔回忆录》等。
2. Ganges，今译为恒河。

3. 威尔斯：通译威尔士，英国本岛西南部的一块地方。

4. 舄（xì），鞋子。

5. 柯罗（1796—1875），法国画家。

6. 米仡朗其罗，今通译为米开朗琪罗（1475—1564），意大利文艺复兴时期伟大的绘画家、雕塑家、建筑师和诗人，文艺复兴时期雕塑艺术最高峰的代表。与拉斐尔和达·芬奇并称为"美术三杰"。

7. Chopin，今译为肖邦（1810—1849），波兰作曲家、钢琴家。

8. 高蒂闲（gautier），今译为戈蒂埃（1811—1872），法国诗人、小说家、评论家、记者，提倡"为艺术而艺术"。主要作品有诗集《珐琅与玉雕》，小说《莫班小姐》等。

9. 丹德，今译为但丁（1265—1321），意大利诗人，著有《神曲》。

导读

　　诗人为文，既得了散文形式的自由，也未尝阻遏诗情的涌流；既有散文的平易晓畅、连贯与完整，亦不乏诗歌的朦胧空灵、张力和跳跃。何须深解详析，仅从艺术直观上，读者即可感受到作者辞藻之秾丽馥郁、笔致之悱恻低回、文思之轻盈飞动。是夜，作者站在回国轮船的甲板上，望一轮秋月，看一海银波，怀一颗诗心，携一支妙笔，循一脉秋思，勾绘实景与虚境，连缀记忆与现实，往回一己与万生，成就了这篇如诗的美文。

　　晋代文学家陆机在《文赋》中曾言："遵四时以叹逝，瞻万物而思纷。悲落叶于劲秋，喜柔条于芳春。"落叶本无悲，柔条亦非喜，有悲喜的是观瞻万物之人、体验四时之心。我们内心的悲喜与四时景色相呼应，既是个人"移情"于物，也是一种文化心理积淀所致。古来不乏悲秋的诗篇，已然构为一种代代绵延的文学写作传统。那一脉悲秋之思，绵绵无尽，亘古如斯，为我们所倾诉，也倾诉着我们。我们创造文化，也为文化所化。

　　作者以"心"感"秋"，谓之"秋思"，但这何尝又不是一个"愁"字。正如作者在文中所言："我原来无欢的心境，抵御不住那样温婉的浸润，也就开放了春夏间所积受的秋思，和此时外来的怨艾构合，产出一个弱的婴儿——'愁'。"又如："那就是秋月兴起的秋思——愁。"这份愁正缘作者内心与外物的感应而生成。彼时作者正苦苦追恋着林徽因，此番渡洋归国正是循她的行迹而去，虽罔顾"道阻且长"之辛劳，却难免生发"求之不得，寤寐思服"之恋愁。

　　然而，愁思是心弦的不期然的颤动，鸣籁萦回不绝，难以捕捉，到底是一种隐复的内心境界、微妙的人生情绪、莫可名状的生命感觉、难以言喻的存在体验，而作者之高妙处，即在于以一帧帧图画、一重重意境和一幕幕联想，为我们捕捉并呈现这份复杂的情感，使之有形、有象、有声、有色，丰富立体，绵绵脉脉。

许多文学评论者均指出，徐志摩的散文颇具"野马风"，行文如"跑野马"，自由不羁，灵动无拘，驰骋任意，往复随心，写得洒然、翩然、飘然，而本文即是一例。时而是恒河边情醉的男女，时而是纱帐中甜睡的婴儿，时而是河石上独伤的诗人，时而是柴屋里悲泣的少妇，时而是威尔斯抽烟的矿工，时而是凝定如冰的潭水，时而又回转于作者的船上，并藉以引发又一轮遐思。由此可见其无缰野马之文风。

画面各异，联想纷呈，情景交融，虚实互生，今昔穿插，而其间颇有联络，并非纵乱无序。秋月，便是作者用以联络各方的使者，是百端情绪和联翩浮想不断生成的原点和契机。作者以拟人的手法写月亮："因为她光明的捷足，今夜遍走天涯，人间的恩怨，哪一件不经过她的慧眼呢？"由此，借月亮"遍走天涯"的足迹而展开画面、营造意境和引动情绪，可谓文思巧妙之至。那"遍走天涯"而俯瞰"人间恩怨"的秋月，正是作者的缱绻的诗魂和低回的诗心。望月兴怀，借月抒怀，流动全文始末的便是作者的一怀愁思，决定着全文的韵律、节奏、色彩和氛围。

然而，我们还须看到，这份秋思和愁绪绝非凝止于个人情感，而是上升到人类普遍的文化记忆、生命经验和存在情景。如"今夜月明人尽望，不知秋思在谁家"，又如作者对"愁"字的形象构造的解悟，群体的普遍经验存乎其间："这十三笔造成的象征，似乎是宇宙和人生悲惨的现象和经验，吁喟和涕泪，所凝成最纯粹精密的结晶，满充了催迷的秘力。"

作者以诗歌结束此文，我们也不妨以一首博尔赫斯的诗歌来结尾，以期加深对本文的理解。请读者体会"那片黄金中的如许的孤独"和"古老的悲哀"，这不仅仅是来自个人的，而是往回于个体和普遍之间的，既是映出个人生命感觉的明镜，亦是照亮群体普遍经验的灯盏：

月　亮

——给玛丽亚·儿玉

那片黄金中有如许的孤独。

众多的夜晚，那月亮不是先人亚当
望见的月亮。在漫长的岁月里
守夜的人们已用古老的悲哀
将她填满。看她，她是你的明镜。

（西川 译）

翡冷翠¹山居闲话

　　在这里出门散步去，上山或是下山，在一个晴好的五月的向晚²，正像是去赴一个美的宴会，比如去一果子园，那边每株树上都是满挂着诗情最秀逸的果实，假如你单是站着看还不满意时，只要你一伸手就可以采取，可以恣尝鲜味，足够你性灵的迷醉。阳光正好暖和，决不过暖；风息是温驯的，而且往往因为他是从繁花的山林里吹度过来他带来一股幽远的淡香，连着一息滋润的水气，摩挲着你的颜面，轻绕着你的肩腰，就这单纯的呼吸已是无穷的愉快；空气总是明净的，近谷内不生烟，远山上不起霭，那美秀风景的全部正像画片似的展露在你的眼前，供你闲暇的鉴赏。

　　作客山中的妙处，尤在你永不须踌躇你的服色与体态；你不妨摇曳着一头的蓬草，不妨纵容你满腮的苔藓；你爱穿什么就穿什么；扮一个牧童，扮一个渔翁，装一个农夫，装一走江湖的桀卜闪³，装一个猎户；你再不必提心整理你的领结，你尽可以不用领结，给你的颈根与胸膛一半日的自由，你可以拿一条这边颜色的长巾包在你的头上，学一个太平军的头目，或是拜伦⁴那埃及装的姿态；但最要紧的是穿上你最旧的旧鞋，别管他模样不佳，他们是顶可爱的好友，他们承着你的体重却不叫你记起你还有一双脚在你的底下。

　　这样的玩顶好是不要约伴，我竟想严格的取缔，只许你独身；因为有了伴多少总得叫你分心，尤其是年轻的女伴，那是最危险最专制不过的旅伴，你应得躲避她像你躲避青草里一条美丽的花蛇！平常我们从自己家里走到朋友的家里，或是我们执事的地方，那无非是在同一个大牢里从一间狱室移到另一间狱室去，拘束永远跟着我们，自由永远寻不到我们；但在这春夏间美秀的山中或乡间你要是有机会独身闲逛时，那才是你福星高照的时候，那才是你实际领受，亲口尝味，自由与自在的时候，那才是你肉体与灵魂行动一致的时候；朋友们，我们多长一岁年纪往往只是加重我们头上的枷，加紧我们脚胫上的链，我们见小孩子在草里在沙堆里在浅水里打滚作乐，或是看见小猫追他自己的尾巴，何尝没有羡慕的时候，但我们的枷，我们的链永远是制定我们行动的上司！所以只有你单身奔赴大自然的怀抱时，像一个裸体的小孩扑入他母亲的怀抱时，你才知道灵魂的愉快是怎样的，单是活着的快乐是怎样的，单就呼吸单就走道单就张眼看耸耳听的幸福是怎样的。因此你得严格的为己，极端的自私，只许你，体魄与性灵，与自然同在一个脉搏里跳动，同在一个音波里起伏，同在一个神奇的宇宙里自得。我们浑朴的天真是像含羞草似的娇柔，一经同伴的抵触，他就卷了起来，但在澄静的日光下，和风中，他的恣态是自然的，他的生活是无阻碍的。

你一个人漫游的时候，你就会在青草里坐地仰卧，甚至有时打滚，因为草的和暖的颜色自然的唤起你童稚的活泼；在静僻的道上你就会不自主的狂舞，看着你自己的身影幻出种种诡异的变相，因为道旁树木的阴影在他纤徐的婆娑里暗示你舞蹈的快乐；你也会得信口的歌唱，偶尔记起断片的音调，与你自己随口的小曲，因为树林中的莺燕告诉你春光是应得赞美的；更不必说你的胸襟自然会跟着曼长的山径开拓，你的心地会看着澄蓝的天空静定，你的思想和着山壑间的水声，山罅里的泉响，有时一澄到底的清澈，有时激起成章的波动，流，流，流入凉爽的橄榄林中，流入妩媚的阿诺河[5]去……

并且你不但不须应伴，每逢这样的游行，你也不必带书。书是理想的伴侣，但你应得带书，是在火车上，在你住处的客室里，不是在你独身漫步的时候。什么伟大的深沉的鼓舞的清明的优美的思想的根源不是可以在风籁中，云彩里，山势与地形的起伏里，花草的颜色与香息里寻得？自然是最伟大的一部书，葛德[6]说，在他每一页的字句里我们读得最深奥的消息。并且这书上的文字是人人懂得的；阿尔帕斯[7]与五老峰，雪西里[8]与普陀山，来因河[9]与扬子江，梨梦湖[10]与西子湖，建兰与琼花，杭州西溪的芦雪与威尼市[11]夕照的红潮，百灵与夜莺，更不提一般黄的黄麦，一般紫的紫藤，一般青的青草同在大地上生长，同在和风中波动——他们应用的符号是永远一致的，他们的意义是永远明显的，只要你自己心灵上不长疮瘢，眼不盲，耳不塞，这无形迹的最高等教育便永远是你的名分，这不取费的最珍贵的补剂便永远供你的受用；只要你认识了这一部书，你在这世界上寂寞时便不寂寞，穷困时不穷困，苦恼时有安慰，挫折时有鼓励，软弱时有督责，迷失时有南针。

十四年七月。

（原刊于1925年7月4日《现代评论》第二卷第三十期，
重刊同年8月5日《晨报副刊·文学旬刊》，收入《巴黎的鳞爪》）

注释

1. 翡冷翠，今通译为佛罗伦萨（Florence），是意大利中部的一个城市，托斯卡纳区首府。位于亚平宁山脉中段西麓盆地中。15至16世纪时佛罗伦萨是欧洲最著名的艺术中心，以美术工艺品和纺织品驰名全欧。欧洲文艺复兴运动的发祥地，举世闻名的文化旅游胜地。

2. 向晚，临近晚上的时候。

3. 桀卜闪，今通译为吉普赛。吉卜赛人也叫茨冈人，擅长歌舞，是以过游荡生活为特点的一个民族。原住印度西北部，10世纪前后开始外移，足迹遍布世界各洲。

4. 拜伦（1788—1824），是英国19世纪初期伟大的浪漫主义诗人。其代表作品有《恰尔德·哈罗德游记》《唐璜》等。拜伦不仅是一位伟大的诗人，还是一个为理想战斗一生的勇士；他积极而勇敢地投身革命，参加了希腊民族解放运动，并成为领导人之一。

5. 阿诺河，流经佛罗伦萨的一条河流。

6. 葛德，今通译为歌德（1749—1832），是18世纪中叶到19世纪初德国和欧洲最重要的剧作家、诗人、思想家。歌德是德国狂飙运动的主将。他的作品充满了狂飙突进运动的反叛精神，代表作有《致月词》、《少年维特之烦恼》、《浮士德》等。

7. 阿尔帕斯，今通译为阿尔卑斯，是欧洲最高大、最雄伟的山脉，山峰终年积雪，景色迷人，是世界闻名的风景区和旅游胜地。

8. 雪西里，今通译为西西里，是地中海最大和人口最稠密的岛，它属于意大利，位于亚平宁半岛的西南，是旅游胜地。

9. 来因河，今通译为莱茵河，西欧第一大河，发源于瑞士境内的阿尔卑斯山北麓，西北流经列支敦士登、奥地利、法国、德国和荷兰，最后在鹿特丹附近注入北海。全长1320公里，是一条著名的国际河流。

10. 梨梦湖，今通译为莱蒙湖，又名日内瓦湖，是西欧名湖，为著名风景区和疗养地。

11. 威尼市，今通译为威尼斯，是意大利东北部城市，亚得里亚海威尼斯湾西北岸重要港口。威尼斯是一个美丽的水上城市，它建筑在最不可能建造城市的地方——水之上，享有"水城"、"水上都市"、"百岛城"等美称。

导读

远离尘嚣，委弃案牍，客居山中，一人漫游，自由无拘，了无挂碍，尽秀美的光色迷醉心魂，让自然的大书启迪性灵。是为作者在翡冷翠（佛罗伦萨）的山居体验。这是造化，尤其在现代社会。急遽的生活节奏，沉重的尘世负担，膨胀的现代欲望，冰冷的工具理性，使我们生命委顿、灵性窒息、身心分裂。我们习惯了操劳和实利，忘却了享受和想象；习惯了控制乃至奴役自然，忘却了我们就是自然之子；习惯了向书本求索奥义，忘却了向伟大的自然学习。而被忘却的，恰是珍贵所在。是时候了，跟着作者出发，去赴一个美的宴会。

本篇是诗化小品，在田园牧歌的情调中，徐志摩的文字如一泓清泉，自山间来，汩汩而流，淙淙鸣响，迸珠溅玉，清澄甘美，沁人心脾，你不可不尝。尝罢，你不可不想，是什么孕育了如是泉水。想罢，你不可不行动，打开久被桎梏的性灵，还其清泉般的本色。

既是"闲话"，则从容、亲切、宽松、自然，一种悠游的笔墨趣味；并非登高论道，兹事体大，故无须正襟危坐；亦非个人独语，艰深晦涩，故不必费力琢磨。且解怀散发，放松自在，如晤老友，听其闲谈，循其指引，趋赴山林草野，偷得浮生半日闲，求的是灵肉和谐，寻的是自由快适。

作者作文如作诗，于节奏和气韵颇为留心，所寄托的是一份浓情——对自然的不可遏止的爱。我们在开篇便可强烈感受到他欢动如流水的文字节奏，急急地将你引向大自然的美的宴会，迫不及待地向你呈示山光的美妙无穷，极富撩人的美感。徐志摩写景状物，很少精细而逼真的摹刻，常是以一怀深情和飞动的想象去点化物象，渲染氛围。往往几笔过后，已带出诸多景物，一闪而过，诗情点洒，目不暇接，呈现出意象纷呈、色彩斑斓、情景交融的艺术效果。

作客山中，绝非仅仅为了观览自然光色，以悦视听，其妙处更在于解脱于现代生活的束缚：你不必衣冠正式而整洁，不妨披散行吟、赤足畅游。身体解放的背后是心灵的解脱，回归自然本真，获得生气充盈。不过作者提示你，不要带游伴，须独自漫游，方可体会自由与自在的美妙，那才是你肉体与灵魂行动一致的时候。即使并非"他人即地狱"，也不啻一条锁链，让你的灵魂不得畅适和快意。

　　作者还告诉你，不必带书——现代文明的象征——且去品读自然这本最伟大的书。它蕴含无穷，美不胜收，阅不尽，品不完。并且这书上的文字是人人懂得的，毋须知识基础与苦思冥想，只要你怀有健康的灵魂，"心灵上不长疮瘢，眼不盲，耳不塞"。这本大书是性灵的补剂，令其脱离于俗尘，恢复其自由与开放。它教育着你，启迪着你，指引着你，也给予你慰藉、豁朗与快乐。

　　文中的小书与大书的对比，自是令我们想起沈从文来。他曾写过两篇散文，盛赞自然大书，即《我读一本小书同时又读一本大书》《我上许多课仍然不放下那一本大书》。所谓"小书"，是指书本中的知识；而所谓"大书"，则是喻指自然的光色。沈从文厌倦"小书"，而将心灵敞向人间的"大书"，那广阔的世界，这对作者的一生的创作影响至深。徐志摩颇为欣赏沈从文的作品，想来他们俩都是自然大书的爱好者的缘故吧。

巴黎的鳞爪

咳巴黎！到过巴黎的一定不会再希罕天堂；尝过巴黎的，老实说，连地狱都不想去了。整个的巴黎就像是一床野鸭绒的垫褥，衬得你通体舒泰，硬骨头都给熏酥了的——有时许太热一些。那也不碍事，只要你受得住。赞美是多余的，正如赞美天堂是多余的；咒诅也是多余的，正如咒诅地狱是多余的。巴黎，软绵绵的巴黎，只在你临别的时候轻轻地嘱咐一声"别忘了，再来！"其实连这都是多余的。谁不想再去？谁忘得了？

香草在你的脚下，春风在你的脸上，微笑在你的周遭。不拘束你，不责备你，不督饬[1]你，不窘你，不恼你，不揉你。它搂着你，可不缚住你：是一条温存的臂膀，不是根绳子。它不是不让你跑，但它那招逗的指尖却永远在你的记忆里晃着。多轻盈的步履，罗袜的丝光随时可以沾上你记忆的颜色！

但巴黎却不是单调的喜剧。赛因河的柔波里掩映着罗浮宫的倩影，它也收藏着不少失意人最后的呼吸。流着，温驯的水波；流着，缠绵的恩怨。咖啡馆：和着交颈的软语，开怀的笑响，有踞坐在屋隅里蓬头少年计较自毁的哀思。跳舞场：和着翻飞的乐调，迷醇的酒香，有独自支颐[2]的少妇思量着往迹的怆心。浮动在上一层的许是光明，是欢畅，是快乐，是甜蜜，是和谐；但沉淀在底里阳光照不到的才是人事经验的本质：说重一点是悲哀，说轻一点是惆怅：谁不愿意永远在轻快的流波里漾着，可得留神了你往深处去时的发见！

一天，一个从巴黎来的朋友找我闲谈，谈起了劲，茶也没喝，烟也没吸，一直从黄昏谈到天亮，才各自上床去躺了一歇，我一合眼就回到了巴黎，方才朋友讲的情境惝恍的把我自己也缠了进去；这巴黎的梦真醇人，醇你的心，醇你的意志，醇你的四肢百体，那味儿除是亲尝过的谁能想象！——我醒过来时还是迷糊的忘了我在那儿，刚巧一个小朋友进房来站在我的床前笑吟吟喊我"你做什么梦来了，朋友，为什么两眼潮潮的像哭似的？"我伸手一摸，果然眼里有水，不觉也失笑了——可是朝来的梦，一个诗人说的，同是这悲凉滋味，正不知这泪是为那一个梦流的呢！

下面写下的不成文章，不是小说，不是写实，也不是写梦，——在我写的人只当是随口曲，南边人说的"出门不认货"，随你们宽容的读者们怎样看罢。

出门人也不能太小心了。走道总得带些探险的意味。生活的趣味大半就在不预期的发见，要是所有的明天全是今天刻板的化身，那我们活什么来了？正如小孩子上山就得采花，到海边就得捡贝壳，书呆子进图书馆想捞新智慧——出门人到了巴黎就想……

你的批评也不能过分严正不是？少年老成——什么话！老成是老年人的特权，也是他们的本分；说来也不是他们甘愿，他们是到了年纪不得不。少年人如何能老成？老成了才是怪哪！

放宽一点说，人生只是个机缘巧合；别瞧日常生活河水似的流得平顺，它那里面多的是潜流，多的是旋涡——轮着的时候谁躲得了给卷了进去？那就是你发愁的时候，是你登仙的时候，是你辨着酸的时候，是你尝着甜的时候。

巴黎也不定比别的地方怎样不同：不同就在那边生活流波里的潜流更猛，旋涡更急，因此你叫给卷进去的机会也就更多。

我赶快得声明我是没有叫巴黎的旋涡给淹了去——虽则也就够险。多半的时候我只是站在赛因河岸边看热闹，下水去的时候也不能说没有，但至多也不过在靠岸清浅处溜着，从没敢往深处跑——这来旋涡的纹螺，势道，力量，可比远在岸上时认清楚多了。

一　九小时的萍水缘

我忘不了她。她是在人生的急流里转着的一张萍叶，我见着了它，掬在手里把玩了一晌，依旧交还给它的命运，任它飘流去——它以前的飘泊我不曾见来，它以后的飘泊，我也见不着，但就这曾经相识匆匆的恩缘——实际上我与她相处不过九小时——已在我的心泥上印下踪迹，我如何能忘，在忆起时如何能不感须臾的惆怅？

那天我坐在那热闹的饭店里瞥眼看着她，她独坐在灯光最暗漆的屋角里，这屋内哪一个男子不带媚态，哪一个女子的胭脂口上不沾笑容，就只她：穿一身淡素衣裳，戴一顶宽边的黑帽，在鬃密的睫毛上隐隐闪亮着深思的目光——我几乎疑心她是修道院的女僧偶尔到红尘里随喜来了。我不能不接着注意她，她的别样的支颐的倦态，她的曼长的手指，她的落漠的神情，有意无意间的叹息，在在都激发我的好奇——虽则我那时左边已经坐下了一个瘦的，右边来了肥的，四条光滑的手臂不住的在我面前晃着酒杯。但更使我奇异的是她不等跳舞开始就匆匆的出去了，好像害怕或是厌恶似的。第一晚这样，第二晚又是这样：独自默默的坐着，到时候又匆匆的离去。到了第三晚她再来的时候我再也忍不住不想法接近她。第一次得着的回音，虽则是"多谢好意，我再不愿交友"的一个拒绝，只是加深了我的同情的好奇。我再不能放过她。巴黎的好处就在处处近人情；爱慕的自由是永远容许的。你见谁爱慕谁想接近谁，决不是犯罪，除非你在经程中泄漏了你的尘气暴气，陋相或是贫相，那不是文明的巴黎人所能容忍的。只要你"识相"，上海人说的，什么可能的机会你都可以利用。对方人理你不理你，当然又是一回事；但只要你的步骤对，文明的巴黎人决不让你难堪。

我不能放过她。第二次我大胆写了个字条付中间人——店主人——交去。我心里直怔怔的怕讨没趣。可是回话来了——她就走了，你跟着去吧。

她果然在饭店门口等着我。

你为什么一定要找我说话，先生，像我这再不愿意有朋友的人？

她张着大眼看我，口唇微微的颤着。

我的冒昧是不望恕的，但是我看了你忧郁的神情我足足难受了三天，也不知怎的我就想接近你，和你谈一次话，如其你许我，那就是我的想望，再没有别的意思。

真的她那眼内绽出了泪来，我话还没说完。

想不到我的心事又叫一个异邦人看透了……她声音都哑了。

我们在路灯的灯光下默默的互注了一晌，并着肩沿马路走去，走不到多远她说不能走，我就问了她的允许雇车坐上，直望波龙尼大林园清凉的暑夜里兜去。

原来如此，难怪你听了跳舞的音乐像是厌恶似的，但既然不愿意何以每晚还去?

那是我的感情作用;我有些舍不得不去,我在巴黎一天,那是我最初遇见——他的地方,但那时候的我……可是你真的同情我的际遇吗,先生?我快有两个月不开口了,不瞒你说,今晚见了你我再也不能制止,我爽性说给你我的生平的始末吧,只要你不嫌。我们还是回那饭庄去罢。

你不是厌烦跳舞的音乐吗?

她初次笑了。多齐整洁白的牙齿,在道上的幽光里亮着!有了你我的生气就回复了不少,我还怕什么音乐?

我们俩重进饭庄去选一个基角坐下,喝完了两瓶香槟,从十一时舞影最凌乱时谈起,直到早三时客人散尽侍役打扫屋子时才起身走,我在她的可怜身世的演述中遗忘了一切,当前的歌舞再不能分我丝毫的注意。

下面是她的自述。

我是在巴黎生长的。我从小就爱读天方夜谭的故事,以及当代描写东方的文学;啊东方,我的童真的梦魂哪一刻不在它的玫瑰园中留恋?十四岁那年我的姊姊带我上比京去住,她在那边开一个时式的帽铺,有一天我看见一个小身材的中国人来买帽子,我就觉着奇怪,一来他长得异样的清秀,二来他为什么要来买那样时式的女帽。到了下午一个女太太拿了方才买去的帽子来换了,我姊姊就问她那中国人是谁,她说是她的丈夫,说开了头她就讲她当初怎样为爱他触怒了自己的父母,结果断绝了家庭和他结婚,但她一点也不追悔,因为她的中国丈夫待她怎样好法,她不信西方人会得像他那样体贴,那样温存。我再也忘不了她说话时满心怡悦的笑容。从此我仰慕东方的私衷又添深了一层颜色。

我再回巴黎的时候已经长成了,我父亲是最宠爱我的,我要什么他就给我什么。我那时就爱跳舞,啊,那些迷醉轻易的时光,巴黎哪一处舞场上不见我的舞影。我的妙龄,我的颜色,我的体态,我的聪慧,尤其是我那媚人的大眼——啊,如今你见的只是悲惨的余生再不留当时的丰韵——制定了我初期的堕落。我说堕落不是?是的,堕落,人生哪处不是堕落,这社会哪里容得一个有姿色的女人保全她的清洁?我正快走入险路的时候,我那慈爱的老父早已看出我的倾向，私下安排了一个机会，叫我与一个有爵位的英国人接近。一个十七岁的女子哪有什么主意，在两个月内我就做了新娘。

说起那四年结婚的生活，我也不应得过分的抱怨，但我们欧洲的势利的社会实在是树心里生了蠹，我怕再没有回复健康的希望。我到伦敦去做贵妇人时我还是个天真的孩子，哪有什么机心，哪懂得虚伪的卑鄙的人间的底里，我又是个外国人，到处遭受嫉忌与批评。还有我那叫名的丈夫。他娶我究竟为什么动机我始终不明白，许贪我年轻贪我貌美带回家去广告他自己的手段，因为真的我不曾感着他一息的真情；新婚不到几时他就对我冷淡了，其实他就没有热过，碰巧我是个傻孩子，一天不听着一半句软语，不受些温柔的怜惜，到晚上我就不自制的悲伤。他有的是钱，有的是趋奉谄媚，成天在外打猎作乐，我愁了不来慰我，我病了不来问我，连着三年抑郁的生涯完全消灭了我原来活泼快乐的天机，到第四年实在耽不住了，我与他吵一场回巴黎再见我父亲的时候，他几乎不认识我了。我自此就永别了我的英国丈夫。因为虽则实际的离婚手续在他方面到前年方始办理，他从我走了后也就不再来顾问我——这算是欧洲人夫妻的情分！

我从伦敦回到巴黎，就比久困的雀儿重复飞回了林中，眼内又有了笑，脸上又添了春色，不但身体好多，就连童年时的种种想望又在我心头活了回来。三四年结婚的经验更叫我厌恶西欧，更叫我神往东方。东方，啊，浪漫的多情的东方！我心里常常的怀念着。有一晚，那一个运定的晚上，我就在这屋子内见着了他，与今晚一样的歌声，一样的舞影，想起还不就是昨天，多飞快的光阴，就可怜我一个单薄的女子，无端叫运神摆布，在情网里颠连，在经验的苦海里沉沦，朋友，我自分是已经埋葬了的活人，你何苦又来逼着我把往事掘起，我的话是简短的，但我身受的苦恼，朋友，你信我，是不可量的；你望我的眼里看，凭着你的同情你可以在刹那间领会我灵魂的真际！

他是菲利滨[3]人，也不知怎的我初次见面就迷了他。他肤色是深黄的，但他的性情是不可信的温柔；他身材是短的，但他的私语有多叫人魂销的魔力？啊，我到如今还不能怨他；我爱他太深，我爱他太真，我如何能一刻忘他，虽则他到后来也是一样的薄情，一样的冷酷。你不倦么，朋友，等我讲给你听？

我自从认识了他我便倾注给他我满怀的柔情，我想他，那负心的他，也够他的享受，那三个月神仙似的生活！我们差不多每晚在此聚会的。秘谈是他与我，欢舞是他与我，人间再有更甜美的经验吗？朋友你知道痴心人赤心爱恋的疯狂吗？因为不仅满足了我私心的相望，我十多年梦魂缭绕的东方理想的实现。有他我什么都有了，此外我更有什么沾恋？因此等到我家里为这事情与我开始交涉的时候，我更不踌躇的与我生身的父母根本决绝。我此时又想起了我垂髫时在比京见着的那个嫁中国人的女子，她与我一样也为了痴情牺牲一切，我只希冀她这时还能保持着她那纯爱的生活，不比我这失运人成天在幻灭的辛辣中回味。

我爱定了他。他是在巴黎求学的，不是贵族，也不是富人，那更使我放心，因为我早年的经验使我迷信真爱情是穷人才能供给的。谁知他骗了我——他家里也是有钱的，那时我在热恋中抛弃了家，牺牲了名誉，跟了这黄脸人离却巴黎，辞别欧洲，经过一个月的海程，我就到了我理想的灿烂的东方。啊，我那时的希望与快乐！但才出了红海，他就上了心事，经我再三的逼，他才告诉他家里的实情，他父亲是菲利滨最有钱的土著，性情是极严厉的，他怕轻易不能收受我进他们的家庭。我真不愿意把此后可怜的身世烦你的听，朋友，但那才是我痴心人的结果，你耐心听着吧！

东方，东方才是我的烦恼！我这回投进了一个更陌生的社会，呼吸更沉闷的空气；他们自己中间也许有他们温软的人情，但轮着我的却一样还只是猜忌与讥刻，更不容情的刺袭我的孤独的性灵。果然他的家庭不容我进门，把我看作一个"巴黎淌来的可疑的妇人"。我为爱他也不知忍受了多少不可忍的侮辱，吞了多少悲泪，但我自慰的是他对我不变的恩情。因为在初到的一时他还是不时来慰我——我独自赁屋住着。但慢慢的也不知是人言浸润还是他原来爱我不深，他竟然表示割绝我的意思。朋友，试想我这孤身女子牺牲了一切为的还不是他的爱，如今连他都离了我，那我更有什么生机？我怎的始终不曾自毁，我至今还不信，因为我那时真的是没路走了。我又没有钱，他狠心丢了我，我如何能再去缠他，这也许是我们白种人的倔强，我不久便揩干了眼泪，出门去自寻活路。我在一个菲美合种人的家里寻得了一个保姆的职务；天幸我生性是耐烦领小孩的——我在伦敦的日子没孩子管，我就养猫弄狗——救活我的是那三五个活灵的孩子，黑头发短手指的乖乖。在那炎热的岛上我是过了两年没颜色的生活，得了一次凶险的热病，从此我面上再不存青年期的光彩。我的心境正稍稍回复平衡的时候两件不幸的事情又临着了我：一件是我那他与另一女子的结婚，这消息使我昏绝了过去，一件是被我弃绝的慈父也不知怎的问得了我的踪迹，来电说他老病快死要我回去。啊，天罚我！等我赶回巴黎的时候正好赶着与老人诀别，忏悔我先前的造孽！

从此我在人间还有什么意趣？我只是个实体的鬼影，活动的尸体；我的心也早就死了，再也不起波澜；在初次失望的时候我想象中还有个辽远的东方，但如今东方只在我的心上留下一个鲜明的新伤，我更有什么希冀，更有什么心情？但我每晚还是不自主的到这饭店里来小坐，正如死去的鬼魂忘不了他的老家！我这一生的经验本不想再向人前吐露的，准知又碰着了你，苦苦的追着我，逼我再一度撩拨死尽的火灰，这来你够明白了，为什么我老是这落漠的神情，我猜你也是过路的客人，我深深自幸又接近一次人情的温慰，但我不敢希望什么。我的心是死定了的，时候也不早了，你看方才舞影凌乱的地板上现在只剩一片冷淡的灯光，侍役们已经收拾干净，我们也该走了，再会吧，多情的朋友！

二　"先生，你见过艳丽的肉没有？"

我在巴黎时常去看一个朋友，他是一个画家，住在一条老闻着鱼腥的小街底头一所老屋子的顶上一个 A 字式的尖阁里，光线暗惨得怕人，白天就靠两块日光胰子大小的玻璃窗给装装幌，反正住的人不嫌就得，他是照例不过正午不起身，不近天亮不上床的一位先生，下午他也不居家，起码总得上灯的时候他才脱下了他的开裰露出两条破烂的臂膀埋身在他那艳丽的垃圾窝里开始他的工作。

艳丽的垃圾窝——它本身就是一幅妙画！我说给你听听。贴墙有精窄的一条上面盖着黑毛毡的算是他的床，在这上面就准你规规矩矩的躺着，不说起坐一定扎脑袋，就连翻身也不免冒犯斜着下来永远不退让的屋顶先生的身分！承着顶尖全屋子顶宽舒的部分放着他的书桌——我捏着一把汗叫它书桌，其实还用提吗，上边什么法宝都有，画册子、稿本、黑炭、颜色盘子、烂袜子、领结、软领子、热水瓶子压瘪了的、烧干了的酒精灯、电筒、各色的药瓶、彩油瓶、脏手绢、断头的笔杆、没有盖的墨水瓶子。一柄手枪，那是瞒不过我花七法郎在密歇耳大街路旁旧货摊上换来的。照相镜子、小手镜、断齿的梳子、蜜膏、晚上喝不完的咖啡杯、详梦的小书，还有——还有可疑的小纸盒儿，凡士林一类的油膏，……一只破木板箱一头漆着名字上面蒙着一块灰色布的是他的梳妆台兼书架，一个洋磁面盆半盆的胰子水似乎都叫一部旧版的卢骚[4]集子给饕了去，一顶便帽套在洋瓷长提壶的耳柄上，从袋底里倒出来的小铜钱错落的散着像是土耳其人的符咒，几只稀小的烂苹果围着一条破香蕉像是一群大学教授们围着一个教育次长索薪……

壁上看得更斑斓了：这是我顶得意的一张庞那[5]的底稿当废纸买来的，这是我临蒙内[6]的裸体，不十分行，我来撩起灯罩你可以看清楚一点，草色太浓了，那膝部画坏了，这一小幅更名贵，你认是谁，罗丹的！那是我前年最大的运气，也算是错来的，老巴黎就是这点子便宜，挨了半年八个月的饿不要紧，只要有机会捞着真东西，这还不值得！那边一张挤在两幅油画缝里的，你见了没有，也是有来历的，那是我前年趁马克倒霉路过佛兰克福德[7]时夹手抢来的，是真的孟察尔[8]都难说，就差糊了一点，现在你给三千法郎我都不卖，加倍再加倍都值，你信不信？再看那一长条……在他那手指东点西的卖弄他的家珍的时候，你竟会忘了你站着的地方是不够六尺阔的一间阁楼，倒像跨在你头顶那两丬斜着下来的屋顶也顺着他那艺术谈法术似的隐了去，露出一个爽恺的高天，壁上的疙瘩，壁蟢窠，霉块，钉疤，全化成了哥罗[9]画帧中"飘飘欲化烟"的最美丽林树与轻快的流涧；桌上的破领带及手绢烂香蕉臭袜子等等也全变形成戴大阔边稻草帽的牧童们，偎着树打盹的，牵着牛在涧里喝水的，手反衬着脑袋放平在青草地上瞪眼看天的，斜眼溜着那边走进来的娘们手按着音腔吹横笛的——可不是那边来了一群娘们，全是年岁青青的，露着胸膛，散着头发，还有光着白腿的在青草地上跳着来了？……唉！小心扎脑袋，这屋子真别扭，你出什么神来了？想着你的 Bel Ami[10] 对不对？你到巴黎快半个月，该早有落儿了，这年头收成真容易——呒，太容易了！谁说巴黎不是理想的地狱？你吸烟斗吗？这儿有自来火。对不起，屋子里除了床，就是那张弹簧早经追悼过了的沙发，你坐坐吧，给你一个垫子，这是全屋子顶温柔的一样东西。

不错，那沙发，这阁楼上要没有那张沙发，主人的风格就落了一个极重要的原素。说它肚子里的弹簧完全没了劲，在主人说是太谦，在我说是简直污蔑了它。因为分明有一部分内簧是不曾死透的，那在正中间，看来倒像是一座分水岭，左右都是往下倾的，我初坐下时不提防它还有弹力，倒叫我骇了一下；靠手的套布可真是全霉了，露着黑黑黄黄不知是什么货色，活像主人衬衫的袖子。我正落了坐，他咬了咬嘴唇翻一翻眼珠微微的笑了。笑什么了你？我笑——你坐上沙发那样儿叫我想起爱菱。爱菱是谁？她呀——她是我第一个模特儿。模特儿？你的？你的破房子还有模特儿，你这穷鬼花得起……别急，究竟是中国初来的，听了模特儿就这样的起劲，看你那脖子都上了红印了！本来不算事，当然，可是我说像你这样的破鸡棚……破鸡棚便怎么样，耶稣生在马号里的，安琪儿们都在马矢里跪着礼拜哪！别忙，好朋友，我讲你听。如其巴黎人有一个好处，他就是不势利！中国人顶糟了，这一点；穷人有穷人的势利，阔人有阔人的势利，半不阑珊的有半不阑珊的势利——那才是半开化，才是野蛮！你看像我这样子，头发像刺猬，八九天不刮的破胡子，半年不收拾的脏衣服，鞋带扣不上的皮鞋——要在中国，谁不叫我外国叫化子，哪配进北京饭店一类的势利场；可是在巴黎，我就这样儿随便问那一个衣服顶漂亮脖子搽得顶香的娘们跳舞，十回就有九回成，你信不信？至于模特儿，那更不成话，哪有在巴黎学美术的，不论多穷，一年里不换十来个眼珠亮亮的来坐样儿？屋子破更算什么？波希民[11] 的生活就是这样，按你说模特儿就不该坐坏沙发，你得准备杏黄贡缎绣丹凤朝阳做垫的太师椅请她坐你才安心对不对？再说……

别再说了！算我少见世面，算我是乡下老戆，得了；可是说起模特儿，我倒有点好奇，你何妨讲些经验给我长长见识？有真好的没有？我们在美术院里见着的什么维纳丝得米罗[12]，维纳丝梅第妻[13]，还有铁青[14]的，鲁班师[15]的，鲍第千里[16]的，丁稻来笃[17]的，箕奥其安内[18]的裸体实在是太美，太理想，太不可能，太不可思议？反面说，新派的比如雪尼约克[19]的，玛提斯[20]的，塞尚[21]的，高耿[22]的，弗朗剌马克[23]的，又是太丑，太损，太不像人，一样的太不可能，太不可思议。人体美，究竟怎么一回事？我们不幸生长在中国，女人衣服一直穿到下巴底下，腰身与后部看不出多大分别的世界里，实在是太蒙昧无知，太不开眼。可是再说呢，东方人也许根本就不该叫人开眼的，你看过约翰巴里士[24]那本《沙扬娜拉》没有，他那一段形容一个日本裸体舞女——就是一张脸子粉搽得像棺材里爬起来的颜色，此外耳朵以后下巴以下就比如一节蒸不透的珍珠米！——看了真叫人恶心。你们学美术的才有第一手的经验，我倒是……

你倒是真有点羡慕，对不对？不怪你，人总是人。不瞒你说，我学画画原来的动机也就是这点子对人体秘密的好奇。你说我穷相，不错，我真是穷，饭都吃不出，衣都穿不全，可是模特儿——我怎么也省不了。这对人体美的欣赏在我已经成了一种生理的要求，必要的奢侈，不可摆脱的嗜好；我宁可少吃俭穿，省下几个法郎来多雇几个模特儿。你简直可以说我是着了迷，成了病，发了疯，爱说什么就什么，我都承认——我就不能一天没有一个精光的女人耽在我的面前供养，安慰，喂饱我的"眼淫"。当初罗丹我猜也一定与我一样的狼狈，据说他那房子里老是有剥光了的女人，也不为坐样儿，单看她们日常生活"实际的"多变化的姿态——他是一个牧羊人，成天看着一群剥了毛皮的驯羊！鲁班师那位穷凶极恶的大手笔，说是常难为他太太做模特儿，结果因为他成天不断的画他太太竟许连穿裤子的空儿都难得有！但如果这话是真的鲁班师还是太傻，难怪他那画里的女人都是这剥白猪似的单调，少变化；美的分配在人体上是极神秘的一个现象，我不信有理想的全材，不论男女我想几乎是不可能的；上帝拿着一把颜色望地面上撒，玫瑰、罗兰、石榴、玉簪、剪秋罗，各样都沾到了一种或几种的彩泽，但决没有一种花包涵所有可能的色调的，那如其有，按理论讲，岂不是又得回复了没颜色的本相？人体美也是这样的，有的美在胸部，有的腰部，有的下部，有的头发，有的手，有的脚踝，那不可理解的骨骼、筋肉、肌理的会合，形成各各不同的线条，色调的变化，皮面的涨度，毛管的分配，天然的姿态，不可制止的表情——也得你不怕麻烦细心体会发见去，上帝没有这样便宜你的事情，他决不给你一个具体的绝对美，如果有我们所有艺术的努力就没了意义；巧妙就在你明知这山里有金子，可是在哪一点你得自己下工夫去找。啊！说起这艺术家审美的本能，我真要闭着眼感谢上帝——要不是它，岂不是所有人体的美，说窄一点，都变了古长安道上历代帝王的墓窟，全叫一层或几层薄薄的衣服给埋没了！回头我给你看我那张破床底下有一本宝贝，我这十年血汗辛苦的成绩——千把张的人体临摹，而且十分之九是在这间破鸡棚里勾下的，别看低我这张弹簧早经追悼了的沙发，这上面落坐过至少一二百个当得起美字的女人！别提专门做模特儿的，巴黎哪一个不知道俺家黄脸什么，那不算希奇，我自负的是我独到的发见：一半因为看多了缘故，女人肉的引诱在我差不多完全消灭在美的欣赏里面，结果在我这双"淫眼"看来，一丝不挂的女人就同紫霞宫里翻出来的尸首穿得重重密密的摇不动我的性欲，反面说当真穿着得极整齐的女人，不论她在人堆里站着，在路上走着，只要我的眼到，她的衣服的障碍就无形的消灭，正如老练的矿师一瞥就认出矿苗，我这美术本能也是一瞥就认出"美苗"，一百次里错不了一次；每回发见了可能的时候，我就非想法找到她剥光了她叫我看满意不成，上帝保佑这文明的巴黎，我失望的时候真难得有！我记得有一次在戏院子看着了一个贵妇人，实在没法想（我当然试来）我那难受就不用提了，比发疟疾还难受——她那特长分明是在小腹与……

够了够了！我倒叫你说得心痒痒的。人体美！这门学问，这门福气，我们不幸生长在东方谁有机会研究享受过来？可是我既然到了巴黎，不幸气碰着你，我倒真想叨你的光开开我的眼，你得替我想法，要找在你这宏富的经验中比较最贴近理想的一个看看……

你又错了！什么，你意思花就许巴黎的花香，人体就许巴黎的美吗？太灭自己的威风了！别信那巴理士什么《沙扬娜拉》的胡说；听我说，正如东方的玫瑰不比西方的玫瑰差什么香味，东方的人体在得到相当的栽培以后，也同样不能比西方的人体差什么美——除了天然的限度，比如骨骼的大小，皮肤的色彩。同时顶要紧的当然要你自己性灵里有审美的活动，你得有眼睛，要不然这宇宙不论它本身多美多神奇在你还是白来的。我在巴黎苦过这十年，就为前途有一个宏愿:我要张大了我这经过训练的"淫眼"到东方去发见人体美——谁说我没有大文章做出来？至于你要借我的光开开眼，那是最容易不过的事情，可是我想想——可惜了！有个马达姆[25]朗洒，原先在巴黎大学当物理讲师的，你看了准忘不了，现在可不在了，到伦敦去了；还有一个马达姆薛托漾，她是远在南边乡下开面包铺子的，她就够打倒你所有的丁稻来笃，所有的铁青，所有的箕奥其安内——尤其是给你这未入流看，长得太美了，她通体就看不出一根骨头的影子，全叫匀匀的肉给隐住的，圆的，润的，有一致节奏的，那妙是一百个哥蒂蔼[26]也形容不全的，尤其是她那腰以下的结构，真是奇迹！你从意大利来该见过西龙尼维纳丝的残像，就那也只能仿佛，你不知道那活的气息的神奇，什么大艺术天才都没法移植到画布上或是石塑上去的（因此我常常自己心里辩论究竟是艺术高出自然还是自然高出艺术，我怕上帝僭先的机会毕竟比凡人多些）；不提别的单就她站在那里你看，从小腹接榫上股那两条交荟的弧线起直往下贯到脚着地处止，那肉的浪纹就比是——实在是无可比——你梦里听着的音乐：不可信的轻柔，不可信的匀净，不可信的韵味——说粗一点，那两股相并处的一条线直贯到底，不漏一屑的破绽，你想通过一根发丝或是吹度一丝风息都是绝对不可能的——但同时又决不是肥肉的粘着，那就呆了。真是梦！唉，就可惜多美一个天才偏叫一个身高六尺三寸长红胡子的面包师给糟蹋了；真的这世上的因缘说来真怪，我很少看见美妇人不嫁给猴子类牛类水马类的丑男人！但这是支话。眼前我招得到的，够资格的也就不少——有了，方才你坐上这沙发的时候叫我想起了爱菱，也许你与她有缘分，我就为你招她去吧，我想应该可以容易招到的。可是上哪儿呢？这屋子终究不是欣赏美妇人的理想背景，第一不够开展，第二光线不够——至少为外行人像你一类着想……我有了一个顶好的主意，你远来客我也该独出心裁招待你一次，好在爱菱与我特别的熟，我要她怎么她就怎么；暂且约定后天吧，你上午十二点到我这里来，我们一同到芳丹薄罗[27]的大森林里去，那是我常游的地方，尤其是阿房奇石相近一带，那边有的是天然的地毯，这一时是自然最妖艳的日子，草青得滴得出翠来，树绿得涨得出油来，松鼠满地满树都是，也不很怕人，顶好玩的，我们决计到那一带去秘密野餐吧——至于"开眼"的话，我包你一个百二十分的满足，将来一定是你从欧洲带回家最不易磨灭的一个印象！一切有我布置去，你要是愿意贡献的话，也不用别的，就要你多买大杨梅，再带一瓶桔子酒，一瓶绿酒，我们享半天闲福去。现在我讲得也累了，我得躺一会儿，我拿我床底下那本秘本给你先揣摹揣摹……

隔一天我们从芳丹薄罗林子里回巴黎的时候，我仿佛刚做了一个最荒唐，最艳丽，最秘密的梦。

十四年十二月二十一日。

（原刊于1925年12月16日／17日／24日《晨报副刊》，收入《巴黎的鳞爪》，其第二部分又另收入《轮盘》）

注释

1. 督饬（dū chì），督促命令；督促告戒。

2. 支颐，以手托下巴。

3. 菲利滨，今通译为菲律宾。

4. 卢骚，今通译为卢梭（1712—1778），法国伟大的启蒙思想家、哲学家、教育家、文学家，是18世纪法国大革命的思想先驱，启蒙运动最卓越的代表人物之一。主要著作有《论人类不平等的起源和基础》、《社会契约论》、《爱弥儿》、《忏悔录》、《新爱洛漪丝》、《植物学通信》等。

5. 庞那，今通译为波纳尔（1867—1947），法国画家，纳比派代表画家。波纳尔以色彩而闻名，被誉为20世纪最伟大的色彩画家之一。

6. 蒙内，今通译为马奈（1832—1883），是法国19世纪著名画家，印象派领袖。

7. 佛兰克福德，今通译为法兰克福，德国重要工商业、金融和交通中心，黑森州最大城市，德国第五大城市。位于莱茵河中部的支流美因河的下游。

8. 孟察尔，今通译为蒙克。爱德华·蒙克（1863—1944），是挪威表现主义画家和版画复制匠。他是伟大的挪威画家，现代表现主义绘画的先驱。

9. 哥罗，今通译为柯罗（1796—1875），法国画家。

10. Bel Ami，应为法语 Bon Ami，译为"漂亮的女朋友"。

11. 波西民，即波西米亚人，此处是指波西米亚的放荡不羁的生活作风。

12. 维纳丝得米罗，今通译为米罗的维纳斯。《米罗的维纳斯》创作于公元前2世纪末，高204厘米，1820年发现于爱琴海的米洛岛，1821年后为卢浮宫所收藏。女神像虽断失双臂，但不失其美。

13. 维纳丝梅第妻，是指梅迪奇的维纳斯。《维纳斯》是佛罗伦萨画家洛伦佐·迪科雷迪的作品，1869年发现于梅迪奇的卡尔法焦洛别墅的一个房间。

14. 铁青，今通译为提香（1490—1576），是意大利文艺复兴后期威尼斯画派的代表画家。

15. 鲁班师，今通译为鲁本斯（1577—1640），佛兰德斯画家。佛兰德斯是西欧的一个历史地名，泛指古代尼德兰南部地区，位于西欧低地西南部、北海沿岸，包括今比利时的东佛兰德省和西佛兰德省、法国的加来海峡省和北方省、荷兰的泽兰省。

16. 鲍第千里，今通译为波提切利（约1445—1510），意大利文艺复兴时期画家。

17. 丁稻来笃，今通译为丁托列托（1518—1594），意大利文艺复兴时期威尼斯画派著名画家。

18. 箕奥其安内，今通译为乔尔乔内（1477—1510），意大利文艺复兴时期威尼斯画派画家。

19. 雪尼约克，今通译为西涅克（1863—1935），法国新印象派创始人之一。

20. 玛提斯，今通译为马蒂斯（1869—1954），法国著名画家，野兽派的创始人和主要代表人物，也是一位雕塑家、版画家。

21. 塞尚（1839—1906），法国著名画家，是后期印象派的主将，从19世纪末便被推崇为"新艺术之父"，作为现代艺术的先驱，西方现代画家称他为"现代艺术之父"或"现代绘画之父"。

22. 高耿，今通译为高更（1848—1903），法国后印象派画家、雕塑家、陶艺家及版画家，与塞尚、梵高合称"后印象派三杰"。

23. 弗朗刺马克，今通译为弗朗茨·马尔克（1880—1916），德国表现主义画派代表人物。

24. 约翰巴里士，今通译为约翰·贝勒斯（1654—1725），英国经济学家、教育家，欧洲早期劳动教育思想的倡导人之一。

25. 马达姆，法语 Madam 音译，翻译为"太太"、"女士"。

26. 哥蒂蔼，今通译为戈蒂埃（1811—1872），法国诗人、小说家、批评家。

27. 芳丹薄罗，今通译为枫丹白露，是法国巴黎大都会地区内的一个市镇，风景绮丽，森林茂盛，古迹众多，是著名的旅游胜地。

导读

　　都市与文学的关系是有意味且有趣味的话题，颇堪思索。自现代发生以来，两者即密切互动起来。都市提供给文人生存空间、生活方式和存在体验，也自然成为其写作素材和审美对象。而文学中的都市想象，也提供给我们对都市的认知图式和体验方式。狄更斯的伦敦是浓雾惨淡之地，张爱玲的上海是小市民的庸常世界，波德莱尔的巴黎是感官震惊的所在。文人是都市的游荡者，姿态各异，有狄更斯式的流浪，有张爱玲式的"张看"，亦有波德莱尔式的漫游。"游荡不仅为'文人'提供了工作和休息，更培养他的自我意识陷于最堕落的感官世界的同时，那种心不在焉的沉思默想却把他带入一片充满灵魂气息的天地。"（张旭东：《现代文人——本雅明和他笔下的波德莱尔》）

　　在本文中，作者围绕两则巴黎人的故事为我们描摹了巴黎的一鳞一爪，以窥其生命形式与内在精神的整体。本篇文思巧妙，角度新颖，剪裁独特，并非像职业导游一样引领我们去观看巴黎名胜，如卢浮宫、塞纳河、凯旋门和凡尔赛宫等，而是择取了平凡的两个空间与两个人物——饭店中的女郎与陋室里的画家。在作者看来，这是探向深处的发现，是于光明、欢畅、快乐、甜蜜、和谐的表面之下，发见它的恩怨、悲哀、惆怅、荒唐与秘密。而这也是它的魅力所在。

徐志摩其人其文都是浪漫的，胡适曾如是评价他："他的人生观真是一种'单纯信仰'，这里面只有三个大字，一个是爱，一个是自由，一个是美。他梦想这三个理想的条件能够会合在一个人生里，这是他单纯的信仰。"这样的生命与巴黎相遇，自是若合符契，相互激荡，且看本文开篇，写的是对巴黎的整体印象，作者难掩内心的欢悦，冲口而出："咳巴黎！到过巴黎的一定不会再希罕天堂；尝过巴黎的，老实说，连地狱都不想去了。整个的巴黎就像是一床野鸭绒的垫褥，衬得你通体舒泰，硬骨头都给熏酥了的——有时许太热一些。"作者以"浓的化不开"的诗性笔墨和溪涧淙淙般的节奏，绘就一幅幅巴黎的印象画，酣畅淋漓，繁复绮丽，目不暇给。这里没有景物的精细摹刻，所重者是作者的内心感受和感官体验。这也是作者一贯的写作风格：景致常是一笔点染即过，重在渲染氛围，构设意境，抒写情感。

随后作者便细致地描绘了巴黎的一鳞一爪，让我们倾听一位女郎的萦结于心的愁怨，亦教我感受一位画家对艺术的热忱。前者，作者以低回悱恻的笔调呈露出女郎内心的浓挚之情和往昔浪漫热烈。如今女郎虽是怆恻落寞，然而她自己说："但我每晚还是不自主的到这饭店里来小坐，正如死去的鬼魂忘不了他的老家！"这正说明女郎内心依然有着对爱的渴望，也怀一份如作者一般的"单纯信仰"。后者，作者极力描写画家屋室之简陋和脏乱，所衬托的是画家的个性之美与其人体绘画的艺术之美。故而作者称其陋室为"艳丽的垃圾窝——它本身就是一幅妙画"！

透过一鳞一爪，我们窥见了作者眼中的巴黎的魅力所在，并非自然光色和都市景观，而是出自巴黎的生命形式和内在精神：浓挚的情思，浪漫的心怀，开放的心灵，洒落的人格。

我所知道的康桥[1]

一

我这一生的周折，大都寻得出感情的线索。不论别的，单说求学。我到英国是为要从卢梭[2]。卢梭来中国时，我已经在美国。他那不确的死耗传到的时候，我真的出眼泪不够，还做悼诗来了。他没有死，我自然高兴。我摆脱了哥仑比亚大博士衔的引诱，买船漂过大西洋，想跟这位二十世纪的福禄泰尔[3]认真念一点书去。谁知一到英国才知道事情变样了：一为他在战时主张和平，二为他离婚，卢梭叫康桥给除名了，他原来是 Trinity College[4] 的 fellow[5]，这来他的 fellowship[6] 的也给取消，他回英国后就在伦敦住下，夫妻两人卖文章过日子。因此我也不曾遂我从学的始愿。我在伦敦政治经济学院里混了半年，正感着闷想换路走的时候，我认识了狄更生[7] 先生。狄更生——Goldsworthy Lowes Dickinson——是一个有名的作者，他的《一个中国人通信》（Letters from John Chinaman）与《一个现代聚餐谈话》（A Modern Symposium）两本小册子早得了我的景仰。我第一次会着他是在伦敦国际联盟协会席上，那天林宗孟[8] 先生演说，他做主席；第二次是宗孟寓里吃茶，有他。以后我常到他家里去。他看出我的烦闷，劝我到康桥去，他自己是王家学院（King's College）的 fellow。我就写信去问两个学院，回信都说学额早满了，随后还是狄更生先生替我去在他的学院里说好了，给我一个特别生的资格，随意选科听讲。从此黑方巾、黑披袍的风光也被我占着了。初起我在离康桥六英里的乡下叫沙士顿地方租了几间小屋住下，同居的有我从前的夫人张幼仪女士与郭虞裳君。每天一早我坐街车（有时自行车）上学，到晚回家。这样的生活过了一个春，但我在康桥还只是个陌生人谁都不认识。康桥的生活，可以说完全不曾尝着，我知道的只是一个图书馆，几个课室，和三两个吃便宜饭的茶食铺子。狄更生常在伦敦或是大陆上，所以也不常见他。那年的秋季我一个人回到康桥，整整有一学年，那时我才有机会接近真正的康桥生活，同时我也慢慢的"发见"了康桥。我不曾知道过更大的愉快。

二

"单独"是一个耐寻味的现象。我有时想它是任何发见的第一个条件。你要发见你的朋友的"真"，你得有与他单独的机会。你要发见你自己的真，你得给你自己一个单独的机会。你要发见一个地方（地方一样有灵性），你也得有单独玩的机会。我们这一辈子，认真说，能认识几个人？能认识几个地方？我们都是太匆忙，太没有单独的机会。说实话，我连我的本乡都没有什么了解。康桥我要算是有相当交情的，再次许只有新认识的翡冷翠了。啊，那些清晨，那些黄昏，我一个人发痴似的在康桥！绝对的单独。

但一个人要写他最心爱的对象，不论是人是地，是多么使他为难的一个工作？你怕，你怕描坏了它，你怕说过分了恼了它，你怕说太谨慎了辜负了它。我现在想写康桥，也正是这样的心理，我不曾写，我就知道这回是写不好——况且又是临时逼出来的事情。但我却不能不写，上期预告已经出去了。我想勉强分两节写：一是我所知道的康桥的天然景色；一是我所知道的康桥的学生生活。我今晚只能极简的写些，等以后有兴会时再补。

三

康桥的灵性全在一条河上；康河，我敢说是全世界最秀丽的一条水。河的名字是葛兰大（Granta），也有叫康河（River Cam）的，许有上下流的区别，我不甚清楚。河身多的是曲折，上游是有名的拜伦潭——"Byron's Pool"——当年拜伦常在那里玩的；有一个老村子叫格兰骞斯德，有一个果子园，你可以躺在累累的桃李荫下吃茶，花果会掉入你的茶杯，小雀子会到你桌上来啄食，那真是别有一番天地。这是上游；下游是从骞斯德顿下去，河面展开，那是春夏间竞舟的场所。上下河分界处有一个坝筑，水流急得很，在星光下听水声，听近村晚钟声，听河畔倦牛刍草声，是我康桥经验中最神秘的上一种：大自然的优美、宁静，调谐在这星光与波光的默契中不期然的淹入了你的性灵。

　　但康河的精华是在它的中权，著名的"Backs"[9]，这两岸是几个最蜚声的学院的建筑。从上面一来是 Pembroke[10]，St.Katharine's[11]，King's[12]，Clare[13]，Trinity，St.John's[14]。最令人留连的一节是克莱亚与王家学院的毗连处，克莱亚的秀丽紧邻着王家教堂（King's Chapel）的闳伟。别的地方尽有更美更庄严的建筑，例如巴黎赛因河的罗浮宫一带，威尼斯的利阿尔多大桥的两岸，翡冷翠维基乌大桥的周遭；但康桥的"Backs"自有它的特长，这不容易用一二个状词来概括，它那脱尽尘埃气的一种清澈秀逸的意境可说是超出了画图而化生了音乐的神味。再没有比这一群建筑更调谐更匀称的了！论画，可比的许只有柯罗（Corot）的田野；论音乐，可比的许只有肖班（Chopin）[15]的夜曲。就这也不能给你依稀的印象，它给你的美感简直是神灵性的一种。

　　假如你站在王家学院桥边的那棵大椈树荫下眺望，右侧面，隔着一大方浅草坪，是我们的校友居（fellows building），那年代并不早，但它的妩媚也是不可掩的，它那苍白的石壁上春夏间满缀着艳色的蔷薇在和风中摇头，更移左是那教堂，森林似的尖阁不可溅的永远直指着天空；更左是克莱亚，啊！那不可信的玲珑的方庭，谁说这不是圣克莱亚（St. Clare）的化身，那一块石上不闪耀着她当年圣洁的精神？在克莱亚后背隐约可辨的是康桥最潇贵最骄纵的三一学院（Trinity），它那临河的图书楼上坐镇着拜伦神采惊人的雕像。

　　但这时你的注意早已叫克莱亚的三环洞桥魔术似的摄住。你见过西湖白堤上的西泠断桥不是？（可怜它们早已叫代表近代丑恶精神的汽车公司给铲平了，现在它们跟着苍凉的雷峰永远离别了人间。）你忘不了那桥上斑驳的苍苔，木栅的古色，与那桥拱下泄露的湖光与山色不是？克莱亚并没有那样体面的衬托，它也不比庐山楼贤寺旁的观音桥，上瞰五老的奇峰，下临深潭与飞瀑；它只是怯伶伶的一座三环洞的小桥，它那桥洞间也只掩映着细纹的波鳞与婆娑的树影，它那桥上栉比的小穿兰与兰节顶上双双的白石球，也只是村姑子头上不夸张的香草与野花一类的装饰；但你凝神的看着，更凝神的看着，你再反省你的心境，看还有一丝屑的俗念沾滞不？只要你审美的本能不曾汩灭时，这是你的机会实现纯粹美感的神奇！

　　但你还得选你赏鉴的时辰。英国的天时与气候是走极端的。冬天是荒谬的坏，逢着连绵的雾盲天你一定不迟疑的甘愿进地狱本身去试试；春天

（英国是几乎没有夏天的）是更荒谬的可爱，尤其是它那四五月间最渐缓最艳丽的黄昏，那才真是寸寸黄金。在康河边上过一个黄昏是一服灵魂的补剂。啊！我那时蜜甜的单独，那时蜜甜的闲暇。一晚又一晚的，只见我出神似的倚在桥栏上向西天凝望：

> 看一回凝静的桥影，
> 数一数螺钿的波纹：
> 我倚暖了石栏的青苔，
> 青苔凉透了我的心坎；
> ……

还有几句更笨重的怎能仿佛那游丝似轻妙的情景：

> 难忘七月的黄昏，远树凝寂，
> 像墨泼的山形，衬出轻柔暝色，
> 密稠稠，七分鹅黄，三分橘绿，
> 那妙意只可去秋梦边缘捕捉；
> ……

四

这河身的两岸都是四季常青最葱翠的草坪。从校友居楼上望去，对岸草场上，不论早晚，永远有十数匹黄牛与白马，胫蹄没在恣蔓的草丛中，从容的在咬嚼，星星的黄花在风中动荡，应和着它们尾鬃的扫拂。桥的两端有斜倚的垂柳与桔荫护住。水是彻底的清澄，深不足四尺，匀匀的长着长条的水草。这岸边的草坪又是我的爱宠，在清朝，在傍晚，我常去这天然的织锦上坐地，有时读书，有时看水；有时仰卧着看天空的行去，有时反仆着搂抱大地的温软。

但河上的风流还不止两岸的秀丽，你买船去玩。船不止一种：有普通的双桨划船，有轻快的薄皮舟（canoe），有最别致的长形撑篙船（punt）。最末的一种是别处不常有的：约莫有二丈长，三尺宽，你站直在船梢上用长竿撑着走的。这撑是一种技术。我手脚太蠢，始终不曾学会。你初起手尝试时，容易把船身横住在河中，东颠西撞的狼狈。英国人是不轻易开口笑人的，但是小心他们不出声的绉眉！也不知有多少次河中本来优闲的秩序叫我这莽撞的外行给捣乱了。我真的始终不曾学会；每回我不服输跑去租船再试的时候，有一个白胡子的船家往往带讥讽的对我说："先生，这撑船费劲，天热累人，还是拿个薄皮舟溜溜吧！"我那里肯听话，长篙子一点就把船撑了开去，结果还是把河身一段段的腰斩了去。

你站在桥上去看人家撑，那多不费劲，多美！尤其在礼拜天有几个专家的女郎，穿一身缟素衣服，裙裾在风前悠悠的飘着，戴一顶宽边的薄纱帽，帽影在水草间颤动，你看她们出桥洞时的姿态，捻起一根竟像没分量的长竿，只轻轻的，不经心的往波心里一点，身子徽微的一蹲，这船身便波的转出了桥影，翠条鱼似的向前滑了去。她们那敏捷，那轻盈，真是值得歌咏的。

在初夏阳光渐暖时你去买一支小船，划去桥边荫下躺着念你的书或是做你的梦，槐花香在水面上飘浮，鱼群的喋喋声在你的耳边挑逗。或是在初秋的黄昏，近着新月的寒光，望上流僻静处远去。爱热闹的少年们揣着他们的女友，在船沿上支着双双的东洋红纸灯，带着话匣子，船心里用软垫铺着，也开向无人迹处去享他们的野福——谁不爱听那水底翻的音乐在静定的河上描写梦意与春光！

住惯城市的人不易知道季候的变迁。看见叶子掉知道是秋，看见叶子绿知道是春；天冷了装炉子，天热了拆炉子；脱下棉袍，换上夹袍，脱下夹袍，芽上单袍；不过如此吧了。天上星斗的消息，地下泥土里的消息，空中风吹的消息，都不关我们的事。忙着哪，这样那样事情多着，谁耐烦管星星的移转，花草的消长，风云的变幻？同时我们抱怨我们的生活、苦痛、烦闷、拘束、枯燥，谁肯承认做人是快乐？谁不多少间咒诅人生？

但不满意的生活大都是由于自取的。我是一个生命的信仰者，我信生活决不是我们大多数人仅仅从自身经验推得的那样暗惨。我们的病根是在"忘本"。人是自然的产儿，就比枝头的花与鸟是自然的产儿，但我们不幸是文明人，入世深似一天，离自然远似一天。离了泥土的花草，离开了水的鱼，能快活吗？能生存吗？从大自然，我们取得我们的生命；从大自然，我们应分取得我们继续的资养。那一株婆娑的大木没有盘错的根柢深入在无尽藏的地里？我们是永远不能独立的。有幸福是永远不离母亲抚育的孩子，有健康是永远接近自然的人们。不必一定与鹿豕游，不必一定回"洞府"去；为医治我们当前生活的枯窘，只要"不完全遗忘自然"一张轻淡的药方我们的病象就有缓和的希望。在青草里打几个滚，到海水里洗几次浴，到高处去看几次朝霞与晚照——你肩背上的负担就会轻松了去的。

这是极肤浅的道理，当然。但我要没有过过康桥的日子，我就不会有这样的自信。我这一辈子就只那一春，说也可怜，算是不曾虚度。就只那一春，我的生活是自然的，是真愉快的！（虽则碰巧那也是我最感受人生痛苦的时期。）我那时有的是闲暇，有的是自由，有的是绝对单独的机会。说也奇怪，竟像是第一次，我辨认了星月的光明，草的青，花的香，流水的殷勤我能忘记那初春的睥睨吗？曾经有多少个清晨我独自冒着冷去薄霜铺地的林子里闲步——为听鸟语，为盼朝阳，为寻泥土里渐次苏醒的花草，为体会最微细最神妙的春信。啊，那是新来的画眉在那边调不尽的青枝上试它的新声！啊，这是第一朵小雪球花挣出了半冻的地面！啊，这不是新来的潮润沾上了寂寞的柳条？

静极了，这朝来水溶溶的大道，只远处牛奶车的铃声，点缀这周遭的沉默。顺着这大道走去，走到尽头，再转入林子里的小径，往烟雾浓密处走去，头顶是交枝的榆荫，透露着漠楞楞的曙色；再往前走去，走尽这林子，当前是平坦的原野，望见村舍，初青的麦田，更远三两个镶形的小山掩住了一条通道。天边是雾茫茫的，尖尖的黑影是近村的教寺。听，那晓钟和缓的清音。这一带是此帮中部的平原，地形像是海里的轻波，默沉沉的起伏；山岭是望不见的，有的是常青的草原与沃腴的田壤。登那土阜上望去，康桥只是一带茂林，拥戴着几处娉婷的尖阁。妩媚的康河也望不见踪迹，你只能循着那锦带似的林木想像那一流清浅。村舍与树林是这地盘上的棋子，有村舍处有佳音，有佳荫处有村舍。这早起是看炊烟的时辰；朝雾渐渐的升起，揭开了这灰苍苍的天幕（最好是微霭后的光景），远近的炊烟，成丝的、成缕的、成卷的、轻快的、迟重的、浓灰的、淡青的、惨白的，在静定的朝气里渐渐的上腾，渐渐的不见，仿佛是朝来人们的祈祷，参差的翳入了天听。朝阳是难得见的，这初春的天气。但它来时是起早人莫大的愉快。顷刻间这周遭弥漫了清晨富丽的温柔。顷刻间你的心怀也分润了白天诞生的光荣。"春"！这胜利的晴空仿佛在你的耳边私语。"春"！你那快活的灵魂也仿佛在那里回响。

伺候着河上的风光，这春来一天有一天的消息。关心石上的苔痕，关心败草里的花鲜，关心这水流的缓急，关心水草的滋长，关心天上的云霞，关心新来的鸟语。怯伶伶的小雪球是探春信的小使。铃兰与香草是欢喜的初声。窈窕的莲馨，玲珑的石水仙，爱热闹的克罗克斯，耐辛苦的蒲公英与雏菊——这时候春光已是烂缦在人间，更不须殷勤问讯。

瑰丽的春放。这是你野游的时期。可爱的路政，这里不比中国，那一处不是坦荡荡的大道？徒步是一个愉快，但骑自转车是一个更大的愉快，在康桥骑车是普遍的技术；妇人、稚子、老翁，一致享受这双轮舞的快乐。（在康桥听说自转车是不怕人偷的，就为人人都自己有车，没人要偷。）任你选一个方向，任你上一条通道，顺着这带草味的和风，放轮远去，保管你这半天的逍遥是你性灵的补剂。这道上有的是清荫与美草，随地都可以供你休憩。你如爱花，这这里的是锦绣似的草原。你如爱鸟，这里多的是巧啭的鸣禽。你如爱儿童，这乡间到处是可亲的稚子。你如爱人情，这里多的是不嫌远客的乡人，你到期处可以"挂单"借宿，有酪浆与嫩薯供你饱餐，有夺目的果鲜恣你尝新。你如爱酒，这乡间每"望"都为你储有上好的新酿，黑啤如太浓，苹果酒、蕃酒都是供你解渴润肺的。……带一卷书，走十里路，选一块清静地，看天，听鸟，读书，倦了时，和身在草绵绵处寻梦去——你能想像更适情更适性的消遣吗？

陆放翁[16]有一联诗句："传呼快马迎新月，却上轻舆趁晚凉。"这是做地方官的风流。我在康桥时虽没马骑，没轿子坐，却也有我的风流：我常常在夕阳西晒时骑了车迎着天边扁大的日头直追。日头是追不到的，我没有夸父的荒诞，但晚景的温存却被我这样偷尝了不少。有三两幅画图似的经验至今还是栩栩的留着。只说看夕阳，我们平常只知道登山或是临海，但实际只须耳阔的天际，平地上的晚霞有时也是一样的神奇。有一次我赶到一个地方，手把着一家村庄的篱笆，隔着一大田的麦浪，看西天的变幻。有一次是正冲着一条宽广的大道，过来一大群羊，放草归来的，偌大的太阳在它们后背放射着万缕的金辉，天上却是乌青青的，剩这不可逼视的威光中的一条大路、一群生物，我心头顿时感着神异性的压迫，我真的跪下了，对着这冉冉渐隐的金光。再有一次是更不可忘的奇景，那是临着一大片望不到头的草原，满开着艳红的罂粟，在青草里亭亭像是万盏的金光，阳光从褐色云斜着过来，幻成一种异样紫色，透明似的不可逼视，刹那间在我迷眩了的视觉中，这草田变成了……不说也罢，说来你们也是不信的！

　　一别二年多了，康桥，谁知我这思乡的隐忧？也想不别的，我只要那晚钟撼动的黄昏，没遮拦的田野，独自斜倚在软草里，看第一个大星在天边出现！

十五年一月十五日。

（原刊于1926年1月16—25日《晨报副刊》，收入《巴黎的鳞爪》）

注释

1. 康桥，今通译为剑桥。
2. 卢梭，今通译为罗素（1872—1970），英国哲学家、数学家、逻辑学家。英国剑桥大学三一学院毕业后留校任教。1921年曾来中国讲学。
3. 福禄泰尔，今通译为伏尔泰（1694—1778）：原名弗朗索瓦－马利·阿鲁埃（Fran&ccedil；ois-MarieArouet），伏尔泰是他的笔名。法国启蒙思想家、文学家、哲学家。伏尔泰是18世纪法国资产阶级启蒙运动的旗手，被誉为"法兰西思想之王"、"法兰西最优秀的诗人"、"欧洲的良心"。
4. Trinity College，即三一学院，属剑桥大学。
5. Fellow，研究员。
6. Fellowship，研究员资格。
7. 狄更生（1830—1886），剑桥大学教授，徐志摩的朋友。
8. 林宗孟（1876—1925），即林长民，民国时期政治家、外交家、书法家。林长民即林徽因的父亲。
9. Backs，剑桥大学的后花园。
10. Penbroke，彭布鲁克学院。
11. St.Katharine's，圣凯瑟林学院。
12. King's，王家学院。
13. Clare，克莱亚，今通译为克莱尔，即圣克莱尔学院。
14. St.John's，圣约翰学院。
15. 肖班（Chopin），今通译为肖邦，波兰作曲家、钢琴家。
16. 陆放翁，即陆游（1125—1210），字务观，号放翁，南宋诗人、词人。

导读

　　志摩以诗称善，诗笔所至，尽是珠玉，满目琳琅，而《再别康桥》尤为经典。诵之如乐，音韵婉转；赏之如画，色彩瑰丽；品之如醴，语言甘美。

只消读上一遍，康桥之美即恒驻心灵，难以磨灭，未尝翳翳，一任赫拉克利特的河流昼夜不息。

关于康桥，关于诗人，倘使我们想知道更多，便不可错过此篇。尤为重要者，我们当从诗人眼眸中的康桥读出自己的生命启悟与存在妙谛。置身现代，生如被抛，嚣嚣尘世，百端萦心，常生烦恼，多有郁结，如何安顿我们的心魂，如何修复我们的性灵，如何"诗意地栖居于大地之上"，是为阅读之肯綮所在。作者发现了他的康桥，而我们须发现自己的。它是实在的，也是象征的；是物质的，也是精神的；是自然的，也是文化的；是经验的，也是理念的；是唯一的，也是普遍的；总之，是生命中不可或缺的。同时，这对立统一的两方面也可作为本篇的阅读图式。

《再别康桥》是佳品，而本文亦然，依然如歌、如画、如醴，美不胜收，看取不尽，味之无穷。两者对照来读，更堪玩味。读本文，我们会知道作者缘何对康桥有着无限的深情与眷恋，何以创作出如此美丽的诗篇。然而更根本的追问是：一个诗人是如何诞生的，诗性的生存如何可能？

人们爱去探询一个作家的原点，即作为作家的"骨骼形成的时期"，走上文学创作道路的关键性契机。譬如鲁迅，他自己以及一些研究者，均把他弃医从文的契机归结为在日本留学期间一次观看幻灯片的痛楚经验。这一被鲁迅反复提及的耻辱经历，使他生发了"文学的自觉"，他说："这一学年没有完毕，我已经到了东京了，因为从那一回以后，我便觉得医学并非一件紧要事，凡是愚弱的国民，即使体格如何健全，如何苦壮，也只能做毫无意义的示众的材料和看客，病死多少是不必以为不幸的。所以我们的第一要著，是在改变他们的精神，而善于改变精神的是，我那时以为当然要推文艺，于是想提倡文艺运动了。"如果说鲁迅的"文学自觉"来自与砍头画面的遭遇，那么徐志摩的诗心则长养于康桥的美好灵性。前者似夜枭，一生忧患，呐喊，也彷徨；后者如夜莺，一世浪漫，云游，也歌唱。

剑桥的游学经历，通常被视为徐志摩人生的转捩点和分水岭，一个诗人由此而生，一颗诗心于此而跃，一如他自己所说："我的眼是康桥教我睁的，我的求知欲是康桥给我拨动的，我的自我的意识是康桥给我胚胎的。"未至英国前，徐志摩留学美国，入读克拉克大学历史系，后进入哥伦比亚大学政治系（又一说是徐志摩所读的是经济系，而选修课偏重政治），立志做中国的汉密尔顿（美国财政部长），抱有实业救国之志。至此，丝毫未见其浪漫诗人的身影。他自己曾说："在二十四岁以前我对诗的兴味远不如我对于相对论或民约论的兴味。我父亲送我出洋留学是要我将来进'金融界'的，我自己最高的野心是想做一个中国的 Hamilton（汉密尔顿——编者注）！"后来徐志摩放弃拿取哥伦比亚大学博士学位的机会而来到英国，为的是师从罗素。1920 年，罗素访华，作讲演多次，反响热烈。这一消息传到美国，对徐志摩产生了震动。于是他去美而赴英，孰料罗素因在一战时主张和平而被剑桥三一学院除名。这在文章第一节里均有提及。第一节是他讲述自己入读剑桥的因缘，以及"发见了康桥"的契机。在此期间，他陶冶于剑桥的自然光色，感染于剑桥的文化气息，怀着对林徽因的深深恋慕，于诗歌创作上初试啼声，从此一发不可收，成了中国的雪莱和济慈，而非汉密尔顿。他"发见了康桥"，也发见了自己的禀赋、个性、感情、性灵和"单纯的信仰"（爱、自由、美）。总之，这是一次生命的觉悟。"一个人生命的觉悟与艺术的觉悟，往往是同时来的。"（《丹农雪乌》）

第二节，他开篇拈取"单独"一词，标举一种存在状态与生命体验。他称"单独"是"任何发见的第一个条件"。而作者欲发见什么呢？即"真"。不论是发见朋友之真，自我之真，抑或是一个地方的真的灵性，均须与之单独相处。浮生如寄，本来苦短，而人们又太过匆忙，少了"单独"的体验与领悟，见过许多人与物，却罕见其真，实在悲哀。匆匆照面者多，灵魂袒露时少。如是相识，哪怕所识者正是你的邻人和故乡，在作者看来也不算真的了解。"单独"是为了解放灵魂，还其本然，与身调谐，给予其觉醒的契机和悠游的空间。在这种状态下，我们与自我或他者对话，始见其真，方识其纯。同英国的浪漫主义诗人一样，徐志摩是自然的崇拜者与歌咏者，笃信自然亦有灵性，而且真纯，认为人类在现代文明中反而失其真纯，其生活实乃"虚假的自然"（华兹华斯语）。诗人拜伦在《查尔德·哈罗德游记》中曾写道："我和周围的一切已化为一体／高山峻岭与我感情息息相通。"而"化为一体"和"息息相通"是不可少了"单独"作为条件的。多少晨昏，作者一个人在康桥，以绝对的单独，发见了康桥的灵性，并同之"化为一体"，与之"息息相通"。

"康桥的灵性全在一条河上；康河，我敢说是全世界最秀丽的一条水。"志摩在第三节开篇如是告诉我们。作者依循空间顺序，以灵动出尘、柔丽秀逸的笔致为我们摹绘一帧帧康桥的美景。所谓"空间顺序"，可以从两方面来观照：一，从自然景观到人文景观；二，从康河上游到下游，再及分界处坝筑，终至其"中权"（学院建筑群和克莱亚的三环洞桥）。作者重在写意，摄其精粹，传其神韵，现其灵魂，出其意境，暗示氛围，寄寓感情，非在工笔细刻、巨细靡遗。然而作者并非惟取其"粹"而罔顾其"全"。从自然的田园牧歌到人文的学院清音，从拜论潭、果子园、天籁交融的坝筑、或秀丽或宏伟的学院建筑到空灵尘心的三环洞桥，作者无不为我们逐一点染，笔笔灵妙，在在有情。"既粹且全，才能在艺术表现里做到真正的'典型化'，全和粹要辩证地结合、统一，才能谓之美。"（宗白华：《美学散步》）志摩深谙此道也。

　　有一说，"志摩"即"志在摩诘"意。此说非实，然而不妨将志摩与王维（摩诘）略作比对，倘非穿凿附会，或可有些意味。两人殊时异代，而同爱山水，耽悦自然。关于王维，苏轼有经典之论，即："味摩诘之诗，诗中有画；观摩诘之画，画中有诗。"王维之作，诗画交融。而品赏志摩散文，亦感诗画俱备。但两人到底不同，王维深静，有禅境；志摩喜动，多浪漫。前者是风动幡动心不动，后者是水摇舟摇情亦摇。试举两句，王维有诗"人闲桂花落，夜静春山空"。而志摩在本篇有句"你可以躺在累累的桃李荫下吃茶，花果会掉入你的茶杯"。两者均有闲情闲趣，且为闲人所味。而王维句是春山空幽，桂花静落，人心闲定；志摩句则是桃李累累繁盛，花果不期而落，心中偶生惊喜。个中差别，自不待言。是故王维诗作，契合王静安所谓"无我之境"，而志摩散文当是"有我之境"。王静安在《人间词话》中说："有我之境，以我观物，故物皆著我之色彩。无我之境，以物观物，故不知何者为我，何者为物。"王维的"无我之境"，情感淡约，"我"深隐于景；而志摩的"有我之境"，情感鲜明，"我"活动于景。辨别两者，求得是突显志摩文章的特质，以便说明下文。

　　爱动而情浓的志摩，自是不甘让康桥美景闲落着，遂在文章第四节里引入四时之变、晨夕之易、万物之动和游人之乐，康桥顿时栩栩然，调如牧歌，色彩明丽，情致活泼，生趣盎然，令人神往。不消说，志摩也在景中，或仰卧于草坪，或泛舟于康河，或观望于桥上，或闲步林间，或骑车追日，或漫游田畴，在在一个有情的"我"。这个有情的"我"像朋友，热心亲切，爱同你对话，也会禁不住赞叹出声："多美！"更会站出来告诉你如何"诗意地栖居的大地之上"、诗性的生存如何可能，即"不要遗忘自然"，还性灵自由，给生命闲暇。即便是在自然中散散步，亦是人生之美。欲知散步之妙，当看宗白华先生的《美学散步》。他的美学之思，大抵来自湖畔的散步。第四节的康河泛舟图与康桥春景画，是语言佳品，似琼酿甘醴，初尝意未尽，还堪二三巡。人云志摩受英国浪漫主义影响，而此处何尝没有儒家式的乐感："莫春者，春服既成，冠者五六人，童子六七人，浴乎沂，风乎舞雩，咏而归。"

天目山中笔记

佛天大众中　说我尝作佛　闻如是法音　疑悔悉已除
初闻佛所说　心中大惊疑　将非魔作佛　恼乱我心耶
　　　　　　　　　　　　　　——莲花经譬喻品

　　山中不定是清静。庙宇在参天的大木中间藏着，早晚间有的是风，松有松声，竹有竹韵，鸣的禽，叫的是虫子，阁上的大钟，殿上的木鱼，庙身的左边右边都安着接泉水的粗毛竹管，这就是天然的笙箫，时缓时急的参和着天空地上种种的鸣籁，静是不静的；但山中的声响，不论是泥土里的蚯蚓叫或是轿夫们深夜里"唱宝"的异调，自有一种各别处：它来得纯粹，来得清亮，来得透澈，冰水似的沁入你的脾肺；正如你在泉水里洗濯过后觉得清白些，这些山籁，虽则一样是音响，也分明有洗净的功能。

　　夜间这些清籁摇着你入梦，清早上你也从这些清籁的怀抱中苏醒。

　　山居是福，山上有楼住更是修得来的。我们的楼窗开处是一片翡葱的林海；林海外更有云海！日的光，月的光，星的光：全是你的。从这三尺方的窗户你接受自然的变幻；从这三尺方的窗户你散放你情感的变幻。自在；满足。

　　今早梦回时睁眼见满帐的霞光。鸟雀们在赞美；我也加入一份。它们的是清越的歌唱，我的是潜深一度的沉默。

　　钟楼中飞下一声宏钟，空山在音波的磅礴中震荡。这一声钟激起了我的思潮。不，潮字太夸；说思流罢。耶教说阿门，印度教人说"欧姆"（O—m），与这钟声的嗡嗡，同是从撮口外摄到阖口内包的一个无限的波动；分明是外扩，却又是内潜；一切在它的周缘，却又在它的中心：同时是皮又是核，是轴亦复是廓。"这伟大奥妙的"（om）使人感到动，又感到静；从静中见动，又从动中见静。从安住到飞翔，又从飞翔回复安住；从实在境界超入妙空，又从妙空化生实在：

"闻佛柔软音，深远甚微妙。"

多奇异的力量！多奥妙的启示！包容一切冲突性的现象，扩大刹那间的视域，这单纯的音响，于我是一种智灵的洗净。花开，花落，天外的流星与田畔间的飞萤，上缩云天的青松，下临绝海的巉岩，男女的爱，珠宝的光，火山的熔液：一婴儿在它的摇篮中安眠。

这山上的钟声是昼夜不间歇的，他已经不间歇的打了十一年钟，平均五分钟时一次。打钟的和尚独自在钟头上住着，据说他的愿心是打到他不能动弹的那天，钟楼上供着菩萨，打钟人在大钟的一边安着他的"座"，他每晚是坐着安神的，一只手挽着钟槌的一头，从长期的习惯，不叫睡眠耽误他的职司。"这和尚，"我自忖，"一定是有道理的！和尚是没道理的多：方才那知客僧想把七窍蒙充六根，怎么算总多了一个鼻孔或是耳孔；那方丈师的谈吐里不少某督军与某省长的点缀；那管半山亭的和尚更是贪嗔的化身，无端摔破了两个无辜的茶碗。但这打钟和尚，他一定不是庸流不能不去看看！"他的年岁在五十开外，出家有二十几年，这钟楼，不错，是他管的，这钟是他打的（说着他就过去撞了一下），他每晚，也不错，是坐着安神的，但此外，可怜，我的俗眼竟看不出什么异样。他拂拭着神龛，神坐，拜垫，换上香烛掇一盂水，洗一把青菜，捻一把米，擦干了手接受香客的布施，又转身去撞一声钟。他脸上看不出修行的清臞，却没有失眠的倦态，倒是满满的不时有笑容的展露；念什么经；不就念阿弥陀佛，他竟许是不认识字的。"那一带是什么山，叫什么，和尚？""这里是天目山，"他说。"我知道，我说的是哪一带的。"我手点着问。"我不知道。"他回答。

山上另有一个和尚，他住在更上去昭明太子[1]读书台的旧址，盖有几间屋，供着佛像，也归庙管的，叫作茅棚，但这不比得普陀山上的真茅棚，那看了怕人的，坐着或是偎着修行的和尚没一个不是鹄形鸠面，鬼似的东西。他们不开口的多，你爱布施什么就放在他跟前的篓子或是盘子里，他们怎么也不睁眼，不出声，随你给的是金条或是铁条。人说得更奇了，有的半年没有吃过东西，不曾挪过窝，可还是没有死，就这冥冥的坐着。他们大约难成佛不远了，单看他们的脸色，就比石片泥土不差什么，一样这黑刺刺，死僵僵的。"内中有几个，"香客们说，"已经成了活佛，我们的祖母早三十年来就看见他们这样坐着的！"

　　但天目山的茅棚以及茅棚里的和尚，却没有那样的浪漫出奇。茅棚是尽够蔽风雨的屋子，修道的也是活鲜鲜的人，虽则他并不因此减却他给我们的趣味。他是一个高身材、黑面目，行动迟缓的中年人；他出家将近十年，三年前坐过禅关，现在这山上茅棚里来修行；他在俗家时是个商人，家中有父母兄弟姊妹，也许还有自身的妻子；他不曾明说他中年出家的缘由，他只说"俗业太重了，还是出家从佛的好。"但从他沉着的语音与持重的神态中可以觉出他不仅是曾经在人事上受过磨折，并且是在思想上能分清黑白的人。他的口，他的眼，都泄漏着他内里强自抑制，魔与佛交斗的痕迹；说他是放过火杀过人的忏悔者，可信；说他是个回头的浪子，也可信。他不比那钟楼上人的不着颜色，不露曲折：他分明是色的世界里逃来的一个囚犯。三年的禅关，三年的草棚，还不曾压倒，不曾灭净，他肉身的烈火。"俗业太重了，不如出家从佛的好。"这话里岂不颤栗着一往忏悔的深心？我觉着好奇；我怎么能得知他深夜趺坐时意念的究竟？

　　　　佛于大众中　说我偿作佛　闻如是法音　疑悔悉已除
　　　　初闻佛所说　心中大惊疑　将非魔所说　恼乱我心耶

　　但这也许看太奥了。我们承受西洋人生观洗礼的，容易把做人看太积极，入世的要求太猛烈，太不肯退让，把住这热虎虎的一个身子一个心放进生活的轧床去，不叫他留存半点汁水回去；非到山穷水尽的时候，决不肯认输，退后，收下旗帜；并且即使承认了绝望的表示，他往往直接向生存本体的取决，不来半不阑珊的收回了步子向后退：宁可自杀，干脆的生命的断绝，不来出家，那是生命的否认。不错，西洋人也有出家做和尚做尼姑的，例如亚佩腊与爱洛绮丝，但在他们是情感方面的转变，原来对人的爱移作上帝的爱，这知感的自体与它的活动依旧不含糊的在着；在东方人，这出家是求情感的消灭，皈依佛法或道法，目的在自我一切痕迹的解脱。再说，这出家或出世的观念的老家，是印度不是中国，是跟着佛教来的；印度可以会发生这类思想，学者们自有种种哲理上乃至物理上的解释，也尽有趣味的。中国何以能容留这类思想，并且在实际上出家做尼僧的今天不比以前少（我新近一个朋友差一点做了小和尚）！这问题正值得研究，因为这分明不仅仅是个知识乃至意识的浅深问题，也许这情形尽有极有趣味的解释的可能，我见闻浅，不知道我们的学者怎样想法，我愿意领教。

十五年九月。

（原刊于1926年9月4日《晨刊副刊》，收入《巴黎的鳞爪》）

注释

1.昭明太子，即萧统（501—531），字德施，小字维摩，南朝梁代文学家。梁武帝萧衍长子、太子，未及即位而卒，谥号"昭明"，故后世又称"昭明太子"。主持编撰的《文选》又称《昭明文选》。

导读

中国传统文化有入世和出世两面，前者的典范是孔孟，重事功与责任；后者的代表是老庄，贵虚静和自然。前者自是文化之大端，浩浩汤汤，苍苍莽莽；后者亦未尝断绝，溪涧淙淙，山泉盈盈。出世之人，常常表现为遁迹山林，隐居田园，远离车马之喧，抛开案牍之劳，求的是适性悦意、天人合一。"走的人多了，也便有了路"（鲁迅语）。出世之人多起来，尤其不乏著名诗人或哲人，渐渐形成了"隐逸文化"和"隐逸传统"，便也成了一条供文士择取的人生之路。在这条路上，孕生也安顿了许多伟大的诗魂，如陶渊明、王维等。而宗教精神到底是一种出世精神，虽肉身寄存于世，而心不为俗务所拘，寻一方山野，担水劈柴，焚香撞钟，读经悟道，摒弃五欲六尘，断绝贪嗔痴慢，见了本来心性，即见如来。

钱穆先生在《晚学盲言》中写道："我们中国有一句话，说'天下名山僧占尽'。中国的名山，好像说都被和尚占领去了。我想这一句话并不是这个意思。我们可以说，中国的名山，一切名胜可供游览的地方，现在所谓观光地，都是和尚在那里开辟，在那里保管的。倘使没有和尚，就不晓得今天中国全国各地的名胜，名山胜景，是何景象了。"

天目山正是如此，自然光色之优美自不待言，更为重要的是其佛教名山的地位。徐志摩居于山中，听取诸种鸣籁，逢遇各色僧侣，笔录所闻所见，遂成"笔记"一则，感悟自然、灵性与宗教。作者以佛教经文作题记，想是告知读者此文与佛禅有关。

散文或写景抒情或叙事记人，而这则"笔记"综合了两面，且夹叙夹议。既写山中之"声"，又写山中之"僧"。不论是"声"还是"僧"，一以贯之的是作者对自然生活与宗教境界的感受与领悟。另外，在深广的文化层面上，希望读者能够细察中西文化的融通和龃龉，而两种文化之相通和矛盾正作用在徐志摩敏感的心灵之上，给予他喜悦，也令其困惑，并借着天目山的"声"与"僧"幽微地传递出来。我们既要读出徐志摩的个性，也须读出个性背后的文化传统和时代精神。

作者开篇写声音，并非市声嚣嚣，而是山间天籁之音和寺中钟磬之声：松声、竹韵、禽鸣、虫叫、阁上的大钟之声和殿上的木鱼之响。此即"山中不定是清静"和"静是不静的"之缘由。作者在篇首对山中万物之声的状写，自然使我们想起《庄子·齐物论》的开篇。后者同样写风吹大地万物之声息，百种千类，颇有气势。不同者在于徐志摩的笔致清丽明媚，颇具优美感；而庄子写得如"万马奔趋，洪涛汹涌"，激发的是崇高感。而同一处在于，两者所叙写的声音均源自自然的笙箫，"来得纯粹，来得清亮，来得透澈"，正是"天籁与人籁相应，自日月星辰、山河大地至于人身是一个大和谐"（陈鼓应：《老庄新论》）。所谓"自然"，一是指与人类社会相区别的物质世界，如松竹禽虫等，一是指无心机的纯净之心。这样的自然之笙箫，才可发出纯粹、清凉和透澈的清籁，沁入你的脾肺，净化你的心灵。同是写自然之声，同是以"笙箫"作喻，很难说徐志摩写此文时未尝参考过《庄子》。

一句话颇堪思索，若道言，似禅语，即"静是不静的"。这看似悖论的陈述，实乃辩证的表达。首先，"静是不静的"，即老子所谓的"有无相生，难易相成，长短相较，高下相倾，音声相和，前后相随"。山中无嘈杂之市声、喧哗之尘音，晨昏之间，唯闻清妙天籁，反衬出山居的空幽境界来，所谓"蝉噪林逾静，鸟鸣山更幽"是也。这或教我们想起瑞典诗人托马斯·特朗斯特罗默（Tomas Transtromer）的名句："但穿轰鸣之裙鞠躬的喷气式飞机／使大地的宁静百倍地生长。"此诗句虽写的是现代物象，而理是一致的：以动衬静。其次，是作者心灵之宁静，恰来自山中之不静，只缘这份"不静"发乎天机自然，"自有一种各别处：它来得纯粹，来得清亮，来得透澈，冰水似的沁入你的脾肺；正如你在泉水里洗濯过后觉得清白些，这些山籁，虽则一样是音响，也分明有洗净的功能。"山中清籁似摇篮，摇作者入梦；又如母亲的怀抱，作者在其中醒来。作者之于声音，宛然婴儿之于母亲，寻的是生命的归属、安寄与和谐，是人与自然契合无间，是一种天壤大静。不拘物质空间之静还是精神空间之静，无不源自这份"不静"。故作者说："静是不静的。"

更堪思索的是各种文化的融通，人类精神的同一，即佛、道与基督的精神相类之处，所希冀的当是心灵的开放与精神的超脱，不为世俗所染污，不被尘劳所拘牵，容纳万物，又归于内心。正如作者说："耶教说阿门，印度教人说'欧姆'（O—m），与这钟声的嗡嗡，同是从撮口外摄到阖口内包的一个无限的波动；分明是外扩，却又是内潜；一切在它的周缘，却又在它的中心：同时是皮又是核，是轴亦复是廓。"这里可见出作者对山中声音的更高领会，从山籁中悟出甚深微妙的法音，为其启迪："包容一切冲突性的现象，扩大刹那间的视域，这单纯的音响，于我是一种智灵的洗净。"首先，它博大、开放、外扩，容纳万有与众生、冲突与矛盾，同时又回归于方寸之心，获得一种内潜与沉定，而非迷失于纷繁色相之中、搅扰于各方缠斗之内。其次，它不驻空，不驻有，往返于"妙空"和"实在"，完成更高层次的辨证综合。不来，亦不去，是为如来。

此处，作者获得不仅仅是一方心灵的宁静了，而是一种智慧。凭借智慧，破除人世烦恼，才得自在安乐，否则避入深山也于事无补。正所谓"问君何能尔，心远地自偏"。这种智慧和境界，在作者看来，是宗教所通有的。人生实难，苦难千重，烦恼万端，这便是宗教存在的理由吧。

由天籁悟到法音，自是该由妙空返还实在了，写一写山中具体的佛事与僧侣。作者着重叙写了两位僧人。其一便是敲钟奇僧，山中十一年来昼夜不歇的钟声便是他所为。此僧独居钟楼，平均五分钟敲钟一次，"每晚是坐着安神的，一只手挽着钟槌的一头，从长期的习惯，不叫睡眠耽误他的职司"。在作者看来，此僧别于其他庸常僧人，不似那些妄谈七窍六根的和尚，亦不若谈吐里点缀官僚气的方丈。他并不读什么经文，唯念一句"阿弥陀佛"。万念归于一念，念念相继，一心不乱，脱尽了烟火气。而另一位僧人在作者看来还存有内心的挣扎，"他的口，他的眼，都泄漏着他内里强自抑制，魔与佛交斗的痕迹"。此僧强抑尘心，既无俗乐，亦无禅悦，在作者看来并不可取，也教作者困惑起来，遂引发下文关于东西方宗教对比，亦即东西文化龃龉之处。在作者看来，西方文化是积极入世的，较诸儒家更为猛烈。即便出家，也并不断灭感情，而是转移与升华，由对人转向上帝，生命意志未尝减损分毫。而东方则截然有别，皈依佛法或道法，目的在于消灭内心情感，熄灭生命意志，破除"自我"观念。作者虽主张回归自然，而更近英国 19 世纪浪漫主义、自然主义思想，所求者在于诗意的生存，并非出世之人。志摩为新文化洗礼，亦受"五四"时代精神感召，是感情的信仰者，是标举个性之人。而且在作者看来，佛教恰起源于感情，源自"心灵里偶然的震动"（《落叶》）。作者最后也困惑起来，何以印度的出世观念在中国畅行，何以在今天出家之人仍不减少。这是作者困惑的，也是笔者所不能胜任的。

"浓得化不开"

（星加坡）

　　大雨点打上芭蕉有铜盘的声音,怪。"红心蕉",多美的字面,红得浓得好。要红,要热,要烈,就得浓,浓得化不开,树胶似的才有意思,"我的心像芭蕉的心,红……"不成!"紧紧的卷着,我的红浓的芭蕉的心……"更不成。趁早别再诌什么诗了。自然的变化,只要你有眼,随时随地都是绝妙的诗。完全天生的。白做就不成。看这骤雨,这万千雨点奔腾的气势,这迷蒙,这渲染,看这一小方草生受这暴雨的侵凌,鞭打,针刺,脚踹,可怜的小草,无辜的……可是慢着,你说小草要是会说话。它们会嚷痛,会叫冤不? 难说他们就爱这门儿——出其不意的,使蛮劲的,太急一些,当然,可这正见情热,谁说这外表的凶狠不是变相的爱。有人就爱这急劲儿!

　　再说小草儿吃亏了没有,让急雨狼虎似的胡亲了这一阵子? 别说了,它们这才真漏着喜色哪,绿得发亮,绿得生油,绿得放光。它们这才乐哪!

　　呒,一首淫诗,蕉心红得浓,绿草绿成油。本来末,自然就是淫,它那从来不知厌满的创化欲的表现还不是淫:淫,甚也。不说别的,这雨后的泥草间就是万千小生物的胎宫,蚊虫,甲虫,长脚虫,青跳虫,慕光明的小生灵,人类的大敌。热带的自然更显得浓厚,更显得倡狂,更显得淫,夜晚的星都显得玲珑些,像要向你说话半开的妙口似的。

　　可是这一个人耽在族舍里看雨,够多凄凉。上街不知向哪儿转,一个熟脸都看不见,话都说不通,天又快黑,胡湿的地,你上哪儿去? 得。"有孤王……"一个小声音从廉枫的嗓子里自己唱了出来。"坐至在梅……"怎么了! 哼起京调来了? 一想着单身就转着梅龙镇,再转就该是李凤姐了吧,哼! 好,从高超的诗思堕落到腐败的戏腔! 可是京戏也不一定是腐败,何必一定得跟着现代人学势利? 正德皇帝在梅龙镇上,林廉枫在星加坡。他有凤姐,我——惭愧没有。廉枫的眼前晃着舞台上凤姐的倩影,曳着围巾,托着盘,踩着跷。"自幼儿"……去你的! 可是这闷是真的。雨后的天黑得更快，黑影一幕幕的直盖下来，麻雀儿都回家了。干什么好呢？有什么可干的？这叫做孤单的况味。这叫做闷。怪不得唐明皇在斜谷口听着栈道中的雨声难过，良心发现，想着玉环……我负了卿，负了卿……转自忆荒茔，——呒，又是戏！又不是戏迷，左哼右哼哼什么的！出门吧。

廉枫跳上了一架厂车，也不向那带回子帽的马来人开口，就月手比了一个丢圈子的手势。其马来人完全了解，脑袋微微的一侧，车就开了。焦桃片似的店房，黑芝麻长条饼似的街，野兽似的汽车，磕头虫似的人力车，长人似的树，矮树似的人。廉枫在急掣的车上快镜似的收着模糊的影片，同时顶头风刮得他本来梳整齐的分边的头发直向后冲，有几根沾着他的眼皮痒痒的舐，掠上了又下来，怪难受的。这风可真凉爽，皮肤上，毛孔里，哪儿都受用，像是在最温柔的水波里游泳。做鱼的快乐。气流似乎是密一点，显得沈。一只疏荡的胳膊压在你的心窝上……确是有肉麋的气息，浓得化不开。快，快，芭蕉的巨灵掌，椰子树的旗头，橡皮树的白鼓眼，棕榈树的毛大腿，合欢树的红花痢，无花果树的要饭腔，蹲着脖子，弯着臂膊……快，快，马来人的花棚，中国人家的鬅灯，西洋人家的牛奶瓶，回子的回子帽，一脸的黑花，活像一只煨灶的猫……

车忽然停住在那有名的猪水潭的时候，廉枫快活的心轮转得比车轮更显得快，这一顿才把他从幻想里舂了回来。这时候旅困是完全叫风给刮散了。风也刮散了天空的云，大狗星张着大眼霸占着东半天，猎夫只看见两只腿，天马也只漏半身，吐鲁士牛大哥只翘着一支小尾。咦，居然有湖心亭。这是谁的主意？红毛人都雅化了，唉。不坏，黄昏未死的紫曛，湖边丛林的倒影，林树间艳艳的红灯，瘦玲玲的窄堤桥连通着湖亭。水面上若无若有的涟漪，天顶几颗疏散的星。真不坏。但他走上堤桥不到半路就发见那亭子里一齿齿的把柄，原来这是为安量水表的，可这也将就，反正轮廓是一座湖亭，平湖秋月……呒，有人在哪！这回他发见的是靠亭阑的一双人影，本来是糊成一饼的，他一走近打搅了他们。"道歉，有扰清兴，但我还不只是一朵游云，虑俺作甚。"廉枫默诵着他戏白的念头，粗粗望了望湖，转身走了回去。"苟……"他坐上车起首想，但他记起了烟卷，忙着在风尖上划火，下文如其有，也在他第一喷龙卷烟里没了。

廉枫回进旅店门仿佛又投进了昏沉的圈套。一阵热，一阵烦，又压上了他在晚凉中疏爽了来的心胸。他正想叹一口安命的气走上楼去，他忽然感到一股彩流的袭击从右首窗边的桌座上飞骠了过来。一种巧妙的敏锐的刺激，一种浓艳的警告，一种不是没有美感的迷惑。只有在巴黎晦盲的市街上走进新派的画店时，仿佛感到过相类的惊惧。一张佛拉明果[1]的野景，一幅玛提斯[2]的窗景，或是佛朗次马克[3]的一方人头马面。或是马克夏高尔[4]一个卖菜老头。可这是怎么了，那窗边又没有挂什么未来派的画，廉枫最初感觉到的是一球大红，像是火焰，其次是一片乌黑，墨晶似的浓，可又花须似的轻柔；再次是一流蜜，金漾漾的一泻，再次是朱古律（Chocolate），饱和着奶油最可口的朱古律。这些色感因为浓初来显得凌乱，但瞬息间线条和轮廓的辨认笼住了色彩的蓬勃的波流。廉枫幽幽的喘了一口气。"一个黑女人，什么了！"可是多妖艳的一个黑女，这打扮真是绝了，艺术的手腕神化了天生的材料，好！乌黑的惺忪的是她的发，红的是一边鬓角上的插花，蜜色是她的玲巧的挂肩，朱古律是姑娘的肌肤的鲜艳，得儿朗打打，得儿铃丁丁……廉枫停步在楼梯边的欣赏不期然的流成了新韵。

"还漏了一点小小的却也不可少的点缀，她一只手腕上还带着一小支金环哪。"廉枫上楼进了房还是尽转着这绝妙的诗题——色香味俱全的奶油朱古律，耐宿儿老牌，两个便士一厚块，拿铜子往轧缝里放，一，二，再拉那铁环，喂，一块印金字红纸包的耐宿儿奶油朱古律。可口！最早黑人上画的怕是孟内[5]那张《奥林匹亚》吧，有心机的画家，廉枫躺在床上在脑筋里翻着近代的画史。有心机有胆识的画家，他不但敢用黑，而且敢用黑来衬托黑，唉，那斜躺着的奥林比亚不是鬓上也插着一朵花吗？底下的那位很有点像奥林比亚的抄本，就是白的变黑了。但最早对朱古律的肉色表示敬意的可还得让还高根[6]，对了，就是那味儿，浓得化不开，他为人间，发见了朱古律皮肉的色香味，他那本 Noa, Noa 是二十世纪的"新生命——到半开化、全野蛮的风土间去发见文化的本真，开辟文艺的新感觉……

但底下那位朱古律姑娘倒是作什么的？作什么的，傻子！她是一个人道主义者，一筏普济的慈航，他是赈灾的特派员，她是来慰藉旅人的幽独的。可惜不曾看清她的眉目，望去只觉得浓，浓得化不开。谁知道她眉清还目秀。眉清目秀！思想落后！唯美派的新字典上没有这类腐败的字眼。且不管她眉目，她那姿态确是动人，怯怜怜的，简直是秀丽，衣服也剪裁得好，一头蓬松的乌霞就耐人寻味。"好花儿出至在僻岛上！"廉枫闭着眼又哼上了。……

　　“谁？”窸窣的门响将他从床上惊跳了起来，门慢慢的自己开着，廉枫的眼前一亮，红的！一朵花！是她！进来了！这怎么好！镇定，傻子，这怕什么？

　　她果然进来了，红的，蜜的，乌的，金的，朱古律，耐宿儿，奶油，全进来了。你不许我进来吗？朱古律笑口的低声的唱着，反手关上了门。这回眉目认得清楚了。清秀，秀丽，韶丽；不成，实在得另翻一本字典，可是“妖艳”，总合得上。廉枫迷胡的脑筋里挂上了“妖”“艳”两个大字。朱古律姑娘也不等请，已经自己坐上了廉枫的床沿。你倒像是怕我似的，我又不是马来半岛上的老虎！朱古律的浓重的色浓重的香团团围裹住了半心跳的旅客。浓得化不开！李凤姐，李凤姐，这不是你要的好花儿自己来了！笼着金环的一支手腕放上了他的身，紫姜的一支小手把住了他的手。廉枫从没有知道他自己的手有那样的白。“等你家哥哥回来”……廉枫觉得他自己变了骤雨下的小草，不知道是好过，也不知道是难受。湖心亭上那一饼子黑影。大自然的创化欲。你不爱我吗？朱古律的声音也动人——脆，幽，媚。一只青蛙跳进了池潭，扑崔！猎夫该从林子里跑出来了吧？你不爱我吗？我知道你爱，方才你在楼梯边看我我就知道，对不对亲孩子？紫姜辣上了他的面庞，救驾！快辣上他的口唇了。可怜的孩子，一个人住着也不嫌冷清，你瞧，这胖胖的荷兰老婆[7]都让你抱瘪了，你不害臊吗？廉枫一看果然那荷兰老婆让他给挤扁了，他不由的觉得脸有些发烧。我来做你的老婆好不好？朱古律的乌云都盖下来了。“有孤王……”使不得。朱古律，盖苏文，青面獠牙的……“干米一家的姑母”，血盆的大口，高耸的颧骨，狼嗥的笑响……鞭打，针刺，脚踢——喜色，呸，见鬼！唷，闷死了，不好，茶房！

　　廉枫想叫可是嚷不出，身上油油的觉得全是汗。醒了醒了，可了不得，这心跳得多厉害。荷兰老婆活该遭劫，夹成了一个破烂的葫芦。廉枫觉得口里直发腻，紫姜，朱古律，也不知是什么。浓得化不开。

十七年一月。

（原刊于1928年1月《新月》第一卷第十期，收入《轮盘》）

注释

1. 佛拉明果，今通译为弗拉芒克（1876—1958），法国画家，是野兽派领袖之一。

2. 玛提斯，今通译为马蒂斯（1869—1954），法国画家，野兽派的创始人和主要代表人物，也是一位雕塑家、版画家。

3. 佛朗次马克，今通译为弗朗茨·马尔克（1880—1916），德国表现主义画派代表人物。

4. 马克夏高尔，今通译为马克·夏加尔（1887—1985），白俄罗斯裔法国画家、版画家和设计师，接受过超现实主义、立体主义等流派的影响而发展出自己独特的风格。

5. 孟内，今通译为马奈（1832—1883），法国画家，印象派创始人。文中的《奥林匹亚》是其代表作，是一幅裸女画。画面里，白人裸女之侧，是一位女黑奴。

6. 高根，今通译为高更（1848—1903），是法国后印象派画家、雕塑家、陶艺家及版画家，与塞尚、梵高合称"后印象派三杰"。原始的风土人情和热带自然环境是他作品的主要内容，其中便有黑人的裸体画。

7. 荷兰老婆，Dutch wife，热带人用来减轻暑热的用竹或藤等编的长筒抱枕，"竹夫人"一类的。

导读

　　《"浓得化不开"》、《"浓得化不开"之二》及《"死城"》本属徐志摩的小说，皆收入其小说集《轮盘》。它们被视作介于诗歌、散文和小说之间的作品。沈从文在《〈轮盘〉序》里这样评价它们："作者在散文与诗方面，所成就的华丽局面，在国内还没有相似的另一人，在这集中却仍然保有了这独特的华丽，给我们的是另一风格的神往。"研究者们一方面以"诗化小说"来界定它们，一方面又借"浓得化不开"之语来概括其散文的艺术风貌。又因其颇富自叙传色彩，诸多徐志摩的散文选本均选入此篇。编者亦不忍舍弃，故录入此选本，以为飨宴，请君品赏。

　　1928 年，徐志摩三度欧游归国，取道新加坡，感染于"浓得化不开"的南国风情，遂成此文。莫如翡冷翠的明丽，不似天目山的空灵，未若康河的妩媚，南国的浓郁之风，热带的繁盛之景，使得作者语言之秾丽繁缛的特色、感情之热烈浓挚的特点，发挥得酣畅淋漓。本文只构设一个简单的故事框架或情节线索，亦无景致的工笔摹绘，重在渲染异域气息，突出主观感受，张扬繁复的心理感觉，呈现自由的意识流动，表现勃勃的生命欲望。

　　本文外在线索简单，只是隐蔽在缛丽的心理叙事之下，显得不甚清晰，仿若一茎柔条掩映于繁华密叶。外在线索大致是：廉枫在旅馆里听雨声，观雨色，甚感烦闷，遂乘车出游，观览风光，终又返回旅馆。作者所铺染的，是廉枫在旅馆里及沿路上的心理感受。然而在丰富的感觉、跳跃的思绪与流动的意识间，其实尚有一条内在的线索，即生命欲望。本文是生命的欲望之流，流转于南国肉体般的丰饶景观之间。

作者起笔不凡，径直切入情景，诉诸视听，带出感情，表现躁动，急而热，浓而烈，恰如红心蕉。"大雨点打上芭蕉有铜盘的声音，怪。'红心蕉'，多美的字面，红得浓得好。要红，要热，要烈，就得浓，浓得化不开，树胶似的才有意思。"这段文字堪称佳品，被诸多论者撷取以概括徐志摩的艺术风格，既准确又形象，妙哉！较诸志摩，论者们笔力不济，才情不足，解铃还需系铃人，徐文还需徐文释。

下面写人物看暴雨中的小草，所感受的是大自然的激情和"淫"："别说了，它们这才真漏着喜色哪，绿得发亮，绿得生油，绿得放光。它们这才乐哪！呒，一首淫诗，蕉心红得浓，绿草绿成油。本来末，自然就是淫，它那从来不知厌满的创化欲的表现还不是淫：淫，甚也。"这一段呼应的正是人物内心涌动的欲望。而且热带的自然更显得浓厚，更显得猖狂，更显得淫，在在激发人物的渴望与冲动。这段文字多出之以短句，连缀成片，节奏急促，恰若大雨点打在芭蕉上，既衬出急雨之势，又托出急急切切的渴念。徐志摩文章的诗化特征之一，即富于音乐美。他善于协调长短句，以节奏起伏变化来表现对象。

然而人物到底孑然一身，在热带自然伟大而猖狂的生殖力前，自是感到苦闷、孤单和凄凉。人物决意乘车出游，释闷遣怀。透过车窗，沿途的南国自然风物飞移于他的眸前，无不是富于肉感的叙写，"确是有肉糜的气息，浓得化不开"。

而最为浓艳而直切的描写，则是人物回到旅馆时邂逅"朱古律"女郎的体验、联想与幻想。我们不妨来读一段："廉枫最初感觉到的是一球大红，像是火焰，其次是一片乌黑，墨晶似的浓，可又花须似的轻柔；再次是一流蜜，金漾漾的一泻，再次是朱古律（Chocolate），饱和着奶油最可口的朱古律。这些色感因为浓初来显得凌乱，但瞬息间线条和轮廓的辨认笼住了色彩的蓬勃的波流。""朱古律"女郎作为欲望的客体而存在，在邂逅的瞬间，廉枫呈现出生命欲望的内爆状态，各种瑰艳的记忆、感受与联想涌向这一时刻，浓得化不开。人物瞬息的心理感觉，被作者赋之以形，状之以貌，染之以色，出之以味，且馥郁秾致，流动不拘，繁复多变，教人叹为观止。之后即是人物的"性幻想"，进入了艳丽的梦境。而他终又强抑了涌动的欲望，梦醒时分唯留一团浓得化不开的苦闷。

"浓得化不开"之二

（香港）

廉枫到了香港，他见的九龙是几条盘错的运货车的浅轨，似乎有头有尾，有中段，也似乎有隐现的爪牙，甚至在火车头穿度那栅门时似乎有迷漫的云气。中原的念头，虽则有广九车站上高标的大钟的暗示，当然是不能在九龙的云气中幸存。这在事实上也省了许多无谓的感慨。因此眼看着对岸，屋宇像樱花似盛开着的一座山头，如同对着希望的化身，竟然欣欣的上了渡船，从妖龙的脊背上过渡到希望的化身去。

富庶，真富庶，从街角上的水果摊看到中环乃至上环大街的珠宝店；从悬挂得如同 Banyan¹ 树一般繁衍的腊食及海味铺看到穿着定阔花边艳色新装走街的粤女；从石子街的花市看到饭店门口陈列着"时鲜"的花狸金钱豹以及在浑水盂内倦卧着的海狗鱼，唯一的印象是一个不容分析的印象：浓密，琳琅。琳琅琳琅，廉枫似乎听得到钟磬相击的声响。富庶，真富庶。

但看香港，至少玩香港少不了坐吊盘车上山去一趟。这吊着上去是有些好玩。海面，海港，海边，都在轴辘声中继续的往下沉。对岸的山，龙蛇似盘旋着的山脉，也往下沉，但单是直落的往下沉还不奇，妙的是一边你自身凭空的往上提，一边绿的一角海，灰的一陇山，白的方的房屋，高直的树，都怪相的一头吊了起来结果是像一幅画斜提着看似的。同时这边的山头从平放的馒头变成侧竖的，山腰里的屋子从横刺里倾斜了去，相近的树木也跟着平行的来。怪极了。原来一个人从来不想到他自己的地位也有不端正的时候；你坐在吊盘车里只觉得眼前的事物都发了疯，倒竖了起来。

但吊盘车的车里也有可注意的。一个女性在廉枫的前几行椅座上坐着。她满不管车外拿大顶² 的世界，她有她的世界。她坐着，屈着一支腿，脑袋有时枕着椅背，眼向着车顶望，一个手指含在唇齿间。这不由人不注意。她是一个少妇与少女间的年轻女子。这不由人不注意，虽则车外的世界都在那里倒竖着玩。

她在前面走。上山。左转弯，右转弯，宕一个。山腰的弧线，她在前面走。沿着山堤，靠着岩壁，转入 Aloe[3] 丛中，绕着一所房舍，抄一折小径，拾几级石磴，她在前面走。如其山路的姿态是婀娜，她的也是的。灵活的山的腰身，灵活的女人的腰身。浓浓的折叠着，融融的松散着。肌肉的神奇！动的神奇！

廉枫心目中的山景，一幅幅的舒展着，有的山背海，有的山套山，有的浓荫，有的巉岩，但不论精粗，每幅的中点总是她，她的动，她的中段的摆动。但当她转入一个比较深奥的山坳时廉枫猛然记起了 Tannhauser[4] 的幸运与命运——吃灵魂的薇纳丝[5]。一样的肥满。前面别是她的洞府呒危险，小心了！

她果然进了她的洞府，她居然也回头看来，她竟然似乎在回头时露着微哂的瓠犀。孩子，你敢吗？那洞府径直的石级像直通上天。她进了洞了。但这时候路旁又发生一个新现象，惊醒了廉枫"邓浩然"[6] 的遐想。一个老婆子操着最破烂的粤音问他要钱，她不是化子，至少不是职业的，因为她现成有她体面的职业。她是一个劳工。她是一个挑砖瓦的。挑砖瓦上山因红毛人要造房子。新鲜的是她同时挑着不止一副重担，她的是局段的回复的运输。挑上一担，走上一节路，空身下来再挑一担上去，如此再下再上，再下再上。她不但有了年纪，她并且是个病人，她的喘是哮喘，不仅是登高的喘，她也咳嗽，她有时全身都咳嗽。但她可解释错了。她以为廉枫停步在路中是对她发生了哀怜的趣味；以为看上了她！她实在没有注意到这位年轻人的眼光曾经飞注到云端里的天梯上。她实在想不到在这寂寞的山道上会有与她利益相冲突的现象。她当然不能使她失望。当得成全他的慈悲心。她向他伸直了她的一只焦枯得像贝壳似的手，口里呢喃着在她是最软柔的语调。但"她"已经进洞府了。

往更高处去。往顶峰的顶上去。头顶着天，脚踏着地尖，放眼到寥廓的天边。这次的凭眺不是寻常的凭眺。这不是香港，这简直是蓬莱仙岛，廉枫的全身，他的全人，他的全心神，都感到了醺醉，觉得震荡。宇宙的肉身的神奇。动在静中，静在动中的神奇。在一刹那间，在他的眼内，要他的全生命的眼内，这当前的景象幻化成一个神灵的微笑，一折完美的歌调，一朵宇宙的琼花。一朵宇宙的琼花在时空不容分化的仙掌上俄然的擎出了它全盘的灵异。山的起伏，海的起伏，光的超伏；山的颜色，水的颜色，光的颜色——形成了一种不可比况的空灵，一种不可比况的节奏，一种不可比况的谐和。一方宝石，一球纯晶，一颗珠，一个水泡。

但这只是一刹那，也许只许一刹那。在这刹那间廉枫觉得他的脉搏都止息了跳动。他化入了宇宙的脉搏。在这刹那间一切都融合了，一切都消纳了，一切都停止了它本体的现象的动作来参加这"刹那的神奇"的伟大的化生。在这刹那间他上山来心头累聚着的杂格的印象与思绪梦似的消失了踪影。倒挂的一角海，龙的爪牙，少妇的腰身，老妇人的手与乞讨的碎琐，薇纳丝的洞府，全没了。但转瞬间现象的世界重复回还。一层纱幕，适才睁眼纵览时顿然揭去的那一层纱幕，重复不容商榷的盖上了大地。在你也回复了各自的辨认的感觉这景色是美，美极了的，但不再是方才那整个的灵异。另一种文法，另一种关键，另一种意义也许，但不再是那个。它的来与它的去，正如恋爱，正如信仰，不是意力可以支配，可以作主的。他这时候可以分别的赏识这一峰是一个秀挺的莲苞，那一屿像一只雄蹲的海豹，或是那湾海像一钩的眉月；他也能欣赏这幅天然画图的色彩与线条的配置，透视的匀整或是别的什么，但他见的只是一座山峰，一湾海，或是一幅画图。他尤其惊讶那波光的灵秀，有的是绿玉，有的是紫晶，有的是琥珀，有的是翡翠，这波光接连着山岚的晴霭，化成一种异样的珠光，扫荡着无际的青空，但就这也是可以指点，可以比况给你身旁的友伴的一类诗意，也不再是初起那回事。这层遮隔的纱幕是盖定的了。

因此廉枫拾步下山时心胸的舒爽与恬适不是不和杂着，虽则是隐隐的，一些无名的惆怅。过山腰时他又飞眼望瞭望那"洞府"，也向路侧寻觅那挑砖瓦的老妇，她还是忙着搬运着她那搬运不完的重担。但她对他犹是对"她"兴趣远不如上山时的那样馥郁了。他到半山的凉座地方坐下来休息时，他的思想几乎完全中止了活动。

（原刊于1929年3月《新月》第二卷第一期，收入《轮盘》）

注释

1. Banyan，榕树。

2. 拿大顶，就是头手倒立运动的俗称。

3. Aloe，芦荟。

4. Tannhauser，今通译为汤豪泽，德国 12 世纪的游吟诗人和 16 世纪民谣中的英雄人物，后来被瓦格纳改编为歌剧。

5. 薇纳丝，今通译为维纳斯，是古代罗马神话故事中爱与美的女神。

6. 邓浩然，即上文 Tannhauser 的音译。

导读

    徐志摩 1928 年欧游归来，除路经新加坡之外，还到了香港，此文即以此为背景。本篇延续了前一篇的艺术风格，如不事故事情节的构造与客观实在的描摹，重在心理感觉和感官印象的铺染，兹不赘述。然而较诸星加坡篇，本文在语言之秾丽、色彩之秾致以及感情之浓烈方面，均弱化下来。前者流光溢彩，而本篇盈澈了很多。如果说前者是红心蕉，是一球大红，是一流金漾漾的蜜，那么本篇则是一朵琼花，是一球纯晶，是一束灵秀的珠光。下面拟就对比星加坡篇，对本文作导读。

    本文的脉络相对清晰。首先，作者写廉枫对香港街市的感官印象：浓密，琳琅。在星加坡篇，廉枫眼目所观，心意所感，尽是热带自然景观。即便有现代人造物"汽车"的出现，也被主人公视为"野兽"。星加坡于廉枫（作者）心目中，更近于"化外之邦"，有着原始的浓厚、猖狂、活力和欲望。而在本篇里，作者以绵密之句托出繁复的现代物象，表现的是现代的浓密、琳琅和富庶。同是"浓得化不开"，前一篇是原始欲望，本篇是现代诱惑。我们不妨再看一例，即对女性的叙写。在本篇里，女子是"穿着定阔花边艳色新装走街的粤女"，是现代时尚女郎。而在星加坡篇，"朱古律姑娘"使廉枫联想到法国印象派画家高更的画作。而其画作正是表现原始的风土人情，是"到半开化，全野蛮的风土间去发见文化的本真，开辟文艺的新感觉"。

    然后，是写廉枫坐吊盘车上山的奇妙感受。"妙的是一边你自身凭空的往上提，一边绿的一角海，灰的一陇山，白的方的房屋，高直的树，都怪相的一头吊了起来结果是像一幅画斜提着看似的。"作者生动形象地写出廉枫自身上举而万物下沉时的感觉。而笔者认为尤妙之笔在于几个短句的点染，如"绿的一角海，灰的一陇山，白的方的房屋"，寥寥几个字，简洁生动，物象的色与形尽出矣，且有音韵之美，不能不教人击节叹赏。且慢，再细读，你会发现更妙者是短句内部词序的安排。倘若换做笔者来写，恐怕将写成"一角绿的海，一陇灰的山"。作者如是营构，除了"陌生化"的效果之外，正切合人物感官觉知的顺序，先触其色，再观其形，继而辨识其物。王维有名句"竹喧归浣女，莲动下渔舟。"依理性逻辑顺序，当是浣女归而竹林喧，渔舟下而莲花动。而照感官觉知的顺序，正是闻竹喧，始知浣女归；见莲动，方知渔舟下。当真是"欲易一字，卒不能也。"著名散文作家董桥曾在《给自己的笔进补》一文中引来志摩的俏丽的白话："瓜子嗑了三十个，红纸包好藏在锦盒，叫丫鬟送与我那情哥哥。对他说：个个都是奴家亲口嗑，红的是胭脂，湿的是吐沫，都吃了，保管他的相思病儿好全却，保管他的相思病儿好全却。"董桥在文中评论说："'红的是胭脂，湿的是吐沫'，这叫上好的白话文；接下去那一句'都吃了'，更是简洁有力；香港半桶水中文会写成'全部都吃落肚'，未免辜负了那俏奴家！"董桥认为，志摩活泼而风致的文笔，正是古典词曲进补的结果。

下面，作者写廉枫为吊盘车里一名女子所吸引，并随其行于山路："她在前面走。上山。左转弯，右转弯，宕一个。山腰的弧线，她在前面走。沿着山堤，靠着岩壁，转入 Aloe 丛中，绕着一所房舍，抄一折小径，拾几级石磴，她在前面走。如其山路的姿态是婀娜，她的也是的。灵活的山的腰身，灵活的女人的腰身。浓浓的折叠着，融融的松散着。肌肉的神奇！动的神奇！"又是一段妙文，短句连缀，动词提领，颇富动态美。而"转"、"宕"、"绕"等动词的选择，曲尽山腰之灵活，活现山路之婀娜。尤妙者，是将女子身姿与山路的姿态联系起来。一笔山路之灵活，一笔女子之婀娜，彼此竟出笔端，终融为一体："肌肉的神奇！动的神奇！"

当她转入一个比较深奥的山坳时，廉枫想起文艺作品中的人物 Tannhauser（邓浩然）的命运来，其就是为山中的维纳斯所诱惑而被引入神洞。同星加坡篇一致，主人公抑制欲望，抗拒诱惑，"往更高处去。往顶峰的顶上去"。而不同者是，前一篇是以梦醒的方式作为抗拒，是幻与真的对峙，有着剧烈挣扎的痕迹。而本篇里，人物是上山，是升华，是超脱，是自然而然地融入一片天壤大和谐之中。梦与醒，是空间的平行切换；山腰与峰顶，是空间的向上转升。空间变换方式的不同，也是人物内心的不同。当登临顶峰时，廉枫初感震撼，继而是超脱，是物我皆忘，是"化入了宇宙的脉搏"，近于庄子的"天地与我并生，而万物与我为一"。在峰顶上眺望，富于现代诱惑的香港则如蓬莱仙岛，"幻化成一个神灵的微笑，一折完美的歌调，一朵宇宙的琼花"。香港景观脱尽凡尘烟火气，被赋予一种超凡脱俗的、纯粹空灵的美。令廉枫感到"一种不可比况的空灵，一种不可比况的节奏，一种不可比况的谐和"。至此，那"浓得化不开"的欲望和诱惑，已然化开了，舒解了，"一切都融合了，一切都消纳了"。而志摩语言之美，在读者的心里却依旧"浓得化不开"。

"死　城"
（北京的一晚）

　　廉枫站在前门大街上发怔。正当上灯的时候，西河沿的那一头还漏着一片焦黄。风算是刮过了，但一路来往的车辆总不能让道上的灰土安息。他们忙的是什么？翻着皮耳朵的巡警不仅得用手指，还得用口嚷，还得旋着身体向左右转。翻了车，碰了人，还不是他的事？声响是杂极了的，但你果然当心听的话，这匀匀的一片也未始没有它的节奏；有起伏，有波折，也有间歇。人海里的潮声。廉枫觉得他自己坐着一叶小艇从一个涛峰上颠渡到又一个涛峰上。他的脚尖在站着的地方不由的往下一按，仿佛信不过他站着的是坚实的地土。

　　在灰土狂舞的青空兀突着前门的城楼，像一个脑袋，像一个骷髅。青底白字的方块像是骷髅脸上的窟窿，显著无限的忧郁，廉枫从不曾想到前门会有这样的面目。它有什么忧郁？它能有什么忧郁。可也难说，明陵的石人石马，公园的公理战胜碑，有时不也看得发愁？总像是有满肚的话无从说起似的。这类东西果然有灵性，能说话，能冲着来往人们打哈哈，那多有意思？但前门现在只能沉默，只能忍受——忍受黑暗，忍受漫漫的长夜。它即使有话也得过些时候再说，况且它自己的脑壳都已让给蝙蝠们，耗子们做了家，这时候它们正在活动，——它即使能说话也不能说。这年头一座城门都有难言的隐衷，真是的！在黑夜的逼近中，它那壮伟，它那博大，看得多么远，多么孤寂，多么冷。

　　大街上的神情可是一点也不见孤寂，不见冷。这才是红尘，颜色与光亮的一个斗胜场，够好看的。你要是拿一块绸绢盖在你的脸上再望这一街的红艳，那完全另是一番景象。你没有见过威尼市[1]大运河上的晚照不是？你没有见过纳尔逊[2]大将在地中海口轰打拿破仑舰队不是？你也没有见过四川青城山的朝霞，英伦泰晤士河上雾景不是？好了，这来用手绢一护眼看前门大街——你全见着了一转手解开了无穷的想象的境界，多巧！廉枫搓弄着他那方绸绢。不是不得意他的不期的发见。但他一转身又瞥见了前门城楼的一角，在灰苍中隐现着。

进城吧。大街有什么好看的？那外表的热闹正使人想起丧事人家的鼓吹，越喧阗越显得凄凉。况且他自己的心上又横着一大饼的凉，凉得发痛。仿佛他内心的世界也下了雪，路旁的树枝都蘸着银霜似的。道旁树上的冰花可真是美；直条的，横条的，肥的瘦的，梅花也欠他几分晶莹，又是那恬静的神情，受苦还是含笑。可不是受苦，小小的生命躲在枝干最中心的纤维里耐着风雪的侵凌——它们那心窝里也有一大饼的凉但它们可不怨；它们明白，它们等着，春风一到它们就可抬头，它们知道，荣华是不断的，生命是悠久的。

生命是悠久的。这大冷天，雪风在你的颈根上直刺，虫子潜伏在泥土里等打雷，心窝里带着一饼子的凉，你往哪儿去？上城墙去望望不好吗？屋顶上满铺着银，僵白的树木上也不见恼人的春色，况且那东南角上亮亮的不是上弦的月正在升起码？月与雪是有默契的。残破的城砖上停留着残雪的斑点，像是无名的伤痕，月光淡淡的斜着来，如同有手指似的抚摩着它的荒凉的伙伴。猎夫星正从天边翻身起来，腰间翘着箭囊，卖弄着他的英勇。西山的屏峦竟许也望得到，青青的几条发丝勾勒着沈郁的暝色，这上面悬照着太白星耀眼的宝光。灵光寺的木叶，秘魔岩的沉寂，香山的冻泉，碧云山的云气，山坳间或有一星二星的火光；在雪意的惨淡里点缀着惨淡的人迹……这算计不错，上城墙去，犯着寒，冒着夜。黑黑的，孤零零的，看月光怎样把我的身影安置到雪地里去，廉枫正走近交民巷一边的城根，听着美国兵营的溜冰场里的一阵笑响，忽然记起这边是帝国主义的禁地，中国人怕不让上去。果然，那一个长六尺高一脸糟瘢守门兵只对他摇了摇脑袋，磨着他满口的橡皮，挺着胸脯来回走他的路。

不让进去，辜负了，这荒城，这凉月，这一地的银霜。心头那一饼还是不得疏散。郁得更凉了。不到一个适当的境地你就不敢拿你自己尽量的往外放，你不敢面对你自己；不敢自剖。仿佛也有个糟瘢脸的把着门哪。他不让进去。有人得喝够了酒才敢打倒那糟瘢脸的。有人得仰伏迷醉的月色。人是这软弱。什么都怕，什么都不敢当面认一个清切；最怕看见自己。得！还有什么地方可去的？敢去吗？

廉枫抬头望瞭望星。疏疏的没有几颗。也不显亮。七姊妹倒看得见，挨得紧紧的，像一球珠花。顺着往东去不好吗？往东是顺的。地球也是这么走。但这陌生的胡同在夜晚。觉得多深沉，多窈远。单这静就怕人。半天也不见一副卖萝卜或是卖杂吃的小担。他们那一个小火，照出红是红青是青的，在深巷里显得多可亲，多玲珑，还有他们那叫卖声，虽则有时曳长得叫人听了悲酸，也是深巷里不可少的点缀。就像是空白的墙壁上挂上了字画，不论精粗，多少添上一点人间的趣味。你看他们把担子歇在一家门口，站直了身子，昂着脑袋，咧着大口唱——唱得脖子里筋都暴起了。这来邻近哪家都不能不听见。那调儿且在那空气里转着哪——他们自个儿的口鼻间蓬蓬的晃着一团的白云。

今晚什么都没有。狗都不见一只。家门全是关得紧紧的。墙壁上的油灯——一小米的火——活像是鬼给点上的。方便鬼的。骡马车碾烂的雪地，在这鬼火的影映下，都满是鬼意。鬼来跳舞过的。化子们叫雪给埋了。口袋里有的是铜子，要见着化子，在这年头，还有不布施的？静：空虚的静，墓底的静。这胡同简直没有个底。方才拐了没有？廉枫望了望星知道方向没有变。总得有个尽头，赶着走吧。

走完了胡同到了一个旷场。白茫茫的。头顶星显得更多更亮了。猎夫早就全身披挂的支起来了，狗在那一头领着路。大熊也见了。廉枫打了一个寒噤。他走到了一座坟山。外国人的，在这城根。也不知怎么的，门没有关上。他进了门。这儿地上的雪比道上的白得多，松松的满没有斑点。月光正照着，墓碑有不少，疏朗朗的排列着，一直到黑巍巍的城根。有高的，有矮的，也有雕镂着形象的。悄悄的全戴着雪帽，盖着雪被，悄悄的全躺着。这倒有意思，月下来拜会洋鬼子，廉枫叹了一口气。他走近一个墓墩，拂去了石上的雪，坐了下去。石上刻着字，许是金的，可不易辨认。廉枫拿手指去摸那字迹。冷极了！那雪腌过的石板啄墨纸似的猛收着他手指上的体温冷得发僵，感觉都失了。他哈了口气再摸，仿佛人家不愿意你非得请教姓名似的。摸着了，原来是一位姑娘。FRAULEIN ELIZA BERKSON[3]。还得问几岁，这字小更费事，可总得知道。早三年死的二十八除六是二十二。呀，一位妙年姑娘，才二十二岁！廉枫感到一种奇异的战栗，从他的指尖上直通到发尖；仿佛身背着一个黑影子在晃动。但雪地上只有淡白的月光，黑影子是他自己的。

做梦也不易梦到这般境界。我陪着你哪，外国来的姑娘。廉枫的肢体在夜凉里冻得发了麻，就是胸潭里一颗心热热的跳着，应和着头顶明星的闪动。人是这软弱他非得要同情。盘踞在肝肠深处的那些非得要一个尽情倾吐的机会。活的时候得不着，临死，只要一口气不曾断，还非得招承、眼珠已经褪了光，发音都不得清楚他一样非得忏悔。非得到永别生的时候人才有胆量，才没有顾忌。每一个灵魂里都安着一点谎谎能进天堂吗？你不是也对那穿黑长袍胸前挂金十字的老先生说了你要说的话才安心到这石块底下躺着不是，贝克生姑娘？我还不死哪。但这静定的夜景是多大一个引诱！我觉得我的身子已经死了，就只一点子灵性在一个梦世界的浪花里浮萍似的飘着。空灵，安逸。梦世界是没有墙围的。没有涯涣的。你得宽恕我的无状，在昏夜里踞坐在你的寝次，姑娘。但我已然感到一种超凡的宁静，一种解放，一种莹澈的自由。这也许是你的灵感——你与雪地上的月影。

我不能承受你的智慧，但你却不能吝惜你的容忍。我不是你的谁，不是你的朋友，不是你的相知，但你不能不认识我现在向你诉说的忧愁，你——廉枫的手在石板的一头触到了冻僵的一束什么。一把萎谢了的花——玫瑰。有三朵，叫雪给腌僵了。他亲了亲花瓣上的冻雪。我羡慕你在人间还有未断的恩情，姑娘但这也是个累赘，说到彻底的话。这三朵香艳的花放上你的头边——他或是你的亲属或是你的知己——你不能不生感动不是？我也曾经亲自到山谷里去采集野香去安放在我的她的头边。我的热泪滴上冰冷的石块时，我不能怀疑她在泥土里或在星天外也含着悲酸在体念我的情意。但她是远在天的又一方，我今晚只能借景来抒解我的苦辛——

人生是辛苦的。最辛苦是那些在黑茫茫的天地间寻求光热的生灵。可怜的秋蛾，他永远不能忘情于火焰。在泥草间化生，在黑暗里飞行，抖擞着翅羽上的金粉——它的愿望是在万万里外的一颗星。那是我。见着光就感到激奋，见着光就顾不得粉脆的躯体，见着光就满身充满着悲惨的神异，殉献的奇丽——到火焰的底里去实现生命的意义。那是我。天让我望见那一柱光！那一个灵异的时间！"也就一半句话，甘露活了枯芽。"我的生命顿时豁裂成一朵奇异的愿望的花。"生命是悠久的"，但花开只是朝露与晚霞间的一段插话。殷勤是夕阳的顾盼，为花事的荣悴关心。可怜这心头的一撮土，更有谁来凭吊？"你的烦恼我全知道，虽则你从不曾向我说破；你的忧愁我全明白，为你我也时常难受。"清丽的晨风，吹醒了大地的荣华！

"你耐着吧，美不过这半绽的蓓蕾。""我去了，你不必悲伤，珍重这一卷诗心，光彩常留在星月间。"她去了！光彩常在星月间。

陌生的朋友，你不嫌我话说得晦塞吧。我想你懂得。你一定懂。月光染白了我的发丝，这枯槁的形容正配与墓墟中人作伴；它也仿佛为我照出你长眠的宁静……那不是我那她的眉目？迷离的月影，你何妨为我认真来刻划个灵通？她的眉目；我如何能遗忘你那永诀时的神情！竟许就那一度，在生死的边沿，你容许我怀抱你那生命的本真；在生死的边沿你容许我亲吻你那性灵的奥隐，在生死的边沿，你容许我哺啜你那妙眼的神辉。那眼，那眼！爱的纯粹的精灵迸裂在神异的刹那间！你去了，但你是永远留着。从你的死，我才初次会悟到生。会悟到生死间一种幽玄的丝缕。世界是黑暗的，但我却永久存储着你的不死的灵光。

廉枫抬头望着月。月也望着他。青空添深了沉默。城墙外仿佛有一声鸦啼，像是裂帛，像是鬼啸。墙边一枝树上抛下了一捧雪，亮得辉眼。这还是人间吗？她为什么不来，像那年在山中的一夜？

我送别她归去，与她在此分离，
在青草里飘拂，她的洁白的裙衣。

诡异的人生！什么古怪的梦希望在你擎上手掌估计分量时，已经从你的手指间消失，像是发珠光的青汞。什么都得变成灰，飞散，飞散飞散……我不能不羡慕你的安逸，缄默的墓中人！我心头还有火在烧，我怀着我的宝；永没有人能探得我的痛苦的根源，永没有人知晓，到那天我也得瞑目时，我把我的宝还交给上帝：除了他更有谁能赐与，能承受这生命的生命？我是幸福的！你不羡慕我吗，朋友？

我是幸福，因为我爱，因为我有爱。多伟大，多充实的一个字！提着它胸肋间就透着热，放着光，滋生着力量。多谢你的同情的倾听。长眠的朋友，这光阴在我是希有的奢华。这又是北京的清静的一隅。在凉月下，在荒城边，在银霜满树时。但北京——廉枫眼前又扯亮着那狞恶的前门。像一个脑袋，像一个骷髅。丧事人家的鼓乐。北海的芦苇。荣叶能不死吗？在晚照的金黄中，有孤鹜在冰面上飞。销沈，销沈。更有谁眷念西山的紫气？她是死了——一堆灰。北京也快死了——准备一个钵盂，到枯木林中去安排它的葬事。有什么可说的？再会吧，朋友，还有什么可说的？

　　他正想站起身走，一回头见进门那路上仿佛又来了一个人影。肥黑的一团在雪地上移着，迟迟的移着，向着他的一边来。有树拦着，认不真是什么，是人吗？怪了，这是谁？在这大凉夜还有与我同志的吗？为什么不，就许你吗？可真是有些怪，它又不动了，那黑影子绞和着一棵树影，像一个大包袱。不能是鬼吧。为什么发噤，怕什么的？是人，许是又一个伤心人，是鬼，也说不定它别有怀抱。竟许是个女子，谁知道！在凉月下，在荒冢间，在银霜满地时。它伛偻着身子哪，像是捡什么东西。不能是个化子——化子化不到墓园里来。唷，它转过来了！

　　它过来了，那一团的黑影。走近了。站定了，他也望着坐在坟墩上的那个发楞哪。是人，还是鬼，这月光下的一堆？他也在想。"谁？"粗糙的，沉浊的口音。廉枫站起了身，哈着一双冻手。"是我，你是谁？"他是一个矮老头儿，屈着肩背，手插在他的一件破旧制服的破袋里。"我是这儿看门的。"他也走到了月光下。活像《哈姆雷德》⁴里一个掘坟的，廉枫觉得有趣，比一个妙年女子，不论是鬼是人，都更有趣。"先生，你什么时候进来的？我哼是睡着了，那门没有关严吗？""我进来半天了。""不凉吗您坐在这石头上？""就你一个人看着门的？""除了我这样的苦小老儿，谁肯来当这苦差？""你来有几年了？""我怎么知道有几年了！反正老佛爷没有死，我早就来了。这该有不少年份了吧，先生？我是一个在旗吃粮的，您不看我的衣服？""这儿常有人来不？""倒是有。除了洋人拿花来上坟的，还有学生也有来的，多半是一男一女的。天凉了就少有来的了。你不也是学生吗？"他斜着一双老眼打量廉枫的衣服。"你一个人看着这么多的洋鬼不害怕？"老头他乐了。这话问得多幼稚，准是个学生，年纪不大。"害怕？人老了，人穷了，还怕什么的！再说我这还不是靠鬼吃一口饭吗？靠鬼，先生！""你有家不，老头儿！""早就死完了。死干净了。""你自己怕死不，老头儿，"老头又乐了。"先生，您又来了！人穷了，人老了，还怕死吗？你们年轻人爱玩儿，爱乐，活着有意思，咱们哪说得上？"他在口袋里掏出一块黑绢子攞着他的冻鼻子。这声音听大了。城圈里又有回音，这来坟场上倒添了不少生气。那边树上有几只老鸦也给惊醒了，亮着他们半冻的翅膀。"老头，你想是生长在北京的吧？""一辈子就没有离开过。""那你爱不爱北京？"老头简直想咧个大嘴笑。这学生问的话多可乐！爱不爱北京？人穷了，人老了，有什么爱不爱的？"我说给您听听吧，"他有话说。

"就在这儿东城根，多的是穷人，苦人。推土车的，推水车的，住闲的，残废的，全跟我一模一样的，生长在这城圈子里，一辈子没有离开过。一年就比一年苦，大米一年比一年贵。土堆里煤渣多捡不着多少。谁生得起火？有几顿吃得饱的？夏天还可对付，冬天可不能含糊。冻了更饿，饿了更冻。又不能吃土。就这几天天下大雪，好；狗都瘪了不少！"老头又擤了擤鼻子。"说有钱的人都搬走了，往南，往东南，发财的，升官的，全去了。穷人苦人哪走得了？有钱人走了他们更苦了，一口冷饭都讨不着。北京就像个死城，没有气了，您知道！哪年也没有本年的冷清。您听听，什么声音都没有，狗都不叫了！前儿个我还见着一家子夫妻俩带着三个孩子饿急了，又不能做贼，就商量商量借把刀子破肚子见阎王爷去。可怜着哪，那男的一刀子捅了他媳妇的肚子，肠子漏了，血直冒，算完了一个，等他抹回头拿刀子对自个儿的肚子撩，您说怎么了，那女的眼还睁着没有死透，眼看着她丈夫拿刀扎自己，一急就拚着她那血身体向刀口直推，您说怎么了，她那手正冲着刀锋，快着哪，一只手，四根手指，就让白萝卜似的给批了下来，脆着哪！那男的一看这神儿，一心痛就痛偏了心，掷了刀回身就往外跑，满口疯嚷嚷的喊救命，这一跑谁知他往哪儿去了，昨儿个盔甲厂派出所的巡警说起这件事都撑不住淌眼泪哪。同是人不是，人总是一条心，这苦年头谁受得了？苦人倒是爱面子，又不能偷人家的。真急了就吊，不吊就往水里淹，大雪天河沟冻了淹不了，就借把刀子抹脖子拉肚肠根。是穷末，有什么说的？好，话说回来了，您问我爱不爱北京。人穷了，人苦了，还有什么路走？爱什么！活不了，就得爱死！我不说北京就像个死城吗？我说它简直死定了！我还掏了二十个大子给那一家三小子买窝窝头吃。才可怜哪！好，爱不爱北京？北京就是这死定了，先生！还有什么说的？"

廉枫出了坟园低着头走，在月光下走了三四条老长的胡同才雇到一辆车。车往西北正顶着刀尖似的凉风。他裹紧了大衣，烤着自己的呼吸，心里什么念头都给冻僵了。有时他睁眼望望一街阴惨的街灯，又看看那上年纪的车夫在滑溜的雪道上顶着风一步一步的挨，他几回都想叫他停下来自己下去让他坐上车拉他，但总是说不出口。半圆的月在雪道上亮着它的银光。夜深了。

（原刊于1929年1月《新月》第一卷第十一期，收入《轮盘》）

注释

1. 威尼市，今通译为威尼斯，是意大利东北部城市，亚得里亚海威尼斯湾西北岸重要港口。城市面积不大，却由 118 个小岛组成，177 条运河蛛网一样密布其间。
2. 纳尔逊，英国海军上将，被誉为"英国皇家海军之魂"。
3. FRAULEIN ELIZA BERKSON，德语，艾丽莎·伯克森小姐。
4. 《哈姆雷德》，今通译为《哈姆莱特》，是莎士比亚最负盛名的剧本，同《麦克白》、《李尔王》和《奥赛罗》一起组成莎士比亚"四大悲剧"。

导读

　　徐志摩曾翻译过丹农雪乌（邓南遮）的戏剧《死城》，而本篇即以此为题，所写的是廉枫在北京的一晚的见闻与感受。是为《"浓得化不开"》的续篇。

　　学者路耀东在《徐志摩评传》中指出："《"浓得化不开"》两篇及《死城"》，是驰骋想象的产物，但调色不均，未臻和谐统一。"这句评语大抵不错，不仅篇与篇之间色调不统一，且篇章内部亦有龃龉。正是这份"龃龉"之处，致使一些论者对本篇的理解各执一词。或认为，《死城》是"对封建军阀统治下的北京，做了有力的揭露"（路耀东：《徐志摩评传》）。或认为，"他的《死城》也绝不是什么徐志摩从国外归来，面对当时国家遭受帝国主义凌辱的情形，抒发了深深的爱国热情。这篇小说的主题依旧是为了表现爱"（赵彬：《论徐志摩诗话小说的艺术特色》）。

　　两人的说法，在文中均有例可寻。只是两人寻取论据时，各偏一端，遂得出截然不同的结论。前者忽略了主人公向亡者倾诉的段落，而后者无视文中守墓人的话。这两部分在文中笔墨相当，其实两者难分主次。倘若联系上文、考虑布局以及留心作者当时的其他文章，笔者倾向于路耀东先生的观点，对军阀统治和帝国主义凌辱的北京进行有力揭露，表达对底层人民的同情，是本篇的主调。至于爱的主题，固然存在，但似乎单薄。

　　那么我们可以说，在墓园里有两种声音：

　　一是主人公向亡者（贝克生姑娘）倾诉的声音。这一段廉枫的自剖，不啻作者的夫子自道。其表达的正是志摩的"单纯的信仰"——爱、美、自由——以及追求这份信仰的理想主义精神。这一重声音，在作者其他的篇章中反复出现，亦为研究者和读者所熟悉，兹不赘述。

一是守墓老人讲述北京底层的声音，所揭示的是底层人民困苦、悲惨与绝望的生活。这一重来自底层的悲哀、绝望的声音，是徐志摩文章中所罕见的。有人曾指摘徐志摩"对于劳苦的大众和中外反动势力屠杀下的中国百姓视若无睹"。他的文章中的确极少这些内容，而绝非没有，本篇即是一例。这也是本选集中唯一的一次。然而其一旦出现，即触目惊心，如那段关于夫妇自杀的文字。读之让人感到震悚与残酷，其社会批判的力度贯透纸背。倘若无视这一段文字，而固执地认为作者就是为了表现爱情，那实在是肤浅得很了。

两种声音混响于文中，的确有不和谐之处。然而，我们也不妨把它们综合起来看，"死城"之死缘于两面：首先，是时局的动荡与黑暗，是底层人民的苦难与绝望；其次，是社会中真的感情的丧失，是心灵的漠然，是青年人（或知识分子）苦闷、失望与悲观的情绪。

从康桥到墓园，我们或许可以说，徐志摩经历了两度转变。康桥让徐志摩睁开了诗性之眼，使他看到了自然、爱、美、自由，性灵等。而墓园教他看到了底层人民的无尽的苦难。惜乎后一重转变初露端倪，志摩即长眠于墓园了。在康河上泛舟的志摩，为大家所熟悉。而在墓园里倾听人民悲苦的志摩，却被大家忽略了。笔者认为，本篇虽非他的经典之作，然而并非不重要，不该被忽略。

北戴河海滨的幻想

他们都到海边去了。我为左眼发炎不曾去。我独坐在前廊，偎坐在一张安适的大椅内，袒着胸怀，赤着脚，一头的散发，不时有风来撩拂。清晨的晴爽，不曾消醒我初起时睡态，但梦思却半被晓风吹断。我阖紧眼帘内视，只见一斑斑消残的颜色，一似晚霞的余赭[1]，留恋地胶附在天边。廊前的马樱、紫荆、藤萝、青翠的叶与鲜红的花，都将他们的妙影映印在水汀[2]上，幻出幽媚的情态无数；我的臂上与胸前，亦满缀了绿荫的斜纹。从树荫的间隙平望，正见海湾：海波亦似被晨曦唤醒，黄蓝相间的波光，在欣然的舞蹈。滩边不时见白涛涌起，迸射着雪样的水花。浴线内点点的小舟与浴客，水禽似的浮着；幼童的欢叫，与水波拍岸声，与潜涛呜咽声，相间的起伏，竟报一滩的生趣与乐意。但我独坐的廊前，却只是静静的，静静的无甚声响。妩媚的马樱，只是幽幽的微辗着，蝇虫也敛翅不飞。只有远近树里的秋蝉，在纺纱似的垂引他们不尽的长吟。

在这不尽的长吟中，我独坐在冥想。难得是寂寞的环境，难得是静定的意境；寂寞中有不可言传的和谐，静默中有无限的创造。我的心灵，比如海滨，生平初度的怒潮，已经渐次的消翳，只剩有疏松的海砂中偶尔的回响，更有残缺的贝壳，反映星月的辉芒。此时摸索潮余的斑痕，追想当时汹涌的情景，是梦或是真，再亦不须辨问，只此眉梢的轻皱，唇边的微哂，已足解释无穷奥绪，深深的蕴伏在灵魂的微纤之中。

青年永远趋向反叛；爱好冒险；永远如初度航海者，幻想黄金机缘于浩渺的烟波之外：想割断系岸的缆绳，扯起风帆，欣欣的投入无垠的怀抱。他厌恶的是平安，自喜的是放纵与豪迈。无颜色的生涯，是他目中的荆棘；绝海与凶巇，是他爱取自由的途径。他爱折玫瑰；为她的色香，亦为她冷酷的刺毒。他爱搏狂澜：为他的庄严与伟大，亦为他吞噬一切的天才，最是激发他探险与好奇的动机。他崇拜冲动：不可测，不可节，不可预逆，起，动，消歇皆在无形中，狂飚似的倏忽与猛烈与神秘。他崇拜斗争：从斗争中求剧烈的生命之意义，从斗争中求绝对的实在，在血染的战阵中，呼叫胜利之狂欢或歌败丧的哀曲。

　　幻象消灭是人生里命定的悲剧；青年的幻灭，更是悲剧中的悲剧，夜一般的沉黑，死一般的凶恶。纯粹的，猖狂的热情之火，不同阿拉伯的神灯，只能放射一时的异彩，不能永久的朗照；转瞬间，或许，便已敛熄了最后的焰舌，只留存有限的余烬与残灰，在未灭的余温里自伤与自慰。

　　流水之光，星之光，露珠之光，电之光，在青年的妙目中闪耀，我们不能不惊讶造化者艺术之神奇，然可怖的黑影，倦与衰与饱餍的黑影，同时亦紧紧的跟着时日进行，仿佛是烦恼、痛苦、失败，或庸俗的尾曳，亦在转瞬间，彗星似的扫灭了我们最自傲的神辉——流水涸，明星没，露珠散灭，电闪不再！

　　在这艳丽的日辉中，只见愉悦与欢舞与生趣，希望，闪烁的希望，在荡漾，在无穷的碧空中，在绿叶的光泽里，在虫鸟的歌吟中，在青草的摇曳中——夏之荣华，春之成功。春光与希望，是长驻的；自然与人生，是调谐的。

　　在远处有福的山谷内，莲馨花在坡前微笑，稚羊在乱石间跳跃，牧童们，有的吹着芦笛，有的平卧在草地上，仰看交幻的浮游的白云，放射下的青影在初黄的稻田中缥缈地移过。在远处安乐的村中，有妙龄的村姑，在流涧边照映她自制的春裙；口衔烟斗的农夫三四，在预度秋收的丰盈，老妇人们坐在家门外阳光中取暖，她们的周围有不少的儿童，手擎着黄白的钱花在环舞与欢呼。

　　在远——远处的人间，有无限的平安与快乐，无限的春光……

　　在此暂时可以忘却无数的落蕊与残红；亦可以忘却花荫中掉下的枯叶，私语地预告三秋的情意；亦可以忘却苦恼的僵癯的人间，阳光与雨露的殷勤，不能再恢复他们腮颊上生命的微笑，亦可以忘却纷争的互杀的人间，阳光与雨露的仁慈，不能感化他们凶恶的兽性；亦可以忘却庸俗的卑琐的人间，行云与朝露的丰姿，不能引逗他们刹那间的凝视；亦可以忘却自觉的失望的人间，绚烂的春时与媚草，只能反激他们悲伤的意绪。

　　我亦可以暂时忘却我自身的种种；忘却我童年期清风白水似的天真；忘却我少年期种种虚荣的希冀；忘却我渐次的生命的觉悟；忘却我热烈的理想的寻求；忘却我心灵中乐观与悲观的斗争；忘却我攀登文艺高峰的艰辛；忘却刹那的启示与彻悟之神奇；忘却我生命潮流之骤转；忘却我陷落在危险的旋涡中之幸与不幸；忘却我追忆不完全的梦境；忘却我大海底里埋首

的秘密；忘却曾经刳割我灵魂的利刃，炮烙我灵魂的烈焰，摧毁我灵魂的狂飚与暴雨；忘却我的深刻的怨与艾；忘却我的冀与愿；忘却我的恩泽与惠感；忘却我的过去与现在……

过去的实在，渐渐的膨胀，渐渐的模糊，渐渐的不可辨认；现在的实在，渐渐的收缩，逼成了意识的一线，细极狭极的一线，又裂成了无数不相联续的黑点……黑点亦渐次的隐翳？幻术似的灭了，灭了，一个可怕的黑暗的空虚……

（原刊于1924年6月21日《晨报副刊·文学旬刊》，收入《落叶》）

注释

1. 赭（zhě），赤红色。
2. 汀（tīng），水边平地，小洲。

导读

从题目上看，本篇仿佛是海滨游记，也确然有几笔海边的生趣与乐意的勾画与点染，而实际上是作者心灵的潮涌：有怒潮里的理想状景，有潮余中的幻灭悲剧，亦有人与自然的和谐之乐。作者的灵符之中似有苍海存焉，既有洪涛汹涌、气势磅礴的景象，也有无限的安宁与沉静。

作者开篇即构拟一个独处的空间和冥想的契机："他们都到海边去了。我为左眼发炎不曾去。"他独坐前廊，偎坐在一张安适的大椅内，解怀，散发，赤足，亦任思绪自如无拘，驰骋若野马，漫游不羁，腾跃恣纵，正是作者个性之潇洒、创造之活跃与想象之丰沛的体现。而形诸笔墨，文字柔媚而华艳，意象绮丽而繁复，又能协调长短句，营构比喻、象征和排比等，以叩击思绪飞动的节奏、表现情感涌动形态。

作者到底是诗人，即使写起散文来，亦怀一颗敏感的诗心。给他一点因由或媒介，便足以激发他无穷的联想。本文唯独首段是写实的，其余均为作者的海滨幻想。作者的视觉轨迹是由近及远的：首先写闭眼内视，"只见一斑斑消残的颜色，一似晚霞的余赭，留恋地胶附在天边"。此处是一个妙喻，才情之外，也见出作者体验与感受之细腻。其次，写廊前花影，幽媚之态，撩人心魂。继而透过树荫间隙，望见海湾，并以生动的笔触勾画海湾的欢乐情景：沐浴曦光而舞蹈的海波，如水禽浮动的点点小舟和浴客，欢叫的孩童，在在呈现出生趣与乐意。此时作者忽然笔锋一转，又回睁己身，迥别于海湾，独坐的廊前只是静静的，寂寥的，连蝇虫也敛翅不飞。"只有远近树里的秋蝉，在纺纱似的垂引他们不尽的长吟。"秋蝉长吟之声，反衬出廊前的寂静，所谓"蝉噪林逾静，鸟鸣山更幽。"作者以纺纱来比喻不尽的长吟，新奇独特，耳目一新，既有"陌生化"的效果，也恰切得当。一个好的比喻，必须既"奇"且"通"。

这样寂寞的环境与意境，给予了作者无限创造的空间与契机，于是作者开始睁视自我心灵的潮汐，并藉此剖析了青年人的性格，以诗化的文字写出青年人的梦想与幻灭。青年趋向反叛，爱好冒险，幻想无穷的远方，迎向怒潮，搏击狂澜，渴望激情，追慕伟大，却罔顾残酷的现实，终归只是一幕幕幻象，而幻象注定是破灭的。"幻象消灭是人生里命定的悲剧；青年的幻灭，更是悲剧中的悲剧，夜一般的沉黑，死一般的凶恶。"青年人眼眸中闪耀的流水之光、星之光、露珠之光、电之光，正是理想的神辉。而这理想的光芒终为现实的烦恼、痛苦、失败，或庸俗所扫灭——流水涸，明星没，露珠散灭，电闪不再。青春确乎美好，而到底也残酷。法国作家莫里亚克说："你以为年轻是好事么？青春如同化冻中的沼泽。"理想与现实，在年轻的生命中是恒久的对立，所以青春必然充满挣扎与茫然，火热与灰冷，昂扬与颓丧。作者彼时也是年轻人，那段关于乐观与悲观、理想与幻灭的文字，无疑正是作者夫子自道，是生命的自述，心灵的自剖。

然而作者并没有任文字惨淡下去，笔锋陡然一转，伸向艳丽的日辉里、无穷的碧空中、绿叶的光泽里与虫鸟的歌吟中，颇具"山重水复疑无路，柳暗花明又一村"的妙境。作者旋即为我们展开了一幅充满田园牧歌情调的画面：山谷里，花朵微笑，稚羊欢跳，牧童抚笛，白云悠游；而在安乐的村中，妙龄村姑照映春裙，三四农夫预度秋收，老妇人沐浴春晖，儿童嬉闹玩耍，一派怡然自乐。这不能不使我们想起陶渊明笔下的"世外桃源"。人与自然的和谐，心与宇宙的契合，带给作者无限的平安与快乐，令作者忘却自身的种种以及人世的一切冲突对立的现象。二十三个"忘却"的层出迭现，铺排而出，既剖露作者心灵的辙辙，也指向现实的卑污与丑恶，更表现自然的奇妙之力——使灵魂和谐、安静、欢愉。

一封信
（给抱怨生活干燥的朋友）

得到你的信，像是掘到了地下的珍藏，一样的希罕，一样的宝贵。

看你的信，像是看古代的残碑，表面是模糊的，意致却是深微的。

又像是在尼罗河旁边幕夜，在月亮正照着金字塔的时候，梦见一个穿黄金袍服的帝王，对着我作谜语，我知道他的意思，他说："我无非是一个体面的木乃伊。"

又像是我在这重山脚下半夜梦醒时，听见松林里夜鹰的 Soprano[1] 可怜的遭人厌毁的鸟，他虽则没有子规那样天赋的妙舌，但我却懂得他的怨愤，他的理想，他的急调是他的嘲讽与咒诅；我知道他怎样的鄙蔑一切，鄙蔑光明，鄙蔑烦嚣的燕雀，也鄙弃自喜的画眉；

又像是我在普陀山发现的一个奇景；外面看是一大块岩石，但里面却早被海水蚀空，只剩罗汉头似的一个脑壳，每次海涛向这岛身搂抱时，发出极奥妙的音响，像是情话，像是咒诅，像是祈祷，在雕空的石笋、钟乳间呜咽，像大和琴的谐音在皋雪格[2]的古寺的花椽、石楹间回荡——但除非你有耐心与勇气，攀下几重的石岩，俯身下去凝神的察看与倾听，你也许永远不会想象，不必说发现这样的秘密；

又像是……但是我知道，朋友，你已经听够了我的比喻。也许你愿意听我自然的嗓音与不做作的语调，不愿意收受用幻想的亮箔包裹着的话，虽则，我不能不补一句，你自己就是最喜欢从一个弯曲的白银喇叭里，吹弄你的古怪的调子。

你说："风大土大，生活干燥。"这话仿佛是一阵奇怪的凉风，使我感觉一个恐怖的战栗；像一团飘零的秋叶，使我的灵魂里掉下一滴悲悯的清泪。

我的记忆里，我似乎自信，并不是没有葡萄酒的颜色与香味，并不是没有妩媚的微笑的痕迹，我想我总可以抵抗你那句灰色的语调的影响——

是的，昨天下午我在田里散步的时候，我不是分明看见两块凶恶的黑云消灭在太阳猛烈的光焰里，五只小山羊，兔子一样的白净，听着她们妈的吩咐在路旁寻草吃，三个捉草的小孩在一个稻屯前抛掷镰刀；自然的活泼给我不少的鼓舞，我对着白云里矗着的宝塔喊说我知道生命是有意趣的。

今天太阳不曾出来。一捆捆的云在空中紧紧的挨着，你的那句话碰巧又添一亡了几重云蒙，我又疑惑我昨天的宣言了。

我也觉得奇怪，朋友，何以你那句话在我的心里，竟像白垩涂在玻璃上，这半透明的沉闷是一种很巧妙的刑罚；我差不多要喊痛了。

我向我的窗外望，暗沉沉的一片，也没有月亮，也没有星光，日光更不必想，他早已离别了，那边黑蔚蔚的是林子，树上，我知道，是夜鸮的寓处，树下累累的在初夜的微芒中排列着，我也知道。是坟墓，僵的白骨埋在硬的泥里，磷火也不见一星，这样的静，这样的惨，黑夜的胜利是完全的了。

我闭着眼向我的灵府里问讯，呀，我竟寻不到一个与干燥脱离的生活的意象，干燥像一个影子，永远跟着生活的脚后，又像是葱头的葱管，永远附着在生活的头顶，这是一件奇事。

朋友，我抱歉，我不能答复你的话，虽则我很想，我不是爽恺的西风，吹不散天上的云罗，我手里只有一把粗拙的泥锹，如其有美丽的理想或是希望要埋葬，我的工作倒是现成的——我也有过我的经验。

朋友，我并且恐怕，说到最后，我只得收受你的影响，因为你那句话已经凶狠的咬入我的心里，像一个有毒的蝎子，已经沉沉的压在我的心上，像一块盘陀石，我只能忍耐，我只能忍耐……

二月二十六日。
（原刊于1924年3月10日《小说月报》第十五卷第三号）

注释

1. Soprano，女高音。
2. 皋雪格，Gothick 的音译，意即"哥特式"，12 至 16 世纪流行于西欧的建筑风格，以尖拱、拱顶、细长柱等为特点，主要建于天主教堂。

导读

在本文中，作者构拟了一个情景，即通过书信的形式，与一个"抱怨生活干燥的朋友"对话，以倾诉自己内心、敞开幽微的灵府、表现生命的矛盾。

徐志摩的散文尤为风格化，极具形式感。此处提示三点：首先，这篇短文依旧表现出作者一贯的"野马风"，一任情感流动、思绪纷飞，而又不失内在的脉络，确乎是"形散而神不散"。其次，文章呈现出鲜明而浓厚的"诗化"韵味，文思跳跃，意象纷呈，修辞层出，亦具音乐之美，长短句交错起伏，抑扬顿挫，搭配得当，宛然时而悠扬、时而低回的曲音。再次，它具有亲切的对话感。作者爱在文章中预设一个读者——"你"——让我们读来如晤故友，毫无戒心，自在轻松。正如梁实秋先生所概括："志摩的散文，不论写什么题目，永远保持一个亲热的态度。我实在找不出比'亲热的'更好的形容词……他的散文没有教训的气味，没有演讲的气味，而是像和知心朋友谈话。不论谁，只要一读志摩的散文，就不知不觉地非站在他的朋友的地位上不可。"

从开篇可得知，此文当是一封回信，答复朋友对生活的抱怨。作者首先铺排出一连串奇特精妙、恰切合理的比喻，而且每一个比喻都组织起一个意象群，构成一重神秘、幽深的意境，具有法国象征主义的意味，意蕴幽远，想象奇崛，意象诡谲，读之不能不教人击节叹赏，同时又不得不让你细品深味，因为意义是朦胧、隐晦的。作者形容那位"朋友"的来信，如"古代的残碑，表面是模糊的，意致却是深微的"。作者的回信亦复如是。

古代的残碑，月光下的金字塔，体面的木乃伊，可怜的遭人厌毁的鸟，被海水蚀空的岩石等，这几重意象以及围绕其而形成的意境，彼此意义共振、色彩相谐，呈现出一个苦闷的、空虚的、灰暗的、悲戚的、痛楚的生命，可谓一个干燥无泽的灵魂。面对如此晦暗的生命底色，如果作者没有勇气与耐心，是无法理解这位"朋友"的。作者对"朋友"自是有着同情，也在心里为他流下悲悯之泪。

然而作者笔锋一转，欲抵抗"朋友"的灰暗之语和古怪之调，在记忆里和自然中寻出一方明朗和生机，为我们绘制了一幅充满生命意趣的田野图景。消灭黑云的灼灼日晖，五只兔子一样白净的山羊，三个捉草的小孩，一派天机活泼，给予作者生命的欣悦和鼓舞。然而这来自记忆与自然的快乐终归短暂，很快作者便为现实和"朋友"的话所影响和感染，而感到"这样的静，这样的惨，黑夜的胜利是完全的了"。而且"朋友"的生命感觉如有噬心的力量，又如一块盘陀石的沉重，令作者无法摆脱，欲抗拒而不能，想挣扎而无力，只得任其弥漫于生活，只能忍耐，忍耐……

　　分析至此，我们不妨换一重赏读的目光：与其说是作者与"抱怨生活干燥的朋友"在对话，不如是作者的自我对话，自我剖白，表现出生命的矛盾两极：无边的晦暗与广阔的明媚。对于后者，当去热烈的拥抱；而对于前者，似乎只能忍耐。那个"抱怨生活干燥的朋友"许是作者自己也未可知。不论如何，那情绪的诗性表达，实在精妙绝伦，回味无穷。

"迎上前去"

这回我不撒谎，不打隐谜，不唱反调，不来烘托；我要说几句至少我自己信得过的话，我要痛快的招认我自己的虚实，我愿意把我的花押画在这张供状的末尾。

我要求你们大量的容许，准我在我第一天接手《晨报副刊》的时候，介绍我自己，解释我自己，鼓励我自己。

我相信真的理想主义者是受得住眼看他往常保持着的理想煨成灰，碎成断片，烂成泥，在这灰、这断片、这泥的底里，他再来发现他更伟大、更光明的理想。我就是这样的一个。

只有信生病是荣耀的人们才来不知耻的高声嚷痛；这时候他听著有脚步声，他以为有帮助他的人向着他来，谁知是他自己的灵性离了他去！真有志气的病人，在不能自己豁脱苦痛的时候，宁可死休，不来忍受医药与慈善的侮辱。我又是这样的一个。

我们在这生命里到处碰头失望，连续遭逢"幻灭"，头顶只见乌云，地下满是黑影；同时我们的年岁、病痛、工作、习惯，恶狠狠的压上我们的肩背，一天重似一天，在无形中嘲讽的呼喝着，"倒，倒，你这不量力的蠢材！"因此你看这满路的倒尸，有全死的，有半死的，有爬着挣扎的，有默无声息的……嘿！生命这十字架，有几个人抗得起来？

但生命还不是顶重的担负，比生命更重实更压得死人的是思想那十字架。人类心灵的历史里能有几个天成的孟贲乌育[1]？在思想可怕的战场上我们就只有数得清有限的几具光荣的尸体。

我不敢非分的自夸；我不够狂，不够妄。我认识我自己力量的止境，但我却不能制止我看了这时候国内思想界萎瘪现象的愤懑与羞恶。我要一把抓住这时代的脑袋，问它要一点真思想的精神给我看看——不是借来的税来的冒来的描来的东西，不是纸糊的老虎，摇头的傀儡，蜘蛛网幕面的偶像；我要的是筋骨里迸出来，血液里激出来，性灵里跳出来，生命里震荡出来的真纯的思想。我不来问他要，是我的懦怯；他拿不出来给我看，是他的耻辱。朋友，我要你选定一边，假如你不能站在我的对面，拿出我要的东西来给我看，你就得站在我这一边，帮着我对这时代挑战。

我预料有人笑骂我的大话。是的，大话。我正嫌这年头的话太小了，我们得造一个比小更小的字来形容这年头听着的说话，写下印成的文字；我们得请一个想象力细致如史魏夫脱[2]（Dean Swift）的来描写那些说小话的小口，说尖话的尖嘴。一大群的食蚁兽！他们最大的快乐是忙着他们的尖喙在泥土里垦寻细微的蚂蚁。蚂蚁是吃不完的，同时这可笑的尖嘴却益发不住的向尖的方向进化，小心再隔几代连蚂蚁这食料都显太大了！

我不来谈学问，我不配，我书本的知识是真的十二分的有限。年轻的时候我念过几本极普通的中国书，这几年不但没有知新，温故都说不上，我实在是孤陋，但我却抱定孔子的一句话"知之为知之，不知为不知，是知也"，决不来强不知为知；我并不看不起国学与研究国学的学者，我十二分尊敬他们，只是这部分的工作我只能艳羡的看他们去做，我自己恐怕不但今天，竟许这辈子都没希望参加的了。外国书呢？看过的书虽则有几本，但是真说得上"我看过的"能有多少，说多一点，三两篇戏，十来首诗五六篇文章，不过这样罢了。

科学我是不懂的，我不曾受过正式的训练，最简单的物理化学，都说不明白，我要是不预备就去考中学校，十分里有九分是落第，你信不信！天上我只认识几颗大星，地上几棵大树！这也不是先生教我的；从先生那里学来的，十几年学校教育给我的，究竟有些什么，我实在想不起，说不上，我记得的只是几个教授可笑的嘴脸与课堂里强烈的催眠的空气。

我人事的经验与知识也是同样的有限，我不曾做过工；我不曾尝味过生活的艰难，我不曾打过仗，不曾坐过监，不曾进过什么秘密党，不曾杀过人，不曾做过买卖，发过一个大的财。

所以你看，我只是个极平常的人，没有出人头地的学问，更没有非常的经验。但同时我自信我也有我与人不同的地方。我不曾投降这世界。这不受它的拘束。

我是一只没笼头的野马，我从来不曾站定过。我人是在这社会里活着，我却不是这社会里的一个，像是有离魂病似的，我这躯壳的动静是一件事，我那梦魂的去处又是一件事。我是一个傻子，我曾经妄想在这流动的生里发现一些不变的价值，在这打谎的世上寻出一些不磨灭的真，在我这灵魂的冒险是生命核心里的意义；我永远在无形的经验的峻岩上爬着。

冒险——痛苦——失败——失望，是跟着来的，存心冒险的人就得打算他最后的失望；但失望却不是绝望，这分别很大。我是曾经遭受失望的打击，我的头是流着血，但我的脖子还是硬的；我不能让绝望的重量压住我的呼吸，不能让悲观的慢性病侵蚀我的精神，更不能让厌世的恶质染黑我的血液。厌世观与生命是不可并存的；我是一个生命的信徒，起初是的，今天还是的，将来我敢说也是的。我决不容忍性灵的颓唐，那是最不可救药的堕落，同时却继续躯壳的存在；在我，单这开口说话，提笔写字的事实，就表示后背有一个基本的信仰，完全的没破绽的信仰；否则我何必再做什么文章，办什么报刊？

但这并不是说我不感受人生遭遇的痛创；我决不是那童呆性的乐观主义者；我决不来指着黑影说这是阳光，指着云雾说这是青天，指着分明的恶说这是善；我并不否认黑影、云雾和恶，我只是不怀疑阳光与青天与善的实在；暂时的掩蔽与侵蚀，不能使我们绝望，这正应得加倍的激动我们寻求光明的决心。前几天我觉着异常懊丧的时候无意中翻着尼采的一句话，极简单的几个字却涵有无穷的意义与强悍的力量，正如天上星斗的纵横与山川的经纬，在无声中暗示你人生的奥义，祛除你的迷惘，照亮你的思路，他说"受苦的人没有悲观的权利"（ The sufferer has no right to pessimism ），我那时感受一种异样的惊心，一种异样的澈悟：

> 我不辞痛苦，因为我要认识你，上帝；
> 我甘心，甘心在火焰里存身，
> 到最后那时辰见我的真，
> 见我的真，我定了主意，上帝，再不迟疑！

所以我这次从南边回来，决意改变我对人生的态度，我写信给朋友说这来要来认真做一点"人的事业"了。

> 我再不想成仙，蓬莱不是我的份；

我只要这地面，情愿安分的做人。

在我这"决心做人，决心做一点认真的事业"，是一个思想的大转变；因为先前我对这人生只是不调和不承认的态度，因此我与这现世界并没有什么相互的关系，我是我，它是它，它不能责备我，我也不来批评它。但这来我决心做人的宣言却就把我放进了一个有关系，负责任的地位，我再不能张着眼睛做梦，从今起得把现实当现实看：我要来察看，我要来检查，我要来清除，我要来颠扑，我要来挑战，我要来破坏。

人生到底是什么？我得先对我自己给一个相当的答案。人生究竟是什么？为什么这形形色色的，纷扰不清的现象——宗教、政治、社会、道德、艺术、男女、经济？我来是来了，可还是一肚子的不明白，我得慢慢的看古玩似的，一件件拿在手里看一个清切再来说话，我不敢保证我的话一定在行，我敢担保的只是我自己思想的忠实，我前面说过我的学识是极浅陋的，但我却并不因此自馁，有时学问是一种束缚，知识是一层障碍，我只要能信得过我能看的眼，能感受的心，我就有我的话说；至于我说的话有没有人听，有没有人懂，那是另外一件事我管不着了——"有的人身死了才出世的"，谁知道一个人有没有真的出世那一天？

是的，我从今起要迎上前去！生命第一个消息是活动，第二个消息是搏斗，第三个消息是决定；思想也是的，活动的下文就是搏斗。搏斗就包含一个搏斗的对象，许是人，许是问题，许是现象，许是思想本体。一个武士最大的期望是寻着一个相当的敌手，思想家也是的，他也要一个可以较量他充分的力量的对象，"攻击是我的本性，"一个哲学家说，"要与你的对手相当——这是一个正直的决斗的第一个条件。你心存鄙夷的时候你不能搏斗。你占上风，你认定对手无能的时候你不应当搏斗。我的战略可以约成四个原则：——第一，我专打正占胜利的对象——在必要时我暂缓我的攻击，等他胜利于再开手；第二，我专打没有人打的对象，我这边不会有助手，我单独的站一边——在这搏斗中我难为的只是我自己；第三，我永远不来对人的攻击——在必要时我只拿一个人格当显微镜用，借它来显出某种普遍的，但却隐遁不易踪迹的恶性；第四，我攻击某事物的动机，不包含私人嫌隙的关系，在我攻击是一个善意的，而且在某种情况下，感恩的凭证。"

这位哲学家的战略，我现在僭引作我自己的战略，我盼望我将来不至于在搏斗的沉酣中忽略了预定的规律，万一疏忽时我恳求你们随时提醒。我现在戴我的手套去！

（原刊于1925年10月5日《晨报副刊》，收入《自剖文集》）

注释

1. 孟贲乌育，今通译为墨尔波墨涅，希腊神话中司悲剧的缪斯。
2. 史魏夫脱，今通译为斯威夫特（1667—1745），18世纪英国著名文学家、讽刺作家、政治家，被高尔基誉为"世界伟大文学创造者"。其代表作品是寓言小说《格列佛游记》。

导读

本篇是作者第一天接手《晨报副刊》时的表态、决意和战斗宣言，既抒情，亦言志，既有自我剖析，亦有对社会的审视。字里行间流溢出真诚而热烈的情感，奔涌不息，激荡不已，颇富气势。行文亦如烈烈炽焰，一脉烧将下去，火光灼灼，烛照个体生命之昏昏与社会历史之冥冥。该文在文风与思想上颇近哲学家尼采，一方面是富于战斗精神，激情澎湃，昂扬奋进，渗透着血色，如生命之弦上奏出的强劲、酣畅之音，"银瓶乍破水浆迸，铁骑突出刀枪鸣"；另一方面是盈盈一股强力意志，是对生命的信仰与热爱，对人生的关切与执着，不容颓唐与绝望，拒斥冷漠与厌世。

作者开篇先自我介绍、自我阐释与自我省察，同时藉以相读者表明自己的个性、态度、立场、信仰和思想。作者自陈是一名真的理想主义者，而非虚伪之士。谓之"真"，是指即便理想不断遭遇挫败，"煨成灰，碎成断片，烂成泥"，也绝不气馁、颓唐、绝望，更不会悲观厌世。继而作者以"生病"作譬喻，来阐明的真的理想主义者面对困厄时所应有的态度：不高声嚷痛，不随顺世俗，独立自主，自己豁脱苦痛。

只有如是强韧的生命，才能扛得起生命的重负与思想的十字架。继而作者表达了对知识界的强烈的批判与愤懑："我要一把抓住这时代的脑袋，问它要一点真思想的精神给我看看——不是借来的税来的冒来的描来的东西，不是纸糊的老虎，摇头的傀儡，蜘蛛网幕面的偶像。"作者所吁求的是真而纯的思想，它来自我们的真实的生命、自己的生活和脚下坚实的大地，而非源自故纸堆。那样的学问和知识有时反而是束缚和阻碍，因为它脱离生活世界，远离生命的根本问题，因而苍白、萎瘪、虚假。作者自称是生命的信仰者，不容性灵的颓唐与悲观的情绪，寻求的是尼采的"超人"式的自强不息，探索的是为生命辩护的知识。

基于自我省察、剖白和对时代、思想界的不满，作者决意改变人生态度，不再做消极出世的蓬莱之仙，而是积极入世的凡尘之人，且追求真理而不辞痛苦。同时肩负起知识分子的使命，"不能张着眼睛做梦，从今起得把现实当现实看：我要来察看，我要来检查，我要来清除，我要来颠扑，我要来挑战，我要来破坏"。向时代发出挑战，同丑恶卑污的人、事、问题、现象和思想搏斗。同时作者也为自己定下战斗的几条原则：首先，"专打正占胜利的物件"，即向有权势者斗争；其次，去批判他人未曾留心的人或事，且决意独战，而不不党同伐异；再次，并非针对个人，而是借以映照普遍；最后，这种攻打并非个人嫌隙，实乃出之于为公的善意。借用的鲁迅的话说，即"虽大抵和个人斗争，但实为公仇，决非私怨"。

通观全文，所呈现出的是一个勇敢担当、积极入世、"迎上前去"的形象，颇具孟子"虽千万人吾往矣"的气概。此处不是大自然中冥思与幻想的诗人，而是一个行动与搏斗的战士。

自　剖

　　我是个好动的人；每回我身体行动的时候，我的思想也仿佛就跟着跳荡。我做的诗，不论它们是怎样的"无聊"，有不少是在行旅期中想起的。我爱动，爱看动的事物，爱活泼的人，爱水，爱空中的飞鸟，爱车窗外掣过的田野山水。星光的闪动，草叶上露珠的颤动，花须在微风中的摇动，雷雨时云空的变动，大海中波涛的汹涌，都是在在触动我感兴的情景。是动，不论是什么性质，就是我的兴趣，我的灵感。是动就会催快我的呼吸，加添我的生命。

　　近来却大大的变样了。第一我自身的肢体，已不如原先灵活；我的心也同样的感受了不知是年岁还是什么的拘挛。动的现象再不能给我欢喜，给我启示。先前我看着在阳光中闪烁的金波，就仿佛看见了神仙宫阙——什么荒诞美丽的幻觉，不在我的脑中一闪闪的掠过；现在不同了，阳光只是阳光，流波只是流波，任凭景色怎样的灿烂，再也照不化我的呆木的心灵。我的思想，如其偶尔有，也只似岩石上的藤萝，贴着枯干的粗糙的石面，极困难的蜒着；颜色是苍黑的，姿态是崛强的。

　　我自己也不懂得何以这变迁来得这样的兀突，这样的深彻。原先我在人前自觉竟是一注的流泉，在在有飞沫，在在有闪光；现在这泉眼，如其还在，仿佛是叫一块石板不留余隙的给镇住了。我再没有先前那样蓬勃的情趣，每回我想说话的时候，就觉着那石块的重压，怎么也掀不动，怎么也推不开，结果只能自安沉默！　"你再不用想什么了，你再没有什么可想的了"；"你再不用开口了，你再没有什么话可说的了"，我常觉得我沉闷的心府里有这样半嘲讽半吊唁的谆嘱。

　　说来我思想上或经验上也并不曾经受什么过分剧烈的戟刺。我处境是向来顺的，现在如其有不同，只是更顺的了。那么为什么这变迁？远的不说，就比如我年前到欧洲去时的心境：啊！我那时还不是一只初长毛角的野鹿？什么颜色不激动我的视觉，什么香味不奋兴我的嗅觉？我记得我在意大利写游记的时候，情绪是何等的活泼，兴趣何等的醇厚，一路来眼见耳听心感的种种，哪一样不活枒枒的业集在我的笔端，争求充分的表现！如今呢？我这次到南方去，来回也有一个多月的光景，这期内眼见耳听心感的事物也该有不少。我未动身前，又何尝不自喜此去又可以有机会饱餐西湖的风色，邓尉的梅香——单提一两件最合我脾胃的事。有好多朋友也曾期望我在这闲暇的假期中采集一点江南风趣，归来时，至少也该带回一两篇爽口的诗文，给在北京泥土的空气中活命的朋友们一些清醒的消遣。但在事实上不但在南中时我白瞪着大眼，看天亮换天昏，又闭上了眼，拼天昏换天亮，一枝秃笔跟着我涉海去，又跟着我涉海回来，正如岩洞里的一根石笋，压根儿就没一点摇动的消息；就在我回京后这十来天，任凭朋友们怎样的催促，自己良心怎样的责备，我的笔尖上还是滴不出一点墨沈来。我也曾勉强想想，勉强想写，但到底还是白费！可怕是这心灵骤然的呆顿。完全死了不成？我自己在疑惑。

说来是时局也许有关系。我到京几天就逢着空前的血案。五卅事件发生时我正在意大利山中，采茉莉花编花篮儿玩，翡冷翠[1]山中只见明星与流萤的交唤，花香与山色的温存，俗氛是吹不到的。直到七月间到了伦敦，我才理会国内风光的惨淡，等得我赶回来时，设想中的激昂，又早变成了明日黄花，看得见的痕迹只有满城黄墙上墨彩斑斓的"泣告"。

这回却不同。屠杀的事实不仅是在我住的城子里发见，我有时竟觉得是我自己的灵府里的一个惨像。杀死的不仅是青年们的生命，我自己的思想也仿佛遭着了致命的打击，比是国务院前的断脰残肢，再也不能回复生动与连贯。但这深刻的难受在我是无名的，是不能完全解释的。这回事变的奇惨性引起愤慨与悲切是一件事，但同时我们也知道在这根本起变态作用的社会里，什么怪诞的情形都是可能的。屠杀无辜，还不是年来最平常的现象。自从内战纠结以来，在受战祸的区域内，哪一处村落不曾分到过遭奸污的女性，屠残的骨肉，供牺牲的生命财产？这无非是给冤氛团结的地面上多添一团更集中更鲜艳的怨毒。再说哪一个民族的解放更能不浓浓的染着 Martyrs[2] 的腔血？俄国革命的开幕就是二十年前冬宫的血景。只要我们有识力认定，有胆量实行，我们理想中的革命，这回羔羊的血就不会是白涂的。所以我个人的沉闷决不完全是这回惨案引起的感情作用。

爱和平是我的生性。在怨毒、猜忌、残杀的空气中，我的神经每每感受一种不可名状的压迫。记得前年奉直战争时我过的那日子简直是一团黑漆，每晚更深时，独自抱着脑壳伏在书桌上受罪，仿佛整个时代的沉闷盖在我的头顶——直到写下了"毒药"那几首不成形的咒诅诗以后，我心头的紧张才渐渐的缓和下去。这回又有同样的情形；只觉着烦，只觉着闷，感想来时只是破碎，笔头只是笨滞。结果身体也不舒畅，像是蜡油涂抹住了全身毛窍似的难过，一天过去了又是一天，我这里又在重演更深独坐箍紧脑壳的姿势，窗外皎洁的月光，分明是在嘲讽我内心的枯窘！

不，我还得往更深处挖。我不能叫这时局来替我思想骤然的呆顿负责，我得往我自己生活的底里找去。

平常有几种原因可以影响我们的心灵活动。实际生活的牵掣可以劫去我们心灵所需要的闲暇，积成一种压迫。在某种热烈的想望不曾得满足时，我们感觉精神上的烦闷与焦躁，失望更是颠覆内心平衡的一个大原因；较剧烈的种类可以麻痹我们的灵智，淹没我们的理性。但这些都合不上我的病源；因为我在实际生活里已经得到十分的幸运，我的潜在意识里，我敢说不该有什么压着的欲望在作怪。

但是在实际上反过来看另有一种情形可以阻塞或是减少你心灵的活动。我们知道舒服、健康、幸福，是人生的目标，我们因此推想我们痛苦的起点是在望见那些目标而得不到的时候。我们常听人说："假如我像某人那样生活无忧我一定可以好好的做事，不比现在整天的精神全花在琐碎的烦恼上。"我们又听说："我不能做事就为身体太坏，若是精神来得，那就……"我们又常常设想幸福的境界，我们想："只要有一个意中人在跟前那我一定奋发，什么事做不到？"但是不，在事实上，舒服、健康、幸福，不但不一定是帮助或奖励心灵生活的条件，它们有时正得相反的效果。我们看不起有钱人，在社会上得意人，肌肉过分发展的运动家，也正在此；至于年少人幻想中的美满幸福，我敢说等得当真有了红袖添香，你的书也就读不出所以然来，且不说什么在学问上或艺术上更认真的工作。

那末生活的满足是我的病源吗？

"在先前的日子"，一个真知我的朋友，就说，"正为是你生活不得平衡，正为你有欲望不得满足，你的压在内里的 Libido[3] 就形成一种升华的现象，结果你就借文学来发泄你生理上的郁结（你不常说你从事文学是一件不预期的事吗？）这情形又容易在你的意识里形成一种虚幻的希望，因为你的写作得到一部分赞许，你就自以为确有相当创作的天赋以及独立思想的能力。但你只是自冤自，实在你并没有什么超人一等的天赋，你的设想多半是虚荣，你的以前的成绩只是升华的结果。所以现在等得你生活换了样，感情上有了安顿，你就发见你向来写作的来源顿呈萎缩甚至枯竭的现象；而你又不愿意承认这情形的实在，妄想到你身子以外去找你思想枯窘的原因，所以你就不由的感到深刻的烦闷。你只是对你自己生气，不甘心承认你自己的本相。不，你原来并没有三头六臂的！

"你对文艺并没有真兴趣，对学问并没有真热心。你本来没有什么更高的志愿，除了相当合理的生活，你只配安分做一个平常人，享你命里铸定的'幸福'；在事业界，在文艺创作界，在学问界内，全没有你的位置，你真的没有那能耐。不信你只要自问在你心里的心里有没有那无形的'推力'，整天整夜的恼着你，逼着你，督着你，放开实际生活的全部，单望着不可捉摸的创作境界里去冒险？是的，顶明显的关键就是那无形的推力或是冲动（The Impulse），没有它人类就没有科学，没有文学，没有艺术，没有一切超越功利实用性质的创作。你知道在国外（国内当然也有，许没那样多）有多少人被这无形的推力驱使着，在实际生活上变成一种离魂病性质的变态动物，不但人间所有的虚荣永远沾不上他们的思想，就连维持生命的睡眠饮食，在他们都失了重要，他们全部的心力只是在他们那无形的推力所指示的特殊方向上集中应用。怪不得有人说天才是疯癫；我们在巴黎、伦敦不就到处碰得着这类怪人？如其他是一个美术家，恼着他的就只怎样可以完全表现他那理想中的形体；一个线条的准确，某种色彩的调谐，在他会得比他生身父母的生死与国家的存亡更重要，更迫切，更要求注意。我们知道专门学者有终身掘坟墓的，研究蚊虫生理的，观察亿万万里外一个星的动定的。并且他们决不问社会对于他们的劳力有否任何的认识，那就是虚荣的进路；他们是被一点无形的推力的魔鬼蛊定了的。

"这是关于文艺创作的话。你自问有没有这种情形。你也许经验过什么'灵感'，那也许有，但你却不要把刹那误认作永久的，虚幻认作真实。至于说思想与真实学问的话，那也得背后有一种推力，方向许不同，性质还是不变。做学问你得有原动的好奇心，得有天然热情的态度去做求知识的工夫。真思想家的准备，除了特强的理智，还得有一种原动的信仰；信仰或寻求信仰，是一切思想的出发点：极端的怀疑派思想也只是期望重新位置信仰的一种努力。从古来没有一个思想家不是宗教性的。在他们，各按各的倾向，一切人生的和理智的问题是实在有的；神的有无，善与恶，本体问题，认识问题，意志自由问题，在他们看来都是含逼迫性的现象，要求合理的解答——比山岭的崇高，水的流动，爱的甜蜜更真，更实在，更耸动。他们的一点心灵，就永远在他们设想的一种或多种问题的周围飞舞、旋绕，正如灯蛾之于火焰：牺牲自身来贯彻火焰中心的秘密，是他们共有的决心。

"这种惨烈的情形，你怕也没有吧？我不说你的心幕上就没有思想的影子；但它们怕只是虚影，像水面上的云影，云过影子就跟着消散，不是石上的雷痕越日久越深刻。

"这样说下来，你倒可以安心了！因为个人最大的悲剧是设想一个虚无的境界来谎骗你自己；骗不到底的时候你就得忍受'幻灭'的莫大的苦痛。与其那样，还不如及早认清自己的深浅，不要把不必要的负担，放上支撑不住的肩背，压坏你自己，还难免旁人的笑话！朋友，不要迷了，定下心来享你现成的福分吧；思想不是你的分，文艺创作不是你的分，独立的事业更不是你的分！天生抗了重担来的那也没法想（哪一个天才不是活受罪！）你是原来轻松的，这是多可羡慕，多可贺喜的一个发见！算了吧，朋友！"

三月二十五至四月一日。

（原刊于1926年4月3日《晨报副刊》，收入《自剖文集》）

注释

1. 翡冷翠，今通译为佛罗伦萨。
2. Martyrs，烈士们。
3. Libido，今通译为力比多，精神分析学术语，指一种与性本能有联系的潜在能量，是一种原始本能欲望。精神分析学家弗洛伊德认为，梦和艺术创造都是经过"变形"了的被压抑的欲望的表现。

导读

志摩其人其文的魅力之一，即具有真实性的品格，坦诚，恳挚，率真，亲切，质而言之：不失赤子之心。读其文，想其人，如晤挚友，剪烛西窗，促膝交心，不必瞻前顾后，何须冠冕之言，且径直诉尽衷曲、大胆剖露心迹即是。此篇即是一例，是为作者自剖性格、内心之文，吐露困惑、苦闷之语。既是以诚待人，"绝假纯真"，更是自我认识，自我省思。世路人心自是不易辨识，而认识自我却又谈何容易。铭刻于古希腊神庙的著名箴言即是"认识你自己"。哲人苏格拉底亦有名言："认识自己，方能认识人生。"确乎不刊之论，当常铭于心，学而时习之。认识是为求真，求真是为向善。马克思曾说："哲学家们只是用不同的方式解释世界，而问题在于改变世界。"在此意义上说，认识人生，是为学会生活，追求良善人生。而一切须先从认识自己和改变自己谈起。

徐志摩的散文虽是"跑野马"，自由驰骋，意绪跌宕，但并非无迹可寻、无踪可觅，阅读本文，把握两面即可：一者，今昔对比、前后对照的结构；另者，由外而内、步步深入的自剖。后者正是依托前者而层层展开的。

作者曾经是好动的，生命飞动，思绪跳荡，情趣蓬勃，自然中活泼的万象，在在拨动作者的心弦。而如今他感到自己心如呆木，生命僵滞，思想困顿，笔端枯窘，性灵之泉眼"仿佛是叫一块石板不留余隙的给镇住了"。自我的突兀而深彻的变迁，令作者的感到困惑和苦闷。作者不肯自我放过，不愿自我敷衍，决意自我剖析一番，以知究竟。

作者的"自剖"是由外而内、逐层深入的，先从社会时代大环境分析，认为变迁的原因在于时局。然而作者即刻推翻了这个论断，决定"往更深处挖"，将解剖刀切入个人生活之中。在作者看来，失望、失衡而坎坷的生活可以牵掣我们的心灵，而安顺、安逸而舒服的生活也未尝不会阻塞我们的性灵。一如作者所说："至于年少人幻想中的美满幸福，我敢说等得当真有了红袖添香，你的书也就读不出所以然来，且不说什么在学问上或艺术上更认真的工作。"

继而作者进入更深一层的剖析，且假托"真知我的朋友"之口吻，向潜意识和精神层面掘进。"真知我的朋友"认为，作者既往的创作成绩是欲望升华的结果，只不过"借文学来发泄你生理上的郁结"，且伴以虚荣心。而如今感情安定，心无郁结，写作之源萎顿，创作自是进入困顿之境。"朋友"大胆指出，作者实则"对文艺并没有真兴趣，对学问并没有真热心"，亦无更高的志愿。究其实质，是作者没有不可遏止的推动力，没有种原动的信仰。灵感终归是一时片刻的，信仰的推动才是是持久的。至此可以说，作者找到变迁根本之所在：没有信仰，没有志愿，没有真的感情。作者并不自辩，亦不隐讳，而是直面弱点，为的是自我改善，自我超越。正如前面所言：认识是为求真，求真是为向善。

通过这番自剖，作者认识到："信仰或寻求信仰，是一切思想的出发点。"我们应该自问有无信仰，有无真的感情，有无更高的志愿，有无那份不可遏止的激情，而不是把自己生命的苦闷和枯窘归咎于时局与生活。正像是作者在《落叶》中所说："你即使忘却了外面的世界，你还是躲不了你自身的烦闷与苦痛。不要以为这样混沌的现象是原因于经济的不平等，或是政治的不安定，或是少数人的放肆的野心。这种种都是空虚的，欺人自欺的理论，说着容易，听着中听，因为我们只盼望脱卸我们自身的责任，只要不是我的分，我就有权利骂人……我们自身就是我们运命的原因。"

读此文，有两点提请读者注意：一，我们可以将那位"真知我的朋友"理解为作者自身，这一番质询无异于自我质询。二，作为读者，我们也要寻那位"真知的我朋友"，去与自己对话。当我们苦闷的时候，让他来质询我们，帮助我们自我认知。

再　剖

　　你们知道喝醉了想吐吐不出或是吐不爽快的难受不是？这就是我现在的苦恼；肠胃里一阵阵的作恶，腥腻从食道里往上泛，但这喉关偏跟你别扭，它捏住你，逼住你，逗着你——不，它且不给你痛快哪！前天那篇"自剖"，就比是哇出来的几口苦水，过后只是更难受，更觉着往上冒。我告你我想要怎么样。我要孤寂：要一个静极了的地方——森林的中心，山洞里，牢狱的暗室里——再没有外界的影响来逼迫或引诱你的分心，再不须计较旁人的意见，喝彩或是嘲笑；当前唯一的对象是你自己：你的思想，你的感情，你的本性。那时它们再不会躲避，不曾隐遁，不曾装作；赤裸裸的听凭你察看、检验审问。你可以放胆解去你最后的一缕遮盖，袒露你最自怜的创伤，最掩讳的私亵。那才是你痛快一吐的机会。

　　但我现在的生活情形不容我有那样一个时机。白天太忙（在人前一个人的灵性永远是蜷缩在壳内的蜗牛），到夜间，比如此刻，静是静了，人可又倦了，惦着明天的事情又不得不早些休息。啊，我真羡慕我台上放着那块唐砖上的佛像，他在他的莲台上瞑目坐着，什么都摇不动他那入定的圆澄。我们只是在烦恼网里过日子的众生，怎敢企望那光明无碍的境界！有鞭子下来，我们躲；见好吃的，我们唾涎；听声响，我们着忙；逢着痛痒，我们着恼。我们是鼠、是狗、是刺猬、是天上星星与地上泥土间爬着的虫。哪里有工夫，即使你有心想亲近你自己？哪里有机会，即使你想痛快的一吐？

　　前几天也不知无形中经过几度挣扎，才呕出那几口苦水，这在我虽则难受还是照旧，但多少总算是发泄。事后我私下觉得愧悔，因为我不该拿我一己苦闷的骨鲠，强读者们陪着我吞咽。是苦水就不免熏蒸的恶味。我承认这完全是我自私的行为，不敢望恕的。我唯一的解嘲是这几口苦水的确是从我自己的肠胃里呕出——不是去脏水桶里舀来的。我不曾期望同情，我只要朋友们认识我的深浅——（我的浅？）我最怕朋友们的容宠容易形成一种虚拟的期望；我这操刀自剖的一个目的，就在及早解卸我本不该扛上的担负。

是的，我还得往底里挖，往更深处剖。

最初我来编辑副刊，我有一个愿心。我想把我自己整个儿交给能容纳我的读者们，我心目中的读者们，说实话，就只这时代的青年。我觉着只有青年们的心窝里有容我的空隙，我要偎着他们的热血，听他们的脉搏。我要在我自己的情感里发见他们的情感，在我自己的思想里反映他们的思想。假如编辑的意义只是选稿、配版、付印、拉稿，那还不如去做银行的伙计——有出息得多。我接受编辑晨副的机会，就为这不单是机械性的一种任务。（感谢晨报主人的信任与容忍），晨报变了我的喇叭，从这管口里我有自由吹弄我古怪的不调谐的音调，它是我的镜子，在这平面上描画出我古怪的不调谐的形状。我也决不掩讳我的原形；我就是我。记得我第一次与读者们相见，就是一篇供状。我的经过，我的深浅，我的偏见，我的希望，我都曾经再三的声明，怕是你们早听厌了。但初起我有一种期望是真的——期望我自己。也不知那时间为什么原因我竟有那活棱棱的一副勇气。我宣言我自己跳进了这现实的世界，存心想来对准人生的面目认他一个仔细。我信我自己的热心（不是知识）多少可以给我一些对敌力量的。我想拚这一天，把我的血肉与灵魂，放进这现实世界的磨盘里去捱，锯齿下去拉，——我就要尝那味儿！只有这样，我想才可以期望我主办的刊物多少是一个有生命气息的东西；才可以期望在作者与读者间发生一种活的关系；才可以期望读者们觉着这一长条报纸与黑的字印的背后，的确至少有一个活着的人与一个动着的心，他的把握是在你的腕上，他的呼吸吹在你的脸上，他的欢喜，他的惆怅，他的迷惑，他的伤悲，就比是你自己的，的确是从一个可认识的主体上发出来的变化——是站在台上人的姿态，——不是投射在白幕上的虚影。

并且我当初也并不是没有我的信念与理想。有我崇拜的德性，有我信仰的原则。有我爱护的事物，也有我痛疾的事物。往理性的方向走，往爱心与同情的方向走，往光明的方向走，往真的方向走，往健康快乐的方向走，往生命，更多更大更高的生命方向走——这是我那时的一点"赤子之心"。我恨的是这时代的病象，什么都是病象：猜忌、诡诈、小巧、倾轧、挑拨、残杀、互杀、自杀、忧愁、作伪、肮脏。我不是医生，不会治病；我就有一双手，趁它们活灵的时候，我想，或许可以替这时代打开几扇窗，多少让空气流通些，浊的毒性的出去，清醒的洁净的进来。

但紧接着我的狂妄的招摇，我最敬畏的一个前辈（看了我的吊刘叔和文）就给我当头一棒：

> ……既立意来办报而且郑重宣言"决意改变我对人的态度"，那么自己的思想就得先磨冶一番，不能单凭主觉，随便说了就算完事。迎上前去，不要又退了回来！一时的兴奋，是无用的，说话越觉得响亮起劲，跳踯有力，其实即是内心的虚弱，何况说出衰颓懊丧的语气，教一般青年看了，更给他们以可怕的影响，似乎不是志摩这番挺身出马的本意！……

迎上前去，不要又退了回来！这一喝这几个月来就没有一天不在我"虚弱的内心"里回响。实际上自从我喊出"迎上前去"以后，即使不曾撑开了往后退，至少我自己觉不得我的脚步曾经向前挪动。今天我再不能容我自己这梦梦的下去。算清亏欠，在还算得清的时候，总比窝着混着强。我不能不自剖。冒着"说出衰颓懊丧的语气"的危险，我不能不利用这反省的锋刃，劈去纠着我心身的累赘、淤积，或许这来倒有自我真得解放的希望？

想来这做人真是奥妙。我信我们的生活至少是复性的。看得见，觉得着的生活是我们的显明的生活，但同时另有一种生活，跟着知识的开豁逐渐胚胎、成形、活动，最后支配前一种的生活比是我们投在地上的身影，跟着光亮的增加渐渐由模糊化成清晰，形体是不可捉的，但它自有它的奥妙的存在，你动它跟着动，你不动它跟着不动。在实际生活的匆遽中，我们不易辨认另一种无形的生活的并存，正如我们在阴地里不见我们的影子；但到了某时候某境地忽的发见了它，不容否认的踵接着你的脚跟，比如你晚间步月时发见你自己的身影。它是你的性灵的或精神的生活。你觉到你有超实际生活的性灵生活的俄顷，是你一生的一个大关键！你许到极迟才觉悟（有人一辈子不得机会），但你实际生活中的经历、动作、思想，没有一丝一屑不同时在你那跟着长成的性灵生活中留着"对号的存根"，正如你的影子不放过你的一举一动，虽则你不注意到或看不见。

我这时候就比是一个人初次发见他有影子的情形。惊骇、讶异、迷惑、耸悚、猜疑、恍惚同时并起，在这辨认你自身另有一个存在的时候。我这辈子只是在生活的道上盲目的前冲，一时踹入一个泥潭，一时踏折一支草花，只是这无目的的奔驰；从哪里来，向哪里去，现在在那里，该怎么走，这些根本的问题却从不曾到我的心上。但这时候突然的，恍然的我惊觉了。仿佛是一向跟着我形体奔波的影子忽然阻住了我的前路，责问我这匆匆的究竟是为什么！

一种新意识的诞生。这来我再不能盲冲，我至少得认明来踪与去迹，该怎样走法如其有目的地，该怎样准备如其前程还在遥远？

啊，我何尝愿意吞这果子，早知有这多的麻烦！现在我第一要考查明白的是这"我"究竟是怎么一回事；然后再决定掉落在这生活道上的"我"的赶路方法。以前种种动作是没有这新意识作主宰的；此后，什么都是由它。

四月五日。

（原刊于1926年4月7日《晨报副刊》，收入《自剖文集》）

导读

本篇是作者自剖的继续，谓之"再剖"。此即自我认识的再出发，且已形成自觉的态度。作者将这种自觉称为"一种新意识的诞生"。就文章要旨而言，作者大抵谈两方面：一，自我认识的条件或前提，是为"孤寂"和"静"；二，自我认识的重要性，发现性灵的意义，关涉人生去往的抉择。"此其荦荦大者，若至委曲小变，不可胜道。"

作者开篇呼唤着"孤寂"与"静"，欲趋往森林的中心、山洞里乃至牢狱的暗室里。为的是避开尘世的扰攘和他者的目光，所求的"唯一的物件是你自己：你的思想，你的感情，你的本性"。在作者看来，惟于此条件或前提之下，我们的思想、感情和本性才是真实无伪和袒露无讳的。惟其如此，我才能真正面对自己的内心，从而认识真实的自己。志摩重性灵，贵个性，爱自由，自是不愿性灵被遮蔽、个性被压抑、自由被剥夺，故而偏爱独处，向往自然。于独处之时，在自然之中，作者始见性灵之真纯，方得无碍之心境。作者曾言："'单独'是一个耐寻味的现象。我有时想它是任何发见的第一个条件。你要发见你的朋友的'真'，你得有与他单独的机会。你要发见你自己的真，你得给你自己一个单独的机会。你要发见一个地方（地方一样有灵性），你也得有单独玩的机会。"然而作者毕竟寄身于现代都市，而非深山僻野，每日与人、事打交道，为各种尘务和情绪所扰，难寻孤寂的时机，不能亲近自己。善于社交者或许正疏远了自己，而精于牟利者或许反失了性灵。诗人里尔克认为："人们对外在世间的东西知道得越多，对自己内在、自己的命运、自己的归宿就知道得越少，这必然带来人的空虚感。"（刘小枫：《诗化哲学》）而这正是令作者感到悲哀和愤懑的所在。

下面是作者向读者剖露自己接受《晨报·副刊》的初衷和志愿，意在引出下文，即关于两种生活的议论。作者认为，"生活至少是复性的"，分别是有形与无形两种。前者是看得见的日常生活或者说"实际生活"，而后者是性灵的或精神的生活，其超乎实际之上。两者统一于一人，后者支配前者，前者亦影响后者。所谓性灵，在作者看来是不容发现的，但却是至关重要的。"你觉到你有超实际生活的性灵生活的俄顷，是你一生的一个大关键！"那是生命中突然绽开的时刻，我们从世俗生活的沉沦中超脱出来，摒弃一切俗见，挣脱功利的缰索，罔顾他人的目光，去追问自己：我是谁，我从哪里来，我到哪里去？如此才不至于盲目此生，敷衍生命，正如苏格拉底所说："未经省察的人生没有价值。"作者获得了这种自我认识、自我省察的自觉。以前欲"迎上前去"，而动作到底盲目，如今要怀着这份自觉去生活，迎向渐渐展开的命运。

这是作者对自己的"再剖"，亦是对人生与社会的"再剖"。

求　医

To understand that the sky is everywhere blue，it Is not necessary to have travelled all round the world.——Goethe[1]

新近有一个老朋友来看我，在我寓里住了好几天。彼此好久没有机会谈天，偶尔通信也只泛泛的；他只从旁人的传说中听到我生活的梗概，又从他所听到的推想及我更深一义的生活的大致。他早把我看作"丢了"。谁说空闲时间不能离间朋友间的相知？但这一次彼此又捡起了，理清了早年息息相通的线索，这是一个愉快！单说一件事：他看看我四月间副刊上的两篇《自剖》，他说他也有文章做了，他要写一篇《剖志摩的自剖》。他却不曾写：我几次逼问他，他说一定在离京前交卷。有一天他居然谢绝了约会，躲在房子里装病，想试他那柄解剖的刀。晚上见他的时候,他文章不曾做起,脸上倒真的有了病容！"不成功"；他说："不要说剖，我这把刀，即使有，早就在刀鞘里锈住了，我怎么也拉它不出来！我倒自己发生了恐怖，这回回去非发奋不可。"打了全军覆没的大败仗回来的，也没有他那晚谈话时的沮丧！

但他这来还是帮了我的忙；我们俩连着四五晚通宵的谈话，在我至少感到了莫大的安慰。我的朋友正是那一类人，说话是绝对不敏捷的，他那永远茫然的神情与偶尔激出来的几句话，在当时极易招笑，但在事后往往透出极深刻的意义，在听着的人的心上不易磨灭的：别看他说话的外貌乱石似的粗糙，它那核心里往往藏着直觉的纯璞。他是那一类的朋友，他那不浮夸的同情心在无形中启发你思想的活动，叫逗你心灵深处的"解严"："你尽量披露你自己"，他仿佛混"在这里你没有被误解的恐怖"。我们俩的谈话是极不平等的；十分里有九分半的时光是我占据的，他只贡献简短的评语，有时修正，有时赞许，有时引申我的意思；但他是一个理想的"听者"，他能尽量的容受，不论对面来的是细流或是大水。

　　我的自剖文不是解嘲体的闲文，那是我个人真的感到绝望的呼声。"这篇文章是值得写的，"我的朋友说，"因为你这来冷酷的操刀，无顾恋的劈剖你自己的思想，你至少摸着了现代的意识的一角；你剖的不仅是你，我也叫你剖着了，正如葛德²说的'要知道天到处是碧蓝，并用不着到全世界去绕行一周'。你还得往更深处剖，难得你有勇气下手；你还得如你说的，犯着恶心呕苦水似的呕，这时代的意识是完全叫种种相冲突的价值的尖刺给交占住，支离了缠昏了的，你希冀回复清醒与健康先得清理你的外邪与内热。至于你自己，因为发见病象而就放弃希望，当然是不对的；我可以替你开方。你现在需要的没有别的，你只要多多的睡！休息、休养，到时候你自会强壮。我是开口就会牵到葛德的，你不要笑；葛德就是懂得睡的秘密的一个，他每回觉得他的创作活动有退潮的趋向，他就上床去睡，真的放平了身子的睡，不是喻言，直睡到精神回复了，一线新来的波澜逼着他再来一次发疯似的创作。你近来的沉闷，在我看，也只是内心需要休息的符号。正如潮水有涨落的现象，我们劳心的也不免同样受这自然律的支配。你怎么也不该挫气，你正应得利用这时期；休息不是工作的断绝，它是消极的活动；这正是你吸新营养取得新生机的机会。听凭地面上风吹的怎样尖厉，霜盖得怎么严密，你只要安心在泥土里等着，不愁到时候没有再来一次爆发的惊喜。"

　　这是他开给我的药方。后来他又跟别的朋友谈起，他说我的病——如其是病——有两味药可医，一是"隐居"，一是"上帝"。烦闷是起原于精神不得充分的怡养；烦嚣的生活是劳心人最致命的伤，离开了就有办法，最好是去山林静僻处躲起。但这环境的改变，虽则重要，还只是消极的一面；为要启发性灵，一个人还得积极的寻求。比性爱更超越更不可摇动的一个精神的寄托——他得自动去发见他的上帝。

　　上帝这味药是不易配得的，我们姑且放开在一边（虽则我们不能因他字面的兀突就忽略他的深刻的涵养，那就是说这时代的苦闷现象隐示一种渐次形成宗教性大运动的趋向）；暂时脱离现社会去另谋隐居生活那味药，在我不但在事实上有要得到的可能，并且正合我新近一天迫似一天的私愿，我不能不计较一下。

　　我们都是在生活的蜘网中胶住了的细虫，有的还在勉强挣扎，大多数是早已没了生气，只当着风来吹动网丝的时候顶可怜相的晃动着，多经历一天人事，做人不自由的感觉也跟着真似一天。人事上的关连一天加密一天，理想的生活上的依据反而一天远似一天，仅是这飘忽忽的，仿佛是一块石子在一个无底的深潭中无穷尽的往下坠着似的——有到底的一天吗，天知道！实际的生活逼得越紧，理想的生活宕得越空，你这空手仆仆的不"丢"怎么着？你睁开眼来看看，见着的只是一个悲惨的世界，我们这倒运的民族眼下只有两种人可分，一种是在死的边沿过活的，又一种简直是在死里面过活的：你不能不发悲心不是，可是你有什么能耐能抵挡这普遍"死化"的凶潮，太凄惨了呀这"人道的幽微的悲切的音乐"！那么你闭上眼吧，你只是发见另一个悲惨的世界：你的感情，你的思想，你的意志，你的经验，你的理想，有哪一样调谐的，有哪一样容许你安舒的？你想要攀援，但是你的力量？你仿佛是掉落在一个井里，四边全是光油油不可攀援的陡壁，你怎么想上得来？就我个人说，所谓教育只是"画皮"的勾当，我何尝得到一点真的知识？说经验吧；不错，我也曾进货似的运得一部分的经验，但这都是硬性的，杂乱的，不经受意识渗透的；经验自经验，我自我，这一屋子满满的生客只使主人觉得迷惑、慌张、害怕。不，我不但不曾"找到"我自己；我竟疑心我是"丢"定了的。曼殊斐儿在她的日记里写——

　　我不是晶莹的透彻。

　　我什么都不愿意的。全是灰色的；重的、闷的。……我要生活，这话怎么讲？单说是太易了。可是你有什么法子？

　　所有我写下的，所有我的生活，全是在海水的边沿上。这仿佛是一种玩艺。我想把我所有的力量全给放上去，但不知怎的我做不到。

　　前这几天，最使人注意的是蓝的色彩。蓝的天，蓝的山，——一切都是神异的蓝！……但深黄昏的时刻才真是时光的时光。当着那时候，面前放着非人间的美景，你不难领会到你应分走的道儿有多远。珍重你的笔，得不辜负那上升的明月，那白的天光。你得够"简洁"的。正如你在上帝跟前得简洁。

　　我方才细心的刷净收拾我的水笔。下回它再要是漏，那它就不够格儿。

　　我觉得我总不能给我自己一个沉思的机会，我正需要那个。

我觉得我的心地不够清白，不识卑，不兴。这底里的渣子新近又漾了起来。我对着山看，我见着的就是山。说实话？我念不相干的书……不经心，随意？是的，就是这情形。心思乱，含糊，不积极，尤其是躲懒，不够用工。——白费时光。我早就这么喊着——现在还是这呼声。为什么这阑珊的，你？啊，究竟为什么？

我一定得再发心一次，我得重新来过。我再来写一定得简洁的、充实的、自由的写，从我心坎里出来的。平心静气的，不问成功或是失败，就这往前去做去。但是这回得下决心了！

尤其得跟生活接近。跟这天、这月、这些星、这些冷落的坦白的高山。

"我要是身体健"，曼殊斐儿在又一处写，"我就一个跑到一个地方去，在一株树下坐着去"。她这苦痛的企求内心的莹澈与生活的调谐，哪一个字不在我此时比她更"散漫、含糊、不积极"的心境里引起同情的回响！啊，谁不这样想：我要是能，我一定跑到一个地方在一株树下坐着去。但是你能吗？

（原刊于1926年9月6日《晨报副刊》，收入《自剖文集》）

注释

1. 翻译为：要知道天到处是碧蓝，并用不着到全世界去绕行一周。——歌德
2. 葛德，今通译歌德。

导论

本文还是一篇"自剖"，在延续《再剖》要旨的同时，作者对"自剖"的意义形成更为深刻的体认。从《自剖》到《求医》，作者对"自剖"的理解，是一个由自发到自觉、进而到丰富而深刻的过程。如果说在前两篇中，"自剖"的意义尚囿于作者个人，那么在《求医》中，其意义已上升至社会普遍。如文中友人所言："因为你这来冷酷的操刀，无顾恋的劈剖你自己的

思想，你至少摸着了现代的意识的一角；你剖的不仅是你，我也叫你剖着了……"作者更以歌德之言作为题记，以表达对"自剖"的再认识。人的意识是社会的产物，而我们的心灵亦为历史文化与时代风尚所塑造。如是观之，自我对话，就是与世界对话；审视寸心，就是观照大千；自我省察，就是在剖析时代、社会与文化。深入自己的内心，并非走向封闭，而是以另一种方式迎向世界。作者之"求医"，实是为时代与社会"求医"。

作者说："我的自剖文不是解嘲体的闲文，那是我个人真的感到绝望的呼声。"一个真诚的个体生命，其绝望之呼声，又何尝不是群体普遍的呢？南镜先生曾写过如是诗句：

> 你盲目，如从一面铜镜里
> 觑视命运，泪水渗出镜像
> 它是真的，是来自你自己
> 还是万千亡人苦味的眼眸

苦难的泪水，是来自个人的命运，还是群体的历史？我可以说，两者都有。也可说，是众人（历史、社会、时代）的泪水通过诗人的眼睛而流。社会的情绪必将剧烈作用于那些真诚而敏感的心灵。当这些心灵发出呼声，便是"把个人的剧痛变为某种丰富而陌生、普遍而非个人化的东西"（艾略特语）。徐志摩绝望的呼声，也正是现代人绝望的存在体验的表现。

在对《自剖》的分析中，笔者曾言："认识是为求真，求真是为向善。"徐志摩自是不甘于如此苦闷、绝望的生存境况，决意为自己"求医"，也是为时代"求医"，因为"这时代的意识是完全叫种种相冲突的价值的尖刺给交占住，支离了缠昏了的"。

文中朋友给出的药方是：上帝和隐居。作者是倾向于"隐居"——回归自然——这味药的。在作者看来，病因即在于现代人自我的迷失，灵性和精神生活的丧失。"实际的生活逼得越紧，理想的生活宕得越空，你这空手仆仆的不'丢'怎么着？"生活节奏急遽，人事关联紧密，致使我们身心失调、灵肉分裂、性灵遮蔽而"丢"了自己。这样的世界，不再是一个给予我们审美体验的环境，而是异己的力量，具有压迫性和掠夺性。作者对此有一个形象的比喻："我们都是在生活的蛛网中胶住了的细虫，有的还在勉强挣扎，大多数是早已没了生气，只当着风来吹动网丝的时候顶可怜相的晃动着，多经历一天人事，做人不自由的感觉也跟着真似一天。"疗救的方法就是"跑到一个地方在一株树下坐着去"，即亲近自然和自我独处。亲近自然，为得是恢复生气与解放性灵。自我独处，求的是面对内心和寻找自己。但是你能吗？

　　如何"诗意地栖居于大地之上"始终是作者所苦思的问题。生命的绝望、苦闷、烦恼、悲观，始终是作者心目中的敌人。他的一场场演讲，一篇篇文章，一回回自剖，就是一次次向敌人冲锋。或许，这只是堂·吉诃德在迎战风车。

想 飞

假如这时候窗子外有雪——街上，城墙上，屋脊上，都是雪，胡同口一家屋檐下偎着一个戴黑兜帽的巡警，半拢着睡眼，看棉团似的雪花在半空中跳着玩……假如这夜是一个深极了的啊，不是壁上挂钟的时针指示给我们看的深夜，这深就比是一个山洞的深，一个往下钻螺旋形的山洞的深……

假如我能有这样一个深夜，它那无底的阴森捻起我遍体的毫管；再能有窗子外不住往下筛的雪，筛淡了远近间飚动 的市谣；筛泯了在泥道上挣扎的车轮；筛灭了脑壳中不妥协的潜流……

我要那深，我要那静。那在树荫浓密处躲着的夜鹰，轻易不敢在天光还在照亮时出来睁眼。思想：它也得等。

青天里有一点子黑的。正冲着太阳耀眼，望不真，你把手遮着眼，对着那两株树缝里瞧，黑的，有榧子来大，不，有桃子来大——嘿，又移着往西了！

我们吃了中饭出来到海边去（这是英国康槐尔[1]极南的一角，三面是大西洋）。勤丽丽的叫响从我们的脚底下匀匀的往上颤，齐着腰，到了肩高，过了头顶，高入了云，高出了云。啊！你能不能把一种急震的乐音想象成一阵光明的细雨，从蓝天里冲着这平铺着青绿的地面不住的下？不，那雨点都是跳舞的小脚，安琪儿的。云雀们也吃过了饭，离开了它们卑微的地巢飞往高处做工去。上帝给它们的工作，替上帝做的工作。瞧着，这儿一只，那边又起了两！一起就冲着天顶飞，小翅膀活动的多快活，圆圆的，不踌躇的飞，——它们就认识青天。一起就开口唱，小嗓子活动的多快活，一颗颗小精圆珠子直往外唾，亮亮的唾，脆脆的唾，——它们赞美的是青天。瞧着，这飞得多高，有豆子大，有芝麻大，黑刺刺的一屑，直顶着无底的天顶细细的摇，——这全看不见了，影子都没了！但这光明的细雨还是不住的下着……

飞。"其翼若垂天之云……背负苍天，而莫之夭阏者。"² 那不容易见着。我们镇上东关厢外有一座黄泥山，山顶上有一座七层的塔，塔尖顶着天。塔院里常常打钟，钟声响动时，那在太阳西晒的时候多，一枝艳艳的大红花贴在西山的鬓边回照着塔山上的云彩，——钟声响动时，绕着塔顶尖，摩着塔顶天，穿着塔顶云，有一只两只，有时三只四只有时五只六只蜷着爪往地面瞧的"饿老鹰"，撑开了它们灰苍苍的大翅膀没挂恋似的在盘旋，在半空中浮着，在晚风中泅着，仿佛是按着塔院钟的波荡来练习圆舞似的。那是我做孩子时的"大鹏"。有时好天抬头不见一瓣云的时候听着猞忧忧的叫响，我们就知道那是宝塔上的饿老鹰寻食吃来了，这一想象半天里秃顶圆睛的英雄，我们背上的小翅膀骨上就仿佛豁出了一锉锉铁刷似的羽毛，摇起来呼呼响的，只一摆就冲出了书房门，钻入了玳瑁镶边的白云里玩儿去，谁耐烦站在先生书桌前晃着身子背早上上的多难背的书！阿飞！不是那在树枝上矮矮的跳着的麻雀儿的飞；不是那凑天黑从堂匾后背冲出来赶蚊子吃的蝙蝠的飞；也不是那软尾巴软嗓子做窠在堂檐上的燕子的飞。要飞就得满天飞，风拦不住云挡不住的飞，一翅膀就跳过一座山头，影子下来遮得阴二十亩稻田的飞，到天晚飞倦了就来绕着那塔顶尖顺着风向打圆圈做梦……听说饿老鹰会抓小鸡！

飞。人们原来都是会飞的。天使们有翅膀，会飞，我们初来时也有翅膀，会飞。我们最初来就是飞了来的，有的做完了事还是飞了去，他们是可羡慕的。但大多数人是忘了飞的，有的翅膀上掉了毛不长再也飞不起来，有的翅膀叫胶水给胶住了，再也拉不开，有的羽毛叫人给修短丁像鸽子似的只会在地上跳，有的拿背上一对翅膀上当铺去典钱使过了期再也赎不回……真的，我们一过了做孩子的日子就掉了飞的本领。但没了翅膀或是翅膀坏了不能用是一件可怕的事。因为你再也飞不回去，你蹲在地上呆望着飞不上去的天，看旁人有福气的一程一程的在青云里逍遥，那多可怜。而且翅膀又不比是你脚上的鞋，穿烂了可以再问妈要一双去，翅膀可不成，折了一根毛就是一根，没法给补的。还有，单顾着你翅膀也还不定规到时候能飞，你这身子要是不谨慎养太肥了，翅膀力量小再也拖不起，也是一样难不是？一对小翅膀驮不起一个胖肚子，那情形多可笑！到时候你听人家高声的招呼说，朋友，回去吧，趁这天还有紫色的光，你听他们的翅膀在半空中沙沙的摇响，朵朵的春云跳过来拥着他们的肩背，望着最光明的来处翩翩的，冉冉的，轻烟似的化出了你的视域，像云雀似的只留下一泻光明的骤雨——"Thou art unseen but yet I hear thy shrill delight"[3]——那你，独自在泥涂里淹着，够多难受，够多懊恼，够多寒伧！，趁早留神你的翅膀，朋友？

是人没有不想飞的。老是在这地面上爬着够多厌烦，不说别的。飞出这圈子，飞出这圈子！到云端里去，到云端里去！哪个心里不成天千百遍的这么想？飞上天空去浮着，看地球这弹丸在大空里滚着，从陆地看到海，从海再看回陆地。凌空去看一个明白——这才是做人的趣味，做人的权威，做人的交代。这皮囊要是太重挪不动，就掷了它，可能的话，飞出这圈子，飞出这圈子！

人类初发明用石器的时候，已经想长翅膀。想飞。原人洞壁上画的四不像，它的背上掮着翅膀；拿着弓箭赶野兽的，他那肩背上也给安了翅膀。小爱神是有一对粉嫩的肉翅的。挨开拉斯[4]（Icarus）是人类飞行吏里第一个英雄，第一次牺牲。安琪儿（那是理想化的人）第一个标记是帮助他们飞行的翅膀。那也有沿革——你看西洋画上的表现。最初像是一对小精致的令旗，蝴蝶似的粘在安琪儿们的背上，像真的，不灵动的。渐渐的翅膀长大了，地位安准了，毛羽丰满了。画图上的天使们长上了真的可能的翅膀。人类初次实现了翅膀的观念，彻悟了飞行的意义。挨开拉斯闪不死的灵魂，回来投生又投生。人类最大的使命，是制造翅膀；最大的成功是飞！理想的极度，想象的止境，从人到神！诗是翅膀上出世的；哲理是在空中盘旋的。飞：超脱一切，笼盖一切，扫荡一切，吞吐一切。

你上那边山峰顶上试去，要是度不到这边山峰上，你就得到这万丈的深渊里去找你的葬身地！"这人形的鸟会有一天试他第一次的飞行，给这世界惊骇，使所有的著作赞美，给他所从来的栖息处永久的光荣。"啊达文晉！
但是飞？自从挨开拉斯以来，人类的工作是制造翅膀，还是束缚翅膀？

这翅膀，承上了文明的重量，还能飞吗？都是飞了来的，还都能飞了回去吗？钳住了，烙住了，压住了，——这人形的鸟会有试他第一次飞行的一天吗？……

同时天上那一点子黑的已经迫近在我的头顶，形成了一架鸟形的机器，忽的机沿一侧，一球光直往下注，硼的一声炸响，——炸碎了我在飞行中的幻想，青天里平添了几堆破碎的浮云。

（原刊于1926年4月19日《晨报副刊》，收入《自剖文集》）

注释

1.康槐尔，今通译为康沃尔，是英国英格兰西南端的郡。

2.语出《庄子·逍遥游》。

3.翻译为："看不见形影，却可以听得清你那欢乐的强音。"出自雪莱的诗歌《致云雀》。

4.挨开拉斯，今通译为伊卡洛斯，是希腊神话中代达罗斯的儿子。父子使用蜡和羽毛造的翼逃离克里特岛时，而他因飞得太高，双翼上的蜡遭太阳融化跌落水中丧生，被埋葬在一个海岛上。

导论

飞翔的梦想，飞飏的诗心，飞动的节奏，飞骑的文风，飞火的语势，飞花的辞藻，飞白的美感，自作者笔端而飞，遂成此文《想飞》。志摩如此钟情于"飞"，在中国诗人和作家里，恐怕再难觅寻第二位。品读志摩的诗文，你必会惊叹于"飞"的意象如此繁复，翩然往还于你的眸前，你的心间，你生命中的镜天。你可曾记得，"雪花"的"飞扬，飞扬，飞扬"、"翩翩在半空里的潇洒"、"在半空里娟娟的飞舞"（《雪花的快乐》）；你可曾记得，那只终宵歌唱的杜鹃（《杜鹃》）；你可曾记得，那只"像是春光，火焰，像是热情"的黄鹂；你可曾记得，那自在、轻盈、"本不想停留在天的那方或地的那角"的云游（《云游》）；你可曾记得，……

何以作者如此想飞？是其个性气质、理想信仰、文化染习使之然也。是为理解本文旨趣的关键。

本篇虽非长文，却集中呈现出作者的艺术风格与思想观念：前者如“跑野马”的文风、诗意化的特征和“浓得化不开”的辞采；后者如对自由境界的追求，对自然天性的呼唤，对理想主义精神的持守。在文中，作者自由出入神话、历史、记忆、想象与哲思之间，如观众鸟出林，目不暇接。读此华章，我们心灵如飞，跌宕，开放、酣畅，自由，超脱。

作者开篇虚拟了一个情景：雪夜。夜是深的，非指时间之深，而是空间性的，“如往下钻螺旋形的山洞的”。窗子外不住往下筛的雪，而雪覆盖了市声、辕辄和欲望，一切归于静寂。夜的深与静，才是思想飞动的契机，一如夜鹰“不敢在天光还在照亮时出来睁眼”。猫头鹰亦复如是，也在夜间飞行，而其正是思想的象征。哲学家黑格尔有句名言：“密涅瓦的猫头鹰只有在夜幕降临的时候才开始飞翔。”

突然，如野马无缰，作者笔锋一转，切换至另一幅画面：“青天里有一点子黑的。正冲着太阳耀眼，望不真，你把手遮着眼，对着那两株树缝里瞧，黑的，有榧子来大，不，有桃子来大——嘿，又移着往西了！”而那“一点子黑”是什么呢？从后文推测，是指飞机。此时，作者想飞的念头开始萌动了。继而写飞机起飞声音，富于动态和力度之美：“勖丽丽的叫响从我们的脚底下匀匀的往上颤，齐着腰，到了肩高，过了头顶，高入了云，高出了云。”

由飞机的声音，作者转而写到云雀们合唱之声。他以连珠似的妙喻来形容这种声音：“你能不能把一种急震的乐音想象成一阵光明的细雨，从蓝天里冲着这平铺着青绿的地面不住的下？不，那雨点都是跳舞的小脚，安琪儿的。”这两个句子之精彩，教人拍案叫绝。层层比喻，连缀成片，繁密无间，由近而远，打通感官，恣纵想象，又恰切得当，让人不能不服膺志摩的诗才。这两句话有着水晶般艺术品质，读之仿佛看到水晶结生水晶，生发不已，彼此辉映，无限纯粹。这一段关于云雀的飞动与啼啭的叙写，多出之以灵动的短句，恰当表现出云雀活泼的情态。且富于音乐性，宛如云雀之乐音。

在作者看来，《庄子·逍遥游》中的“其翼若垂天之云”的鹏鸟是见不到的，虚无缥缈，完全超乎幼年作者的经验与想象，而雀儿、蝙蝠、燕子又不是他所喜欢的，缘其格局、视域和境界太小。唯独饿老鹰深得其心，“撑开了它们灰苍苍的大翅膀没挂恋似的在盘旋”，在作者心目中是英雄而不啻庄周的大鹏，给予了作者最初的飞翔之美、想飞的渴望以及想象性体验。

以上还是在叙写关于"飞"具体的感性经验与想象，下面作者则给予"飞"以象征性意味和理性之思，并由个体上升到普遍，由形下飞跃至形上。作者告诉我们两点：其一，人们原来都是会飞的，只是或因自我遗忘、或因他者压抑、或因欲望牵掣而丧失了飞的能力。其二，人没有不想飞的，是为人类普遍的梦想，这才是做人的趣味，做人的权威，做人的交代；从原始壁画和神话想象中可以看出，人类一直怀着飞翔的渴望，代代不已。简言之，"飞"作为人的渴望，具有空间的普泛性与时间的恒久性。

那么该如何理解"飞"的象征意味呢？结合作者的思想观念和本文的具体表述，我们可以解为是无拘无碍的境界、自然无染的性灵、超脱开放的心灵、诗性的生存、自由的思想、非凡而几乎神性的理想等等。总之，飞是"理想的极度，想象的止境，从人到神"。既然人人都怀有飞之梦，读者也不妨在"飞"上投射自己的愿望、安寄自己的梦想，读出自己的内心。

而仅仅依靠人类文明真的能实现"飞"吗？作者对此持有怀疑，他说："这翅膀，承上了文明的重量，还能飞吗？都是飞了来的，还都能飞了回去吗？钳住了，烙住了，压住了，——这人形的鸟会有试他第一次飞行的一天吗？……"作者是主张回归自然的，在自然中获得性灵的解放与心灵的自由。不论是不朽的诗篇，抑或是伟大的哲学，均出自健全的心灵。

最后一段写飞机坠毁，嘭的一声炸响，炸碎了作者在飞行中的幻想。殊不知，结尾段一语成谶，竟成志摩的人生结局，读来感慨万端。

曼殊斐儿 [1]

这心灵深处的欢畅，

这情绪境界的壮旷；

任天堂沉沦，地狱开放，

毁不了我内府的宝藏！

——《康河晚照即景》

美感的记忆，是人生最可珍的产业，认识美的本能是上帝给我们进天堂的一把秘钥。

有人的性情，例如我自己的，如以气候喻，不但是阴晴，相间，而且常有狂风暴风，也有最艳丽蓬勃的春光、有时遭逢幻灭，引起厌世的悲观，铅般的重压在心上，比如冬令阴霾，到处冰结，莫有微生气；那时便怀疑一切；宇宙、人生、自我，都只是幻的妄的；人情、希望、理想也只是妄的幻的。

Ah，human nature，how，

If utterly frail thou art and vile，

If dust thou art and ashes，is thy heart so great？

If thou art noble in part，

How are thy loftiest impulses and thoughts

By so ignobles causes kindled and put out？

"Sopra un ritratto di una bella donna." [2]

这几行是最深入的悲观派诗人理巴第（Leopardi）[3] 的诗；一座荒坟的墓碑上，刻着冢中人生前美丽的肖像，激起了他这根本的疑问——若说人生是有理可寻的何以到处只是矛盾的现象，若说美是幻的，何以他引起

的心灵反动能有如此之深切，若说美是真的，何以可以也与常物同归腐朽，但理巴第探海灯似的智力虽则把人间种种事物虚幻的外象——褫剥连宗教都剥成了个赤裸的梦，他却没有力量来否认美！美的创现他只能认为是称奇的，他也不能否认高洁的精神恋，虽则他不信女子也能有同样的境界，在感美感恋最纯粹的一刹那间，理巴第不能不承认是极乐天国的消息，不能不承认是生命中最宝贵的经验，所以我每次无聊到极点的时候，在层冰般严封的心河底里，突然涌起一股融一切的热流，顷刻间消融了厌世的结晶，消融了烦闷的苦冻。那热流便是感美感恋最纯粹的一俄顷之回忆。

> To see a world in a grain of sand,
> And a Heaven in a wild flower,
> Hold Infinity in the palm of your hand
> And eternity in an hour
> Auguries of Muveence Willian Glabe

> 从一颗沙里看出世界，
> 天堂的消息在一朵野花，
> 将无限存在你的掌上。

　　这类神秘性的感觉，当然不是普遍的经验，也不是常有的经验，凡事只讲实际的人，当然嘲讽神秘主义，当然不能相信科学可解释的神经作用，会发生科学所不能解释的神秘感觉。但世上"可为知者道不可与不知者言"的情事正多着哩！

　　从前在十六世纪，有一次有一个意大利的牧师学者到英国乡下去，见了一大片盛开的苜蓿（Clover）在阳光中只似一湖欢舞的黄金，他只惊喜得手足无措，慌忙跪在地上，仰天祷告，感谢上帝的恩典，使他得见这样的美，这样的神景，他这样发疯似的举动当时一定招起在旁乡下人的哗笑，我这篇里要讲的经历，恐怕也有些那牧师狂喜的疯态，但我也深信读者里自有同情的人，所以我也不怕遭乡下人的笑话！

　　去年七月中有一天晚上，天雨地湿，我独自冒着雨在伦敦的海姆司堆特（Hampstead）问路惊问行人，在寻彭德街第十号的屋子。那就是我初次，不幸也是末次，会见曼殊斐儿——"那二十分不死的时间！"——的一晚。

我先认识麦雷君（John Middleton Murry）[4]，Athenaeum[5] 的总主笔，诗人，著名的评衡家，也是曼殊斐儿一生最后十余年间最密切的伴侣。

他和她自一九一三年起，即夫妇相处，但曼殊斐儿却始终用她到英国以后的"笔名"（Penname）Miss Katherine Mansfield。她生长于纽新兰[6]（New Zealand），原名是 Kathleen Beanchamp，是纽新兰银行经理 Sir Harold Beanchamp 的女儿，她十五年前离开了本乡，同着她三个小妹子到英国，进伦敦大学院读书，她从小即以美慧著名，但身体也从小即很怯弱，她曾在德国住过，那时她写她的第一本小说"In a German Pension"[7]。大战期内她在法国的时候多，近几年她也常在瑞士、意大利及法国南部。她所以常在外国，就为她身体太弱，禁不得英伦的雾迷雨苦的天时，麦雷为了伴她也只得把一部分的事业放弃（Athenaeum 之所以并入 London Nation[8] 就为此），跟着他安琪儿似的爱妻，寻求健康，据说可怜的曼殊斐儿战后得了肺病证明以后，医生明说她不过三两年的寿限，所以麦雷和她相处有限的光阴，真是分秒可数，多见一次夕照，多经一度朝旭，她优昙似的余荣，便也消灭了如许的活力，这颇使想起茶花女一面吐血一面纵酒恣欢时的名句："You know I have not long to live, therefore I will live fast！"——你知道我是活不久长的，所以我存心活他一个痛快！我正不知道多情的麦雷，对着这艳丽无双的夕阳，渐渐消翳，心里"爱莫能助"的悲感，浓烈到何等田地！

但曼殊斐儿的"活他一个痛快"的方法，却不是像茶花女的纵洒恣欢，而是在文艺中努力；她像夏夜榆林中的鹃鸟，呕出缕缕的心血来制成无双的情曲，便唱到血枯音嘶，也还不忘她的责任，是牺牲自己有限的精力，替自然界多增几分的美，给苦闷的人间，几分艺术化精神的安慰。

她心血所凝成的便是两本小说集，一本是"Bliss"[9]，一本是去年出版的"Garden Party"[10]。凭这两部书里的二三十篇小说，她已经在英国的文学界里占了一个很稳固的位置，一般的小说只是小说，她的小说却是纯粹的文学，真的艺术；平常的作者只求暂时的流行，博群众的欢迎，她却只想留下几小块"时灰"掩不暗的真晶，只要得少数知音者的赞赏。

但唯其纯粹的文学，她著作的光彩是深蕴于内而不是显露于外者，其趣味也须读者用心咀嚼，方能充分的理会，我承作者当面许可选译她的精晶，如今她已去世，我更应珍重实行我翻译的特权，虽则我颇怀疑我自己的胜任，我的好友陈通伯他所知道的欧洲文学恐怕在北京比谁都更渊博些，他在北大教短篇小说，曾经讲过曼殊斐儿的，很使我欢喜。他现在答应也来选译几篇，我更要感谢他了。关于她短篇艺术的长处，我也希望通伯能有机会说一说。

现在让我讲那晚怎样的会晤曼殊斐儿，早几天我和麦雷在 Charing Cross[11] 背后一家嘈杂的 A.B.C. 茶店里，讨论英法文坛的状况。我乘便说起近几年中国文艺复兴的趋向，在小说里感受俄国作者的影响最深，他的几于跳了起来，因为他们夫妻最崇拜俄国的几位大家，他曾经特别研究过道施滔庵符斯基[12]，著有一本 "Dostoyevsky：A Critical Study Martin Secker"[13]，曼殊斐儿又是私淑契高夫[14]（Chekhov）的，他们常在抱憾俄国文学始终不会受英国人相当的注意，因之小说的质与式，还脱不尽维多利亚时期的 Philistinism[15]。我又乘便问起曼殊斐儿的近况，他说她这一时身体颇过得去，所以此次敢伴着她回伦敦来住两个星期，他就给了我他们的住址，请我星期四，晚上去会她和他们的朋友。

所以我会见曼殊斐儿，真算是凑巧的凑巧，星期三那天我到惠尔思[16]（H. G. Wells）乡里的家去了（Easten Clebe），下一天和他的夫人一同回伦敦，那天雨下得很大，我记得回寓时浑身都淋湿了。

他们在彭德街的寓处，很不容易找（伦敦寻地方总是麻烦的，我恨极了那个回街曲巷的伦敦）。后来居然寻着了，一家小小一楼一底的屋子，麦雷出来替我开门，我颇狼狈的拿着雨伞还拿着一个朋友还我的几卷中国字画，进了门。我脱了雨具。他让我进右首一间屋子，我到那时为止对于曼殊斐儿只是对一个有名的年轻女作家的景仰与期望；至于她的"仙姿灵态"我那时绝对没有想到，我以为她只是与 Rose Macaulay[17]，Virginia Woolf[18]，Roma Wilson[19]，Mrs.Lueas[20]，Vanessa Bell[21] 几位女文学家的同流人物。平常男子文学家与美术家，已经尽够怪僻，近代女子文学家更似乎故意养成怪僻的习惯，最显著的一个通习是装饰之务淡朴，务不入时，"背女性"：头发是剪了的，又不好好的收拾，一团和糟的散在肩上；袜子永远是粗纱的；鞋上不是有泥就有灰，并且大都是最难看的样式；裙子不是异样的短就是过分的长，眉目间也许有一两圈"天才的黄晕"，或是带着最可厌的美国式龟壳大眼镜，但他们的脸上却从不见脂粉的痕迹，手上装饰亦是永远没有的，至多无非是多烧了香烟的焦痕，哗笑的声音十次里有九次半盖过同座的男子；走起来也是挺胸凸肚的，再也辨不出是夏娃的后身；开起口来大半是男子不敢出口的话；当然最喜欢讨论的是 Freudian Complex[22]，Birth Control[23] 或是 George Moore[24] 与 James Joyce[25] 私人印行的新书，例如 "A Story-teller's Holiday"[26] "Ulysses"[27]。总之她们的全人格只是妇女解放的一幅讽刺画（Amy Lowell[28] 听说整天的抽大雪茄！）和这一班立意反对上帝造人的本意的"唯智的"女子在一起，当然也有许多有趣味的地方。但有时总不免感觉她们矫揉造作的痕迹过深，引起一种性的憎忌。

我当时未见曼殊斐儿以前，固然并没有预想她是这样一流的 Futuristic[29]，但也绝对没有梦想到她是女性的理想化。

所以我推进那房门的时候，我就盼望她——一个将近中年和蔼的妇人——笑盈盈的从壁炉前沙发上站起来和我握手问安。

但房里——一间狭长的壁炉对门的房——只见鹅黄色恬静的灯光，壁上炉架上杂色的美术的陈设和画件，几件有彩色画套的沙发围列在炉前，却没有一半个人影。麦雷让我一张椅上坐了，伴着我谈天，谈的是东方的观音和耶教的圣母，希腊的 Virgin Diana[30]，埃及的 Isis[31]，波斯的 Mithraism[32] 里的 Virgin[33] 等等之相仿佛，似乎处女的圣母是所有宗教里一个不可少的象征……我们正讲着，只听得门上一声剥啄，接着进来了一位年轻女郎，含笑着站在门口，"难道她就是曼殊斐儿——这样的年轻……"我心旦在疑惑。她一头的褐色卷发，盖着一张的小圆脸，眼极活泼，口也很灵动，配着一身极鲜艳的衣裳——漆鞋，绿丝长袜，银红绸的上衣，紫酱的丝绒围裙——亭亭的立着，像一颗临风的郁金香。

麦雷起来替我介绍，我才知道她不是曼殊斐儿，而是屋主人，不知是密司 Beir 还是 Beek 我记不清了，麦雷是暂寓在她家的；她是个画家，壁挂的画，大都是她自己的，她在我对面的椅上坐了，她从炉架上取下一个小发电机似的东西拿在手里，头上又戴了一个接电话生戴的听箍，向我凑得很近的说话，我先还当是无线电的玩具，随后方知这位秀美的女郎，听觉和我自己的视觉仿佛，要借人为方法来补充先天的不足。（我那时就想起聋美人是个好诗题，对她私语的风情是不可能的了！）

她正坐定，外面的门铃大响——我疑心她的门铃是特别响些，来的是我在法兰[34]先生（Roger Fry）家里会过的 Sydney Waterloo[35]，极诙谐的一位先生，有一次他从他巨大的袋里一连摸出了七八枝的烟斗，大的小的长的短的各种颜色的，叫我们好笑。他进来就问麦雷，迦赛林[36]（Katherine）今天怎样。我竖起了耳朵听他的回答，麦雷说"她今天不下楼了，天太坏，谁都不受用……"华德鲁就问他可否上楼去看她，麦说可以的，华又问了密司 B 的允许站了起来，他正要走出门，麦雷又赶过去轻轻的说："Sydney, don't talk too much！"[37]

楼上微微听得出步响，W 已在迦赛林房中了。一面又来了两个客，一个短的 M 才从希腊回来，一个轩昂的美丈夫就是 London Nation and Athenaeum[38] 里每周做科学文章署名 S 的 Sullivan[39]，M 就讲他游希腊的情形，尽背着古希腊的史迹名胜，Parnassus[40] 长 Mycenae[41] 短讲个不住。S 也问麦雷迦赛林如何，麦说今晚不下楼 W 现在楼上。过了半点钟模样，W 笨重的足音下来了，S 就问他迦赛林倦了没有，W 说"不，不像倦，可是我也说不上，我怕她累，所以我下来了。"再等一歇 S 也问了麦雷的允许上楼去，麦也照样的叮嘱他不要让她乏了。麦问我中国的书画，我乘便就拿那晚带去的一幅赵之谦的"草书法画梅"，一幅王觉斯的草书，一幅梁山舟的行书，打开给他们看，讲了些书法大意，密司 B 听得高兴，手捧着她的听盘，挨近我身旁坐着。

但我那时心里却颇有些失望，因为冒着雨存心要来一会 Bliss 的作者，偏偏她又不下楼；同时 W.S. 麦雷的烘云托月，又增加了我对她的好奇心，我想运气不好，迦赛林在楼上，老朋友还有进房去谈的特权，我外国人的生客，一定是没有份的了，我只得起身告别，走出房门，麦雷陪出来帮我穿雨衣，我一面穿衣，一面说我很抱歉，今晚密司曼殊斐儿不能下来，否则我是很想望会她的。但麦雷却很诚恳的说："如其你不介意，不妨请上楼去一见。"我听了这话喜出望外立即将雨衣脱下，跟着麦雷一步一步的上楼梯……

上了楼梯，叩门，进房，介绍，S 告辞，和 M 一同出房，关门，她请我坐了，我坐下，她也坐下……这么一大串繁复的手续，我只觉得是像电火似的一扯过，其实我只推想应有这么些逻辑的经过，却并不曾亲切的一一感到；当时只觉得一阵模糊，事后每次回想也只觉得是一阵模糊，我们平常从黑暗的街里走进一间灯烛辉煌的屋子，或是从光薄的屋子里出来骤然对着盛烈的阳光，往往觉得耀光太强，头晕目眩的要定一定神，方能辨认眼前的事物。用英文说就是 Senses overwhelmed by excessive light[42]，不仅是光，浓烈的颜色，有时也有"潮没"官觉的效能。我想我那时，虽不定是被曼殊斐儿人格的烈光所潮没，她房里的灯光陈设以及她自身衣饰种种各品浓艳灿烂的颜色，已够使我不预防的神经，感觉刹那间的淆惑，那是很可理解的。

她的房给我的印象并不清切，因为她和我谈话时不容我分心去认记房中的布置，我只知道房是很小，一张大床差不多就占了全房大部分的地位，壁是用画纸裱的，挂着好几幅油画大概也是主人画的，她和我同坐在床左贴壁一张沙发榻上。因为我斜倚她正坐的缘故，她似乎比我高得多，（在她面前哪一个不是低的，真的！）我疑心那两盏电灯是用红色罩的，否则何以我想起那房，便联想起，"红烛高烧"的景象！但背景究属不甚重要，重要的是给我最纯粹的美感的——The purest aesthetic feeling——她；是使我使用上帝给我那管进天堂的秘钥的——她；是使我灵魂的内府里又增加了一部宝藏的——她。但要用不驯服的文字来描写那晚。她，不要说显示她人格的精华，就是忠实地表现我当时的单纯感象，恐怕就够难的一个题目。从前有一个人一次做梦，进天堂去玩了，他异样的欢喜，明天一起身就到他朋友那里去，想描摹他神妙不过的梦境。但是！他站在朋友面前，结住舌头，一个字都说不出来，因为他要说的时候，才觉得他所学的人间适用的字句，绝对不能表现他梦里所见天堂的景色，他气得从此不开口，后来就抑郁而死，我此时妄想用字来活现出一个曼殊斐儿，也差不多有同样的感觉，但我却宁可冒猥渎神灵的罪，免得像那位诚实君子活活的闷死。她也是铄亮的漆皮鞋，闪色的绿丝袜，枣红丝绒的围裙，嫩黄薄绸的上衣，领口是尖开的，胸前挂一串细珍珠，袖口只齐及肘弯。她的发是黑的，也同密司B一样剪短的，但她梳发的式样，却是我在欧美从没有见过的，我疑心她有心仿效中国式，因为她的发不但纯黑而且直而不卷，整整齐齐的一圈，前面像我们十余年前的"刘海"梳得光滑异常，我虽则说不出所以然我只觉她发之美也是生平所仅见。

至于她眉目口鼻之清之秀之明净，我其实不能传神于万一，仿佛你对着自然界的杰作，不论是秋月洗净的湖山，霞彩纷披的夕照，南洋里莹澈的星空，或是艺术界的杰作，培德花芬的沁芳南[43]，怀格纳的奥配拉[44]，

密克郎其罗 [45] 的雕像，卫师德拉 [46]（Whistler）或是柯罗 [47]（Corot）的画；你只觉得他们整体的美，纯粹的美，完全的美，不能分析的美，可感不可说的美；你仿佛直接无碍的领会了造作最高明的意志，你在最伟大深刻的载刺中经验了无限的欢喜，在更大的人格中解化了你的性灵，我看了曼殊斐儿像印度最纯澈的碧玉似的容貌，受着她充满了灵魂的电流的凝视，感着她最和软的春风似神态，所得的总量我只能称之为一整个的美感。她仿佛是个透明体，你只感讶她粹极的灵澈性，却看不见一些杂质就是她一身的艳服，如其别人穿着也许会引起琐碎的批评，但在她身上，你只是觉得妥帖，像牡丹的绿叶，只是不可少的衬托，汤林生，她生前的一个好友，以阿尔帕斯山巅万古不融的雪，来比拟她清，极超俗的美，我以为很有意味的；她说：

> 　　曼殊斐儿以美称，然美固未足以状其真，世以可人为美，曼殊斐儿固可人矣，然何其脱尽尘寰气。一若高山琼雪，清澈重霄，其美可惊，而其凉亦可感，艳阳被雪，幻成异彩，亦明明可识，然亦似神境在远，不隶人间，曼殊斐儿肌肤明皙如纯牙，其官之秀，其目之黑，其颊之腴，其约发环整如鬃，其神态之闲静，有华族粹者之明粹，而无西艳伉杰之容。其躯体尤苗约，绰如也，若明蜡之静焰，若晨星之淡妙，就语者未尝不自讶其叶息之重浊，而虑是静且淡者之且神化……

汤林生又说她锐敏的目光，似乎直接透入你灵府深处将你所蕴藏的秘密一齐照彻，所以他说她有鬼气，有仙气，她对着你看，不是见你的面之表，而是见你心之底，但她却大是侦刺你的内蕴，并不是有目的搜罗而只是同情的体贴。你在她面前，自然会感觉对她无慎密的必要；你不说她也有数，你说了她也不会惊讶。她不会责备，她不会怂恿，她不会奖赞，她不会代出什么物质利益的主意，她只是默默的听，听完了然后对你讲她自己超于美恶的见解——真理。

这一段从长期交谊中出来深入的话，我与她仅一二十分钟的接近当然不会体会到，但我敢说从她神灵的目光里推测起来，这几句话不但是不能，而且是极近情的。

所以我那晚和她同坐在蓝丝绒的榻上，幽静的灯光，轻笼住她美妙的全体，我像受了催眠似的，只是痴对她神灵的妙眼，一任她利剑似的光波，妙乐似的音浪，狂潮骤雨似的向着我灵府泼淹，我那时即使有自觉的感觉，也只似开茨⁴⁸（Keats）听鹃啼时的：

> My heart aches，and a drowsy numbness pains
> My sense，as though of hemlock I had drunk
> ……
> "This not through envy of thy happy lot,
> But being too happy in thy happiness." ⁴⁹

曼殊斐儿音声之美，又是一个 Miracle⁵⁰ 一个个音符从她脆弱的声带里颤动出来，都在我习于尘俗的耳中，启示一种神奇的意境。仿佛蔚蓝的天空中一颗一颗的明星先后涌现。像听音乐似的，虽则明明你一生从不曾听过，但你总觉得好像曾经闻到过的也许在梦里，也许在前生。她的，不仅引起你听觉的美感，而竟似直达你的心灵底里，抚摩你蕴而不宣的苦痛，温和你半僵的希望，洗涤你窒碍性灵的俗累，增加你精神快乐的情调；仿佛凑住你灵魂的耳畔私语你平日所冥想不得的仙界消息。我便此时回想，还不禁内动感激的悲慨。几于零泪；她是去了，她的音声笑貌也似蜃彩似的一翳不再，我只能学 Abt Vogler⁵¹ 之自慰，虔信：

> Whose voice has gone forth，but each survives for the melodies
> when eternity affirms the conception of an hour.
> ……
> Enough that he heard it once；we shall hear it by and by.⁵²

曼殊斐儿，我前面说过，是病肺痨的，我见她时，正离她死不过半年，她那晚说话时，声音稍高，肺管中便如吹荻管似的呼呼作响。她每句语尾收顿时，总有些气促，颧颊间便也多添一层红润，我当时听出了她肺弱的音息，便觉得切心的难过，而同时她天才的兴奋，偏是逼迫她音度的提高，音愈高，肺嘶亦更历历，胸间的起伏亦隐约可辨，可怜！我无奈何只得将自己的声音特别的放低，希冀她也跟着放低些，果然很灵效，她也放低了不少，但不久她又似内感思想的鞭刺，重复节节的高引，最后我再也不忍因此而多耗她珍贵的精力，并且也记得麦雷再三叮嘱 W 与 S 的话，就辞了出来。总计我自进房至出房——她站在房门口送我——不过二十分时间。

我与她所讲的话也很有意味，但大部分是她对于英国当时最风行的几个小说家的批评——例如 Riberea West[53]，Romer Wilson[54]，Hutchingson[55]，Swinnerton[56] 等——恐怕因为一般人不稔悉，那类简约的评语不能引起相当的兴味。麦雷自己是现在英国中年的评衡家最有学有识之一人，——他去年在牛津大学讲的 "The Problem of Style"[57]，有人誉为安诺德[58]（Matthew Arnold）以后评衡界里最重要的一部贡献——而他总常常推尊曼殊斐儿说她是评衡的天才，有言必中肯的本能。所以我此刻要把她简评的珠沫，略过不讲，很觉得有些可惜，她说她方才从瑞士回来，在那边和罗素夫妇的寓处相距颇近，常常谈起东方好处，所以她原来对于中国的景仰，更一进而为爱慕的热忱。她说她最爱读 Arthur Waley[59] 所翻的中国诗，她说那样的诗艺在西方真是一个 Wonderful Revelation[60]。她说新近 Amy Lowell 译的很使她失望，她这里又用她爱用的短句——"That's not the thing！"[61] 她问我译过没有，她再三劝我应得试试，她以为中国诗只有中国人能译得好的。

她又问我是否也是写小说的，她又殷劝问中国顶喜欢契高夫的哪几篇，译得怎么样，此外谁最有影响。

她问我最喜读哪几家小说，哈代、康拉德，她的眉梢耸了一耸笑道——

"Isn't it！ We have to go back to the old masters for good literature the real thing！"[62]

她问我回中国去打算怎么样，她希望我不进政治，她愤愤的说现代政治的世界，不论哪一国，只是一乱堆的残暴，和罪恶。

后来说起她自己的著作。我说她的太是纯粹的艺术，恐怕一般人反而不认识，她说：

"That's just it. Then of course, popularity is never the thing for us."[63]

我说我以后也许有机会试翻她的小说，很愿意先得作者本人的许可。他很高兴的说她当然愿意，就怕她的著作不值得翻译的劳力。

她盼望我早日回欧洲,将来如到瑞士再去找她,她说怎样的爱瑞士风景,琴妮湖怎样的妩媚,我那时就仿佛在湖心柔波间与她荡舟玩景:

Clear，placid Leman！

……Thy soft murmuring

Sounds sweet as if a sister's voice reproved.

That I with stem delights should ever have

been so moved……

Lord Byron[64]

我当时就满口的答应,说将来回欧一定到瑞士去访她。

末了我说恐怕她已经倦了,深恨与她相见之晚,但盼望将来还有再见的机会,她送我到房门口,与我很诚挚地握别……

将近一月前,我得到消息说曼殊斐儿已经在法国的芳丹卜罗[65]去世,这一篇文字,我早已想写出来,但始终为笔懒,延到如今,岂知如今却变了她的祭文!下面附的一首诗也许表现我的悲感更亲切些。

哀曼殊斐儿

我昨夜梦入幽谷,

听子规在百合丛中泣血,

我昨夜梦登高峰,

见一颗光明泪自天坠落。

罗马西郊有座墓园,

芝罗兰静掩着客殇的诗骸;

百年后海岱士(Hades)黑辇之轮。

又喧响于芳丹卜罗榆青之间。

说宇宙是无情的机械,

为甚明灯似的理想闪耀在前;

说造化是真善美之创现，
为甚五彩虹不常住天边？

我与你虽仅一度相见——
但那二十分不死的时间！
谁能信你那仙姿灵态，
竟已朝露似的永别人间？

非也！生命只是个实体的幻梦；
美丽的灵魂，永承上帝的爱宠；
三十年小住，只拟昙花之偶现，
泪花里我想见你笑归仙宫。

你记否伦敦约言，曼殊斐儿，
今夏再于琴妮湖之边；
琴妮湖（Lake Geneva）永抱着白朗矶（Mount Blance）的雪影
此日我怅望云天，泪下点点。

我当年初临生命的消息，
梦觉似骤感恋爱之庄严；
生命的觉悟，是爱之成年，
我今又因死而感生与恋之涯沿！

同情是掼不破的纯晶，
爱是实现生命之唯一途径；
死是座伟秘的洪炉，此中
凝炼万象所从来之神明。

我哀思焉能电花似飞骋，
感动你在天曼殊之灵？
我洒泪向风中遥送，

问何时能戡破生死之门？

（原刊于1923年5月《小说月报》第十四卷第五号）

注释

1. 曼殊斐儿，今通译为曼斯菲尔德（1888—1923），英国女作家。

2. 翻译为："啊，人性，如果你是绝对脆弱和邪恶，/如果你是尘埃和灰烬，/你的情感何以如此高尚？/如果你多少称得上崇高，/你高尚的冲动和思想何以如此卑微而转瞬即逝？"

3. 理巴第（Leopardi），今译为莱奥帕尔迪（1798—1837），意大利19世纪著名浪漫主义诗人。他的优秀诗作表达民族复兴运动的理想，复辟时期的创作有较浓郁的悲观色彩。

4. John Middleton Murry，约翰·米德尔顿·默里（1889—1957），英国诗人，评论家。曼斯菲尔德与前夫离异后，一直与他同居。

5. Athenaeum，《雅典娜神庙》，杂志名。

6. 纽新兰，今通译为新西兰。

7. "In a German Pension"，《在德国公寓里》，是为曼斯菲尔德短篇小说集。

8. London Nation，伦敦的《国民》杂志。

9. Bliss，《幸福》，短篇小说集。

10. Garden Party，《园会》，短篇小说集。

11. Charing Cross，伦敦一街名。

12. 道施滔庵符斯基，今通译为陀思妥耶夫斯基（1821—1881），俄国作家。

13. "Dostoyevsky：A Critical Study Martin Secker"，《陀思妥耶夫斯基：马丁·塞克批评研究》。

14. 契高夫，今通译为契诃夫（1860—1904），俄国作家。

15. Philistinism，庸俗主义。

16. 惠尔思，今通译为威尔斯（1866—1946），英国作家，历史学家，著有《时间机器》、《隐身人》等。

17. Rose Macaulay，罗斯·麦考利（1881—1958），英国女作家。

18. Virginia Woolf，今通译为弗吉尼亚·伍尔芙（1882—1941），英国女作家。

19. Roma Wilson，今通译为罗默·威尔逊（1891—1930），英国女作家。

20. Mrs.Lueas，不详。

21. Vanessa Bell，今通译为文尼莎·贝尔（1879—1961），英国女作家。

22. Freudian Complex，翻译为"弗洛伊德情结"，即"俄狄浦斯情结"，恋母情结。

23. Birth Control，节育。

24. George Moore，今通译为乔治·穆尔（1852—1933），爱尔兰作家。

25. James Joyce，今通译詹姆斯·乔伊斯（1882—1941），爱尔兰作家，现代主义文学奠基人之一。

26. "A Story-teller's Holiday"，《一个小说家的假日》。是乔治·穆尔的作品。

27. Ulysses，《尤利西斯》，是乔伊斯的长篇小说。

28. Amy Lowell，今通译为埃米·洛威尔（1874—1925），美国女作家。

29. Futuristic，未来主义的。

30. Virgin Diana，圣女狄安娜。

31. Isis，伊希斯，是古埃及的母性与生育之神。

32. Mithraism，密特拉教。

33. Virgin，圣女。

34. 法兰，今通译罗杰·弗赖（1866—1934），英国画家、艺术评论家。

35. Sydney Waterloo，不详。

36. 迦赛林，今通译为凯瑟琳，即曼斯菲尔德的名。

37. 翻译为："悉尼，不要谈得太多！"

38. London Nation and Athenaeum，即伦敦《国民》杂志和《雅典娜神庙》杂志。

39. Sullivan，不详。

40. Parnassus，帕纳塞斯山，希腊中部山脉。在希腊神话中，帕纳塞斯山是太阳神阿波罗和文艺女神们的灵地，缪斯的家乡。

41. Mycenae，迈锡尼，希腊古城，古文明遗址。

42. 翻译为："感官被强光所淹没。"

43. 培德花芬的沁芳南，即贝多芬的交响曲。

44. 怀格纳的奥配拉，即瓦格纳的歌剧。

45. 密克郎其罗，今通译为米开朗基罗。

46. 卫师德拉，今通译为惠斯勒（1834—1903），美国画家。

47. 柯罗，（1796—1875），法国画家。

48. 开茨，今通译济慈（1795—1821），英国诗人。

49. 翻译为："我的心在痛，困顿和麻木刺进了感官/有如饮过毒鸩/……/并不是我嫉妒你的好运/而是你的快乐使我太欢欣。"

50. Miracle，奇迹。

51. Abt Vogler，今通译为阿布特·沃格勒（1749—1814），法国作曲家。

52. 翻译为："她的声音远去了，但每个音符仍然为作曲家而持存，当一小时被证成永恒……让他听一次就足够了，我们也将再听到。"

53. Riberea West，今通译为吕贝亚·威斯特（1892—1983），英国女小说家、批评家、记者。

54. Romer Wilson，今通译为罗默·威尔逊（1891—1930），英国女小说家。

55. Hutchingson，今通译为哈钦森（1907—1975），英国小说家。

56. Swinnerton，今通译为斯温纳顿（1884—1982），英国小说家、文学批评家。

57. "The Problem of Style"，风格的问题。

58. 安诺德，今通译为阿诺德（1822—1888），英国诗人、文艺批评。

59. Arthur Waley，今通译阿瑟·韦利（1889—1966），英国汉学家。

60. Wonderful Revelation，奇妙的启示。

61. 翻译为："那算什么东西！"

62. 翻译为："不是吗，我们必须到过去的大师中去寻找优秀的文学与真正的东西。"

63. 翻译为："的确。当然，流行并非我们所追去的。"

64. 翻译为："清澈、平静的莱蒙湖啊！/……你那温柔的波涛声/就像姐妹的责备声那样动听。/对这种严厉我从未这样快乐与感动过……/拜伦"

65. 芳丹卜罗，今通译为枫丹白露，是法国巴黎大都会地区内的一个市镇，也是森林风景区。

导读

对本文略作解释，是笔者难以胜任的，下笔颇为踌躇，心里亦是惶惶，唯恐坏了她唯美出尘的韵致。无味之语恰如可憎之面，只会惊飞志摩文字之林中歌吟的夜莺，徒是败人啜饮琼酿的兴味。美文如斯，倘若附一段不堪卒读的说明，何异于焚琴煮鹤、暴殄天物？耳边遂响起伍尔芙的讥嘲："解剖了青蛙，抓不住生命。"亦教人想起哲人维特根斯坦的名言："凡不可说的，应当沉默。"诸君所能做的，最好是避而不读，莫因此失了"美感的记忆"，那"人生最可珍的产业"。

本欲对此篇赞赏一番，无奈笔如朽木，纵然立在温湿的湖岸、傍临沃腴之野、披沐着曦光、承恩于惠风，也未能萌蘖开花，兀自枯索于天壤。朽木，失魂的形骸而已。一枝没有灵魂的笔，最好莫要妄图去把握美，那是"上帝给我们进天堂的一把秘钥"。然而又何须去赞美呢，一如志摩曾说："赞美是多余的，正如赞美天堂是多余的。"

言说此文之于我，恰如活现曼殊斐儿之于志摩，到底是困难的，近于虚妄之举。而志摩终究做到了，我却不能。其笔是有灵魂的，其文是有生命的，其想象是渗入春光的泥土，其感情是流自山间的活水。你不能不服膺，也不能不困惑：到底是他的诗心来自曼殊斐儿的美，还是曼殊斐儿的美来自他的诗心？合该是都有的，"人面桃花相映红"是也。不论是志摩的文字，抑或是曼殊斐儿的妙影，无不是仙态灵姿，是不可比况的美，留给我们莫可名状的醉。

胡适先生对志摩有一句评语，大抵已成后世不易之论，即"他的人生观里真是有一种'单纯的信仰'，这里面有三个大字：一个是爱，一个是自由，一个是美。"本篇可视作志摩关于"美"的信仰的宣言，及其具体演绎。会见曼珠斐儿"那二十分不死的时间"，于志摩而言正是一次美的启蒙，是一回生命的憬悟，是一颗诗心的生成。这正像他在《哀曼殊斐儿》的诗中所写：

> 我当年初临生命的消息，
> 梦觉似骤感恋爱之庄严；
> 生命的觉悟，是爱之成年，
> 我今又因死而感生与恋之涯沿！

　　美，或许是他"单纯的信仰"生发的起点。因美而感发纯爱，对人世不怀怨毒；因美而舒解性灵，还其自由之态。如果是康河之妩媚开启了志摩的性灵，那么曼殊斐儿之灵澈则教他感到美的纯粹，使他深会何以"任天堂沉沦，地狱开放 ／毁不了我内府的宝藏！"她那"洗涤你窒碍性灵的俗累"的声音，不啻康桥的柔波。天国的消息寄寓在曼殊斐儿的声音中，也流响自志摩的诗文里。毋须旁注，君且倾听。

泰戈尔

　　我有几句话想趁这个机会对诸君讲，不知道你们有没有耐心听。泰戈尔先生快走了，在几天内他就离别北京，在一两个星期内他就告辞中国。他这一去大约是不会再来的了。也许他永远不能再到中国。

　　他是六七十岁的老人，他非但身体不强健，他并且是有病的。所以他要到中国来，不但他的家属，他的亲戚朋友，他的医生，都不愿意他冒险，就是他欧洲的朋友，比如法国的罗曼罗兰，也都有信去劝阻他。他自己也曾经踌躇了好久，他心里常常盘算他如其到中国来，他究竟不能够给我们好处，他想中国人自有他们的诗人、思想家、教育家，他们有他们的智慧、天才、心智的财富与营养，他们更用不着外来的补助与载刺，我只是一个诗人，我没有宗教家的福音，没有哲学家的理论，更没有科学家实利的效用，或是工程师建设的才能，他们要我去做什么，我自己又为什么要去，我有什么礼物带去满足他们的盼望。他真的很觉得迟疑，所以他延迟了他的行期。但是他也对我们说到冬天完了春风吹动的时候（印度的春风比我们的吹得早），他不由的感觉了一种内迫的冲动，他面对着逐渐滋长的青草与鲜花，不由的抛弃了，忘却了他应尽的职务，不由的解放了他的歌唱的本能，和着新来的鸣雀，在柔软的南风中开怀的讴吟。同时他收到我们催请的信，我们青年盼望他的诚意与热心，唤起了老人的勇气。他立即定夺了他东来的决心、他说趁我暮年的肢体不曾僵透，趁我衰老的心灵还能感受。决不可错过这最后唯一的机会，这博大、从容、礼让的民族，我幼年时便发心朝拜，与其将来在黄昏寂静的境界中萎衰的惆怅，毋宁利用这夕阳未暝时的光芒，了却我晋香人的心愿？

　　他所以决意的东来，他不顾亲友的劝阻，医生的警告，不顾自身的高年与病体，他也撇开了在本国一切的任务，跋涉了万里的海程，他来到了中国。

　　自从四月十二在上海登岸以来，可怜老人不曾有过一半天完整的休息，旅行的劳顿不必说，单就公开的演讲以及较小集会时的谈话，至少也有了三四十次！他的，我们知道，不是教授们的讲义，不是教士们的讲道，他的心府不是堆积货品的栈房，他的辞令不是教科书的喇叭。他是灵活的泉水，一颗颗颤动的圆珠从他心里兢兢的泛登水面都是生命的精液；他是瀑布的吼声，在白云间，青林中，石罅里，不住的欢响；他是百灵的歌声，他的欢欣、愤慨、响亮的谐音，弥漫在无际的晴空。但是他是倦了。终夜的狂歌已经耗尽了子规的精力，东方的曙色亦照出他点点的心血染红了蔷薇枝上的白露。

　　老人是疲乏了。这几天他睡眠也不得安宁，他已经透支了他有限的精力。他差不多是靠散拿吐瑾[1]过日的。他不由的不感觉风尘的厌倦，他时常想念他少年时在恒河边沿拍浮的清福，他想望椰树的清荫与曼果的甜瓤。

　　但他还不仅是身体的惫劳，他也感觉心境的不舒畅。这是很不幸的。我们做主人的只是深深的负歉。他这次来华，不为游历，不为政治，更不为私人的利益，他熬着高年，冒着病体，抛弃自身的事业，备尝行旅的辛苦，他究竟为的是什么？他为的只是一点看不见的情感，说远一点，他的使命是在修补中国与印度两民族间中断千余年的桥梁。说近一点，他只想感召我们青年真挚的同情。因为他是信仰生命的，他是尊崇青年的，他是歌颂青春与清晨的，他永远指点着前途的光明。悲悯是当初释迦牟尼证果的动机，悲悯也是泰戈尔先生不辞艰苦的动机。现代的文明只是骇人的浪费，贪淫与残暴，自私与自大，相猜与相忌，飓风似的倾覆了人道的平衡，产生了巨大的毁灭。芜秽的心田里只是误解的蔓草，毒害同情的种子，更没有收成的希冀。在这个荒惨的境地里，难得有少数的丈夫，不怕阻难，不自馁怯，肩上抗着铲除误解的大锄，口袋里满装着新鲜人道的种子，不问天时是阴是雨是晴，不问是早晨是黄昏是黑夜，他只是努力的工作，清理一方泥土，施殖一方生命，同时口唱着嘹亮的新歌，鼓舞在黑暗中将次透露的萌芽。泰戈尔先生就是这少数中的一个。他是来广布同情的，他是来消除成见的。我们亲眼见过他慈祥的阳春似的表情，亲耳听过他从心灵底里迸裂出的大声，我想只要我们的良心不曾受恶毒的烟煤熏黑，或是被恶浊的偏见污抹，谁不曾感觉他至诚的力量，魔术似的，为我们生命的前途开辟了一个神奇的境界，燃点了理想的光明？所以我们也懂得他的深刻的懊怅与失望，如其他知道部分的青年不但不能容纳他的灵感，并且存心的诬毁他的热忱。

我们固然奖励思想的独立，但我们决不敢附和误解的自由。他生平最满意的成绩就在他永远能得青年的同情，不论在德国，在丹麦，在美国，在日本，青年永远是他最忠心的朋友。他也曾经遭受种种的误解与攻击，政府的猜疑与报纸的诬捏与守旧派的讥评，不论如何的谬妄与剧烈，从不曾扰动他优容的大量，他的希望，他的信仰，他的爱心，他的至诚，完全的托付青年。我的须，我的发是白的，但我的心却永远是青的，他常常的对我们说，只要青年是我的知己，我理想的将来就有着落，我乐观的明灯永远不致黯淡。他不能相信纯洁的青年也会坠落在怀疑、猜忌、卑琐的泥潭，他更不能信中国的青年也会沾染不幸的污点。他真不预备在中国遭受意外的待遇。他很不自在，他很感觉异样的怆心。

因此精神的懊丧更加重他躯体的倦劳。他差不多是病了。我们当然很焦急的期望他的健康，但他再没有心境继续他的讲演。我们恐怕今天就是他在北京公开讲演最后的一个机会。他有休养的必要。我们也决不忍再使他耗费有限的精力。他不久又有长途的跋涉，他不能不有三四天完全的养息。所以从今天起，所有已经约定的集会，公开与私人的，一概撤销，他今天就出城去静养。

我们关切他的一定可以原谅，就是一小部分不愿意他来作客的诸君也可以自喜战略的成功。他是病了，他在北京不再开口了，他快走了，他从此不再来了。但是同学们，我们也得平心的想想，老人到底有什么罪，他有什么负心，他有什么可容赦的犯案？公道是死了吗，为什么听不见你的声音？

他们说他是守旧，说他是顽固。我们能相信吗？他们说他是"太迟"，说他是"不合时宜"，我们能相信吗？他自己是不能信，真的不能信。他说这一定是滑稽家的反调。他一生所遭逢的批评只是太新，太早，太急进，太激烈，太革命的，太理想的，他六十年的生涯只是不断的奋斗与冲锋，他现在还只是冲锋与奋斗。但是他们说他是守旧，太迟，太老。他顽固奋斗的物件只是暴烈主义、资本主义、帝国主义、武力主义、杀灭性灵的物质主义；他主张的只是创造的生活，心灵的自由，国际的和平，教育的改造，普爱的实现。但他们说他是帝国政策的间谍，资本主义的助力，亡国奴族的流民，提倡裹脚的狂人！肮脏是在我们的政客与暴徒的心里，与我们的诗人又有什么关系？昏乱是在我们冒名的学者与文人的脑里，与我们的诗人又有什么亲属？我们何妨说太阳是黑的，我们何妨说苍蝇是真理？同学们，听信我的话，像他的这样伟大的声音我们也许一辈子再不会听着的了。留神目前的机会，预防将来的惆怅！他的人格我们只能到历史上去搜寻比拟。他的博大的温柔的灵魂我敢说永远是人类记忆里的一次灵绩。他的无边的想象是辽阔的同情使我们想起惠德曼[2]；他的博爱的福音与宣传的热心使我们记起托尔斯泰；他的坚韧的意志与艺术的天才使我们想起造摩西像的米仡朗其罗[3]；他的诙谐与智慧使我们想象当年的苏格拉底与老聃！他的人格的和谐与优美使我们想念暮年的葛德[4]；他的慈祥的纯爱的抚摩，他的为人道不厌的努力，他的磅礴的大声，有时竟使我们唤起救主的心像，他的光彩，他的音乐，他的雄伟，使我们想念奥林必克山顶的大神。他是不可侵凌的，不可逾越的，他是自然界的一个神秘的现象。他是三春和暖的南风，惊醒树枝上的新芽，增添处女颊上的红晕。他是普照的阳光。他是一派浩瀚的大水，来从不可追寻的渊源，在大地的怀抱中终古的流着，不息的流着，我们只是两岸的居民，凭借这慈恩的天赋，灌溉我们的田稻，苏解我们的消渴，洗净我们的污垢。他是喜马拉雅积雪的山峰，一般的崇高，一般的纯洁，一般的壮丽，一般的高傲，只有无限的青天枕藉他银白的头颅。

　　人格是一个不可错误的实在，荒歉是一件大事，但我们是饿惯了的，只认鸠形与鹄面是人生本来的面目，永远忘却了真健康的颜色与彩泽。标准的低降是一种可耻的堕落：我们只是踞坐在井底青蛙，但我们更没有怀疑的余地。我们也许揣详东方的初白，却不能非议中天的太阳。我们也许见惯了阴霾的天时，不耐这热烈的光焰，消散天空的云雾，暴露地面的荒芜，但同时在我们心灵的深处，我们岂不也感觉一个新鲜的影响，催促我们生命的跳动，唤醒潜在的想望，仿佛是武士望见了前峰烽烟的信号，更不踌躇的奋勇前向？只有接近了这样超轶的纯粹的丈夫，这样不可错误的实在，我们方始相形的自愧我们的口不够阔大，我们的嗓音不够响亮，我们的呼吸不够深长，我们的信仰不够坚定，我们的理想不够莹澈，我们的自由不够磅礴，我们的语言不够明白，我们的情感不够热烈，我们的努力不够勇猛，我们的资本不够充实……

　　我自信我不是恣滥不切事理的崇拜，我如其曾经应用浓烈的文字，这是因为我不能自制我浓烈的感想。但是我最急切要声明的是，我们的诗人，虽则常常招受神秘的徽号，在事实上却是最清明，最有趣，最诙谐，最不神秘的生灵。他是最通达人情，最近人情的。我盼望有机会追写他日常的生活与谈话。如其我是犯嫌疑的，如其我也是性近神秘的（有好多朋友这么说），你们还有适之[5]先生的见证，他也说他是最可爱最可亲的个人：我们可以相信适之先生绝对没有"性近神秘"的嫌疑！所以无论他怎样的伟大与深厚，我们的诗人还只是有骨有血的人，不是野人，也不是天神。唯其是人，尤其是最富情感的人，所以他到处要求人道的温暖与安慰，他尤其要我们中国青年的同情与情爱。他已经为我们尽了责任，我们不应，更不忍辜负他的的期望。同学们！爱你的爱，崇拜你的崇拜，是人情不是罪孽，是勇敢不是懦怯！

十二日在真光讲。

（原刊于1924年5月19日《晨报副刊》）

注释

1. 散拿吐瑾，译音，德国柏林出的一种补脑健胃补品。
2. 惠德曼，今通译为惠特曼（1819—1892），美国著名诗人、人文主义者，其代表作品是诗集《草叶集》。
3. 米仡朗其罗，今通译为米开朗基罗（1475—1564），意大利文艺复兴时期伟大的绘画家、雕塑家、建筑师和诗人，文艺复兴时期雕塑艺术最高峰的代表。与拉斐尔和达芬奇并称为"文艺复兴后三杰"。
4. 葛德，今通译为歌德。
5. 适之，即胡适。

导读

  本文是1924年泰戈尔来华而即将离开时，徐志摩在北京真光剧场所作的一场总结性演讲。虽是口头演讲，而称其为诗文亦不为过。联想繁复，妙喻不辍，排比成势，铿锵有力，文辞流丽而不失刚劲，感情浓沛而不失恳挚。文中有热情的颂扬，亦有犀利的批判，且有一种激切的辩护的口气。对于今日的读者而言，因已失其历史语境，恐怕会对作者的辩护之言感到突兀和隔膜。笔者以孙宜学先生编著的《不欢而散的文化聚会——泰戈尔来华演讲及论争》作为资料参考，拟将对相关背景略作说明。笔者用意绝非囿于一篇一章之释读，更大的用心在于说明"泰戈尔来华事件"的文化意义，以及对于今人的启示。然而限于篇幅，恐将浅尝辄止，望乞谅于诸君。

泰戈尔是印度诗人、哲学家和社会活动家，也是首位摘获诺贝尔文学奖的亚洲人。泰戈尔 1913 年获奖后，在欧洲和日本一度掀起"泰戈尔热"。彼时留学欧美和日本的中国知识分子，不能不感之染之。孙宜学先生指出："我国真正的'泰戈尔热'是从 20 世纪 20 年代开始的，而这股热潮的出现，与对欧洲'泰戈尔热'的介绍分不开。"想来原因是，一者，帝国侵凌，国门既开，眼光趋外，中国知识分子瞩目西方文明，于欧洲思想与文艺动向殊为留心，以求自强御侮之道；另者，中印两国同为西方列强所欺，遂使中国知识分子在情感上易于亲近泰氏。

泰戈尔久慕中国文化，心向往之，未得机缘，引为憾事。其尝言："中国是几千年的文明国家，为我素所敬爱。我从前到日本，没有到中国，至今以为憾。"其终在 1923 年派自己的助手恩厚之来华联系访华事宜。恩厚之找到徐志摩，告徐泰氏欲来华之事，且除旅费之外，其他费用由均由泰氏承担。来华诚意，可见一斑。志摩听闻，喜不自胜，即刻带恩厚之找到讲学社，共议接洽之事。讲学社同意接待，而参加者尚有新月社、文学研究会等。

1924 年 4 月 12 日，泰戈尔乘船抵达上海。此番东来，迎接他的有掌声和赞语，却也不乏冷眼与责斥。如郭沫若认为泰氏来华演讲，无异于"乡人办神会，抬起神像走街一样的热闹。但是神像回官去了，他们留给我们的是什么呢？——啊，可怜！可怜只有几张诓鬼的符篆！"瞿秋白则把泰戈尔与复古的士大夫相比附，认为其思想是逆历史潮流的。如瞿在《过去的人——太戈尔》一文中所言："印度已经成了现代的印度，而太戈尔似乎还想返于梵天，难怪分道扬镳——太戈尔已经向后退走了几百年！"而陈独秀的批判尤为频繁而激烈，其认为，在列强虎视而民族贫弱之时，泰戈尔奢谈精神，侈言仁爱，不啻麻痹工人的"牧师"，仿佛无视疾苦的"昏君"。更有甚者，有人斥泰氏为"帝国政策的间谍，资本主义的助力，亡国奴族的流民，提倡裹脚的狂人"。这已经是谩骂与污蔑了。总之，泰戈尔来华这一文化交流事件，成为了一场"不欢而散的文化聚会"。而"聚会"告终之际，徐志摩作了这场演讲，为泰戈尔的人格辩护，驳斥种种误解。

本篇文情并茂，亦以情人动人、以文取胜。作者开篇即一语打动人心，言"泰戈尔先生快走了"，且"他这一去大约是不会再来的了。也许他永远不能再到中国"。此别或可是永别，不能不引发大家内心无限的遗憾与绵绵的怅落，也自然有了听下去的"耐心"。继而，作者言泰氏年逾花甲，体衰多病，此番东来，颇为冒险，故而各方劝阻。然而老人怀着对中国文化的向往，亦为青年人的热情所感召，遂"不顾亲友的劝阻，医生的警告，不顾自身的高年与病体"，决意来华。且到万里跋涉而来中国后，老人不辞辛劳，参加演讲与集会，至少三四十次。这一番铺陈自然引起青年观众的感动，是为以情动人。作者随后以灵活的泉水、瀑布的吼声以及百灵的歌声来比喻泰戈尔的演讲，并以教授们的讲义、教士们的讲道、堆积货品的栈房和教科书的喇叭作为反衬。是为以文取胜。

下面作者笔锋一转，称泰氏已感到疲倦，而且"还不仅是身体的惫劳，他也感觉心境的不舒畅。这是很不幸的。我们做主人的只是深深的负歉"。为何"心境不舒畅"呢？作者并没有紧接着说出来，而是先铺陈泰戈尔此行的庄严使命和思想主张。文中称，泰戈尔此番来华，"不为游历，不为政治，更不为私人的利益"，所为的是"修补中国与印度两民族间中断千余年的桥梁"，是"感召我们青年真挚的同情"。简而言之，为的是中印文化交往与青年人。同时，作者以形象生动的譬喻，简要地总结泰尔戈的思想主张，即倡导爱与真的感情（如同情，悲悯），批判西方现代文明的物质主义、功利主义。在这一自然段文末，作者笔锋再一转折："他不能相信纯洁的青年也会坠落在怀疑、猜忌、卑琐的泥溷，他更不能信中国的青年也会沾染不幸的污点。他真不预备在中国遭受意外的待遇。他很不自在，他很感觉异样的怆心。"正是这两个"不能相信"和一个"真不预备"，使泰戈尔感到怆心。这便回答了段首"心境不舒畅"的原因。这个段落里有一重对比，即泰尔戈的殷殷诚意、美好心愿及良善思想与在中国"意外的待遇"之对比。通过对比，自然让我们感到不公，而作者即刻以五声质询来表达愤懑之情。

下文即是徐志摩对泰戈尔的赞美诗般的辩护词了，也是全篇的高潮，笔翰如流，凤翥龙翔，酣畅淋漓。纸上读之心犹澎湃，彼时现场观众的感受可以想见。作者的比喻自由出入文化与自然，以东西方伟大的神明、先知、圣贤、诗哲，以及自然的阳光、南风、河水、高峰，来比拟泰戈尔，所彰显的是其人格的崇高与纯洁。其情也浓挚而涌荡，其文也滂沛而雄丽。无怪有人称徐志摩为"青年人的热血导师"。

　　读罢，我们也许会心生困惑：何以如此伟大泰戈尔却遭到中国知识分子的口诛笔伐，何以如此殊胜的"文化聚会"却不欢而散？孙宜学先生认为，这是"他在一个'错误的季节'带着一种不适合中国国情的'救世福音'，又置身于一群不理解他的中国文化思想者（包括欢迎者和反对者）中间造成的"。泰戈尔赞赏东方精神文明，而贬斥西方物质文明。他在演讲中谈博爱思想，谈中国传统文化的危机，谈时代精神的危机，力求打破对西方物质主义与现代制度的迷信。如他在 1924 年 4 月 18 日的演讲中说："如今是一个可悲的时代，一切真的感情都逐渐消灭了。我们不得不采用他们（西方——编者注）的方式，来防御他们，而这样的结果损失了些什么，便是萎伤了活的生命，而换来了无生态的系统、方法、组织、公司……等等，只有一种好的外貌，而实在的价值几等于零。物质主义的侵入，我们诚然不能抵抗，可是如果我们迷信他，甘愿将活的精神，埋没了去换死的空壳的物质，又哪里值得呢？"这番话对于彼时积贫积弱、救亡图存、追效西方的中国而言，确是不合时宜、有违国情的。

　　张汝伦先生曾作一个颇堪思索的假设：如果泰戈尔今天来华会怎样？在他看来，泰戈尔"很可能会有与八十六年前一样的遭遇：一边是无限仰慕却并不理解他的崇拜者；另一边是痛斥他误导国人的批评者。但现在批评他的人可能会更多，而能理解同情他，或引他为同道的人，可能更难找到"（张汝伦：《如果泰戈尔今天来华》）。张汝伦先生认为，这是因为今人依旧迷信现代制度，"以为有某种制度可以包治百病，不但能使民富国强，也能使魔鬼变成善人"；"反对泰戈尔的人有一点是相同的，即都认为现代性及其制度是解决中国问题的不二法门，从而对批判现代性及其制度的泰戈尔同仇敌忾当然也不足怪"。这种现代迷信致使人们忽略了人心的力量和精神的作用。而且，一来，世间没有至善至美的制度，根本问题在于人本身；二来，现代制度（物质）并不能解决人生意义的问题，反而将人类带入精神虚无之境，且助长其贪婪的欲望。

　　泰戈尔的确永远不能再到中国了，而我们应当主动去聆听他的教诲，而不是以"过去的人"将之打发掉。最后我么以泰戈尔的一句话来结束吧："你们的使命是证明没有物质主义，爱地球，爱世上的事物是可能的，没有贪婪的爱是可能的。"

济慈的夜莺歌

诗中有济慈[1]（John Keats）的《夜莺歌》，与禽中有夜莺一样的神奇。除非你亲耳听过，你不容易相信树林里有一类发痴的鸟，天晚了才开口唱，在黑暗里倾吐他的妙乐，愈唱愈有劲，往往直唱到天亮，连真的心血都跟着歌声从她的血管里呕出；除非你亲自咀嚼过，你也不相信一个二十三岁的青年有一天早饭后坐在一株李树底下迅笔的写，不到三小时写成了一首八段八十行的长歌，这歌里的音乐与夜莺的歌声一样的不可理解，同是宇宙间一个奇迹，即使有哪一天大英帝国破裂成无可记认的断片时，《夜莺歌》依旧保有他无比的价值：万万里外的星亘古的亮着，树林里的夜莺到时候就来唱着，济慈的夜莺歌永远在人类的记忆里存着。

那年济慈住在伦敦的 Wentworth Place[2]。百年前的伦敦与现在的英京大不相同，那时候"文明"的沾染比较的不深，所以华次华士[3]站在威士明治德桥上，还可以放心的讴歌清晨的伦敦，还有福气在"无烟的空气"里呼吸，望出去也还看得见"田地、小山、石头、一直开拓到天边"。那时候的人，我猜想，也一定比较的不野蛮，近人情，爱自然，所以白天听得着满天的云雀，夜里听得着夜莺的妙乐。要是济慈迟一百年出世，在夜莺绝迹了的伦敦里住着，他别的著作不敢说，这首夜莺歌至少，怕就不会成功，供人类无尽期的享受。说起来真觉得可惨，在我们南方，古迹而兼是艺术品的，止淘成了西湖上一座孤单的雷峰塔，这千百年来雷峰塔的文学还不曾见面，雷峰塔的映影已经永别了波心！也许我们的灵性是麻皮做的，木屑做的，要不然这时代普遍的苦痛与烦恼的呼声还不是最富灵感的天然音乐；——但是我们的济慈在哪里？我们的《夜莺歌》在哪里？济慈有一次低低的自语——"I feel the flowers growing on me"。意思是"我觉得鲜花一朵朵的长上了我的身"，就是说他一想着了鲜花，他的本体就变成了鲜花，在草丛里掩映着，在阳光里闪亮着，在和风里一瓣瓣的无形的伸展着，在蜂蝶轻薄的口吻下羞晕着。这是想象力最纯粹的境界：孙猴子能七十二般变化，诗人的变化力更是不可限量——沙士比亚戏剧里至少有一百多个永远有生命的人物，男的女的、贵的贱的、伟大的、卑琐的、严肃的、滑稽的，还不是他自己摇身一变变出来的。济慈与雪莱最有这与自然谐合的变术；——雪莱制《云歌》时我们不知道雪莱变了云还是云变了雪莱；雪莱歌《西风》时不知道歌者是西风还是西风是歌者；颂《云雀》时不知道是诗人在九霄云端里唱着还是百灵鸟在字句里叫着；同样的济慈咏"忧郁""Odeon Melancholy"时他自己就变了忧郁本体，"忽然从天上掉下来像一朵哭泣的云"；他赞美"秋""To Autumn"时他自己就是在树叶底下挂着的叶子中心那颗渐渐发长的核仁儿，或是在稻田里静僵着玫瑰色的秋阳！这样比称起来，如其赵松雪关紧房门伏在地下学马的故事可信时，那我们的艺术家就落粗蠢，不堪的"乡下人气味"！

他那《夜莺歌》是他一个哥哥死的那年做的，据他的朋友有名肖像画家 Robert Haydon[4] 给 Miss Mitford[5] 的信里说，他在没有写下以前早就起了腹稿，一天晚上他们俩在草地里散步时济慈低低的背诵给他听——"……in a low, tremulous undertone which affected me extremely ."[6] 那年碰巧——据著《济慈传》的 Lord Houghton[7] 说，在他屋子的邻近来了一只夜莺，每晚不倦的歌唱，他很快活，常常留意倾听，一直听得他心痛神醉逼着他从自己的口里复制了一套不朽的歌曲。我们要记得济慈二十五岁那年在意大利在他的一个朋友的怀抱里作古，他是，与他的夜莺一样，呕血死的！

能完全领略一首诗或是一篇戏曲，是一个精神的快乐，一个不期然的发现。这不是容易的事；要完全了解一个人的品性是十分难，要完全领会一首小诗也不得容易。我简直想说一半得靠你的缘分，我真有点儿迷信。就我自己说，文学本不是我的行业，我的有限的文学知识是"无师传授"的。裴德[8]（Walter Pater）是一天在路上碰着大雨到一家旧书铺去躲避无意中发现的。哥德（Goethe）——说来更怪了——是司蒂文孙[9]（R.L.S）介绍给我的，（在他的"Art of writing"[10] 那书里称赞 George Henry Lewes[11] 的《葛德评传》；Everyman edition[12] 一块钱就可以买到一本黄金的书）。柏拉图是一次在浴室里忽然想着要去拜访他的。雪莱是为他也离婚才去仔细请教他的，杜思退益夫斯基[13]、托尔斯泰、丹农雪乌、波特莱耳、卢骚，这一班人也各有各的来法，反正都不是经由正宗的介绍：都是邂逅，不是约会。这次我到平大教书也是偶然的，我教着济慈的《夜莺歌》也是偶然的，乃至我现在动手写这一篇短文，更不是料得到的。友鸾再三要我写才鼓起我的兴来，我也很高兴写，因为看了我的乘兴的话，竟许有人不但发愿去读那《夜莺歌》，并且从此得到了一个亲口尝味最高级文学的门径，那我就得意极了。

但是叫我怎样讲法呢？在课堂里一头讲生字一头讲典故，多少有一个讲法，但是现在要我坐下来把这首整体的诗分成片段诠释它的意义，可真是一个难题！领略艺术与看山景一样，只要你地位站得适当，你这一望一眼便吸收了全景的精神；要你"远视"的看，不是近视的看；如其你捧住了树才能见树，那时即使你不惜工夫一株一株的审查过去，你还是看不到全林的景子。所以分析的看艺术，多少是杀风景的：综合的看法才对。所以我现在勉强讲这《夜莺歌》，我不敢说我能有什么心得的见解！我并没有！我只是在课堂里讲书的态度，按句按段的讲下去就是；至于整体的领悟还得靠你们自己，我是不能帮忙的。

你们没有听过夜莺先是一个困难。北京有没有我都不知道。下回萧友梅先生的音乐会要是有贝德花芬的第六个"沁芳南".[14]（The Pastoral Symphony[15]）时，你们可以去听听，那里面有夜莺的歌声。好吧，我们只能要同意听音乐——自然的或人为的——有时可以使我们听出神：譬如你晚上在山脚下独步时听着清越的笛声，远远的飞来，你即使不滴泪，你多少不免"神往"不是？或是在山中听泉乐，也可使你忘却俗景，想象神境。我们假定夜莺的歌声比我们白天听着的什么鸟都要好听；他初起像是龚云甫[16]，嗓子发沙的，很懒的试她的新歌；顿上一顿，来了，有调了。可还不急，只是清脆悦耳，像是珠走玉盘（比喻是满不相干的）！慢慢的她动了情感，仿佛忽然想起了什么事情使他激成异常的愤慨似的，他这才真唱了，声音越来越亮，调门越来越新奇，情绪越来越热烈，韵味越来越深长，像是无限的欢扬，像是艳丽的怨慕，又像是变调的悲哀——直唱得你在旁倾听的人不自主的跟着她兴奋，伴着她心跳。你恨不得和着她狂歌，就差你的嗓子太粗太浊合不到一起！这是夜莺；这是济慈听着的夜莺，本来晚上万籁静定后声音的感动力就特强，何况夜莺那样不可类比的妙乐。

好了；你们先得想象你们自己也教音乐的沉醴浸醉了，四肢软绵绵的，心头痒荠荠的，说不出的一种浓味的馥郁的舒服，眼帘也是懒洋洋的挂不起来，心里满是流膏似的感想，辽远的回忆，甜美的惆怅，闪光的希冀，微笑的情调一齐兜上方寸灵台时——"in a low, tremulous undertone"[17]——开诵济慈的《夜莺歌》，那才对劲儿！

这不是清醒时的说话；这是半梦呓的私语：心里畅快的压迫太重了流出口来缱绻的细浯——我们用散文译过他的意思来看：——

（一）"这唱歌的，唱这样神妙的歌的，决不是一只平常的鸟；她一定是一个树林里美丽的女神，有翅膀会得飞翔的。她真乐呀，你听独自在黑夜的树林里，在架干交叉，浓荫如织的青林里，她畅快的开放她的歌调，赞美着初夏的美景，我在这里听她唱，听的时候已经很多，她还是恣情的唱着；啊，我真被她的歌声迷醉了，我不敢羡慕她的清福，但我却让她无边的欢畅催眠住了，我像是服了一剂麻药，或是喝尽了一剂鸦片汁，要不然为什么这睡昏昏思离离的像进了黑甜乡似的，我感觉着一种微倦的麻痹，我太快活了，这快感太尖锐了，竟使我心房隐隐的生痛了！"

（二）"你还是不倦的唱着——在你的歌声里我听出了最香冽的美酒的味儿。啊，喝一杯陈年的真葡萄酿多痛快呀！那葡萄是长在暖和的南方的，普鲁罔斯那种地方，那边有的是幸福与欢乐，他们男的女的整天在宽阔的太阳光底下作乐，有的携着手跳春舞，有的弹着琴唱恋歌；再加那遍野的香草与各样的树馨——在这快乐的地土下他们有酒窖埋着美酒。现在酒味益发的澄静，香冽了。真美呀，真充满了南国的乡土精神的美酒，我要来引满一杯，这酒好比是希宝克林灵泉的泉水，在日光里澄澄发虹光的清泉，我拿一只古爵盛一个扑满。啊，看呀！这珍珠似的酒沫在这杯边上发瞬，这杯口也叫紫色的浓浆染一个鲜艳；你看看，我这一口就把这一大杯酒吞了下去——这才真醉了，我的神魂就脱离了躯壳，幽幽的辞别了世界，跟着你清唱的音响，像一个影子似淡淡的掩入了你那暗沉沉的林中。"

（三）"想起这世界真叫人伤心。我是无沾恋的，巴不得有机会可以逃避，可以忘怀种种不如意的现象，不比你在青林茂荫里过无忧的生活，你不知道也无须过问我们这寒伧的世界，我们这里有的是热病、厌倦、烦恼，平常朋友们见面时只是愁颜相对，你听我的牢骚，我听你的哀怨；老年人耗尽了精力，听凭痹症摇落他们仅存的几茎可怜的白发；年轻人也是叫不如意事蚀空了，满脸的憔悴，消瘦得像一个鬼影，再不然就进墓门；真是除非你不想他，你要一想的时候就不由得你发愁，不由得你眼睛里钝迟迟的充满了绝望的晦色；美更不必说，也许难得在这里，那里，偶然露一点痕迹，但是转瞬间就变成落花流水似没了，春光是挽留不住的，爱美的人也不是没有，但美景既不常驻人间，我们至多只能实现暂时的享受，笑口不曾全开，愁颜又回来了！因此我只想顺着你歌声离别这世界，忘却这世界，解化这忧郁沉沉的知觉。"

（四）"人间真不值得留恋，去吧，去吧！我也不必乞灵于培克司（酒神）与他那宝辇前的文豹，只凭诗情无形的翅膀我也可以飞上你那里去。啊，果然来了！到了你的境界了！这林子里的夜是多温柔呀，也许皇后似的明月此时正在她天中的宝座上坐着，周围无数的星辰像侍臣似的拱者她。但这夜却是黑，暗阴阴的没有光亮，只有偶然天风过路时把这青翠荫蔽吹动，让半亮的天光丝丝的漏下来，照出我脚下青茵浓密的地土。"

（五）"这林子里梦沉沉的不漏光亮，我脚下踏着的不知道是什么花，树枝上渗下来的清馨也辨不清是什么香；在这薰香的黑暗中我只能按着这时令猜度这时候青草里，矮丛里，野果树上的各色花香；——乳白色的山楂花，有刺的野蔷薇，在叶丛里掩盖着的芝罗兰已快萎谢了，还有初夏最早开的麋香玫瑰，这时候准是满承着新鲜的露酿，不久天暖和了，到了黄昏时候，这些花堆里多的是采花来的飞虫。"

我们要注意从第一段到第五段是一顺下来的：第一段是乐极了的谵语，接着第二段声调跟着南方的阳光放亮了一些，但情调还是一路的缠绵。第三段稍为激起一点浪纹，迷离中夹着一点自觉的愤慨，到第四段又沉了下去，从"already with thee！"[18]起，语调又极幽微，像是小孩子走入了一个阴凉的地窖子，骨髓里觉着凉，心里却觉着半害怕的特别意味，他低低的说着话，带颤动的，断续的；又像是朝上风来吹断清梦时的情调；他的诗魂在林子的黑荫里闻着各种看不见的花草的香味，私下一一的猜测诉说，像是山涧平流入湖水时的尾声……这第六段的声调与情调可全变了；先前只是畅快的惝恍，这下竟是极乐的谵语了。他乐极了，他的灵魂取得了无边的解说与自由，他就想永保这最痛快的俄顷，就在这时候轻轻的把最后的呼吸和入了空间，这无形的消灭便是极乐的永生；他在另一首诗里说——

> I know this being's lease,
>
> My fancy to its utmost bliss spreads,
>
> Yet could I on this very midnight cease,

And the worlds gaudy ensign see in shreds；

Verse，Fame and Beauty are intense indeed，

But Death intenser—Death is Life's high Meed.[19]

　　在他看来,（或是在他想来），"生"是有限的，生的幸福也是有限的——诗，声名与美是我们活着时最高的理想，但都不及死，因为死是无限的，解化的，与无尽流的精神相投契的，死才是生命最高的蜜酒，一切的理想在生前只能部分的，相对的实现，但在死里却是整体的绝对的谐合，因为在自由最博大的死的境界中一切不调谐的全调谐了，一切不完全的都完全了，他这一段用的几个状词要注意，他的死不是苦痛；是"Easeful Death"舒服的，或是竟可以翻作"逍遥的死"；还有他说"Quiet Breath"，幽静或是幽静的呼吸，这个观念在济慈诗里常见，很可注意；他在一处排列他得意的幽静的比象——

AUTUMN SUNS

Smiling at eve upon the quiet sheaves.

Sweet Sapphos Cheek—a sleeping infant's breath—

The gradual sand that througn an hour glass runs

A woodland rivulet，a Poet's death.[20]

　　秋田里的晚霞，沙浮[21]女诗人的香腮，睡孩的呼吸，光阴渐缓的流沙，山林里的小溪，诗人的死。他诗里充满着静的，也许香艳的，美丽的静的意境，正如雪莱的诗里无处不是动，生命的振动，剧烈的，有色彩的，嘹亮的。我们可以拿济慈的《秋歌》对照雪莱的《西风歌》，济慈的"夜莺"对比雪莱的"云雀"，济慈的"忧郁"对比雪莱的"云"，一是动、舞、生命、精华的、光亮的、搏动的生命，一是静、幽、甜熟的、渐缓的"奢侈"的死，比生命更深奥更博大的死，那就是永生。懂了他的生死的概念我们再来解释他的诗：

　　（六）"但是我一面正在猜测着这青林里的这样那样，夜莺他还是不歇的唱着，这回唱得更浓更烈了。（先前只像荷池里的雨声，调虽急。韵节还是很匀净的；现在竟像是大块的骤雨落在盛开的丁香林中，这白英在狂颤

中缤纷的堕地，雨中的一阵香雨，声调急促极了。）所以他竟想在这极乐中静静的解化，平安的死去，所以他竟与无痛苦的解脱发生了恋爱，昏昏的随口编著钟爱的名字唱著赞美他，要他领了他永别这生的世界，投入永生的世界。这死所以不仅不是痛苦，真是最高的幸福，不仅不是不幸，并且是一个极大的奢侈；不仅不是消极的寂灭，这正是真生命的实现。在这青林中，在这半夜里，在这美妙的歌声里，轻轻的挑破了生命的水泡，啊，去吧！同时你在歌声中倾吐了你的内蕴的灵性，放胆的尽性的狂歌好像你在这黑暗里看出比光明更光明的光明，在你的叶荫中实现了比快乐更快乐的快乐；——我即使死了，你还是继续的唱著，直唱到我听不著，变成了土，你还是永远的唱著。"

　　这是全诗精神最饱满音调最神灵的一节，接著上段死的意思与永生的意思，他从自己又回想到那鸟的身上，他想我可以在这歌声里消散，但这歌声的本体呢？听歌的人可以由生入死，由死得生，这唱歌的鸟，又怎样呢？以前的六节都是低调，就是第六节调虽变，音还是像在浪花里浮沉著的一张叶片，浪花上涌时叶片上涌，浪花低伏时叶片也低伏；但这第七节是到了最高点，到了急调中的急调——诗人的情绪，和著鸟的歌声，尽情的涌了出来：他的迷醉中的诗魂已经到了梦与醒的边界。

　　这节里 Ruth[22] 的本事是在旧约书里 "The Book of Ruth" [23]，她是嫁给一个客民的，后来丈夫死了，她的姑要回老家，叫她也回自己的家再嫁人去，罗司一定不肯，情愿跟著她的姑到外国去守寡，后来他在麦田里收麦，她常常想著她的本乡，济慈就应用这段故事。

　　（七）"方才我想到死与灭亡，但是你，不死的鸟呀，你是永远没有灭亡的日子，你的歌声就是你不死的一个凭证。时化尽迁异，人事尽变化，你的音乐还是永远不受损伤，今晚上我在此地听你，这歌声还不是在几千年前已经在著，富贵的王子曾经听过你，卑贱的农夫也听过你：也许当初罗司那孩子在黄昏时站在异邦的田里割麦，他眼里含著一包眼泪思念故乡的时候，这同样的歌声，曾经从林子里透出来，给她精神的慰安，也许在中古时期幻术家在海上变出蓬莱仙岛，在波心里起造著楼阁，在这里面住著他们摄取来的美丽的女郎，她们凭著窗户望海思乡时，你的歌声也曾经感动她们的心灵，给他们平安与愉快。"

　　（八）这段是全诗的一个总束，夜莺放歌的一个总束，也可以说人生的大梦的一个总束。他这诗里有两相对的（动机）；一个是这现世界，与这面目可憎的实际的生活：这是他巴不得逃避，巴不得忘却的，一个是超现实的世界，音乐声中不朽的生命，这是他所想望的，他要实现的，他愿意解除脱了不完全暂时的生为要化入这完全的永久的生。他如何去法，凭酒的力量可以去，凭诗的无形的翅膀亦可以飞出尘寰，或是听着夜莺不断的唱声也可以完全忘却这现世界的种种烦恼。他去了，他化入了温柔的黑夜，化入了神灵的歌声——他就是夜莺；夜莺就是他。夜莺低唱时他也低唱，高唱时他也高唱，我们辨不清谁是谁，第六第七段充分发挥"完全的永久的生"那个动机，天空里，黑夜里已经充塞了音乐——所以在这里最高的急调尾声一个字音 forlorn 里转回到那一个动机，他所从来那个现实的世界，往来穿着的还是那一条线，音调的接合，转变处也极自然；最后糅和那两个相反的动机，用醒（现世界）与梦（想象世界）结合全文，像拿一块石子掷入山壑内的深潭里，你听那音响又清切又谐和，余音还在山壑里回荡着，使你想见那石块慢慢的，慢慢的沉入了无底的深潭……音乐完了，梦醒了，血呕尽了，夜莺死了！但他的余韵却袅袅的永远在宇宙间回响着……

十三年十二月二日夜半。

（原刊于1925年2月《小说月报》第十六卷第二号，收入《巴黎的鳞爪》）

注释

1. 济慈（1795—1821），英国浪漫主义诗人。
2. Wentworth Place，温特沃斯广场。
3. 华次华士，今通译为华兹华斯（1770—1850），英国浪漫主义诗人，湖畔派的代表人物。
4. Robert Haydon，罗伯特·海顿（1786—1846），英国画家。
5. Miss Mitford，米特福德小姐（1787—1855），英国女剧作家、诗人、散文家。
6. 翻译为："那低沉而颤抖的嗓音深深打动了我。"
7. Lord Houghton，霍顿勋爵（1809—1855），英国诗人。
8. 裴德，今通译为佩特（1839—1894），英国诗人、批评家。
9. 司蒂文孙，今通译为斯蒂文森（1850—1894），英国作家。
10. "Art of writing"，《写作的艺术》。
11. George Henry Lewes，乔治·亨利·刘易斯（1817—1878），美国哲学家、文学评论家。

12. Everyman edition，普及版。

13. 杜恩退益夫斯基，今通译为陀思妥耶夫斯基（1821—1881），俄国作家。

14. "沁芳南"，英语交响曲 Symphony 一词的音译。

15. The Pastoral Symphony，《田园交响曲》。

16. 龚云甫（1862—1932），近代京剧演员。

17. 翻译为："用低沉颤抖的嗓音。"

18. 翻译为："早已和你在一起。"

19. 翻译为："我知道此生的寿限，/ 我的想象向它的极乐伸展着，/ 可是我能就在今晚死去 / 并把这尘世的浮名弃若敝屣。/ 诗，名，美确实是强烈的 / 但死更强烈——死是生活最高的酬报。"

20. 翻译为："秋阳 / 在黄昏时对寂静的草丛微笑。/ 甜蜜的萨福的面颊——睡婴的呼吸——/ 光阴渐缓的流沙 / 林地上的一条小溪，诗人死了。"

21. 沙浮，今通译为萨福（约前630 或 612—约前592 或 560），古希腊著名的女抒情诗人。

22. Ruth，路得。

23. "The Book of Ruth"，《路得记》。

导读

　　志摩在《猛虎集·序》中写道："我只要你们记得有一种天教歌唱的鸟不到呕血不住口，它的歌里有它独自知道的别一个世界的愉快，也有它独自知道的悲哀与伤痛的鲜明；诗人也是一种痴鸟，他把他的柔软的心窝紧抵着蔷薇的花刺，口里不住的唱着星月的光辉与人类的希望非到他的心血滴出来把白花染成大红他不住口。他的痛苦与快乐是浑成的一片。"

　　夜莺之歌在济慈的诗篇里四季流响，而志摩的诗里亦有杜鹃的终宵吟唱。云雀自雪莱的诗篇里翔出，"像一片烈火的轻云"；而志摩的诗里亦飞着黄鹂，"像是春光，火焰，像是热情"，"嘤其鸣矣，求其友声"。志摩以自己的歌吟，加入了诗人的合唱。诗心相印，而命运竟也相似。他们都是早逝的"痴鸟"，天教歌唱，短驻尘寰，晨夕啼啭，只为报告天国的消息，那"别一个世界的愉快"。

　　我们倾听诗人的同时，也不禁好奇：一位诗人是如何理解另一位诗人的，一只杜鹃是如何鸣和一只夜莺的，志摩是如何酬唱济慈的？本文即是一例，诗文辉映，诗心相应，是为作者对济慈诗歌的引介、评价和译读。作者称自己的阅读缘于偶然，"反正都不是经由正宗的介绍：都是邂逅，不是约会。这次我到平大有标注教书也是偶然的，我教着济慈的《夜莺歌》也是偶然的，乃至我现在动手写这一篇短文，更不是料得到的。"这教人想起作者的诗歌《偶然》："我是天空里的一片云，/偶尔投影在你的波心。"此文得以生成，可以说是因为：济慈是天空里的一片云，偶尔投影在志摩的波心。其艺术效果之美自不待言，使读者无法忘掉"在这交会时互放的光亮。"

我们可以说，是济慈的夜莺歌在志摩的文中得以延伸；或可言，是志摩的颖悟在济慈的诗歌上得以生发。不知是志摩在言说济慈，还是济慈在言说志摩，一如"雪莱制《云歌》时我们不知道雪莱变了云还是云变了雪莱"。

志摩的"雪莱变云"段落有何寄意呢？想来有两面。一者，是告诉我们诗人、诗歌和诗性的生存从哪里而来。在作者看来，是从自然中来，是生成于人与自然的谐和之中。而被现代文明所过度染污的城市与人心，是罕有诗意存在的。现代文明迷信技术、物质和制度，而罔顾性灵、精神与人心，只会带来新的野蛮与专制。倘若忽视志摩思想所蕴含的社会政治性力量，而仅仅视之为贵族公子哥式的"浪漫"，那就太过肤浅了。笔者以为，志摩对现代性的思考，虽算不上深刻，亦无甚多创见，但切中要害。此外，"雪莱变云"是仿拟"周庄梦蝶"："不知周之梦为胡蝶与？胡蝶之梦为周与？"（《庄子·齐物论》）而庄子这话尚有下句："周与胡蝶则必有分矣。此之谓物化。"所谓"物化"是主客合一、人与万物融合的境界，求的是精神的自由与心灵的逍遥。另者，是教给读者如何领会诗歌，如何理解济慈和雪莱的"自然谐合的变术"，如何进入"想象力最纯粹的境界"。且作者以济慈的诗歌为例，作了具体品读，以告知读者济慈诗歌的想象方式，即主客融合为一，如"想着了鲜花，他的本体就变成了鲜花"，又如"济慈咏'忧郁'时他自己就变了忧郁本体"。这为下文具体译读济慈的《夜莺歌》打下方法论的基础。同时，我们也莫忘了，这也是志摩诗歌的想象方式，是打开他诗文的钥匙。

志摩解诗的方式是先以流丽的语言将之译成散文，且译且读，译读交融，有时难分彼此。而读的方式也别具一格，并非以学院式的腔调和理论思维，而是释之以丰富的譬喻联想和形象思维，如将诗歌幽微的语调比作"小孩子走入了一个阴凉的地窖子，骨髓里觉着凉，心里却觉着半害怕的特别意味，他低低的说着话，带颤动的，断续的"。其取喻之妙，想象之奇，投契之准，令人叫绝。同时，这份释读并非仅仅依恃个人的颖悟和善感，也基于广泛的阅读经验，如征引济慈其他诗篇以阐释《夜莺歌》中的生死观；

又对比雪莱的诗作，以其"动、舞、生命、精华的、光亮的、搏动的生命"来反衬济慈的"静、幽、甜熟的、渐缓的'奢侈'的死"。

文学释读的佳品，既能抓住作品的灵魂，而自身亦获了生命，可作为独立的审美对象。换言之，文学作品与释读文字，两者互生，各放其彩，交相辉映，珠联璧合，如志摩对济慈的释读。而糟糕的释读是既遗其魂又失己命，南辕北辙，彼此扞格，互害两伤，如笔者的释读。

丹农雪乌[1]

绪　言

下面是我初读丹农雪乌（D'Annunzio）的《死城》（The Dead City）后的一段日记：

> 三月三日，初读丹农雪乌——辛孟士[2]（Arthur Symons）译的《死城》，无双的杰作：是纯粹的力与热；是生命的诗歌与死的赞美的合奏。谐音在太空中回荡着；是神灵的显示，不可比况的现象。文字中有锦绣，有金玉，有美丽的火焰；有高山的庄严与巍峨；有如大海的涛声，在寂寞的空灵中啸吼着无穷的奥义；有如云，包卷大地，蔽暗长空的云，掩塞光明，产育风涛；有如风、狂风、暴风、飓风，起因在秋枝上的片叶，一微弱的颤栗，终于溃决大河，剖断冈岭。伟大的热情！无形的酝酿着伟大的，壮丽的悲剧，生与死，胜利与败灭，光荣与沉沦，阳光与黑夜，帝得与虚无，欢乐与寂寞；绝对的真与美在无底的深潭中；跳呀，勇敢的寻求者！……

我当初的日记是用英文记的，接下去还有不少火热的赞美，现在我自己看了都觉得耀眼，只得省略了。一个人生命的觉悟与艺术的觉悟，往往是同时来的；这是一个奥妙的消息，霎时的你自己初次感觉了你血管里的热液，霎时的你感觉了心脏的跳动；不成形的愿望，不可言状的隐痛，初次在你的心灵中发现；霎时的花瓣的色与香，小岛的歌音，天边的云彩，岩石上攀附着的藤萝，山涧铺底的石砾，都呈露了不可解说的妩媚，不可钩索的奥义；霎时的你发现你的灵感力增加了敏锐，你的同情心，无限的扩大，你的好奇心又回复了童年时的桀骜与无厌；霎时的你了解了你友人的沉默，他眉目间的皱纹，你愿意参与他的隐秘，体贴他的烦闷；霎时的你在壁上挂着的画片中，会悟了不曾领略过的妙趣，也许是临风的柳丝，也许是圣母怀抱着圣婴的微笑，也许是牧羊人弄笛时的姿态，也许是稻田中颤动着的阳光；霎时的你也参透了文字的征象，一简短的字句，一单独的状词，也许显示出真与美的神奇的彩泽……这是觉悟，艺术的，也是生命的。我初读丹农雪乌的时候，正当我生平最重大的一个关节，也是我在机械教育的桎梏下自求解脱的时期，所以我那时的日记上只是泛滥着洪水，狂窜着烈焰，苦痛的呼声参和着狂欢的叫响，幻想的希望蜃楼似的隐现着，自艾的烦懑连锁着自傲的倡狂；现在我翻阅我自己的记载，回想当时的变幻，仿佛是安坐在圆池里，静看着舞台上一幕幕的转换，幻象中的幻象，傀儡场上的傀儡，我心头火热的一方不辨是悲楚的烙痕，还是嘲讽的冰激的反感，此外的一切，正如哈姆雷德在瞑目时说的，只是沉默了。

丹农雪乌著作的英译本，多半已经绝版；辛孟士是他在英国的一个知己，他的三篇最有名的剧本都是辛孟士亲自翻译的——（一）The Dead City[3]，（二）La Gioconda[4]，（三）Francesca da Rimini[5]——（一）（二）是散文，（三）是诗剧。我那时看过了，便不忍放手，但我访问了无数的书铺，在康桥与伦敦，都是一例的失望，图书馆里借来的又不便匿据，我发了一个狠，想把三部书一齐翻成中文，回国时也是一件外国带回来的礼物。我先着手《死城》；花了六个下午与黄昏的工夫，也不顾腕酸与背痛，居然完成了一部，此后我又翻阅了丹农雪乌的小说与诗文，在一月内又草成了一篇粗率的介绍，放在我的书簏内已经有三个年头，也不知是舍不得，还是难为情，这一小方的礼物始终不曾送出。这一点子的礼物，即使可算是礼物，实在是太不成体统，此次我在山里闲着掏出来看时，自己也不觉颜赧：那篇论文是像一个蒸烂的寿桃，也许多少的糯米香还在着，但体态是不堪问的了；那篇译文是像一个初次进城的村姑。脂粉太浓了不好，鞋袜太素了也不好。最简便的办法，当然是不让露面；最不简便的办法，当然是重新来过；但我既不肯牺牲，又没有勇气，结果只有修改一法，虽则明知是不能满意的。

意大利与丹农雪乌

一个民族都有他独有的天才，对于人类的全体。玛志尼[6]说的，负有特定的天职，应尽特殊的贡献。这位热心的先觉，爱人道爱自由、爱他的种族与文化，在意大利不曾统一以前，屡次宣言他对于本国前途无限的希望。他确信这"第三的意大利"，不但能摆脱外国势力的羁绊，与消除教会的弊恶，重新规复他民族的尊荣，统一与独立，并且还能开放他创造的泉源，响应当年罗马帝国与文艺复兴的精神与文采，向西欧文化不绝的洪流，再输新鲜的贡献；施展他民族独有的天才，增益人类的光荣，调谐进化的音节。如今距义大利统一已经半世纪有余，玛志尼的预言究竟应验了不曾？他的期望实现了不曾？知道欧洲文化消长的读者，不用说，当然是同意肯定的。这第三的意大利，的确是第二度的文艺复兴，"他的天才与智力"汉复德教授（Prof.C.H. Herford：The Higher Hind of Italy，1920[7]）说的，"又是一度的开花与结果，最使我们惊讶的，是他的个性的卓著；新欧的文化，又发现了这样矫健，活泼的精神，真是可喜的现象。我们随便翻阅他们新近出版的著述，便可以想象这新精神贯彻他们思想的力量，新起的诗文，亦是蓬勃中有修练，回看十九世纪中期的散漫与惫懒，这差别是大极了。"

腊丁民族原来是女性的民族，意大利山水的清丽与温柔，更是天生的优美的文艺的产地。但自文艺复兴时期的兴奋以后的几百年间，意大利像是烈焰遗剩下的灰烬，偶尔也许有火星跳动着，再炽的希望，却是无期的远着；同时阿尔帕斯北方刚健的民族，不绝的活动着，益发反衬出他们娇柔的静默。但如政治统一以来，意大利已经证明她自己当初只是暂时的休憩，并不是精力的消渴，现在伟大的动力又催醒了她潜伏的才能；这位妩媚的美人，又从她倦眠着的榻上站了起来，用手绢拂拭了他眉目间的倦态，对着艳丽的晨光辗然的微笑。她这微笑的消息是什么，我们只要看意大利最近的思想与文艺的成就。现在他们的哲学家有克洛礜[8]（Benedetto Croce）与尚蒂尔[9]（Gentile）；克洛礜不仅是现代哲学界的一个大师，他的文艺的评衡学理与方法，也集成了十九世纪评衡学的精萃，他这几年只是踞坐在评衡的大交椅上，在他的天平上，重新评定历代与各国不朽的作品的价值。阿里乌塔[10]（Aliotta）也是一个精辟的学者，他的书——The Idealistic Reaction against Science in the ninteenth century[11]虽则知道的不多，也是一部极有价值的著作。文艺界新起的彩色，更是卓著：微提[12]的音乐（Verdi），沙梗铁泥[13]（Segantini）的书，卡杜赛[14]（Carducci）、微迦[15]（Verga）、福加沙路[16]（Fogazzaro）、巴斯古里[17]（Paseoli）与丹农雪乌的诗；都是一代的宗匠，真纯的艺术家。

但丹农雪乌在这灿烂的群星中，尤其放射着骇人的异彩，像一颗彗星似的，曳着他光明的长尾，扫掠过辽阔的长天。他是一个怪杰，我只能给他这样一个不雅训的名称。他是诗人，他是小说家，他是戏剧家；他是军人，他是飞行家；他是演说家，他自居是"大政治家"，他是意大利加入战争的一个主因，他是菲沪楣[18]（Fiume）那场恶作剧的主角；他经过一度爱国的大梦，实现过——虽则刹那的——他的"诗翁兼君王"的幻想；他今年六十二岁；瞎了一眼（战时），折了一腿，但他的精力据说还不曾衰竭；这彗星，在他最后的翳隐前，也许还有一两次的闪亮。

他是一个异人，我重复的说，我们不能测量他的力量，我们只能惊讶他的成绩，他不是像寻常的文人，凭著有限的想象力与有限的创作力，尝试着这样与那样；在他，尝试便是胜利，他的诗、他的散文、他的戏剧、他的小说，都有独到的境界，单独的要求品评与认识。他的笔力有道斯妥奄夫斯基[19]的深澈与悍健，有茀洛贝[20]的严密与精审，有康赖特[21]（Joseph Conrad）擒捉文字的本能，有歌德的神韵，有高蒂霭[22]（Theophile Gautier）雕字琢句的天才。他永远在幻想的飓风中飞舞，永远在热情的狂涛中旋转。他自居是超人；拿破仑的雄图，最是戟刺他的想象。他是最浪漫的飞行家；他用最精贵的纸张，最端秀的字模，印刷他黄金的文章，驾驶着他最美丽的飞艇，回首向着崇拜他的国民，微笑的飞送了一个再会的手吻，冉冉的没入了苍穹，他在满布着网罗的维也纳天空，雪片似的散下他的软语与强词，热情与冷智；他曾想横渡太平洋，在白云间饱览远东的色彩。他在国会中倾泻他的雄辩；旋转意大利的政纽，反斗德奥，自开战及订和约，他是意大利爱国热的中心，他是国民热烈的崇拜的偶像，他的家在水市的威尼士[23]；便是江朵蜡（Gondola 威尼士渡船名）的船家，每过他的门前，也高高的举着帽子致敬，"意大利万岁！丹农雪乌万岁！"的呼声，弥漫在星河似的群岛与蛛网似的运河间。他往来的信札，都得编号存记着，因为时常有人偷作纪念。他生平的踪迹，听了只像是一个荒诞的童话。我们单看在菲沪楣时期的丹农雪乌，那时他已经将近六十，但他举措的荒唐，可以使六岁的儿童失笑。每次他的军队占了胜利，他就下令满城庆祝，他自己也穿了古怪的彩衣，站在电车扎的花楼上，与菲沪楣半狂的群众，对晃着香槟的高杯，烂醉了一切，遗忘了一切。玫瑰床是一个奢侈的幻想；但我们这位"诗翁君王"的卧房里与寝榻上，不仅是满散着玫瑰的鲜花，并且每天还得撤换三次；朝旭初起时是白色，日中天时是绯色，晚霞渲染时是绛色！他的脚步是疾风，他的眼光是闪电，他的出声如金钲，他的语势如飞瀑；这不是状词的滥用，这是会过他的人确切的印象；英国人 Lewis Hind 有一次在威尼士的旅馆餐室里听他在旁桌上谈话，他说除非亲自听着没有人肯相信或能想象的，即使亲自听着了，比方我自己，他也不容易相信一样的口与舌，喉管与声带，会得溢涌出那样怒潮与大瀑与疾雷似的语言与音调。

这样的怪人，只有放纵与奢侈的欧南可以产出，也只有纵容怪僻，崇拜非常如意大利的社会，可以供给他自由的发展与表现的机会。他的著作，就是他异常的人格更真切的写照；我们看他的作品，仿佛是面对着赤道上的光炎，维苏维亚的烈焰，或是狂吼着的猛兽。他是近代奢侈、怪诞的文明的一个象征，他是丹德[24]与米仡朗其罗[25]与菩加怯乌[26]的民族的天才与怪僻的结晶。

汉复德教授说：

……Whose（D'Annunzio's）Personality might be called a brilliant impressionist sketch of the talents and faillings of the Italy character, reproducing sense in heightened but veracious illumination, others in glaring cari cature or Paradoxical distortion……[27]

丹农雪乌的青年期

丹农雪乌的故乡是在爱得利亚海边上的一个乡村，叫做早试加拉·阿勃鲁栖省（Abruzzi）的一个地方。他出世的年份是一八六三年，距今六十一年。那一带海边是荒野的山地，居民是朴实、勇健、粗鲁、耐苦，他的父亲大概是一个农夫；他的自传里说，他的铁性的肌肉是他父亲的遗传，他的坚强的意志与无厌的热情是他母亲的遗传，他有三个姊妹，都不像他，他有一个乳娘，老年时退隐在山中，他有一部诗集是题赠给她的，对照着他自己的"狂风暴雨"的生涯，与她的山中生活的安闲与静定：

"妈妈，你的油灯里的草心；

缓缓的翳泯，前山

松林中的风声与后山的虫吟，

更番的应和着你的纺车

迟迟的呻吟，慰安你的慈心"（意译 Dedication of "Il Poema

Paradisiaco"）

　　他在他的自传《灵魂的游行》里，并没有详细的记述他幼年期的事绩。
但他自己所谓"酣彻的肉欲"，他的人格与他的艺术的最主要的元素，在他
的童年时已经颖露了。"肉欲"是 Sensuality 不确切的译名，这字在这里
应从广义解释，不仅是性欲，各种器官的感觉力也是包括在内的。因为他
的官感力特殊的强悍与灵敏，所以他能勘现最秘奥与最微妙的现象与消息，
常人的感官所不易领略的境界。他的生命只是一个感官的生命，自然界充
满着神秘的音乐，他有耳能听精微的色彩，他有目能察馥郁的香与味，他
有鼻与舌能辨析人间无穷的隐奥的变幻与结合，他有锐利的神经能认识、
能区别、能通悟。他的视觉在他的器官中尤其是可惊的敏锐；他的思想的
材料，仿佛只是实体的意象，他与法国的绿帝[28]（Pierre Loti）一样，开口
即是想象的比喻。他的性欲的特强，更不必说；这是他的全人格的枢纽，
他的艺术创作的灵感的泉源。在他早年的诗里，我们可以想象一个聪明，
活泼的孩子，在他的本乡的海边、山上、乡村里、田垄间，快活的闲游着；
稻田里的鸟语，舂米、制乳酪、机梭，种种村舍的音籁，山坡上的牲畜的
鸣声，他听来都是绝妙的音乐；海，多变幻的爱得利亚海，尤其是他的想
象力的保姆与师傅（单就他的写海的奇文，他已经足够在文学界里占一个
不朽的地位，斯温庞[29]——Swinburne 也不如他的深刻与细腻）不但有声
有色的世界，就是最平庸最呆钝的事物，一经他的灵异的感觉的探检，也
是满蕴着意义与美妙。单就事物的区别，白石是白石，珊瑚是珊瑚，白菊
不是红枫，青榆不是白杨，——即此"物各有别"的一个抽象概念，也可
以给他不可言状的惊讶与欣喜，仿佛他已经猜透了宇宙的迷谜。

　　他的青年期当然是他的色情的狂吼时代，性的自觉在寻常人也许是缓
渐的，羞怯的发现，在他竟是火岩的炸裂，摧残了一切的障碍与拘束，在
青天里摇着猛恶的长焰。他在自传里大胆的叙述，绝对的招认，好比如饿
虎吃了人，满地血肉狼藉的，他却还从容的舐净他的利爪，摇舞着他的劲尾，

大吼了几声，报告他的成绩。"肉呀！"他叫着，我将我自己交付给你，像一个年青无髭的国王，将他自己交给那美丽的，可怖的戎装的女郎，看呀，她来了！她得了胜利回来在欢呼着的市街中庄严的走来了。这温柔的国王，一半是惊，一半是爱，他的希望嘲笑着他的怕惧。这是他的大言：实际上他并不曾单纯的纵欲，他不是肉体的奴隶，成年期性欲的冲动，只是解放他的天才的大动力，他自此开始了他的创造的生命。"肉呀，你比如精湛的葡萄被火焰似的脚趾蹂躏着，比如白雪上淋漓着鲜血的踪迹。"

他第一部的诗集——Primo Vere[30] 是他十八岁那年印行的，明年印行他的 Canto Novo[31]，又明年他的 L'Intermezzo di Rime[32]。那时卡杜赛（Carducci）是意大利领袖的诗人，丹农雪乌早年的诗，最受他的影响。他的词藻，浓艳而有雅度，馥郁而不失逸致，是他私淑卡氏的成绩。同时他也印行他的短篇小说，第一本是 Terra Virgine[33] 1882，第二本 Il Libro delle Virgini[34]，第三本 San pantaloere[35]，他的材料是他本乡的野蛮的习俗。他的短篇小说的笔调，与他早年的诗不同，他受莫泊桑的感化，用明净的点画写深刻的心理，但这是他的比较不重要的作品。

他的第二个时期从他初次到罗马开始。这不凡的少年，初次从他的鄙塞的本乡来到了最光荣的大城，从他的朴野的伴侣交换了最温文的社会，从他的粗伦的海滨觌面了最伟大的艺术——我们可以想象这伟大的变迁如何剧烈的影响他正苞放着的诗才，鼓动他的潜伏着的野心。义大利一个有名的评衡家说，"阿勃鲁栖给他民族的观念，罗马给他历史的印象"，罗马不仅是伟大的史迹的见证，不仅是艺术的宝库，他永远是人类文化的标准；这是一个朝拜的中心，我们想不起近代的一个诗人或美术家他不曾到这不朽的古城来挹取他需要的灵感。自从意大利政治统一以来，这古城又经一度的再生，当初帝国的威灵，以一度的显应，意人爱国的狂热，仿佛化成了千万的虹彩，在纯碧的天空中，临照着彼得寺与古剧场的遗迹，庆祝第三义大利与罗马城的千古，卡杜赛一群的诗人，当然也尽力的讴歌，助长爱国的烈焰。丹农雪乌初到罗马，正当民族主义沸腾的时期，他也就投身在这怒潮中，尽情的倾泻出他的讴歌的天才，他的"Italianita"（意大利主义）

虽则不免偏激，如今看来很是可笑的，但他自此得了大名，引起了全国的注意，隐伏他未来的政治生涯。

丹农雪乌的作品

紧接着罗马，丹农雪乌又逢到了一个伟大的势力：他读了尼采。丹农雪乌的艺术的性灵已经充分的觉悟，凭着他的天赋的特强的肉欲，在物质的世界里无厌的吸收想象的营养，他也已经发现他自己内在的倾向；爱险、好奇、崇拜权力、爱荒诞与特殊，甚至爱凶狠、爱暴虐、爱胜利与摧残、爱自我的实现。他是不愿走旁人踏平了的道路，他爱投身到荆棘丛中去开辟新蹊，流血是他的快乐，危险是他的想望；超人早已是他潜伏的理想。现在他在尼采的幻想的镜中，照出了他自己的体魄。他的原来盲目的冲动得到了哲理的解释，原来纠杂的心绪呈露了联贯的意义，原来不清切的欲望转成了灵感他的艺术的渊泉。尼采给了他标准，指示了他途径。坚强了他的自信，敦促了他的进取。后来尼采死在疯人院里，丹农雪乌做了一首挽诗吊他，尊为"伟大的破坏者，重起希腊的天神于'将来的大门'之前"。尼采是一个"生迟了二千年的希腊人"；所以丹农雪乌自此也景仰古希的精神，崇拜奥林配克的天神，伟大、胜利与镇静的象征；纯粹的美的寻求成了他的艺术的标的。

但他却不是尼采全部思想的承袭者；他只节取了他的超人的理想，那也还是他自己主观的解释。他的特强的官觉限制了他的推理的能力，他的抽象的思想的贫弱与他的想象力的丰富，一样的可惊；他是纯粹的艺术家。

此后"超人主义"贯彻了他的生活的状态，也贯彻了他的作品。他的小说与戏剧里的人物，只是他的理想中的超人的化身，男的是男超人，女的是女超人，灵魂与肉体只是纯粹的力的表现，身穿着黄金的衣服，口吐着黄金的词采，在恋爱的急湍中寻求生命，在现实的世界里寻求理想。

邦时欧洲的文艺界正在转变的径程中。法国象征派诗人，沿着美国的波（Poe）[36] 与波特莱亚 [37]（Baudelaire）开辟的路径，专从别致的文字的结构中求别致的声调与神韵，并且只顾艺术的要求与满足不避寻常遭忌讳或厌恶的经验与事实；用惨死的奇芒，嚣俄 [38] 说的，装潢艺术的天堂；文学里发现一个新战垒。高蒂霭的赞美肉体的艳丽的诗章与散文；莤洛贝与左拉 [39] 的丑恶与卑劣的人生的写照；斐德 [40] 与王尔德 [41] 的唯美主义；道施妥奄夫斯基的深刻的心理病学——都是影响丹农雪乌的主要的元素。他的《无辜者》与《罪与罚》有很明显的关系；《死的胜利》有逼肖左拉处。

　　但丹农雪乌虽则尽量的吸收同时代的作者的思想与艺术，他依旧保存着他特有的精彩；他的阿尔帕斯南的拉丁民族的特色，只有俄罗斯可以产生郭郭儿[42]（Gogol），只有法兰西可以产生法朗司[43]（Anatole France），只有英吉利可以产生奥斯丁[44]（Jane Austin），只有意大利可以产生丹农雪乌。北欧民族重理性，尚敛节；南欧民族重本能，喜放纵。丹农雪乌的特长就是他的"酣彻的肉欲"与不可驾驭的冲动，在他生命即是恋爱，恋爱即是艺术。生活即是官觉的活动没有敏锐的感觉，生活便是空白。所有美的事物的美，在他看来，只是一种结构极微妙的实质，从看得见的世界所激起的感觉，快感与痛感，凝合而成的，这消息就在经验给我们最锋利的刺激的刹那间。这是他的"人生观"，这是他的实现自我，发展人格的方法——充分的培养艺术的本能，充分的鼓励创作的天才，在极深刻的快感与痛感的火焰中精炼我们的生命元素，在直接的经验的糙石上砥砺我们的生命的纤维。

　　从一切的经验中（感官的经验）领略美的实在；从女性的神秘中领略最纯粹的美的实在。女性是天生的艺术的材料，可以接受最幽微的音波的痕迹，可以供诗人的匠心任意的裁制。一个女子将去密会她的情人时的情态；她的语音、她的姿势，她的突然的奋兴，与骤然的中止，她的衣裳泄露着她的肌肉的颤动，她的颊上忽隐忽现的深浅的色泽，她的热烈的目光放射着战场上接刃时的情调，她的朱红的唇缝间偶然逸出的芳息：这是艺术家应该集中他的观察的现象。

　　所以他的作品，只是他的变相的自传，差不多在他的每一部小说里，我们都可以看出丹农雪乌的化身，在最繁华、最艳丽的环境中，在最咆哮的热情与最富丽的词藻中，寻求他的理想的人生的实现。恋爱的热情永远是他的职业，他的科学，他的宇宙；不仅是肉体的恋爱，也不仅是由肉体所发现精神的爱情，这都是比较的浅一层的。最是迷盅他的，他最不能解决的，他最以为神奇的，是一种我们可以姑且称为绝对的恋爱，是一种超肉体超精神的要求，几乎是一个玄学的构想。我们知道道施妥奄夫斯基曾经从罪犯的心理中勘求绝对的价值——the absolute value[45]——丹农雪乌是从恋爱中勘求绝对的满足。这也许是潜伏在人的灵府里最奥妙亦最强烈的一个欲望，不是平常的心理的探讨所能发现的；这是芭蕉的心，只有抽剥了紧裹着的外皮方可微露的。丹农雪乌的工夫就是剥芭蕉的工夫；他从直接的恋爱的经验中探得了线索与门径，从剧烈的器官的感觉中烘托出灵魂的轮廓。他的方法所以是彻底的主观的；他的小说只是心理的描写：他至多布置一个相当的背景——地中海的海滨或是威尼士的河中——他绝对的忽略情节与结构，有时竟只是片段的，无事实亦无结局（如 Virgins of the Rock[46]），所以他的特长，不在描写社会，不在描写人物，而在描写最变幻，最神奇的自我，有时最亲密的好友，有时最恶毒的仇敌，我们最应得了解，但实际最不容易认识的——深藏在我们各个人心里的鬼；他展览给我们看的是肉欲的止境，恋爱的止境，几于艺术自身的止境。

所有伟大的著作，多少含有对他的时间反动或抗议的性质。丹农雪乌也曾经一部分人的痛斥，说他的作品是不道德的、猥亵的、奖励放纵的。但我们也应该知道近代的生活状态，只是不自然，矫揉的、湮塞本能的。我们的作者也许走了哪一个极端，他不仅求在艺术中实现生命，他要求生活的艺术化："永远沉醉在热情里"，是他的训条。他在他的小说 "Fervour"[47] 里说："现代的诗人不必厌恶庸俗的群众，亦不必怨恨环境的拘束，我们天生有力量在掌握里的人，就在这个世界上，还是一样的可以实现我们生命里的美丽的佳话。我们应该向着旋涡似的生命里凝神的侦察，像从前达文謇[48] 教他的弟子们注视着墙壁上的斑点，火炉里的灰烬，天上的云，或是街道上的泥潭，要看出新奇的结构与微妙的意义。"他又说，"诗人是美的使者，到人间来展览使人忘一切的神品。"

但他的理想的生活当然是过于偏激的；他的纵欲主义，如其不经过诗的想象的清滤，容易流入丑恶的兽道，他的唯美主义，如其没有高尚的思想的基筑，也容易流入琐屑的蚀伪。至于他的理想的恋爱的不可能，他自己的小说即是证据，道施妥奄夫斯基求绝对的价值的结果只求着了绝对的虚无，一个凄惨的，可怖的空，他所描写的纵欲与恋爱的结果也只是不可闪避的惨剧。丹农雪乌与王尔德一样，偏重了肉体的感觉；他所谓灵魂只是感觉的本体，纵容肉欲（此篇用肉欲处都从广义释）最明显的条件，是受肉的支配；愈纵欲，满足的要求亦愈迫切，欲亦愈烈，人力所能满足的止境愈近，人力所不能满足的境界亦愈露——最后唯一的疗法或出路，只是生命本体的灭绝。在《死的胜利》里，男子与女子的热恋超过了某程度以后，那男子，他是一个绝对的恋爱的寻求者，便发现了恶兆的思想：

　　"她所以是我的仇敌，"他想，"她有一天活着——尽她能用她的魔力来迷着我的日子——我就不能踏进我所发现的门限，她永远牵掣着我……我理想中的新世界、新生命，都只是枉然的。恋爱有一天存在着，地球的轴心总是在单个人的身上，所有的生命也只是包围在一个狭小的圈子里。要想站起来，要想打出去，我非脱离恋爱不可——非先将我自己救出敌围不可。"

　　他又冥想她死了。"死了以后，她只能做幻梦的资料，到成丁一个纯粹的理想。她可以不完全的生存，上升到一个完全的永远平安的居处，她所有的肉体的斑点与欲念，也从此摧残正是真的占有，灭绝正是真的不朽，到恋爱里求绝对的人再没有第二条路可走。"

　　"他也明白仇恨着她是不公平的，他知道运数的铁臂不仅是缩住了他，也缩住了她恼并不是别人的缘故；这是从生命的精髓里来的。如其恋爱着的人们逢到了这样的难关，能抱怨谁，他们只能咒诅恋爱自身。恋爱！他的生命的纤维，像铁屑迎着磁石似的，向着恋爱也不能克制；恋爱是地面上所有不幸事物里的最凄惨最不幸的一件，但是他活着的日子也逃不了这大不幸。"

　　"每个灵魂里载着的恋的质量是有限的，恋爱也有消耗尽净的日子。到了那个最时刻，再没有方法可以救济恋爱的死。现在你爱我的时间已经很久；快近两年了！"

（原刊于1925年5月11/13日《晨报副刊》，
1925年5月15日《晨报副刊·文学旬刊》）

注释

1. 丹农雪鸟，今通译为邓南遮（1863—1938），意大利著名诗人、小说家、剧作家、民族主义者。创作甚丰，早年的创作具有现实主义倾向。后来写作唯美主义作品，影响很大。邓南遮晚年成为著名的法西斯分子，是墨索里尼的主要支持者之一。
2. 辛孟士，今通译为西蒙斯（1865—1945），英国诗人，文学评论家。
3. The Dead City，即《死城》。
4. La Gioconda，即《乔康达夫人》。
5. Francesca da Rimini，即《弗朗西斯卡·达·里米尼》。里米尼是一位意大利贵族妇女。

她与英俊的小叔子保罗的不伦之恋，经常出现在文学、绘画及音乐作品中，如但丁的《神曲》里。

6. 玛志尼（1805—1872），意大利爱国者、革命家。罗马帝国灭亡后，意大利受奥地利帝国奴役，玛志尼创立"少年意大利党"，创办《少年意大利报》，发动和组织资产阶级革命，完成意大利的独立统一事业。

7. 翻译为：（C. H. 霍福德：《意大利再度复兴》，1920 年版）

8. 克洛睿，今通译为克罗齐（1866—1952），意大利著名文艺批评家、美学家、历史学家、哲学家。

9. 尚蒂尔，今通译为秦梯利秦梯利（1875—1944），意大利哲学家，新黑格尔主义者。

10. 阿里乌塔（1881—1964），意大利哲学家。

11. 翻译为：《19 世纪与科学相违的唯心主义活动》

12. 微提，今通译为威尔第（1813—1901），意大利杰出的歌剧作曲家，被誉为歌剧之王。

13. 沙梗铁泥，今通译为塞冈第尼（1858—1899），意大利画家。

14. 卡杜赛，今通译为卡尔杜齐（1835—1907），意大利诗人、文艺批评家。主要作品有诗集《青春诗》、长诗《撒旦颂》、专著《意大利民族文学的发展》等。1906年作品《青春诗》获诺贝尔文学奖。

15. 微迎，今通译为维尔加（1840—1922），意大利作家和剧作家。

16. 福加沙路，今通译为福加扎罗（1842—1911），意大利小说家。

17. 巴斯古里，今通译为帕斯科里（1855—1912），意大利诗人，著有诗集《圣柳集》、《最初的诗》等。

18. 菲沪楣，今通译为阜姆，即今里耶卡（Rijeka），克罗地亚第三大城市和主要海港城市里耶卡的旧称。一战后，意大利与南斯拉夫为这一海港的归属权而发生纷争。邓南遮在法西斯党魁贝尼托·墨索里尼的煽动和赞助下，率领一支由 2500 名退伍军人和民族主义者组成的"阿迪蒂"义勇军，于次日占领了阜姆，随即宣布并入意大利。二战后，阜姆随伊斯的利亚半岛正式划归南斯拉夫，改名斯普立特，后改名里耶卡。1991 年南斯拉夫解体后属克罗地亚共和国，为该国海山省的政治、经济和文化中心。

19. 道斯妥奄夫斯基，今通译为陀思妥耶夫斯基（1821—1881），俄国小说家，代表性作品有《罪与罚》、《白痴》、《群魔》、《卡拉马佐夫兄弟》等。

20. 莆洛贝，今通译为福楼拜（1821—1880），法国小说家，代表作《包法利夫人》。

21. 康赖特，今通译为康拉德（1857—1924），英国小说家，代表作《黑暗的心》、《吉姆老爷》。

22. 高蒂霭，今通译为戈蒂埃（1811—1872），法国浪漫主义诗人、小说家，主要作品有诗集《珐琅与玉雕》，小说《莫班小姐》）等。

23. 威尼士，今通译为威尼斯。

24. 丹德，今通译为但丁（1265—1321），意大利中世纪诗人，代表作《神曲》，是文艺复兴时期的先声之作。

25. 米仡朗其罗，今通译为米开朗基罗（1475—1564），意大利文艺复兴时期伟大的绘画家、雕塑家、建筑师和诗人，文艺复兴时期雕塑艺术最高峰的代表。

26.菩加怯乌，今通译为薄伽丘（1313—1375），意大利文艺时期作家，人文主义者。代表作《十日谈》，批判宗教守旧思想。

27.翻译为："……他（邓南遮）的性格可以说是意大利性格的天才与缺点的一幅精彩的印象派素描，用加强的光线忠实地再现了意大利人的智慧，又用夸张的漫画式手法或悖谬的歪曲再现了意大利人的其他品质……"

28.绿帝，今通译为洛蒂，即皮埃尔·洛蒂（Pierre Loti），原名于里安·维欧（1850—1923），法国小说家。他从小梦想周游世界，曾为海军军官，足迹遍布世界各地，记录沿途见闻，故作品富于异国情调。

29.吏温庞，今通译为斯温伯恩（1837—1909），英国诗人。

30. Primo Vere，即《早春》。

31. Canto Novo，即《新歌》。

32. L'Intermezzo di Rime，即《间奏曲》。

33. Terra Virgini，即《处女地》。

34. Il Li bro delle Virgini，即《少女的书》。

35. San pantaloere，即《桑·潘塔莱奥内》。

36.波（Poe），即爱伦·坡（1809—1849），19世纪美国诗人、小说家和文学评论家，侦探小说鼻祖、科幻小说先驱之一、恐怖小说大师、短篇哥特小说巅峰、象征主义先驱之一，唯美主义者。

37.波特莱亚，今通译为波德莱尔（1821—1867），法国19世纪最著名的现代派诗人，象征派诗歌先驱，代表作有《恶之花》。

38.嚣俄，今通译为雨果（1802—1885），法国浪漫主义作家，人道主义的代表人物，19世纪前期积极浪漫主义文学运动的代表作家，被人们称为"法兰西的莎士比亚"，代表作《巴黎圣母院》、《悲惨世界》、《九三年》等。

39.左拉（1840—1902），法国作家，自然主义创始人，1872年成为职业作家，左拉是自然主义文学流派的领袖。19世纪后半期法国重要的批判现实主义作家，自然主义文学理论的主要倡导者，被视为19世纪批判现实主义文学遗产的组成部分。

40.斐德，今通译为佩特（1839—1894），英国唯美主义文学的代表作家和理论家。

41.王尔德（1854—1900），英国唯美主义艺术运动的倡导者，英国著名的作家、诗人、戏剧家、艺术家．童话家。

42.郭郭儿，今通译为果戈里（1809—1852），俄国作家，代表作是《死魂灵》和《钦差大臣》。

43.法朗司，今通译为法郎士（1844—1924），法国作家、文学评论家、社会活动家。

44.奥斯丁，即简·奥斯丁（或译为简·奥斯汀）（1775—1817），英国著名女性小说家，著有《傲慢与偏见》、《理智与情感》等。

45. the absolute value，即绝对价值。

46. Virgins of the Rock，即《岩间圣母》。

47. Fervour，即《热情》。

48.达文睿，今通译为达·芬奇。

导读

本文是关于丹农雪乌（邓南遮）生平、思想和创作的长篇介绍与评论，而同年 7 月作者将翻译的《死城》连载于《晨报副刊》，并发表《丹农雪乌的戏剧》一文。

意大利唯美—颓废主义文学代表作家邓南遮，对于今人来说已较为陌生。除却相关专业研究者，其作品大概乏人问津。然而在"五四"时期，其名声在中国文坛烜赫一时，尽人皆知。学者解志熙指出："邓南遮之所以如此引人注目，首先不是由于他的文学而是他在第一次世界大战期间及战后的'非凡'表现：第一次世界大战爆发后，年过五十的邓南遮奔走呼号，并投笔从戎，担任空军飞行员赴前线作战，大出风头——他曾独自驾机飞临奥匈帝国的首都维也纳上空散发策反传单。而当战后巴黎和会未能完全满足意大利极端民族主义分子的领土要求时，邓南遮又不顾列强的反对，率领敢死队占领阜姆，宣布阜姆独立。虽然邓南遮的这些行为是出于民族沙文主义和扩张主义，但在备受列强欺凌和不公正待遇的中国人眼中，这一切都被不加分析地视为爱国主义的英雄行为而备受中国舆论的赞扬——1919 年前后几年间，《申报》、《晨报》和《东方杂志》等著名报刊对邓南遮的这些非凡之举屡有报道和赞誉"（解志熙：《美的偏至》）。换言之，彼时国人瞩目的是"戴着民族英雄和传奇式超人光环的邓南遮"，而并非其唯美—颓废主义文学作品。这种情况在后来发生转变，文坛开始关注他的文学作品及文艺思想。徐志摩的译介在其间起到承前启后的作用，且在当时普遍感到迷惘的青年中产生显著影响（参解志熙：《美的偏至》）。

徐志摩的诗心是为英国浪漫主义文学所开启的，而通过本文我们也可以看到，唯美主义对他也颇有影响。邂逅邓南遮的作品时，正当作者生命与艺术的觉悟时刻，恰逢其从实业救国梦转向文艺创作的关节，这无疑为他从"机械教育的桎梏下自求解脱"提供了雪崩、涛涌、飓风般的心理能量。这从他初读《死城》时写下的日记里可以见出，语词雄丽，意象沛发，气势如飞湍瀑流，节奏似潮鸣电掣。一段文字里，罗列诸多宏大雄壮、颇具伟力的自然意象，亦铺排多种极端、非常的生命状态，由此可以想见作者彼时内心的震撼。

李欧梵先生曾指出，"徐志摩对这些西方偶像的接触，完全是一种'印象主义式'的，他要在这些偶像中寻找跟自己个性相近的地方。这只是情感上的反应，缺乏知识上的深度。"此论大体不错。本文与《泰戈尔》、《罗曼罗兰》等文庶几近之之处，即情感上反应大于知识上认知。认知亦是取其所需，或近于自己个性气质，或基于自己的人生关切，或源于道德冲动。关于邓南遮对尼采的阅读，作者在文章中说："但他却不是尼采全部思想的承袭者；他只节取了他的超人的理想，那也还是他自己主观的解释。他的特强的官觉限制了他的推理的能力，他的抽象的思想的贫弱与他的想象力的丰富，一样的可惊；他是纯粹的艺术家。"这段话用来概括作者自己对邓南遮、尼采等人的阅读，也不失其准确。

罗曼罗兰[1]

罗曼罗兰（Romain Rolland），这个美丽的音乐的名字，究竟代表些什么？他为什么值得国际的敬仰，他的生日为什么值得国际的庆祝？他的名字，在我们多少知道他的几个人的心里，引起些个什么？他是否值得我们已经认识他思想与景仰他人格的更亲切的认识他，更亲切的景仰他；从不曾接近他的赶快从他的作品里去接近他？

一个伟大的作者如罗曼罗兰或托尔斯泰，正是是一条大河，它那波澜，它那曲折，它那气象，随处不同，我们不能划出它的一湾一角来代表它那全流。我们有幸福在书本上结识他们的正比是尼罗河或扬子江沿岸的泥坷，各按我们的受量分沾他们的润泽的恩惠罢了。说起这两位作者——托尔斯泰与罗曼罗兰：他们灵感的泉源是同一的，他们的使命是同一的，他们在精神上有相互的默契（详后），仿佛上天从不教他的灵光在世上完全灭迹，所以在这普遍的混浊与黑暗的世界内往往有这类禀承灵智的大天才在我们中间指点迷途，启示光明。但他们也自有他们不同的地方；如其我们还是引申上面这个比喻，托尔斯泰、罗曼罗兰的前人，就更像是尼罗河的流域，它那两岸是浩瀚的沙碛，古埃及的墓宫，三角金字塔的映影，高矗的棕榈类的林木，间或有帐幕的游行队，天顶永远有异样的明星；罗曼罗兰、托尔斯泰的后人，像是扬子江的流域，更近人间，更近人情的大河，它那两岸是青绿的桑麻，是连枇的房屋，在波鳞里洄着的是鱼是虾，不是长牙齿的鳄鱼，岸边听得见的也不是神秘的驼铃，是随熟的鸡犬声。这也许是斯拉夫与拉丁民族各有的异禀，在这两位大师的身上得到更集中的表现，但他们润泽这苦旱的人间的使命是一致的。

十五年前一个下午，在巴黎的大街上，有一个穿马路的叫汽车给碰了，差一点没有死。他就是罗曼罗兰。那天他要是死了，巴黎也不会怎样的注意，至多报纸上本地新闻栏里登一条小字："汽车肇祸，撞死一个走路的，叫罗曼罗兰，年四十五岁，在大学里当过音乐史教授，曾经办过一种不出名的杂志叫 Cahiers de la Quinzaine[2] 的。"

　　但罗兰不死，他不能死；他还得完成他分定的使命。在欧战爆裂的那一年，罗兰的天才，五十年来在无名的黑暗里埋着的，忽然取得了普遍的认识。从此他不仅是全欧心智与精神的领袖，他也是全世界一个灵感的泉源。他的声音仿佛是最高峰上的崩雪，回响在远近的万壑间。五年的大战毁了无数的生命与文化的成绩，但毁不了的是人类几个基本的信念与理想，在这无形的精神价值的战场上，罗兰永远是一个不仆的英雄。对着在恶斗的旋涡里挣扎着的全欧，罗兰喊一声彼此是弟兄放手！对着蜘网似密布，疫疠似蔓延的怨恨，仇毒，虚妄，疯癫，罗兰集中他孤独的理智与情感的力量作战。对着普遍破坏的现象，罗兰伸出他单独的臂膀开始组织人道的势力。对着叫褊浅的国家主义与恶毒的报复本能迷惑住的智识阶级，他大声的唤醒他们应负的责任，要他们恢复思想的独立，救济盲目的群众。"在战场的空中"——"Above the Battle Field"——不是在战场上，在各民族共同的天空，不是在一国的领土内，我们听得罗兰的大声，也就是人道的呼声，像一阵光明的骤雨，激斗着地面上互杀的烈焰。罗兰的作战是有结果的，他联合了国际间自由的心灵，替未来的和平筑一层有力的基础。这是他自己的话：

　　　　我们从战争得到一个付重价的利益，它替我们联合了各民族中不甘受流行的种族怨毒支配的心灵。这次的教训益发激励他们的精力，强固他们的意志。谁说人类友爱是一个绝望的理想？我再不怀疑未来的全欧一致的结合。我们不久可以实现那精神的统一。这战争只是它的热血的洗礼。

　　这是罗兰，勇敢的人道的战士！当他全国的刀锋一致向着德人的时候，他敢说不，真正的敌人是你们自己心怀里的仇毒。当全欧破碎成不可收拾的断片时，他想象到人类更完美的精神的统一。友爱与同情，他相信，永远是打倒仇恨与怨毒的利器；他永远不怀疑他的理想是最后的胜利者。在他的前面有托尔斯泰与道施滔奄夫斯基[3]（虽则思想的形式不同）他的同时有泰戈尔与甘地（他们的思想的形式也不同），他们的立场是在高山的顶上，他们的视域在时间上是历史的全部，在空间里是人类的全体，他们的声音是天空里的雷震，他们的赠与是精神的慰安。我们都是牢狱里的囚犯，镣铐压住的，铁栏锢住的，难得有一丝雪亮暖和的阳光照上我们黝黑的脸面，难得有喜雀过路的欢声清醒我们昏沉的头脑。"重浊"，罗兰开始他的《贝德花芬传》[4]：

> 重浊是我们周围的空气。这世界是叫一种凝厚的污浊的秽息给闷住了……一种卑琐的物质压在我们的心里，压在我们的头上，叫所有民族与个人失却了自由工作的机会。我们会让掐住了转不过气来。来，让我们打开窗子好叫天空自由的空气进来，好叫我们呼吸古英雄们的呼吸。

打破我执的偏见来认识精神的统一；打破国界的偏见来认识人道的统一。这是罗兰与他同理想者的教训。解脱怨毒的束缚来实现思想的自由；反抗时代的压迫来恢复性灵的尊严。这是罗兰与他同理想者的教训。人生原是与苦俱来的；我们来做人的名分不是咒诅人生因为它给我们苦痛，我们正应在苦痛中学习，修养，觉悟，在苦痛中发现我们内蕴的宝藏，在苦痛中领会人生的真际。英雄，罗兰最崇拜如密仡朗其罗[5]与贝德花芬一类人道的英雄，不是别的，只是伟大的耐苦者。那些不朽的艺术家，谁不曾在苦痛中实现生命，实现艺术，实现宗教，实现一切的奥义？自己是个深感苦痛者，他推致他的同情给世上所有的受苦者；在他这受苦，这耐苦，是一种伟大，比事业的伟大更深沉的伟大。他要寻求的是地面上感悲哀感孤独的灵魂。"人生是艰难的。谁不甘愿承受庸俗,他这辈子就是不断的奋斗。并且这往往是苦痛的奋斗，没有光彩没有幸福，独自在孤单与沉默中挣扎。穷困压着你，家累累着你，无意味的沉闷的工作消耗你的精力，没有欢欣，没有希冀，没有同伴，你在这黑暗的道上甚至连一个在不幸中伸手给你的骨肉的机会都没有。"这受苦的概念便是罗兰人生哲学的起点，在这上面他求筑起一座强固的人道的寓所。因此在他有名的传记里他用力传述先贤的苦难生涯，使我们憬悟至少在我们的苦痛里，我们不是孤独的，在我们切己的苦痛里隐藏着人道的消息与线索。"不快活的朋友们，不要过分的自伤，因为最伟大的人们也曾分尝味你的苦味。我们正应得跟着他们的努奋自勉。假如我们觉得软弱，让我们靠着他们喘息。他们有安慰给我们。从他们的精神里放射着精力与仁慈。即使我们不研究他们的作品，即使我们听不到他们的声音，单从他们面上的光彩，单从他们曾经生活过的事实里，我们应得感悟到生命最伟大，最生产——甚至最快乐——的时候是在受苦痛的时候。"

我们不知道罗曼罗兰先生想象中的新中国是怎样的；我们不知道为什么他特别示意要听他的思想在新中国的回响。但如其他能知道新中国像我们自己知道它一样，他一定感觉与我们更密切的同情，更贴近的关系，也一定更急急的伸手给我们握着——因为你们知道，我也知道，什么是新中国只是新发见的深沉的悲哀与苦痛深深的盘伏在人生的底里！这也许是我个人新中国的解释；但如其有人拿一些时行的口号，什么打倒帝国主义等等，或是分裂与猜忌的现象，去报告罗兰先生说这是新中国，我再也不能预料他的感想了。

我已经没有时候与地位叙述罗兰的生平与著述；我只能匆匆的略说梗概。他是一个音乐的天才，在幼年音乐便是他的生命。他妈教他琴，在谐音的波动中他的童心便发见了不可言喻的快乐。莫察德[6]与贝德花芬是他最早发见的英雄。所以在法国经受普鲁士战争爱国主义最高激的时候，这位年轻的圣人正在"敌人"的作品中尝味最高的艺术。他的自传里写着："我们家里有好多旧的德国音乐书。德国？我懂得那个字的意义？在我们这一带我相信德国人从没有人见过的。我翻着那一堆旧书，爬在琴上拼出一个个的音符。这些流动的乐音，谐调的细流，灌溉着我的童心，像雨水漫入泥土似的淹了进去。莫察德与贝德花芬的快乐与苦痛，想望的幻梦，渐渐的变成了我的肉的肉，我的骨的骨。我是它们，它们是我。要没有它们我怎过得了我的日子？我小时生病危殆的时候，莫察德的一个调子就像爱人似的贴近我的枕衾看着我。长大的时候，每回逢着怀疑与懊丧，贝德花芬的音乐又在我的心里拨旺了永久生命的火星。每回我精神疲倦了，或是心上有不如意事，我就找我的琴去，在音乐中洗净我的烦愁。"

要认识罗兰的不仅应得读他神光焕发的传记，还得读他十卷的 Jean Christophe[7]，在这书里他描写他的音乐的经验。

他在学堂里结识了莎士比亚，发见了诗与戏剧的神奇。他的哲学的灵感，与葛德[8]一样，是泛神主义的斯宾诺塞[9]。他早年的朋友是近代法国三大诗人：

克洛岱尔 [10]（Paul Claudel 法国驻日大使），Ande Suares[11]，与 Charles Peguy[12]（后来与他同办 Cahiers de la Quinzaine）。槐格纳 [13] 是压倒一时的天才，也是罗兰与他少年朋友们的英雄。但在他个人更重要的一个影响是托尔斯泰。他早就读他的著作，十分的爱慕他，后来他念了他的《艺术论》，那只俄国的老象——用一个偷来的比喻——走进了艺术的花园里去，左一脚踩倒了一盆花，那是莎士比亚，右一脚又踩倒了一盆花，那是贝德花芬，这时候少年的罗曼罗兰走到了他的思想的歧路了。莎氏、贝氏、托氏，同是他的英雄，但托氏愤愤的申斥莎、贝一流的作者，说他们的艺术都是要不得，不相干的，不是真的人道的艺术——他早年的自己也是要不得不相干的。在罗兰一个热烈的寻求真理者，这来就好似青天里一个霹雳；他再也忍不住他的疑虑。他写了一封信给托尔斯泰，陈述他的冲突的心理。他那年二十二岁。过了几个星期罗兰差不多把那信忘都忘了，一天忽然接到一封邮件：三十八满页写的一封长信，伟大的托尔斯泰的亲笔给这不知名的法国少年的！"亲爱的兄弟，"那六十老人称呼他，"我接到你的第一封信，我深深的受感在心。我念你的信，泪水在我的眼里。"下面说他艺术的见解：我们投入人生的动机不应是为艺术的爱，而应是为人类的爱。只有经受这样灵感的人才可以希望在他的一生实现一些值得一做的事业。这还是他的老话，但少年的罗兰受深彻感动的地方是在这一时代的圣人竟然这样恳切的同情他，安慰他，指示他，一个无名的异邦人。他那时的感奋我们可以约略想象。因此罗兰这几十年来每逢少年人写信给他，他没有不亲笔作复，用一样慈爱诚挚的心对待他的后辈。这来受他的灵感的少年人更不知多少了。这是一件含奖励性的事实。我们从可以知道凡是一件不勉强的善事就比如春天的熏风，它一路来散布着生命的种子，唤醒活泼的世界。

但罗兰那时离着成名的日子还远，虽则他从幼年起只是不懈的努力。他还得经尝身世的失望（他的结婚是不幸的，近三十年来他几于是完全隐士的生涯，他现在瑞士的鲁山，听说与他妹子同居），种种精神的苦痛，才能实受他的劳力的报酬——他的天才的认识与接受。他写了十二部长篇剧本，三部最著名的传记（密仡朗其罗、贝德花芬、托尔斯泰），十大篇 Jean Christophe，算是这时代里最重要的作品的一部，还有他与他的朋友办了十五年灰色的杂志，但他的名字还是在晦塞的灰堆里掩着——直到他将近五十岁那年，这世界方才开始惊讶他的异彩。贝德花芬有几句话，我想可以一样适用到一生劳悴不怠的罗兰身上：

> 我没有朋友，我必得单独过活；但是我知道在我心灵的底里
> 上帝是近着我，比别人更近。我走近他我心里不害怕，我一向认
> 识他的。我从不着急我自己的音乐，那不是坏运所能颠扑的，谁
> 要能懂得它，它就有力量使他解除磨折旁人的苦恼。

（原刊于1925年10月31日《晨报副刊》，收入《巴黎的鳞爪》）

注释

1. 罗曼罗兰，今写作罗曼·罗兰（1866—1944），法国思想家、文学家、批判现实主义作家、音乐评论家和社会活动家。连续写了几部名人传记：《贝多芬传》（1902）、《米开朗琪罗传》（1906）和《托尔斯泰传》（1911），统称《名人传》。同时发表了他的长篇小说《约翰·克利斯朵夫》，这是他的代表作，被高尔基称为"长篇叙事诗"。被誉为20世纪最伟大的小说，并且为了表彰"他的文学作品中的高尚理想和他在描绘各种不同类型人物所具有的同情和对真理的热爱"，罗兰获得1915年诺贝尔文学奖。

2. Cahiers de la Quinzaine，法文杂志名，《半月丛刊》。

3. 道施滔奄夫斯基，今通译为陀思妥耶夫斯基（1821—1881），俄国19世纪最伟大的文学家之一，其代表作有长篇小说《被侮辱的与被损害的》、《罪与罚》、《白痴》、《群魔》、《卡拉马佐夫兄弟》等。

4. 贝德花芬，今通译为贝多芬（1770—1827），德国作曲家、钢琴家、指挥家。

5. 密仡朗其罗，今通译为米开朗基罗（1475—1564），意大利文艺复兴时期伟大的绘画家、雕塑家、建筑师和诗人，文艺复兴时期雕塑艺术最高峰的代表。与拉斐尔和达·芬奇并称为"美术三杰"。

6. 莫察德，今通译为莫扎特（1756—1791），奥地利作曲家。

7. Jean Christophe，即《约翰·克利斯朵夫》，罗曼·罗兰的长篇小说。

8. 葛德，今通译为歌德。

9. 斯宾诺塞，即斯宾诺莎（1632—1677），荷兰哲学家。

10. 克洛岱尔（1868—1955），法国诗人，剧作家。

11. Ande Suares，安德烈·絮阿雷斯（1868—1948），法国诗人、评论家、剧作家。

12. Charles Peguy，译夏尔·贝玑（1873—1914），法国诗人、哲学家。

13. 槐格纳，今通译为瓦格纳（1813—1883），德国作曲家。

导读

本篇是介绍罗曼·罗兰的文章，旨在颂扬其伟大的思想、精神与人格，同时表达对他的无限钦仰之情。

阅读本篇，就思想意蕴而言，重在握两个方面：一，旨趣所在，即在作者看来，罗曼·罗兰最可宝贵的思想与精神是什么；二，意义所在，即作者为什么向中国读者介绍罗曼·罗兰。下面笔者拟就两方面略作说明。

一个伟大作家的思想和精神是深邃、广博而丰富的，如辽远、连绵而蜿蜒的山脉。当你抬起头，目光从局促的近处超脱出来，投向无限的生命远景时，你就能望见它，横亘千里，巍峨苍莽，看取不尽。这也如作者在文中所说："一个伟大的作者如罗曼罗兰或托尔斯泰，正是是一条大河，它那波澜，它那曲折，它那气象，随处不同，我们不能划出它的一湾一角来代表它那全流。我们有幸福在书本上结识他们的正比是尼罗河或扬子江沿岸的泥坷，各按我们的受量分沾他们的润泽的恩惠罢了。"所以纵然才思如志摩者，亦不能妄图在一篇散文里穷尽伟大作家的思想，只能择取作者眼中最为关键的、最富于启示性的，或者说与作者的思考、信仰、生命血肉相连的。在作者看来，罗曼·罗兰"不仅是全欧心智与精神的领袖，他也是全世界一个灵感的泉源"。那么，他给予作者的启示和指引是什么呢？

荦荦大端者有两处：一者，是爱。另者，是耐苦的精神。

爱，可具体表现为友爱与同情，是为战胜仇恨与怨毒的利器。其要求我们"打破我执的偏见来认识精神的统一；打破国界的偏见来认识人道的统一。解脱怨毒的束缚来实现思想的自由；反抗时代的压迫来恢复性灵的尊严"。在作者看来，罗曼·罗兰与托尔斯泰的精神源头是一致的，即"我们投入人生的动机不应是为艺术的爱，而应是为人类的爱"。

耐苦，是罗曼·罗兰人生哲学的起点。首先，"实现生命，实现艺术，实现宗教，实现一切的奥义"必须经历一番生命的痛苦。其次，人生本来是充满苦难的，如恒河之沙。只有对人世苦难有深切的体认，才能"筑起一座强固的人道的寓所"，因为"在我们切己的苦痛里隐藏着人道的消息与线索"。我自身须有耐苦的精神，从受苦中收获精神的黄金，同时亦能从中学会一种体谅，一种同情，一种关爱，知道地面上尚有其他感悲哀感孤独的灵魂。

徐志摩为何选择向中国读者引介罗曼·罗兰呢？这与他对现代社会的认识有关。文章说："什么是新中国只是新发见的深沉的悲哀与苦痛深深的盘伏在人生的底里！这也许是我个人新中国的解释。"在作者看来，中国由古老向现代蜕变，而迎来了新的悲哀与苦痛，现代人的悲哀与苦痛。中国现代社会的人，尤其是青年学生，是苦闷的，悲观的，消极的，而社会上亦是乱象丛生。作者认为，这些问题固然与政治经济有关，但更重要的在于人心，在于感情。作者自诩是"感情的信仰"者，也试图以感情作为疗救"现代病"的良药。他曾言："真的感情，真的人情，是难能可贵的，那是社会组织的基本成分"（《落叶》）。作者所谓的"真的感情，真的人情"，就是罗曼·罗兰的"友爱与同情"。此外，作者也希望读者能汲取罗曼·罗兰式的耐苦精神，以积极的态度对待人生，"正应在苦痛中学习，修养，觉悟，在苦痛中发现我们内蕴的宝藏，在苦痛中领会人生的真际"，而不是就此自弃、绝望和厌世。徐志摩始终将深情眷注的目光投向青年人的内心，希望为其克服诸种负面情绪，而唤起他们的爱与同情，一种不可遏止的向善的力量，一种不可挫败的理想主义精神。正缘于这份殷殷关切，使徐志摩找到了罗曼·罗兰，并叩响他的灵府之门。

谒见哈代的一个下午

一

"如其你早几年,也许就是现在,到道赛司德[1]的乡下,你或许碰得到'裘德'[2]的作者,一个和善可亲的老者,穿着短裤便服,精神飒爽的,短短的脸面,短短的下颏,在街道上闲暇的走着,照呼着,答话着,你如其过去问他卫撒克士小说[3]里的名胜,他就欣欣的从详指点讲解;回头他一扬手,已经跳上了他的自行车,按着车铃,向人丛里去了。我们读过他著作的,更可以想象这位貌不惊人的圣人,在卫撒克士广大的,起伏的草原上,在月光下,或在晨曦里,深思地徘徊着。天上的云点,草里的虫吟,远处隐约的人声都在他灵敏的神经里印下不磨的痕迹;或在残败的古堡里拂拭乱石上的苔青与网结;或在古罗马的旧道上,冥想数千年前铜盔铁甲的骑兵曾经在这日光下驻踪;或在黄昏的苍茫里,独倚在枯老的大树下,听前面乡村里的青年男女,在笛声琴韵里,歌舞他们节会的欢欣;或在济茨[4]或雪莱或史文庞[5]的遗迹,悄悄的追怀他们艺术的神奇……在他的眼里,像在高蒂闲[6](Theuophile Gautier)的眼里,这看得见的世界是活着的;在他的'心眼'(The Inward Eye)里,像在他最服膺的华茨华士[7]的心眼里,人类的情感与自然的景象是相联合的;在他的想象里,像在所有大艺术家的想象里,不仅伟大的史绩,就是眼前最琐小最暂忽的事实与印象,都有深奥的意义,平常人所忽略或竟不能窥测的。从他那六十年不断的心灵生活,——观察、考量、揣度、印证,——从他那六十年不懈不驰的真纯经验里,哈代,像春蚕吐丝制茧似的,抽绎他最微妙最桀傲的音调,纺织他最缜密最经久的诗歌——这是他献给我们可珍的礼物。"

二

上文是我三年前慕而未见时半自想象半自他人传述写来的哈代。去年七月在英国时，承狄更生先生的介绍，我居然见到了这位老英雄，虽则会面不及一小时，在余小子已算是莫大的荣幸，不能不记下一些踪迹。我不讳我的"英雄崇拜"。山，我们爱踹高的；人，我们为什么不愿意接近大的？但接近大人物正如爬高山，往往是一件费劲的事；你不仅得有热心，你还得有耐心。半道上力乏是意中事，草间的刺也许拉破你的皮肤，但是你想一想登临危峰时的愉快！真怪，山是有高的，人是有不凡的！我见曼殊斐儿，比方说，只不过二十分钟模样的谈话，但我怎么能形容我那时在美的神奇的启示中的全生的震荡？

　　　　我与你虽仅一度相见——
　　　　但那二十分不死的时间

　　果然，要不是那一次巧合的相见，我这一辈子就永远见不着她——会面后不到六个月她就死了。自此我益发坚持我英雄崇拜的势利，在我有力量能爬的时候，总不教放过一个"登高"的机会。我去年到欧洲完全是一次"感情作用的旅行"；我去是为泰戈尔，顺便我想去多瞻仰几个英雄。我想见法国的罗曼罗兰、意大利的丹农雪乌、英国的哈代。但我只见着哈代。

　　在伦敦时对狄更生先生说起我的愿望，他说那容易，我给你写信介绍，老头精神真好，你小心他带了你到道骞斯德林子里去走路，他仿佛是没有力乏的时候似的！那天我从伦敦下去到道骞斯德，天气好极了，下午三点过到的。下了站我不坐车，问了 Max Gate[8] 的方向，我就欣欣的走去。他家的外园门正对一片青碧的平壤，绿到天边，绿到门前；左侧远处有一带绵邈的平林。进园径转过去就是哈代自建的住宅，小方方的壁上满爬着藤萝。有一个工人在园的一边剪草，我问他哈代先生在家不，他点一点头，用手指门。我拉了门铃，屋子里突然发一阵狗叫声，在这宁静中听得怪尖锐的，接着一个白纱抹头的年轻下女开门出来。

　　"哈代先生在家，"她答我的问，"但是你知道哈代先生是'永远'不见客的。"

　　我想糟了。"慢着，"我说，"这里有一封信，请你给递了进去。""那末请候一候。"她拿了信进去，又关上了门。

　　她再出来的时候脸上堆着最俊俏的笑容。"哈代先生愿意见你，先生，该进来。"多俊俏的口音！"你不怕狗吗，先生？"她又笑了。"我怕，"我说。"不要紧，我们的梅雪就叫，她可不咬，这儿生客来得少。"

我就怕狗的袭来！战兢兢的进了门，进了官厅，下女关门出去，狗还不曾出现，我才放心。壁上挂着沙琴德[9]（John Sargent）的哈代画像，一边是一张雪莱的像，书架上记得有雪莱的大本集子，此外陈设是朴素的，屋子也低，暗沉沉的。

我正想着老头怎么会这样喜欢雪莱，两人的脾胃相差够多远，外面楼梯上一阵急促的脚步声和狗铃声下来，哈代推门进来了。我不知他身材实际多高，但我那时站着平望过去，最初几乎没有见他，我的印象是他是一个矮极了的小老头儿。我正要表示我一腔崇拜的热心，他一把拉了我坐下，口里连着说"坐坐"，也不容我说话，仿佛我的"开篇"辞他早就有数，连着问我，他那急促的一顿顿的语调与干涩的苍老的口音，"你是伦敦来的？""狄更生是你的朋友？""他好？""你译我的诗？""你怎么翻的？""你们中国诗用韵不用？"前面那几句问话是用不着答的（狄更生信上说起我翻他的诗），所以他也不等我答话，直到末一句他才收住了。他坐着也是奇矮，也不知怎的，我自己只显得高，私下不由的局蹐，似乎在这天神面前我们凡人就在身材上也不应分占先似的！（啊，你没见过萧伯纳——这比下来你是个蚂蚁！）这时候他斜着坐，一只手搁在台上头微微低着，眼往下看，头顶全秃了，两边脑角上还各有一鬃也不全花的头发；他的脸盘粗看像是一个尖角往下的等边形三角，两颧像是特别宽，从宽浓的眉尖直扫下来束住在一个短促的下巴尖；他的眼不大，但是深窈的，往下看的时候多，不易看出颜色与表情。最特别的，最"哈代的"，是他那口连着两旁松松往下坠的夹腮皮。如其他的眉眼只是忧郁的深沉，他的口脑的表情分明是厌倦与消极。不，他的脸是怪，我从不曾见过这样耐人寻味的脸。他那上半部，秃的宽广的前额，着发的头角，你看了觉得好玩，正如一个孩子的头，使你感觉一种天真的趣味，但愈往下愈不好看，愈使你觉着难受，他那皱纹龟驳的脸皮正使你想起一块苍老的岩石，雷电的猛烈，风霜的侵陵，雨雷的剥蚀，苔藓的沾染，虫鸟的斑斓，什么时间与空间的变幻都在这上面遗留着痕迹！你知道他是不抵抗的，忍受的，但看他那下颊，谁说这不泄露他的怨毒，他的厌倦，他的报复性的沉默！他不露一点笑容，你不易相信他与我们一样也有喜笑的本能。正如他的脊背是倾向伛偻，他面上的表情也只是一种不胜压迫的伛偻。喔哈代！

回讲我们的谈话。他问我们中国诗用韵不。我说我们从前只有韵的散文，没有无韵的诗，但最近……但他不要听最近，他赞成月韵，这道理是不错的。你投块石子到湖心里去，一圈圈的水纹漾了开去，韵是波纹。少不得。抒情诗（Lyric）是文学的精华的精华。颠不破的钻石，不论多小。磨不灭的光彩。我不重视我的小说。什么都没有做好的小诗难［他背了莎"Tell me where is Fancy bred" [10]，朋琼生 [11]（Ben Jonson）的"Drink to me only with thine eyes" [12] 高兴的说子］。我说我爱他的诗因为它们不仅结构严密像建筑，同时有思想的血脉在流走，像有机的整体。我说了 Organic [13] 这个字；他重复说了两遍："Yes，Organic yes，Organic：A poem ought to be a living thing." [14] 练习文字顶好学写诗；很多人从学诗写好散文，诗是文字的秘密。

他沉思了一晌。"三十年前有朋友约我到中国去。他是一个教士，我的朋友，叫莫尔德，他在中国住了五十年，他回英国来时每回说话先想起中文再翻英文的！他中国什么都知道，他请我去，太不便了，我没有去。但是你们的文字是怎么一回事？难极了不是？为什么你们不丢了它，改用英文或法文，不方便吗？"哈代这话骇住了我。一个最认识各种语言的天才的诗人要我们丢掉几千年的文字！我与他辩难了一晌，幸亏他也没有坚持。

说起我们共同的朋友；他又问起狄更生的近况，说他真是中国的朋友。我说我明天到康华尔去看罗素。谁？罗素？他没有加案浯。我问起勃伦腾 [15]（Edmund Blunden），他说他从日本有信来，他是一个诗人。讲起麦雷 [16]（John M.Murry）他起劲了。"你认识麦雷？"他问。"他就住在这儿道骞斯德海边，他买了一所古怪的小屋子，正靠着海，怪极了的小屋子，什么时候那可以叫海给吞了去似的。他自己每天坐一部破车到镇上来买菜。他是有能干的。他会写。你也见过他从前的太太曼殊斐儿？他又娶了，你知道不？我说给你听麦雷的故事。曼殊斐儿死了，他悲伤得很，无聊极了，他办了他的报（我怕他的报维持不了），还是悲伤。好了，有一天有一个女的投稿几首诗，麦雷觉得有意思，写信叫她去看他，她去看他，一个年轻的女子，两人说投机了，就结了婚，现在大概他不悲伤了。"

他问我那晚到那里去。我说到 Exeter [17] 看教堂去，他说好的，他就讲建筑，他的本行 [18]。我问你小说里常有建筑师，有没有你自己的影子？他说没有。这时候梅雪出去了又回来，咻咻的爬在我的身上乱抓。哈代见我有些窘，就站起来呼开梅雪，同时说我们到园里去走走吧，我知道这是送客的意思。我们一起走出门绕到屋子的左侧去看花，梅雪摇着尾巴咻咻的跟着。我说哈代先生，我远道来你可否给我一点小纪念品。他回头见我手里有照相机，他赶紧他的步子急急的说，我不爱照相，有一次美国人来给了我很多的麻烦，我从此不叫来客照相，——我也不给我的笔迹（Autograph），你知道？他脚步更快了，微偻着背，腿微向外弯一摆一摆的走着，仿佛怕来客要强抢他什么东西似的！"到这儿来，这儿有花，我来采两朵花给你做纪念，好不好？"他俯身下去到花坛里去采了一朵红的一朵白的递给我："你暂时插在衣襟上吧，你现在赶六点钟车刚好，恕我不陪你了，再会，再会——来，来，梅雪：梅雪……"老人扬了扬手，径自进门去了。

　　吝刻的老头，茶也不请客人喝一杯！但谁还不满足，得着了这样难得的机会？往古的达文謇[19]、莎士比亚、歌德、拜伦，是不回来了的；——哈代！多远多高的一个名字！方才那头秃秃的背弯弯的腿屈屈的，是哈代吗？太奇怪了！那晚有月亮，离开哈代家五个钟头以后，我站在哀克刹脱[20]教堂的门前玩弄自身的影子，心里充满着神奇。

（原刊于1928年3月《新月》第一卷第一期）

注释

1. 道骞司德，今通译为多塞特，位于英格兰西南英吉利海峡沿岸的一个郡，在英伦海峡北岸。
2. 裘德，即哈代长篇小说《无名的裘德》
3. 卫撒克士小说，即威塞克斯小说。哈代最有成就的作品是名为"威塞克斯小说"的一系列小说。威塞克斯是多塞特郡及其附近地区的古称。威塞克斯小说的开头几部写了英国农村的恬静景象，如《绿荫下》、《远离尘嚣》和《还乡》等。
4. 济茨，今通译为济慈（1795—1821），英国诗人。
5. 史文庞，今通译为斯温伯恩（1837—1909），英国诗人。
6. 高蒂闲，今通译为戈蒂埃（1811—1872），法国浪漫主义诗人、小说家，主要作品有诗集《珐琅与玉雕》，小说《莫班小姐》）等。
7. 华茨华士，今通译为华兹华斯（1770—1850），英国诗人。
8. Max Gate，译为"马克斯门"，是哈代的住所。

9. 沙琴德，今通译为萨金特（1856—1925），意大利裔美国画家，以肖像画著称于世。

10. 翻译为："告诉我爱情滋生于何方？"

11. 朋琼生，今通译为本·琼森（1572—1637），英国诗人，剧作家。

12. 翻译为："只以你的眼眸为我祝酒。"

13. Organic，有机的。

14. 翻译为："说得对，有机的，是的，有机的：一首诗应该是有生命的东西。"

15. 勃伦腾，今通译为布伦登（1896—1974），英国诗人。

16. 麦雷，今通译为默里（1889—1957），英国诗人，评论家。

17. Exeter，埃克塞特，英国德文郡首府，其标志性建筑是教堂。

18. 哈代曾是建筑绘图员。

19. 达文謇，今通译为达·芬奇。

20. 哀克剌脱，即上文 Exeter 的音译，今通译为埃克塞特。

导读

　　本篇虽初以附录形式存在，却不失为一篇优秀的散文。就艺术性而言，本篇亦胜却《汤麦士哈代》一文。本文中，作者以诗意、活泼而生动的笔墨记述了谒见哈代的情景以及对他的印象。全文分两节，一者是描绘想象中的哈代，而另者是叙写现实中的哈代。

　　第一节里，作者构拟一个情景，即我们来到道骞司德的乡下，见到了哈代先生，并与他对话。作者文思巧妙，如是开篇，这般设置，一下子拉近了我们与哈代的距离。哈代俨然我们的乡人，出现于面前，并无隔膜，是可亲的。然而在作者看来，这位貌不惊人的老者也是一位圣人，是可敬的。下面作者即以诗意的笔致描绘了哈代的精神图景：高妙的文艺思想与丰富的内心世界。

　　前面的描述可谓吊足了读者的胃口。于是在第二节，作者带领我们去谒见伟大的托马斯·哈代先生。这一段文字重在写两事：一，哈代的性格；二，哈代的兴趣。不拘性格还是兴趣，作者均非抽象空谈，无不出之以具体的表现和鲜活的形象，且行文活泼而生动，了无刻板之笔。开场与结束的情景，都表现出哈代的性格的急与怪。而颇具匠心之处是通过刻画哈代的相貌而写出其性格。一方面，我们赞叹作者精细的刻画能力；另一方面，也服膺其丰富的联想力。哈代的兴趣体现于对话的内容，即抒情诗。"练习文字顶好学写诗；很多人从学诗写好散文，诗是文字的秘密。"这段话不啻作者夫子自道，是其散文的特征和魅力所在。

在见到哈代之前，有一段关于"英雄崇拜"的议论是值得注意的。志摩是坦诚而恳挚的，不论是为人抑或是作文，莫不如此。他没有机心，优长和不足、欣喜和愤懑，如自然的四时光色，是一目了然的，从无掩藏。在本篇中，他并不讳言自己的"英雄崇拜"。其认为接近英雄，如攀登高山，给予他生命的神奇与震撼。这可以看出他的谦卑，以及对崇高的向往。在"消费主义"大行其道和"娱乐至死"的今天，涌现的是商业精英和娱乐明星，为人们所崇拜。对个人英雄狂热膜拜的社会，一定是危险的。而英雄荒芜的时代，却也是不免庸俗的。正如作者在《泰戈尔》一文中所说："……但我们是饿惯了的，只认鸠形与鹄面是人生本来的面目，永远忘却了真健康的颜色与彩泽。标准的低降是一种可耻的堕落：我们只是蹲坐在进底青蛙，但我们更没有怀疑的余地。"或许巨人被遗忘得太久了，今天的我们是"饿惯了"的，急需一席英雄的精神飨宴，因为人格与精神"标准的低降是一种可耻的堕落"。最大的堕落无疑是堕落竟被习以为常，被视作是人生的本来面目。

然而，作者也提醒我们："但接近大人物正如爬高山，往往是一件费劲的事；你不仅得有热心，你还得有耐心。半道上力乏是意中事，草间的刺也许拉破你的皮肤……"这正像王安石在《游褒禅山记》所说："夫夷以近，则游者众；险以远，则至者少，而世之奇伟、瑰怪、非常之观，常在于险远，而人之所罕至焉，故非有志者不能至也。有志矣，不随以止也，然力不足者，亦不能至也。有志与力，而又不随以怠，至于幽暗昏惑而无物以相之，亦不能至也。"其大意是说，平坦而切近之地，到达者就多；险峻且遥远之域，到达者则少。但世间奇妙、雄伟、珍贵、奇特、不同寻常的景象，常常在那险阻僻远的地方，因而人们很少到达那里。所以，没有志向者是不能到达的。有志向，且不随从别人而中止，然而力量不足者，也不能到达。有了志向和力量，而且又不随从别人而松懈，到了那幽深昏暗、叫人迷乱的地方，没有外力来辅助他，也不能到达。

作者谓之"接近"，有更深的寄意，绝非仅仅指物理空间上的接近，更是精神、人格上的接近，是孔子所说的"见贤思齐"。在这重意义上，我们阅读伟大的经典，就是在接近巨人，在趋向险远之域，在攀登峻拔之峰。我们当怀有上下求索的精神，去接近巨人，去面对伟大。攀越一部又一部经典，我们的生命丰富了，陌生了，广阔了，在经历着神奇的变异。或许也蹉跎了，但人总会蹉跎的，并无可惧，因为生命里生成一种不朽的存在，不会被赫拉克利特的河流冲走。我们或许早已学会嘲讽崇高，这并不困难，但我们更该学会面对伟大。是为徐志摩留给我们的启示。

白郎宁夫人的情诗[1]

一

"伟大的灵魂们是永远孤单的。"不是他们甘愿孤单,他们是不能不孤单。他们的要求与需要不是寻常人的要求与需要;他们评价的标准也不是寻常的标准。他们到人间来一样的要爱、要安慰,要认识、要了解。但不幸他们的组织有时是太复杂太深奥太曲折了,这浅薄的人生不能担保他们的满足。只有生物性生活的人们,比方说,只要有饭吃;有衣穿,有相当的异性配对,他们就可以平安的过去,再不来抱怨什么,惆怅什么。一个诗人,一个艺术家,却往往不能这样容易对付。天才是不容易伺候的。在别的事情方面还可以迁就,配偶这件事最是问题。想象你做一个大诗人或大画家的太太(或是丈夫,在男女享受平等权利的时候!)你做到一个贤字,他不定见你情,你做到一个良字,他不定说你对。他们不定要生活上的满足,那他们有时尽可随便,他们却想象一种超生活的满足,因为他们的生活不是生根在这现象的世界上。你忙着替他补袜子,端整点心,他说你这是白忙,他破的不是袜子,他饿的不是肚子!这样的男人(或是女人)真是够别扭的,叫你摸不着他(或她)的脾胃。他快活的时候简直是发疯,也许当着人前就搂住了你亲吻,也不知是为些什么。他发愁的时候一只脸绷得老长,成天可以不开口,整晚可以不睡,像是跟谁不共天日的过不去,也不知是又为些什么。一百个女人里有九十九喜欢她们的丈夫是明白晓畅一流,说什么是什么,顾室家,体惜太太,到晚上睡着了就开着嘴甜甜的打呼。谁受得了一个诗人,他——

......Wants to know

What one has felt from earliest days,

Why one thought not in other ways,

And one's loves of long ago[2]

　　因此室家这件事在有天才的人们十九是没有幸福的。"我不能想象一个有太太的思想家。"尼采说。怎怪得很多的大艺术家，比如达文謇[3]与密仡郎其罗[4]，终身不曾想到过成家？他们是为艺术活着的，再没有余力来敷衍一个家。就是在成家的中间，在全部思想文艺史上，你举得出几个人在结婚这件事上说得到圆满的。拜伦的离婚，他一生颠沛的张本，就为得他那太太只顾得替他补袜子端整点心。歌德一生只是浮沉在无定的恋爱的浪花间，但他的结婚是没有多大光彩的。卢骚[5]先生检到了一个客寓里扫地的下女就算完事一宗。哈哀内[6]的玛蒂尔代又是一个不认字的姑娘，虽则她的颜色足够我们诗人的倾倒。史文庞[7]孤独了一生，济慈为了一个娶不着的女人呕血。喀莱尔[8]蒙着了一个又俊又慧的洁痕韦尔许[9]，但他的怪僻只酿成了一个历史上有名不快活的家庭。这一路的人真难得知道幸福的。

二

　　本来恋爱是一件事，夫妻又是一件事。拿破仑说结婚是恋爱的埋葬。这话的意思是说这两件事儿是不相容的。这不是说夫妻间就没有爱。世上尽有十分相爱的夫妻。但"浪漫的爱"，它那热度不是不寻常温度表所能测量的，却是提另一回事。比如罗米欧与朱丽叶那故事。它那动人，它那美，它那力量，就在一个惨死。死是有恩惠的，它成全了真有情人热情的永恒，朱丽叶要是做了罗米欧太太，过天发了福，走道都显累赘，再带着一大群的儿女，那还有什么意味？剧烈的东西是不能久长的：这是物理。由恋爱而结婚的人当然多的是，但谁能维持那初恋时一股子又泼辣又猖獗像是狂风像是暴雨的热情？结婚是成家。家本身就包涵有长久，即使不是永久的意义。有家就免不了家务，家累，尤其免不了小安琪儿们的降生。所以全看你怎样看法。如其现代多的是新发明的种种人生观，恋爱观的种类也不得单简。最发挥狭义的恋爱观的要算是哥谛霭[10]的马斑小姐[11]，她只准她的情人一整宵透明的浓艳的快乐，算是彼此尽情的还愿，不到天晓她就偷偷的告别，一辈子再不许他会面，她的唯一的理由就是要保全那"浪漫的热恋"的晶莹的印象。一往下拖就毁！但是话说回来，这类的见解，虽则美，当然是窄，有时竟有害，为人类繁衍的大目标计，是不应得听凭蔓延的。爱是不能没有的，但不能太热了。情感不能不受理性的相当节制与调剂。浪漫的爱虽则是纯粹的吕律格，但结婚的爱也不一定是宽弛的散文。靠着在月光中泛滥的白石栏杆，散披着一头金黄的发丝，在夜莺的歌声中吸呼情致的缠绵，固然是好玩，但带上老棉帽披着睡衣看尊夫人忙着招呼小儿女的鞋袜同时得照料你的早餐的冷热，也未始没有一种可寻味的幽默。露水甜，雨水也不定是酸。

假如更进一步说，一对夫妻的结合不但是渊源于纯粹的相爱，不是肤浅的颠倒，而是意识的心性的相知，而且能使这部纯粹的感情建筑成一个永久的共同生活的基础，在一个结婚的事实里阐发了不止一宗美的与高尚的德性，那一对夫妻怕还不是人类社会一个永久的榜样与灵感？

三

但不幸这类完全的夫妻在人类社会上实在是难得，虽则恋爱与结婚同是普遍而且普通的一回事。好夫妻，贤孟梁，才子佳人，福寿双全子孙满堂的老伉俪，当然是有，多的是，但要一对完全创造性的配偶，在人类进化史上划高一道水平线，同时给厌世主义者一个积极的答复，哪里有？男子间常有伟大的友谊，例如歌德与席勒的，他们那彼此相互的启发与共同擎举的事业是一个永远不可磨灭的灵感。夫妻呢？

在女子在教育上不曾得到完全的解放，在社会不得到与男子平等的地位，我们不能得到一个正确的夫妇的观念。在一个时候女性是战利品。在又一个时候女性是玩物。在一个时候女性是装饰，是奢侈品。在又一个时候女性是家奴。在所有的时候女性是"母畜"，它的唯一的使命与用处是为人类传种。因此人类的历史是男性的光荣，它的机会是男性的专利。直到最近的百年前，跟着一般思想的解放，女性身上的压迫方始有松放的希冀，又跟着女权的运动，婚姻的观念方始得到了根本的修正，原先的谬误渐次在事实的显著中消失。

这是一件大事，因为女性的解放不仅给我们文化努力一宗新添的力量，它是我们理想中合理生活的实现的一个必要条件。夫妻是两个个性自由的化合；这是最密切的伙伴，最富创造性的一宗冒险。

四

诗人白郎宁与衣里查白裴雷德 [12] 的结合是人类一个永久的纪念；如其他们结婚以前的经过是一叶薰香的恋迹；他们结婚以后的生活一样是值得我们的赞美。如其他们彼此感情的交流是不涉丝毫强勉，他们各自的忍耐与节制同样是一宗理性的胜利。如其这婚姻使他们二个完全实现这地面上可能的幸福，他们同时为蹒跚的人类立下了一个健全的榜样。他们使我们艳羡，也使我们崇仰，他们的不是那猥琐的局促的一流。如其白郎宁在这段情史中所表见的品格是男性的高尚与华贵，白夫人的是女性的坚贞与优美与灵感。他们完全实现了配偶的理想，他们是一对理想的夫妻。

白郎宁是一个比较晚成的诗人，在他同时期的谭宜孙 [13] 诗名炫耀全国的时候认识他的天才只有少数的几个人，例如穆勒约翰 [14] 与诗人画家罗刹蒂 [15]，他在大英博物院中亲手抄缮白郎宁的第一首长诗。但他的诗，虽则不曾入时，已经有幸运得着了衣里查白裴雷德的深闺中的认识与同情。同时白郎宁也看到了裴雷德的诗，发见她引用他自己的诗句，这给了他莫大的愉快。这是第一步。经由一个父执的介绍，裴雷德是他的表妹，白郎宁开始与她未来的夫人通信。裴雷德早年是极活泼的一个女孩，但不幸为骑马闪损了脊骨，终年困守在她楼上的静室里，在一只沙发上过生活，莎士比亚与古希腊的诗人是她唯一的慰藉。她有一个严厉的经商的父亲，但她的姊妹是与她同情并且随后给她帮助的。她有一个忠心的女仆叫威尔逊，一只更忠心的狗叫佛露喜。她比白郎宁大至六岁，与他开始通信的那年已是三十九岁。

你们见过她的画像的不能忘记她那凝注的悲怆的一双眼，与那蓬松的厚重的两鬓垂鬈。她的本来是无欢的生活。一个废人，一个病人，空怀着一腔火热的情感与希有的天才，她的日子是在生死的边界上黯然的消散着。在这些黯惨的中间造化又给她一下无情的打击，她的一个爱弟，无端做了水鬼，这惨酷的意外几于把她震成一种失心的狂痫，正如近时曼殊斐儿也有同样的悲伤。她是一个可怜人，哀愁与绝望是人生给她的礼物。

但这哀愁与绝望是运定不久长的。当代她最崇拜的一个诗人开始对她谦卑的表示敬意，她不能不为他的至诚所感动。在病榻上每日展读矫健敦笃的来书，从病榻上每日邮送郑重绰约的去缄。彼此贡献早晚的灵感，彼此许诺忠实的批评。由文学到人生，由兴会到性情，彼此发现彼此开始在是一致的同心。在不曾会面以先，他俩已经听熟了彼此的声音——不可错误的性灵的声音。

这初期五个月密接的通信，在她感到一种新来的光明驱散了她生活上的暗塞，在他却是更深一层的认识。这还不是她理想中的伴侣？没有她人生是一个伟大的虚无，有了她人生是一个实现的奇迹，他再不能怀疑，这是造化恩赐给他的唯一的机缘。她准许他去见她，在她的病房中，他见着了她，可怜的瘦小的病模样，蜷伏在她的沙发上，贵客来都不能欠身让坐！他知道这是不治的病，但他只感到无限的悲怜。他爱她，他不能不爱她。在第一次会见以后，伟大的白郎宁再不能克制他的爱情。他要她。他的尽情倾吐的一封信给了温坡尔街五十号的病人一次不预期的心震，一宵不眠的踌躇。到早上她写回信，警告他再要如此她就不再见他。伟大的白郎宁这次当真红了脸，顾不得说谎，立即写信谢罪，解释前信只是感激话说过了分，请求退还原函（他生平就这一次不说真话）。信果然退了回来，他又带着脸红立即给毁了去（他们的通信单缺了这一封，这使白夫人事后颇感到懊怅的。）这风险过去，他们重复回到原先平稳的文字的因缘。裴雷德准许他的朋友过时去看她，同时邮梭的投织更显得殷勤，他讲他的意大利忻快的游踪，但她酬答他的只有她悲惨的余生——这不使他感到单调吗？他们每周会面的一天是他俩最光亮的日子。他那时住在伦敦的近郊。这正是花香的季候，乡间的清芬，黄的玫瑰，紫的铃兰，相继在函缄内侵入温斐尔街五十号的楼房。裴雷德的感情也随着初秋的阳光渐渐的成熟。她不能不把她心里的郁积——她的悲哀，她的烦闷——缓缓的流向她唯一朋友的心里。他的感激又是一度的过分，但他还记得他三月前的冒昧，既然已经忍何妨忍耐到底。他现在早已认定，无上的幸福是他的了。她不能一天不接他的信，她不能定心，她求他"一行的慈善"，她的心已经为他跳着了。但她还不能完全放开她的踌躇。她能承受他的爱吗？这是公平吗？他，一个完全的丈夫。她：一个颓废的病人。他能不白费他的黄金吗？这砂留得住这清泉吗？她是一个对生命完全放弃的人，幸福，又是这样的幸福，这念头使她忖着时都觉得眩晕。但这些不是阻难。在他只求每天在她的身旁坐一小时，承受她的灵感，写他的诗，由此救全他的灵魂，他还有什么可求的？不，她即使是永远残废都不成问题，他要的只是性灵的化合。她再

不能固执，再不能坚持，她只求他不要为她过分迁就，她如其有命，这命
完全是他一手救活的，对他她只有无穷的感恩。她准许他用她的乳名称呼！

五

　　现在唯一的困难就只裴雷德的家庭，她的父亲。他不能想像他女儿除
了对上帝和他自己的忠贞还能有别的什么感情的活动。他是一个无可通融
的人。他唯一的德性是他每天非得到下午六点不得回家，这一点他的女儿
们都是知感的。裴雷德想到南方去，地中海的边沿，阳光暖和处去养息身体，
因为她现在的生命是贵重的了。从死的黑影里劫出来，幸福已经不是不可
能的梦想了。但她的父亲如何能容她有这种思想。她只要一开口这狮子就
会叫吼得一屋子发震。她空怀着希望，却完全没有主意。她的朋友是永远
主张抵御恶的势力的，他贡献他的勇敢，他建议积极的动作。裴雷德不能
不信任他那雄健的膀臂与更雄健的意志。同时他俩的感情也已经到了无可
再容忍的程度。至少在文字上他们再不能防御真情的泛滥。纯粹的爱在了
解的深处流溢着。他们这时期的通信不再是书柬，不再是文字，是——"一
对搏动的心"。从黑暗转到光明，从死转到爱，从残废的绝望转到健康的欢
欣，爱的力量是一个奇迹。等到第二个春天回来的时候裴雷德已经恢复她
步履的愉快，走出病室的囚困，重享呼吸的清新。在阳光下，在草青与花
香间，在禽鸟的歌声中，她不能不讶异生活的神秘，不能不膜拜造化的慈恩。
他给她的庄严的爱在她的心中像是一盘发异香的仙花，她是在这香息中迷
醉了。正如他的玫瑰，他的铃兰曾经从乡间输入她的深闺，她这时也在和
风中为他亲手采撷浓蕊的蝴蝶花。在这些甜蜜的时光的流转中，她的家庭
的困难一天严重似一天，她的父亲的颠顸是无法可想的，这使情人们不得
不立即商量一条干脆的出路，他们决意走。到意大利去，他俩的精神的故
乡。他们先结了婚，在一个隐僻的教堂里，在上帝的跟前永远合成了一体；
再过了几天他俩悄悄的离别了岛国，携着忠心的威尔逊与更忠心的佛露喜，
投向自由的大陆，攀度了阿尔帕斯[16]，在阿诺河入海处玲珑的皮萨城中小住，
随后又迁去翡冷翠，在那有名的 Casa Guidi[17] 中过他们无上的幸福的生活。

六

这无上的幸福有十五年的生命，在这十五年中他俩不知道一天的分离。他们是爱游历的，在罗马与巴黎与伦敦间他们流转着他们按季候的踪迹。白夫人，本来一个沙发上的废人，如今是一个健游者，巴黎是她的"软弱"，意大利是她的"热情"，她也能登山，也能涉水。她的创作的成绩也不弱于她的"劳勃脱"[18]，虽则她是常病，有时还得收拾她的"盆"[19]儿的嘴脸与袜鞋。他俩的幸福正是英国文学的幸福。劳勃脱在他的"巴"[20]的天才的跟前，只是低头，他自己即使有什么成就，那都是她的灵感。"盆"儿是他们最大的欢欣，忠心的佛露喜也给他们不少的快乐。在交友上他们也是十分幸运的。白郎宁的刚健与博大，他夫人的率真与温驯，使得凡是接近他们的没有不感到深彻的愉快。出名坏脾气的喀莱尔，"狂窜的火焰"似的老诗人兰道[21]（Savage Landor），伟大的罗斯金[22]，美秀的罗刹蒂弟兄，都一致的倾倒这一双无双的佳偶。罗刹蒂最说得妙，他说他就奇怪"那两个小小的人儿（指白氏夫妇）何以会得包容真实世界的那么多的一部分，他们在舟车上占不到多大的位置，在客寓里用不到一只双人床？"他们所知道的唯一的悲伤与遗憾就只白郎宁的母亲的死和白夫人父亲的倔强，他们的幸福始终得不到他的宽恕。白夫人对意大利的自由奋斗有最热烈的同情，也正当意大利得到完全解放的那一年——一八六一——白夫人和她的劳勃脱永诀。如其她在生时实现了人生的美满，她的死更是一个美满的纪录。她并没有什么病痛，只是觉得倦，临终的那一晚她正和白郎宁商量消夏的计划。"她和他说着话，说着笑话，用最温存的话表示她的爱情；在半夜的时候，她觉得倦，她就偎倚在白郎宁的手臂上假寐着。在几分钟内，她的头垂了下来。他以为她是暂时的昏晕，但她是去了，再不回来。"那临终时一些温存的话是白郎宁终身的神圣的纪念。她最后的一句话，回答白郎宁问她觉到怎么样，是一单个无价的字——"Beautiful"！"微笑的,快活的,容貌似少女一般"，她在她情人的怀抱中瞑目。

七

美！苦闷的人生难得有这样完全的美满！这不仅是文艺史的一段佳话，

这是人类史上一次光明的纪录。这是不可磨灭的。这是值得永久流传的。但这段恋史本身固然是可贵，更可贵的是白夫人留给我们那四十四首十四行诗（The Sonnets from the Portuguese）[23]。在这四十四首情诗里白夫人的天才凝成了最透明的纯晶。这在文学史上是第一次一个女子澈透的供承她对一个男子的爱情，她的情绪是热烈而抟聚的，她的声音是在感激与快乐中颤震着，她的精神是一团无私的光明。我们读她的情诗，正如我们读她的情书，我们不觉得是窥探一种不应得探窥的秘密，在这里正如在别的地方，真诚是解释一切，辩护一切，洁化一切的。她的是一种纯粹的热情，它的来源是一切人道与美德的来源，她的是不灭的神圣的火焰。只有白夫人才能感受这些伟大的情绪，也只有她才能不辜负这些伟大的情绪。这样伟大的内心的表现是稀有的。

关于那四十四首诗也还有一小段的佳话。白夫人发心写这一束情诗大约是在她秘密结婚以前，也许大半还是在她那楼房里写的。她不让白郎宁知道她的工作，她只在一次通信上隐隐的提过，"将来到了皮萨"，她说，"我再让你看我现在不给你看的东西"。他们夫妇俩写诗的工作是划清疆界的。在一首诗完成以前，谁都不能要求看谁的。在皮萨那时候，白夫人的书房是在楼上，照例每天在楼下吃过早饭，她就上楼去作工，让他在楼下做他的。有一天早上白夫人已经上楼去，白郎宁正站在窗前看街，他忽然觉得屋子里有人偷偷的走着，他正要回头，他的身子已经叫他夫人给推住了，叫他不许动，一面拿一卷纸塞在他的口袋里。她要他看一遍，要是不喜欢就把它撕了，话说完就逃上了楼去。这卷纸就是她那一束的情诗。白郎宁看过了就直跳了起来，说：她不但是给了他一份无价的礼物，她是给人类创造了一种独一的至宝。因此他坚持她有公开这些诗的必要。最早的单印本是一八四七年在李亭地方印的送本，书面上写着——Sonnets by E.B.B.[24]，一八五〇年的印本才改称"Sonnets from the Portuguese"，那是白郎宁的主意，他特别挑葡萄牙因为她有过一首诗"Catarina to Camoens"[25]是讲葡萄牙的一段故事，他又常把夫人叫作"我的小葡萄牙人"。这四十四首情诗现在已经闻一多先生用语体文译出。这是一件可纪念的工作。因为"商籁体"[26]（一多译）那诗格是抒情诗体例中最美最庄严、最严密亦最有弹性的一格，在英国文学史上从汤麦斯槐哀德爵士[27]（Sir Thomas wyatt）到阿塞沙孟士[28]（Arthur Symons）这四百年间经过不少名手的应用还不曾穷尽它变化的可能。这本是意大利的诗体彼屈阿克[29]（Petrarch）的情诗多是商籁体，在英国槐哀德与石垒伯爵[30]（Earl of Sarrey）最初试用时是完全仿效彼屈阿克的体裁与音韵的组织，这就叫作彼屈阿克商籁体。后来莎士比亚也用商籁体写他的情诗，但他又另创一格，韵的排列与意大利式不同，虽则规模还是相仿的，这叫做莎士比亚商籁体。写商籁体最有名的，除了莎士比亚自己与史本塞[31]，近代有华茨华士[32]与罗刹蒂，与阿丽思梅纳儿夫人[33]，最近有沙孟士。白夫人当然是最显著的一个。她的地位是在莎士比亚与罗刹蒂的中间。初学诗的很多起首就试写商籁体，正如我们学做诗先学律诗，但很少人写得出色，即在最大的诗人中，有的，例如雪莱与白郎宁自己，简直是不会使用的（如同我们的李白不会写律诗）。商籁体是西洋诗式中格律最谨严的，最适宜于表现深沉的盘旋的情绪，像是山风、像是海潮，它的是圆浑的有回响的声音。在能手中它是一只完全的弦琴，它有最激昂的高音，也有最呜咽的幽声。一多这次试验也不是轻率的，他那耐心先就不易，至少有好几首是朗然可诵的。当初槐哀德与石垒伯爵既然能把这原种从意大利移植到英国，后来果然开结成异样的花果，我们现在，在解放与建设我们文学的大运动中，为什么就没有希望再把它从英国移植到我们这边来？开端都是至微细的，什么事都得人们一半凭纯粹的耐心去做。为要一来宣传白夫人的情诗，二来引起我们文学界对于新诗体的注意，我自告奋勇在一多已经锻炼的译作的后面加上这一篇多少不免蛇足的散文。

第一首

我们已经知道在白郎宁还不曾发见她的时候，白夫人是怎样一个在绝望中沉沦着的病人，她简直是一个残废。年纪将近四十，在病房中不见天日，白夫人自分与幸福的人生是永远断绝缘分了的。但她不是寻常女子，她的天赋是丰厚的，她的感情是热烈的。像她这样人偏叫命运给"活埋"在病房中，够多么惨！白郎宁对她的知遇之感从初起就不是平常的，但在白夫人，这不仅使她惊奇，并且使她苦痛。这个心理是自然的，就比是一个瞎眼的忽然开眼，阳光的刺激是十分难受的。

在这第一首诗里她说她自己万不料想的叫"爱"给找到时的情形，她说的那位希腊诗人是梯奥克立德斯[34]（Theocritus）。他是古希文化最迟开的一朵鲜花。他是雪腊古市人，但他的生活多半是西西利岛上过的。他是一个真纯乐观的诗人。在他的诗里永远映照着和暖的阳光，回响着健康的笑声。所以白夫人在这诗里说她最初想起那位乐观诗人，在他光阴不是一个警告因为他随时随地都可以发见轻松的快活的人生。春风是永远骀荡的，果子永远在秋阳中结实，少也好，老也好，人生何处不是快乐。但她一转念想着了她自己。既然按那位诗人说光阴是有恩有惠的，她自己的年头又是怎样过的呢。她先想起她的幼年，那时她是多活泼的一个孩子，那些年头在回忆中还是甜的，但自从她因骑马闪成病废以来她的时光不再是可爱，她的一个爱弟又叫无情的水波给吞了去，在这打击下她的日子益发显得黯惨，到现在在想象中她只见她自己的生命道上重重的盖着那些怆心的年分的黑影，她不由的悲不自制了。但正在这悲伤的时候她忽然觉到在她的身后晃动着一个神秘的形象，它过来一把拧住了她的头发直往后拉。在挣扎中她听着一个有权威的声音——"你猜猜，这是谁揪住你？"是"死吧。"她说，因为她只能想到死。但是那"银钟似"的声音的答话更使她奇特了，那声音说——"不是死，是爱。"

第二首

这一声银钟似的震荡顿时使她从悲惋的迷醉中惊醒。她不信吗？不，她不能不信，这声音的充实与响亮不能使她怀疑。那末她信吗？这又使她踌躇。正如一个瞎眼的重见天日，她轻易还不能信任她的感觉。她的理性立时告诉她："这即使是真，也还是枉然的。你想你能有这样的造化吗？运命，一向待你苛刻的运命，能骤然的改变吗？""枉然的"，她想不错，虽则爱乔装了死侵入了她的深闳，他还是不能留的。爱不能留，因为运命不许——造物不许，所以在这首诗里她说在爱开口的时候只有三个人听见，说话的你，听话的我，再就是无所不在的上帝。在她还不曾从初起的惊疑中苏醒，她似乎听到在她与他中间的上帝已经为他们下了案语。他说："你配吗？"她顿时觉得这句刺心的话黑暗似的障住了她的眼，这使她连睁眼对爱一看的机会都给夺去了。她巴望她自己还是死了的好，死倒也罢了：这活着受罪，已然见到光明还得回向黑暗的可怖，是太难受了。但上帝的是无上的权威，他喝一声"不行"，比别的什么阻难更没有办法。人间的阻隔是分不了我们的，海洋的阔大不能使我们变异，风雨的暴戾也不能使我们软弱。任凭地面上的山岭有多么高，我们还得到天空里去携手。即使无际的天空也来妨碍我们的结合，我们也还得超出天空到更辽远的星海中去实现我们的情爱。

第三首

所以不是阻碍，那不是情人们所怕的，但我还得凭理性来忖忖这句话"你配吗"？我配吗？我现在已然见到了你，我不能不把事实的真相认一个清切。你爱我，不错，但是；我的贵人，我俩实在不是一路上的人！我们的生活，我们的归宿，都不是一致的，即使我们曾经彼此相会，呵护你的与我的两个安琪儿们彼此是不相认的，在他们的翅膀相与交错时，他俩都显着诧异，因为我们本来是走不到一起的。你想，你自己是何等样人，我如何能攀附得着你的高贵？你是王后们的上宾，在她们的盛大的筵会上，你是一个崇仰与爱慕的目标，几百双的妙眼都望着你（它们要比我的泪眼更显得光亮），要求你施展你的吟咏的天才。这样的你与我又有什么相关，我是一个穷苦的、疲倦的、流浪的唱唱儿，偎倚着一棵苍劲的翠柏，在黑暗中歌唱着凄凉的音调，你站在那灯光明艳的窗子里边望着我，你是什么意思，能有什么意思？在你前额上涂着的是祝福的圣油，——在我就有冰凉的露水。那样的你，这样的我，还有什么说的？在生前是无望的了，除非到了死，那平等一切的死，我们才有会合的希望。

第四首

你是一个大诗人，一个高雅的歌者，只有华丽的宫院才配款留你的踪迹。你是人中的凤，为要看着你从腴满的口唇吐露异样的清商，舞女们不由的翘企着她们的脚踵。这些才是你的去处，你为什么偏要到我的门外来徘徊？我的是卑陋的门庭，怎当得起大驾的枉顾？你难道当真舍得漫不经心的让你的妙乐掉落在我的门前，浪费你黄金比价的诗才？你不信时抬头来看这是一个什么的所在。屋子是破烂的，窗户是都叫风雨侵蚀坏了的，小心这屋椽间飞袭出怪状的蝙蝠与鸱鸮，因为它们是在这里做家的。你有你的琵琶，我这里，可怜，只有慰情长夜的秋虫。请你再不要弹唱了，因为响应你的就只一些荒凉的回音，你唱你的去吧，我的心灵深处有一个声音在悲泣着，孤独的，寂寞的。

第五首

到上首为止诗的音调是沉郁与凄怆。一份炫耀的至礼已经献致在她的跟前，但她能接受吗？她的半墓穴似的病室能霎时间容受这多的光辉与温暖吗？她已经忍着心痛低喊了一声"挡驾"，但那位拜门的贵人还是耐心的等候着。他这份礼是送定了的。他的坚决，他的忍耐，尤其是他的诚意，不能不使她踌躇。从这首诗起我们可以看出她的情绪，像一弯玲珑的新月，渐渐的在灰色的背幕里透露出来。但她还得逼紧一步。这回她声音放大了，她仿佛说，"你再不躲开，将来要有什么懊悔，你可赖不了我！我的话是说完了的。"最初她是万想不到爱会得找着她，她想到的只有死，她第一个念头以为这只是运命的一种嘲讽，她如何再能接近爱。但爱的迫切再不能使她疑惑，那么是真的，她非但不曾走入死道，在她跟前站着的的确是爱。她非但听清了它的声音，她也认清了它的面目。她又一转念这还是白费，她如何能收受它，她与他什么都是悬殊的。但爱只当没有听见她的话，一双手还是对她伸着。她有点儿动了。但她还得把话说明白了。爱如果一定要她，她也未始不知道感激，她可不能让他误会，她不是不回他的爱，她是怕害他，所以在这首诗里她说："——我严肃的捧起我的心来，如同古代的绮雷克拉捧着她那尸灰坛，我一见你眼内的神情，不由的失手倒翻了我的心坛，把所有的灰一起泼在你的跟前。这回我再不能隐瞒了，我的心已经一起倒了出来。你看看这是些什么？这是些死灰，中间隐隐还夹着些血红的火星在灰堆里透着光亮。你这一看出我的寒伧，要是你鄙蔑的一脚踹灭了这些余烬，给它们一个永远的黑暗，那倒也完事一宗，再没有麻烦了。但如其你站着不动，回头风一吹动重新把这堆死灰吹活了过来，那可危险了，亲爱的，这火要是在风前一旺，就难保不会烧着你的发肤，纵然你头上戴着桂冠，怕也不能保护你吧。因此我警告你还是站远些的好，你去你的吧。"

第六首

在这五、六两首的中间，评衡家高士 [35]（Edmund Gosse）很有见地的指出白夫人另有一首绝美的短诗叫作《问与答》的应得放在一起读。那首诗与商籁体第五首（即上一首）表现同一种情调，但这是宛转的清丽的，不同上一诗的激昂嘹亮。意思是说你心目中所要的爱当然是热烈蓬勃一流，你怎么来找着我？你错了罢？你有见过在雪地里发芽开花的玫瑰没有？它不但不能长，就有也叫雪给冻死了。我的身世只是一片的冬景，满地的雪，哪有什么鲜艳的生命？你一定是走错了，到这雪地里来寻花！你看你脚上不是已经踏着了雪，快洒脱吧，回头让你也给冻了。（第一段）我又好比是一处残破的古迹，几垒乱石子，长着些个冷落的青藤，你到这边来又是为什么了？你倒是要寻葡萄苹果呢，还是就为了这些可怜的绿叶？如果你是为了绿叶来的，那么好吧，既然承你情，你就不妨顺手摘三两张带回去做一个纪念也好！

但这时候白夫人心里的雪早就化了。叫白郎宁火热的爱给烫化了！所以在第六首里，她虽则开口还是"躲着我去吧"接着就是她的"软化"的招承。

趁早躲开我吧。但我从今后再不是原先的我，我此后永远在你的阴影下站着。我再不能在我单独的身世的门前呼吸我的思想，也不能在阳光里静定的举起我的手掌，而不感觉到你给我的深邃的影响。我的掌心永远存记着你的抚摩。你的心已经交互在我的心里，我的脉搏里跳荡着你的脉搏。我的思想里有你，行动里有你，梦里也有你。正如在葡萄酒里尝出葡萄的滋味，我的新来的生命里也处处按得出你造成它的原素。每回我为我自己对上帝祈求，他在我的声音里听出你的名字，在我的眼睛里他看出两个人的眼泪。

第七首

自从我听得你灵魂的脚步近我的身畔，仿佛这整个的世界都为我改变了面目。我本来只是在死的边沿上逗留着，自己早晚都在往下掉，谁想到爱来救了我，抱住于我，教给我生命的整体，在一种新的节奏里波动着。

有了你近在我的身边，我的悲苦的已往都取得了意味，多甜的意味，那是上帝为我特定下的灵魂的浸礼。有了你这地面这天都变了样，我还能怨吗？就说我现在弹着的琴，唱着的歌，它们的可爱也就为有你的名字在歌声与琴韵里回响着。

第八首

这一弯眉月似的情绪已经渐渐的开展。在每一个字里跳跃着欢喜与感激，在每一个字里预映着圆满的光明。但她还得踌躇。一层浅色的游云暂时又掩住了亮月的清光。初起"我配吗"那一个动机又浮现了上来。她说：

你待我当然是再好没有的了，我的慷慨大量的恩人。你送我这份礼是最重也没有了。你带了你的无价的纯洁的心来，放在我的破屋子的墙外，听凭我收受或是鄙弃，可是我要是收了你这份厚礼，我又有什么东西来回敬你呢？不受太负了你，受了我又实在说不过去，人家能不骂我冷心肠说我无情义吗？但不是的，我不是冷，也不是狠，说实话，我是穷。上帝知道，不信你问他。日常的涕泪冲淡了我生命的颜色，剩下的就只这奄奄的惨白的躯体。我怎么能不自惭形秽，这是不配用作你的枕头的，实在是不配。你还是去你的吧！我这样的身世只配供人践踏的。

第九首

但是话说回来，我也并不是完全没有东西给你，最使我迟疑的就在这"事情的对不对"。我能给你些什么？什么也没有，除了眼泪，除了悲伤，因为我一辈子是这样过来的。我虽则有时也会笑，但这些笑都是不能长驻的。你劝我，你开导我，也是枉然。我实在的担忧，这是不对的！我不能让你为我这么受罪。你我不是同等人，如何能说到相爱。你待我那么厚，我待你这么寒伧，这如何能说得过去？去吧，可叹，我不能让我的灰土沾污你的袍服，我不能让我的悲苦连累你的爽恺的心胸，我也不能给你什么爱——这事情是不公平的呀！我爱，我就只爱你！再没有什么说的了。

第十首

在这首诗那一道云又扯了过去，更显得亮月的光明。她说：

我不说我是穷得什么东西都不能给你除了我的涕泪与悲伤吗？但是我爱你是真的。我初起只是放心不下这该不该：像我这样人该不该爱你？你我总觉得有些不公平，拿我这寒伧的来交换你那高贵的。但我转念一想这事情也不能执着一边看，也许在上帝的眼里，凭我的血诚，我这份回敬的礼物不至于完全没有它的价值。爱，只要是爱，不沾染什么的纯粹的爱，就不丑，就美，这份礼是值得收受的。你没有看见火吗？不论烧着的是圣庙或是贱麻，火总是明亮的。不论烧着的是松柏或是芜草，光焰是一般的。爱就是火。即如我现在，感着内心的驱使再不能隐匿我灵魂的秘密，朗声的对你供承"我爱你"——听呀，我爱你——我就觉得我是在爱的光焰里站着，形貌都变化了，神明的异彩从我的颜面对向着你的放射。说到爱高卑的分别是没有的；最渺小的生灵们也献爱给上帝，上帝还不一样接受它们的爱并且还爱它们。相信我，爱的灵感是神奇的，我又何尝不明白我自己的本真，但盘旋在我心里的那一团圣火照亮了我的思想，也照亮了我的眉目。这不是爱的伟大的力量可以"升华"造物的工程的一个凭证吗？

（原刊于1928年3月《新月》第一卷第一期）

注释

1. 白朗宁夫人，今通译为勃朗宁夫人（1806—1861），英国女诗人，是诗人罗伯特·勃朗宁的妻子。
2. 翻译为："想知道／人们在最早时候感觉到了什么／为何他不换一种方式思考／还有他很久以前的爱情。"
3. 达文暂，今通译为达·芬奇（1452—1519），意大利文艺复兴时期画家。
4. 密仡郎其罗，今通译为米开朗基罗（1475—1564），全名米开朗基罗，意大利文艺复兴时期雕塑家、画家和诗人。
5. 卢骚，今通译为卢梭（1712—1778），法国伟大的启蒙思想家、哲学家、教育家、文学家，是18世纪法国大革命的思想先驱，启蒙运动最卓越的代表人物之一。主要著作有《论人类不平等的起源和基础》、《社会契约论》、《爱弥儿》、《忏悔录》、《新爱洛漪丝》、《植物学通信》等。
6. 哈哀为，今通译为海涅（1797—1856），德国著名抒情诗人。著有《青春的苦恼》《抒情插曲》、《还乡集》、《北海集》等组诗。

7. 史文庞，今通译为斯温伯恩（1837—1909），英国诗人。

8. 喀莱尔，今通译为卡莱尔（1795—1881）英国散文家和历史学家。

9. 洁痕韦尔许，今通译为简·威尔斯，即卡莱尔的妻子。

10. 哥谛霭，今通译为戈蒂埃（1811—1872），法国浪漫主义诗人、小说家，主要作品有诗集《珐琅与玉雕》，小说《莫班小姐》）等。

11. 马斑小姐，今通译为莫班小姐，即戈蒂埃同名小说的主人公。

12. 衣里查白裴雷德，今通译为伊丽莎白·芭蕾特，即勃朗宁夫人的名字。

13. 谭宜孙，今通译为丁尼生（1809—1892），英国诗人。

14. 穆勒约翰，今通译为约翰·约翰约翰·穆勒（1806—1873），英国心理学家、哲学家和经济学家。

15. 罗剎蒂，今通译为（1828—1882），英国诗人，画家。

16. 阿尔帕斯，今通译为阿尔卑斯。

17. Casa Guidi，即吉第居，是勃朗宁夫人所住之所。

18. 劳勃脱，即勃朗宁夫人的丈夫罗伯特·勃朗宁。

19. "盆"，即英语 Poem 音译，意即诗歌。

20. "巴"，即勃朗宁夫人。

21. 兰道，今通译为兰多（1775—1864），英国诗人和散文家。

22. 罗斯金（1819—1900），英国作家、批评家、社会活动家。

23. The Sonnets from the Portuguese，即《葡萄牙十四行诗集》。

24. Sonnets by E.B.B.，即《E.B.B. 所作的十四行诗》。E.B.B. 是伊丽莎白·芭蕾特·勃朗宁名字缩写。

25. Catarina to Camoens，《卡塔丽娜致卡莫恩斯》

26. 商籁体，是英语 Sonnet 的音译，即十四行诗。

27. 汤麦斯槐哀德爵士，今通译为托马斯·怀亚特爵士（1503—1542），英国诗人、政治家。他把意大利的十四行诗引入英国文学。

28. 阿塞沙孟士，今通译为阿瑟·西蒙斯（1865—1945），英国诗人及评论家。

29. 彼屈阿克，今通译为彼特拉克（1304—1374），意大利诗人，被认为是人文主义之父，并以其十四行诗著称于世。

30. 石垒伯爵，即萨里伯爵享利·霍华德（1517？—1547），其与托马斯·怀亚特爵士将意大利十四行诗引入英国。

31. 史本塞，今通译为斯宾塞（1552—1599），英国诗人。

32. 华茨华士，今通译为华兹华斯（1770—1850），英国诗人。

33. 阿丽思梅纳儿夫人，今通译为艾丽丝·梅内尔夫人（1847—1922），英国诗人、散文作家。

34. 梯奥克立德斯，今通译为忒奥克里托斯约（前310—前250），是古希腊著名诗人、学者、西方田园诗派的创始人。

35. 高士，今通译为高斯（1849—1928），英国作家、文学批评家。

导读

闻一多先生曾译《白郎宁夫人的情诗》,发表于 1928 年 3 月 10 日《新月》第 1 卷第 1 期。本篇即基于此而作,旨趣大抵有两面:首先,即作者自己所言:"为要一来宣传白夫人的情诗,二来引起我们文学界对于新诗体的注意。"其次,是作者藉此表达他心目中理想的婚姻观念和模式。本篇是双重"格律"的绍介,诗歌的格律和婚姻的格律。一样的婉转动人,一样的富于启示。

徐志摩不仅以自身创作实绩丰富、发展了中国新诗,且积极翻译和宣介外国文艺,以期为中国文学廓大视界、融入新机。他精熟外语,阅读广泛,游历各国,喜交文化名人,并乐于向国内引介,其可谓"建立一条直通的桥梁,一头接新中国以及其中发生的灵感,又期望另一头接其他各国的智识界"(《致恩厚之》)。本篇又是一例,除却引来白朗宁夫人的情诗,这"独一的至宝",更意在移植"商籁体"于中国文苑。新诗初萌,虽破除旧体诗的桎梏,却也有零碎散漫之弊,于是新月派提出新诗的格律,以"使新诗趋向精粹和集中,使新诗可能有自己的面貌"(蓝棣之:《新月派诗选·前言》)。"商籁体"的引入及实践,即新诗格律实验的构成之一。在作者看来,"商籁体是西洋诗式中格律最谨严的,最适宜于表现深沉的盘旋的情绪,像是山风、像是海潮,它的是圆浑的有回响的声音"。

徐志摩不仅从白朗宁夫人那里了发现了情诗的格律与灵感,也发现了婚姻的格律与灵感。无爱的婚姻到底苦闷无味,或可说是悲剧,但因爱而生的婚姻也未始没有琴瑟失调的状况,不欢而散者亦不乏见。我们有时的确会见到:一曲爱的婉丽的旋律终响于婚姻,乃至蜕变成烦厌的聒噪和憎恨的恶声。所以很多人习惯于将爱情与婚姻对立起来,一如将理想与现实相对立。赞美爱情者绵绵不绝,而讥嘲婚姻者亦层出不穷,诸如"围城"、"坟墓"之喻,我们并不陌生。现代发生以来,个性得以极大的解放与张扬,自由意志的枷锁被重重捣毁,此亦反应在恋爱观与婚姻观上。诸种"怪癖"、别样的需求或不同寻常的标准均获承认,此属于"自由"、"独立"的体现。"伟大的灵魂"往往"怪癖"尤甚,需求和标准更为独异,所以他们是孤单的。他们趋向常人难以企及的高空,却常常没有地面上的幸福可言。他们的孑然是"伟大的虚无",然而却不是"实现的奇迹"。他们的思想或艺术是可敬的,但其人生不足以垂范世人。

　　"过日子本身就是一个人与人不断发生关系的一个政治过程。"（吴飞：《自杀作为中国问题》）夫妻，应该是两个个性自由的化合。在没有封建纲常的规约下，两个相恋的独立自由的个体能否处理好"家庭政治"，能否成功化合，是现代处境中的人所面临的难题，不啻"一宗冒险"。此即作者撰写此文的另一重主旨。在作者看来，白朗宁夫妇的婚姻是人类社会一个永久的榜样与灵感。他们的婚姻是自由相爱的结果，且又源于"意识的心性的相知"，是两个自由个性的成功化合，"他们彼此感情的交流是不涉丝毫强勉，他们各自的忍耐与节制同样是一宗理性的胜利"。这便为"这部纯粹的感情建筑成一个永久的共同生活的基础。"

　　在人们的心目中，徐志摩是一个浪漫而热烈地追求爱的人，是一个以爱作为生命信仰和人生原则的人。而在本篇中，徐志摩表达了一种理性之思，显露出一种"古典气质"，正如他在文章中说："爱是不能没有的，但不能太热了。情感不能不受理性的相当节制与调剂。浪漫的爱虽则是纯粹的吕律格，但结婚的爱也不一定是宽弛的散文。"他追求爱，但并不否定婚姻；他强调个性，但也并非无视"德性"。人们大概惯于强调志摩的浪漫气质，而疏忽他古典性的一面。他强调性灵，张扬个性，渴望自由，厌恶桎梏，却并非是让自由的意志进入虚无之境，而是在寻找一个新的格律。

　　个性或婚恋，如同诗歌，僵守陈规旧制，则如凝滞死水，趋向腐坏，而散漫失度、无韵无律又到底不美。能否发现或创制生命的新格律，是实现美好生活的关键因素。

　　附：

白朗宁夫人的情诗

闻一多　译

（一）

我想起昔年那位希腊的诗人，

唱着流年的歌儿——可爱的流年，

渴望中的流年，一个个的宛然

都手执着颁送给世人的礼品。

我沈吟着诗人的古调，我不禁
泪眼发花了，于是我渐渐看见
那温柔凄切的流年，酸苦的流年，
我自己的流年，轮流掷着暗影，
掠过我的身边。马上我就哭起来，
我明知道有一个神秘的模样
在背后揪住我的头发往后掇，
正在挣扎的当儿，我听见好像
一个厉声"谁掇着你，猜猜！"
"死。"我说。"不是死，是爱。"他讲。

（二）

可是在上帝的全宇宙里，总共
才有三个人听见了你那句话——
除了讲话的你，听话的我，便是他——
上帝自己！并且我们三人之中，
还有一个答话的……那话来得可凶！
诅得我一阵的昏迷，一阵的眼花，……
我瞎了，看不见你了，……那一刹那
的隔绝，真是比"死"还要严重。
因为上帝一声"不行"比谁都厉害！
尘世的倾轧捣不毁我们的亲暱，
风雷不能屈挠我们，海洋不能更改，
我们的手要伸过峻岭，互相提携，
临了，天空若滚到我们中间来，
我们为星辰起誓，还要更加激励。

（三）

我们原不一样，爱呀，你信不信？
我们的职司和前程都不一样。
我们俩人的天使迎面飞来，翅膀

摩着翅膀，大家瞪着惊愕的眼睛。
你想想啊，你乃是后妃的上宾，
满宫的明眸飞着眼色，请你主掌
歌筵——我这一双眼睛，不用讲，
纵然流着泪，也没有那样鲜明。
那么，你还在干什么那样望着我，
站在那灯光辉映的窗棂里边？
我，一个凄惶流落的歌声，靠着
柏树上，歌声通过了黑暗的亭园……
你头上是圣油——我头上是露颗；
除了死，你我间的差异怎修得圆？

（四）

你曾经奉到圣旨召入了宫庭，
翩翩的歌者，你歌着名贵的诗篇，
嫔妃们为你止舞，要你再唱一遍，
人人都注视着你那殷实的歌唇。
你真要抽起我这门闩？你果真
不嫌它辜负了你的手？你想想看
你能让你那音乐掉在我这门前，
叠作一层层金色的富丽？你忍不忍？
你再往上瞧瞧这窗棂都被闯破，
蝙蝠和夜鹰的窠全在梁上！
我的蟋蟀，应和着你琵琶的高歌，
住声，别再激起回音来证实荒凉！
我心里有悲哭声，正如你在浩歌，
可怜我只是在孤独中悲伤。

（五）

我严肃的捧起了我的心来，
像当年绮雷克拉捧着那尸灰坛，

猛然看着你，把灰洒在你身畔。
谁看呀，我这心里藏着的悲哀，——
偌大的一堆悲哀！你在看呀，爱，
再看火星在灰堆里奋奋的烁闪。
假如你肯踩它几脚，踩熄了火焰，
倒也罢了。可惜你不肯那般爽快，
偏要等在我身边，等一阵狂风
把死灰又吹活……我真为你担忧，
爱呀，那头上的桂冠原不中用，
它不能给你做什么的保障。回头
死灰又烧着了，小心火焰一迸
烧焦了头发。快走远些呀！走。

（六）

走远些。可是我心里觉着，从今
我永远要在你的身影里纠缠。
从今我徘徊在我的生命的门前，
再不能一人私自的驱使我的灵魂
也不能再把这手往日光里伸，
像从前那样，觉不到你的指尖
碰上我的掌心。劫运教万重云山
阻隔了我们，却不知道你的心
还躲在我心里跳成双响的脉息。
酒浆总尝得出葡萄的滋味，
我的起居和梦寂里也少不了你。
我为自身祈祷着上帝上午慈悲，
他听见的姓名那个却是你的，
他在我眼眶里看出俩人的眼泪。

（七）

我想全世界的面目已经改变，

自从我听见你那灵魂的步履
经过我的身边，悄悄的走去，
通过了我和幽冥的边寨之间，
我跌进那幽冥的绝壑，心里盘算，
定是没救了，谁知道却是过滤，……
爱把我一手捞起，还教了我一曲
生命的新歌。上帝赐我一盏辛酸，
本是给我施洗的，我情愿喝一口，
赞扬它的芬芳，因为你在我身旁。
你足迹所到，无论生前或死后，
诸天和百国的名号都要更张，
这一阕歌，一支笛，恩情这样厚，
也只为你的名字在那里铿锵。

（八）

你那样的慷慨，又那样的豪华，
你把你灵府的宝藏全带了来，
尽量的给带了来，堆在我墙外，
任凭我拾起来也罢，丢掉也罢。
但是我有什么能送你呢？你说
我冷淡？责我寡恩？——你那样慷慨，
我却没有一些酬答？你别见怪，
我并不是寡恩——天知道，你问他——
我实在是穷得很。缤纷的泪雨，
洗毁了我生命中的颜色，并且
留下的这东西，又灰白，又枯瘪，
实在不该送来给你，我不敢渎亵，
不敢送来做你的枕头。走远些，去！
这东西只配给人们踩一个瘪！

（九）

我应不应有什么，就送什么给你？
应不应让你坐下，靠着我的胸怀，
让我那样的咸泪洒上你的脸腮，
还让你听流年又在我唇边太息？
并且那嘴唇为了忙着歔叹，所以
听凭你怎样的给我赌誓，爱，
那奄奄垂毙的微笑总救不回来。
我只怕，爱，那样待你，是不应当的！
我们不同流亚，怎好配作情耦？
我承认，我也抱歉，我这样的施主
未免太寒伧。嗳呀！我不能够，不能够
叫我的尘土污秽了你的章服，
不能吹出毒气，炸了你那玻璃瓯，
我不给什么；我只爱你，便足了数。

（十）

不过只要是爱，是爱，就够你赞美，
值得你容受。你知道，爱便是火，
火总是光明的，不问是焚着楼阁，
还是荆棒；你烧着松柏，烧着芦苇，
火焰里总跳得出同样的光辉。
所以每回灵府的要求吩咐我说：
"我爱你，我爱你，"便在那顷刻，
我就会爱变成不坏的金身，并且会
觉得我脸上的灵光射到你脸上。
讲到爱，本说不上什么寒伧来；
最渺末的生灵献爱给上帝，你想，
上帝受了他的爱，还赐给他爱。
我心灵的光，闪过我丑陋的皮囊，
爱的意匠便改缮了造物的心裁。

一个行乞的诗人

1.Collected Poems of William H.Davies

2.The Autobiography of a Super Tramp

3.Later Days

4.A Poet's Pilgrimage[1]

一

萧伯讷[2]先生在一九〇五年收到从邮局寄来的一本诗集，封面上印着作者的名字，他的住址，和两先令六的价格。附来作者的一纸短简，说他如愿留那本书，请寄他两先令六，否则请他退回原书。在那些日子萧先生那里常有书坊和未成名的作者寄给他请求批评的书本，所以他接到这类东西是不以为奇的。这一次他却发见了一些新鲜，第一那本书分明是作者自己印行的，第二他那住址是伦敦西南隅一所硕果仅存的"佃屋"，第三附来的短简的笔致是异常的秀逸而且他那办法也是别致。但更使萧先生奇怪的是他一着眼就在这集子小诗里发见了一个真纯的诗人，他那思想的清新正如他音调的轻灵。萧先生决意帮助这位无名的英雄。他做的第一件好事是又向他多买了八本，这在经济上使那位诗人立时感到稀有的舒畅，第二是他又替他介绍给当时的几个批评家。果然在短时期内各种日报和期刊上都注意到了这位流浪的诗人，他的一生的概况也披露了，他的肖影也登出了——他的地位顿时由破旧的佃屋转移到英国文坛的中心！他的名字是惠廉苔微士，他的伙伴叫他惠儿苔微士（Will Davies）。

二

苔微士沿门托卖的那本诗集确是他自己出钱印的。他的钱也不是容易来的。十九镑钱印得二百五十册书。这笔印书费是做押款借来的。苔微士先生不是没有产业的人，他的进款是每星期十个先令（合华银五元），他自从成了残废以来就靠此生活。他的计划是在十先令的收入内规定六先令的生活费，另提两先令存储备作印书费，余多的两先令是专为周济他的穷朋友的。他的住宿费是每星期三先令六（在更俭的时候是二先令四，在最俭的时候是不花一个大子儿，因为他在夏季暖和时就老实借光上帝的地面，在凉爽的树林里或是宽大的屋檐下寄托他的诗身！）但要从每星期两先令积成二三十镑的巨款当然不是易事，所以苔微士先生在最后一次的发狠决意牺牲他整半年的进款积成一个整数，自己跷了一条木腿，带了一本约书，不怎样乐观却也不绝望的投向荡荡的"王道"去。这是他一生最后一次，也是最辛苦的一次流浪，他自己说：

再下去是一回奇怪的经验，无可名称的一种经验，因为我居然还能过活，虽则既没有勇气讨饭，又不甘心做小贩。有时我急得真想做贼；但是我没有得到可偷的机会，我依然平安的走着我的路。在我最感疲乏和饿慌的时候——我的实在的状况益发的黑暗，对于将来的想望益发的光鲜，正如明星的照亮衬出黑夜的深荫。

我是单身赶路的，虽则别的流氓们好意的约我做他们的旅伴，我愿意孤单因为我不许生人的声音来扰我的清梦。有好多人以为我是疯子，因为他们问起我当天所经过的市镇与乡村我都不能回答。他们问我那村子里的"穷人院"是怎样的情形，我却一点也不知道，因为我没有进去过。他们要知道最好的寓处，这我又是茫然的，因为我是寄宿在露天的。他们问我这天我是从哪一边来的，这我一时也答不上；他们再问我到那里去，这我又是不知道的。这次经验最奇怪的一点是我虽则从不看人家一眼，或是开一声口问他们乞讨，我还是一样的受到他们的帮助。每回我要一口冷水。给我的却不是茶就是奶，吃的东西也总是跟着到手。我不由的把这一部生活认作短期的牺牲，消磨去一些无价值的时间为要换得后来千万个更舒服的；我祝颂每一个清朝，它开始一个新的日子，我也拜祷每一个安息日晚上，因为它结束了又一个星期。

　　这不使我们想起旧时朝山的僧人，他们那皈依的虔心使他们完全遗忘体肤的舒适？苔微士先生发见流浪生活最难堪的时候是在无荫蔽的旷野里遇雨，上帝保佑他们，因为流浪人的行装是没有替换的。有一天他在台风的乡间捡了一些麦柴，起造了一所精致的，风侵不进，露淋不着的临时公馆，自幸可以暖暖的过一夜，却不料——

　　天下雨了。在半小时内大块的雨打漏了屋顶，不到一小时这些雨点已经变成了洪流。又只能耐心耽着，在这大黑夜如何能寻到更安全的荫蔽。这雨直下了十个钟头。我简直连皮张都浸透了，比没身在水里干不了多少——不是平常我们叫几阵急雨给淋潮了的时候说的"浸透了皮"。我一点也不沮丧，把这事情只看作我应分经受的苦难的一件。到了第二天早上我在露天选了一个行人走不到的地点，躺了下来，一边安息，一边让又热又强的阳光收干我的潮湿。有两三次我这样的遭难，但在事后我完全不觉得什么难受。

　　头三个月是这样过的，白天在路上跑，晚上在露天寄宿，但不幸暖和的夏季是有尽期的，从十月到年底这三个月是不能没有荫蔽的。一席地也得要钱，即使是几枚铜子，苔微士先生再不能这样清高的流浪他的时日。但高傲他还是的，本来一个残废的人，求人家帮助是无须开口的，他只要在通衢上坐着，伸着一只手，钱就会来。再不然你就站在巡警先生不常到的街上唱几节圣诗，滚圆的铜子就会从住家的窗口蝴蝶似的向着你扑来。但我们的诗人不能这样折辱他的身份，他宁可忍冻，宁可挨饿，不能拉下了脸子来当职业的叫化。虽则在他最窘的日子，他也只能手拿着几副鞋带上街去碰他的机会，但他没有一个时候肯容自己应用乞丐们无耻的惯伎。这样的日子他挨过了两个月，大都在伦敦的近效，最后为要整理他的诗稿他又回到他的故居，亏了旧时一个难友借给他一镑钱，至少寄宿的费用有了着落。他的诗集是三月初印得的，但第一批三十本请求介绍的送本只带回了两处小报上冷淡的案语。日子飞快的过去，同时他借来的一点钱又快完了，这一失望他几乎把辛苦印来的本子一起给毁了！最后他发明了寄书求售的法子，拼着十本里卖出一两本就可以免得几天的冻饿，这才蒙着了萧先生的同情，在简短的时日内结束了他的流浪的生涯。

三

但这还只是苔微士先生多曲折的生活史里最后的一个顿挫，最逼近飞升的一个盘旋。在他从家乡初到伦敦的时候，他虽则身体是残废，他对于自己文学的前途不是没有希望。他第一次寄稿给书铺，满想编辑先生无意中发见了天才竟许第二天早上就会赶来求见他，或是至少，爽快的接受他的稿件，回信问他要预支多少版税。他的初作是一篇诗剧，题目叫《强盗》。邮差带回来的还是他的原稿，除了标题，竟许一行都不曾邀览！他试了又试，结果还是一样，只是白花了邮资，污损了稿本。他不久就发见了缘故。他的寓址是乞丐收容所的变相，他的题目又不幸是《强盗》，难怪深于世故的书店主人没有敢结交他做朋友！但是他还是尝试。他又脱稿子一首长诗，在这诗里他荟集了山林的走兽，空中的飞禽，甚至海底的鱼虾，在一处青林里共同咒骂人类的残忍，商量要秘密革命，趁黑夜到邻近的一个村庄里去谋害睡梦中的居民！这回他聪明了另换了不露形迹的地址，同时寄出了两个副本，打算至少一处总有希望。一星期过去没有消息，我们的作者急了，不为别的，怕是两处同时要定了他的非常的作品。再等了几天一份稿件回来了，不用，那一份跟着也回来了，一样的不用。苔微士先生想这一定是长诗不容易销，短诗一定有希望，他一坐下来又产生了几百首的短诗，但结果还是一样的为难，承印是有人了，但印费得作者自己担负。一个靠铜子过活的如何能拿得出几十个金镑？但为什么不试试知名的慈善家？他试了。当然是无结果。他又有了主意，何妨先印两千份一两页的"样诗"，买三个便士一份，自己上街兜卖去，卖完了不就是六千个便士，合五百个先令，整整二十五个金镑，恰巧印书的费用！但这也得印费，要三十五先令，他本有一些积蓄，再熬了几星期的饿，这一笔款子果然给凑成了。二千份样诗印了来，明天起一个大早，满心的高兴和希望，苔微士先生抱了一大卷上街零售去了。他见了人就拉生意，反复的说明他想印书的苦衷，请求三便士的帮助。他走了三十家，说干了嘴，没有人明白他是什么意思，也没有人理会他，一本也卖不掉！难得有一半个人想做好事，但三便士换一张纸，似乎太不值得了。诗，什么是诗？诗是干什么的？你再会说话他们还是不明白。最后他问到了一所较大的屋子，一个女佣出来应门。他照例说明他的来意，那位姑娘瞪大了眼望着他。"玛丽，谁在那里？"女主人在楼梯上面问。她回说有人来买字纸的。"给他这个铜子，叫他去吧，"一个铜子从楼梯上滚了下来。苔微士先生到手了一个铜子，但他还是央着玛丽拿这张纸给她主人看。竟许她是有眼光的，竟许她赏识我，竟许她愿意出钱替我印书，谁知道！但是楼梯上的声音更来得响亮而且凶狠了："玛丽，不许拿他什么东西，你听见了没有？"在几秒钟内苔微士先站在已经关紧的门外，掌心里托着一个孤独的便士！得，饿了肚子跑酸了腿说干了嘴才到手了一个铜子，这该几十年才募得成二十五个金镑？何况回去时实在跑不动了还得花三便士坐电车！苔微士先生一发狠把二千份的样诗一口气给毁了，一页也没有存。

四

为了这一次试验的损失，苔微士先生为格外节省起见，迁居到一个救世军[3]的收容机关。他还是不死心，还是想印行他的诗集。这回的灵感是打算请得一张小贩的执照，下乡做买卖去。这样生活有了着落，原来每星期的进款不是可以从容积聚起来了吗？况且贩卖鞋带、针簪、钮扣还难说有可观的盈余。这样要不了半年工夫就可以有办法。苔微士先生的眼前着实放了一些光亮。但要实行这计划也不是没有事前的困难。第一他身上这条假腿，花他十几镑钱安上的，经了两三年的服务早已快裂了，他哪有钱去另买一条腿？好容易他探得了一处公立的机关，可以去白要一只"锥脚"。但这也有手续。你得有十五封会员的荐信。苔微士先生这回又忙着买邮花发信了。在六星期内他先后发了一百多封信（这是说花了他一百多分邮花外加信纸费），但一半因为正当夏天出门的人多他得到的回信还是不够数。在这个时候一个慈善机关忽然派人来知照他说有人愿意帮他的忙，他当然如同奉到圣旨似的赶了去，但结果，经过了无数的手续，无数的废话，受了无数的闷气，苔微士先生还是苔微士先生！不消说那慈善机关的贵执事们报告给那位有心做好事的施主，说他是一个不值得帮助的无赖！如此过了好些时日才凑齐了必需的荐信，锥脚是到手了，但麻烦还是没有完。因为先前荐信只嫌不够，现在来得又太多了，出门人回了家都有了回信，苔微士先生又忙着退信道谢，又白花了他不少的邮花！

锥脚上了身，又进齐了货，针、骨簪、鞋带、钮扣，我们的诗人又开始了一种新生活。但他初下乡的时候因为口袋里还剩几个先令，他就不急急于做生意，倒是从容的玩赏初夏的风景：

> 第一晚到了圣亚尔明斯。我在镇上走了一转，就在野地里拿我那货包当枕头仰天躺下了。那晚的天上仿佛多出了不少星，拥护着庆祝着一美丽的亮月的成年。肢体虽则是倦了的，但为贪着这夜景又过了三两小时才睡。我想在这夏季里只要有足够的钱在经过的乡村里买东西吃，这还不是一种光荣的生活？如此三四天我懒散着走着路，站在沟渠上面看那水从黑暗冲决到光明；听野鸟的歌唱；或是眺望远处够高的一个尖顶，别的不见，指点着在千树林中隐伏着的一个僻静的乡村。

但等得他花完了带着的钱，打开货包来正想起手做生意，苔微士先生发见那包货，因为每晚用做枕头，不但受饱了潮湿，并且针头也钻破了包衣发了锈，鞋带有皱有疲的，全失了样，都是不能卖的了！他只能听天由命。他正快饿瘪的时候在路边遇见了一个穷途的同志，他，一个身高血旺的健全汉子，问得了他的窘况，安慰他说只要跟他一路走不愁没有饭吃。这位先生是有本事的。喝饱了啤酒，啃饱了面包，先到了一条长街的尾梢，他立定了脚步，对苔微士先生说："看着，我就在这儿工作了。你只要跟在我后背捡地上的钱，钱自会来的。""你只管捡铜子好了，只要小心不要给铜子捡了去！"他意思是只要小心巡警。这是他的法术：偻了背，摇着腿，嘎着嗓子，张着大口唱。唱完了果然街两边的人家都掷铜子给他们，但那位先生刚住口就伸直了身子向后跑，诗人也只得跟了跑，——果然那转角上晃过了一位高大的"铜子"来！

在这一路上苔微士先生学得了不少的职业的秘密，但他流浪到了终期重返回到伦敦的时候，他出发时的计划还是没有实现，三个月产息的积蓄只够他短时期的安息，出书的梦想依旧是在虚无缥缈间。穷困的黑影还是紧紧的罩住他，凭他试哪一个方向，他的道是没有一条通达的。但在这穷困的道上，他虽则捡不到黄金，他却发见了不少人道的智慧，那不是黄金所能买，也不是仅有黄金的人们所能希冀。这里是他的观察：

　　家当全带在身上的人的最大的对头，是雨。日光有的时候他也不怎样在意，但在太阳西沉后他要是叫雨给带住了，他是应受哀怜的。他不是害怕受了潮湿在身体上发生什么病痛，如同他的有福分的同胞，但是他不喜欢那寒颤的味道，又是没有地方去取暖。这种尴尬的感觉逢空肚子更是加倍的难受。本来他御寒的唯一保卫就只是一个饱肚，只要肠胃不空他也不怎样介意风雨在他体肤上的侵袭。海上人看天边有否黑点，天文家看天上有否新光，这无家的苦人比他们更急急于看天上有否雨兆。为躲避未来的泛滥他托蔽于公共图书馆，那是唯一现成公开的去处；在这里空坐着呆对着一页书，一个字也没有念着，本来他那有心想来念。如其他一时占不到一空座，他就站在一张报纸的跟前施展那几乎不可能的站直了睡着的本领，因为只有如此才可以骗过馆里的人员以及别的体面人们，他们正等着想看那一张报纸。要能学到这一手先得经过多次不成功的尝试，呼吸疏了神，脑袋晃摇，或是身体向着报柜磕碰，都是可能的破绽；但等得工夫一到家，他就会站直在那里睡着，外表都明明是专心在看一段最有趣味的新闻。……往往他们没有得衣服换，因此时常可以见到两个人同时靠近在一个火的跟前，一个人烤着他的湿袜子。还有那个烤着他那僵干的面包……就在这下雨天我们看到只有在极穷的人们中间看得到的细小的恩情；一个自己只有一些的帮助那赤无所有的同胞。一个人在市街上攒到了十八个铜子回去，付了四个子的床费，买过了吃，不仅替另一个人付床钱，他还得另请一个人来分吃他的东西，结果把余下的一个铜子又照顾了一个人。一个人上天生意做得不错，就慷慨的这里给那里给直到他自己不留一个大子儿。这样下来虽则你在早上只见些呆钝与着急的脸，但到中午你可以看到大半数的寓客已经忙着弄东西吃，他们的床位也已经有了着落。种种的烦恼告了结束，他们有的吹，有的哼，也行彼此打趣常开着口笑的。

这些细小的恩情是人道的连锁，它们使得一个人在极颓丧时感到安慰，在完全黑暗的中心不感到怕惧。但我们的诗人还是扪索不着他成名的运道。如其他在早上发见一丝的希望，要不了天黑他就知道这无非又是一个不可充饥的画饼。他打听着了一个成名的文学家，比方说，他那奖掖后进的热心是有多人称道的，他当然不放过这机会，恭敬的备了信，把文稿送了去请求一看，但他得到唯一的回音是那位先生其实是太忙，没有余闲拜读他的大作，结果还是原封退回！这类泡影似的希冀连着来刻薄一个时运未济的天才。但苔微士先生是不知道绝望的。他依旧耐心的，不怨尤的守候着他的日子。

五

上面说的是他想在文学界里占一席地的经过的一个概况，现在我们还得要知道苔微士先生怎样从健全变成残废，他回到英国以前的生活。因为要不为那次的意外他或许到如今都还不肯放弃他那逍遥的流浪生涯，依旧在密西西比或是落矶山的一带的地域款留他的踪迹。非到了这一边走到了尽头，他才回头来尝试那一边的门径。他不是一个走半路的人。

他是生长在英国威尔斯的，他的母亲在他父亲死后就另嫁了人，他和他的两个弟妹都是他祖父母看养大的。他的家庭，除了他的祖父母，一个妹子，一个痴呆的弟弟，还有"一个女佣人、一狗、一猫、一鹦鹉、一斑鸠、一芙蓉雀"。他从小就是大力士，他的亲属十分期望他训练成一个职业的"打手"。所以每回他从学校里回来带着"一个出血的鼻子或是一只乌青的眼睛"，他一家子就显出极大的高兴，起劲的指点他下回怎样报复他敌手的秘诀。在打架以外他又在学校里学到了一种非凡的本领——他和他的几个同学结合了一个有组织有计划的"扒儿手团"。他们专扒各式的店铺，最注意的当然是糖果铺。这勾当他们极顺利的实行了半年，但等得我们的小诗人和他的党羽叫巡警先生一把抓住颈根的日子，他挨了十二下重实的肉刑，他的祖父损失了十来镑的罚金。在他将近成年的时候他的二老先后死了，遗剩给他的有每星期十先令息金的产业。他已然做过厂工，学习过装制画框，但他不羁的天性再不容他局促在乡里间，新大陆，那黄金铺地的亚美利加，是他那时决定去施展身手的去处。到了美国，第一个朋友他交着的，是一个流浪的专家，从加拿大的北省到墨西哥的南部，从赫贞河流域到太平洋沿海，都是他遨游无碍的版图。第一个本领他学到的，是怎样白坐火车：最舒服是有空车坐，货车或牲口车也将就，最冒险是坐轨头前面的挡梗，车底有并行的铁条，在急的时候也可以蜷着坐，但最优游是坐车的顶篷，这不但危险比较的少，而且管车人很少敢上来干涉他们。跳车也不是容易，但为要逃命三十哩的速度有时都得拚着跳。过夜是不成问题的，美国多的是菁密的森林，在这里面生起一个火还不是天生的旅舍？有时在道上发见空屋子，他们就爬窗进去占领（他们不止一次占到的是出名的鬼屋！）。

　　"做了三年叫化子，连皇帝都不要做了。"但如其我们的乞儿要过三年才能认清此中的滋味，苔微士先生一到美国就很聪明的选定了这绝对无职业的职业。在那时的美国饿死是几乎不可能的事，因为谁家没有富余的面包与牛乳，谁人不乐意帮助流浪的穷人？只要你开口，你就有饭吃，就有衣穿。不比在英国，为要一碗热汤吃，你先得鹄立多少时候才拿得到一张汤券，还得鹄立多少时候才能拿那券换得一碗汤。那些汤是"用不着调匙的，吃过了也没有剔牙的愉快；就是这清清的一汪，没有一颗青豆、一瓣葱、或是一粒萝卜的影子；什么都没有，除了苍蝇"。他们叫化可纪录的一次是在鲍尔铁穆，那边的居民是心好的多，正如那边的女人是美的多。只要你"站定在大街上饱餐过往的秀色，你就相信上帝是从不曾亏待你的"。他们是三个人合作的，我们的诗人当然经验最浅。他的职司是拿着一个口袋在街角上等候运道，他的两个同志分头向街两边的人家"工作"去。他们不但是有求必应，而且连着吃了三家的晚饭；在不到一个钟头，不但苔微士先生提着的口袋已经装得泼满，就连他们身上特别博大的衣袋也都不留一些余地。这次讨饭的经验，我们的诗人说，是"不容易忘记的"。因为他们回得家清理盈余的时候，他们又惊又喜的发见不仅他们想要的东西应有尽有，而且给下来的没有一个纸包是仅仅放着面包与牛油。"煎熟的蛤蜊、火鸡、童子鸡、牛排、羊腿、火肉与香肠；爱尔兰白薯、甜山薯与香芋艿；黑面包、白面包；油煎薄饼，各种的果糕，各式花样的蛋糕；香蕉、苹果、葡萄与橙子；外加一大堆的干果与一整袋的糖果"——这是他们讨得的六十几包的内容简单的清单。只有三家没有给的，但另有两家吩咐他们再去。

　　到了夏天他们当然去"长岛"的海滨去消夏。太阳光，凉风，柔软而和暖的海水，是不要钱也不须他们的募化。他们不是在软浪里拍浮，就在青荫下倦卧，要不然就踞坐在磐石上看潮。但如其他们的消夏计划是可羡慕，他们的消寒办法更显得独出心裁。美国北省的冬天是奇冷的，在小镇上又没有像在英国乡里似的现成的贫人院可以栖息或是小客寓里出四五个铜子可以买一席地。但如其这里没有别的公开寓所，这里的牢狱是现成的。在牢中的犯人不但有好饭吃而且有火可以取暖，并且除非你犯的是谋杀等罪，你有的是行动的自由，在"公共室"里你可以唱歌，可以谈天，可以打哈哈，可以打纸牌。苔微士先生的同志们都知道这些机关，他们只要想法子进牢狱去，这一冬天就不必担心衣食住的问题了。但监牢怎么进法？当然你得犯罪。但犯罪也有步骤，你得事前有接洽。你到了一个车站，你先得找到那地方的法警，他只要一见就明白你的来意，他是永远欢迎你的。你可以跟他讲价，先问他要一饼的板烟，再要几毛钱的酒资。你对他说你要多少日子，一个月或是两个月，这就算定规了。回头你只要到他那指定的酒店去喝酒玩儿，到了将近更深的时候乘着酒兴上街去唱几声或是什么，声音自然要放高一些，法警先生就会从黑暗里走过来，一把带住了你，就说"喂，伙计，怎么了？在夜深时闹街是扰乱平安，犯警章第几百几十条，你现在是犯人了。"到了法官那里，你见那法警先生在他的耳边嘱咐了几句话，他就正颜的通知你说你确然是犯了罪，他现在判决你处七元或十五元的罚金，罚不出的话，就得到监牢里去住一个月或两个月（如你事前和法警先生商定的）。从这晚上起你什么都有了，等到满期出来你还觉得要休养的话，你只须再跑几里路到另一个市镇里再"犯一次罪"。你犯了罪不但自己舒服，就连看守监狱的，法警先生，乃至堂上的法官，都一致感谢你的好意；因为看监牢的多一个犯人就多开一支报销，法警先生捉到一名犯人照例有一元钱的奖金，法官先生判决一件犯罪也照例另得两元钱的报酬。谁都是便宜的，除了出租税的市民们，所有的公众机关都是他们维持的。但这类腐败而有幽默的情形，虽则在那时是极普通，运命是当然不久长的。

但苔微士先生有时也中止他的泊浮的生涯，有机会时也常常歇下来做几天或是几星期短期的工。乡里收获的时候，果子成熟的时候，或是某处有巨大的建筑工程的时候，我们的诗人就跟着其他流氓的同志投身工作去。工作满了期，口袋里盛满了钱，他们就去喝酒，非得喝癟了才完事。他最后一次的职业是"牲口人"，从美国护送牛羊到英国去。他在大西洋上往还不止一次，在这里他学得了不少航海的经验与牲畜受虐待的惨象，这些在他的诗里都留有不磨的印象。

在这五年内，危险是常有的，困难经过不少，但他的精神是永远活泼而愉快的。在贼徒与流丐们的中间他虚心的承受他的教育。在光明的田野间，在馥郁的森林中，在多风的河岸上，在纷挐的酒屋里，他的诗魂不踌躇的吸收它的健康的营养。他偶尔唯一的抱憾是他的生活太丰满，他的诗思太显屯积，但他没有余闲坐定下来从容的抒写。他最苦恼的一次是他在奥林斯得了一次热病。

我不知道为什么我不上火车，却反而向着乡里走去，这使我十分的后悔。因为我没有力气走了，路旁有一大块的草沼，我就爬进去，在那里整整躺了二天三夜，再也支持不起来走路。这一带常见饿慌的野豕，有时离我近极了，但它们见我身体转动就呶吼着跑了开去。有几十只饿鹰栖息在我头顶的树枝上，我也知道这草地里多的是毒蛇。我口渴得苦极了，就喝那草沼的小潭里的死水，那是微菌的渊薮，它的颜色是天上的彩虹，这样的水往往一口就可以毒死人的。我发冷的时候，我爬到火热的阳光里去，躺着寒战；冷过了热上了身。我又蜒回到树荫下去。四天工夫一口没得吃，到这里以前的几天也没有吃多少。我望得见火车在轨道上来去，但我没有力气喊。很多车放回声，我知道它们在离我不到一哩路停下来装水或是上煤。明知在这恶毒的草沼里耽下去一定是死，我就想尽了法子爬到那路轨上，到了邻近一个车站，那里车子停的多。距离不满一哩路，但我费了两个多钟头才到。

他自以为是必死了，但他在医院里遇到一个同乡的大夫用心把他治好了。这样他在他理想中黄金铺地的新世界飘泊了五年，他来时身上带着十多镑钱，五年后回家时居然还掏得出三先令零几个便士。但他还不死心于他的黄金梦，他第二次又渡过大西洋，这回到加拿大去试他的运道。正好，他的命运在那里等候着他。他到了加拿大当然照例还是白坐火车，但这一次他的车价可付大了！他跳车跳失了腿，车走得太快，他踹了一个空，手还拉住车，给拖了一程，到地时他知道不对了，他的右脚给拉断了。经过了两次手术，锯了一条腿，在死的边沿停逗了好多天，苔微士先生虽则没有死，却从此变成了残废。他这才回还英国，放弃了他的黄金梦，开始他那（如上文叙述的）寻求文学机缘的努力。

六

　　这是苔微士先生从穷到通的一个概状。他的自传（The Autobiography of a Super Tramp）⁴不是一本忏悔录，因为他没有什么忏悔的。他是一个急性的人，所以想到怎么做就怎么做，谨慎的美德不是他的。在现代生活一致平凡而又枯索的日子念苔微士先生自传的一路书，我们感觉到不少"替代的"快乐，但单是为那个我们正不少千百本离奇的侦探案与耸动的探险谈。分别是在苔微士先生的不仅是身亲的经验，而且他写的虽则是非常的事实，他的写法却只是通体的简净，没有铺张，没有雕琢，完全没有矜夸的存心。最令我们发生感动的尤其是这一点：他写的虽多是下流的生活，黑暗、肮脏、苦恼的世界，乞儿与贼徒的世界，我们却只觉得作者态度的尊严与精神的健全。他的困穷与流离是自求的，我们只见他到处发见"人道的乳酪"，融融的在苦恼的人间交流着。任凭他走到了绝望的边沿，在逼近真的（不是想象的）饿死与病死的俄顷，他的心胸只是坦然。他不怨人，亦不自艾，他从不咒诅他所处的社会，不嫉忌别人的福利，不自夸他独具的天才，不自伤他遭遇的屯遭，不怨恨他命运的不仁，——他是一个安命的君子。他跌断了一只腿，永远成了残废，但他还只是随手的写来，萧伯讷先生说他写他自己的意外正如一只龙虾失了一根须或是一只蜥蜴落了他的尾过了阵子就会重长似的。不，他再不浪费笔墨来描写他自己的痛苦，在他住院时他最注意最萦念的是那边本地人对待一个不幸的流浪人的异常的恩情。

　　有了苔微士先生那样的心胸，才有苔微士先生那样的诗。他的诗是——但我们得等另一个机会来谈他的诗了。

四月。
（原刊于1928年5月《新月》第一卷第三期）

注释

1.四行英文均为书名，分别译为：1.《威廉·H·戴维斯诗集》；2.《一个超级流浪者的自传》；3.《晚近的生活》；4.《一个诗人的漫游》。这四本书的作者是威廉·亨利·戴维斯（1871—1940），英国诗人和作家，即本文中的"苔微士"。

2. 萧伯讷，今通译为萧伯纳（1856—1950），英国剧作家。

3. 救世军，是一个于 1865 年成立，以军队形式作为其架构和行政方针，并以基督教作
　　为信仰基本的国际性宗教及慈善公益组织，以街头布道和慈善活动、社会服务著称。

4. 即《一个超级流浪者的自传》。

导读

　　本文有别于同类文章的浓墨重彩，亦无作者一贯的诗化特征，语言相
对素朴，修辞也颇为简省，极少排比造势和譬喻联想。但并非没有匠心和
技巧，如开篇人物的引出方式，再如事件次序的安排等。本文主旨在文章
第六节由作者本人集中揭示出来，兹不赘述。

　　作者引介这位行乞的诗人给读者，依旧与他的关切有关：首先，作为"感
情的信仰者"，徐志摩始终在殷挚呼唤着"真的感情"，那"人道的乳酪"；
其次，作者希望青年人不要为苦闷、悲观、厌世的情绪所缚，而具有苔微
士那坦然的心胸与活泼的精神；再次，文中彰显出行乞诗人苔微士的强韧
的生命和健全的精神，可以视作作者对中国知识分子的反思。他在以后的
演讲中曾指出，知识分子由于"极端城市化、腐化、奢侈化、惰化"而导
致丧失活力、生命不健全。他认为："我们要的是从丰满的生命与强健的活
力里流露出来纯正的健全的思想，那才是有力量的思想。"

"就使打破了头，也还要保持我灵魂的自由"

照群众行为看起来，中国人是最残忍的民族。

照个人行为看起来，中国人大多数是最无耻的个人。慈悲的真义是感觉人类应感觉的感觉，和有胆量来表现内动的同情。中国人只会在杀人场上听小热昏[1]，决不会在法庭上贺喜判决无罪的刑犯；只想把洁白的人齐拉入混浊的水里，不会原谅拿人格的头颅去撞开地狱门的牺牲精神。只是"幸灾乐祸"、"投井下石"，不会冒一点子险去分肩他人为正义而奋斗的负担。

从前在历史上，我们似乎听见过有什么义呀侠呀，什么当仁不让，见义勇为的榜样呀，气节呀，廉洁呀，等等。如今呢，只听见神圣的职业者接受蜜甜的"冰炭敬"[2]，磕拜寿祝福的响头，到处只见拍卖人格"贱卖灵魂"的招贴。这是革命最彰明的成绩，这是华族民国最动人的广告！

"无理想的民族必亡"，是一句不刊的真言。我们目前的社会政治走的只是卑污苟且的路，最不能容许的是理想，因为理想好比一面大镜子，若然摆在面前，一定照出魑魅魍魉的丑迹。莎士比亚的丑鬼卡立朋[3]（Caliban）有时在海水里照出自己的尊容，总是老羞成怒的。

所以每次有理想主义的行为或人格出现，这卑污苟且的社会一定不能容忍；不是拳打脚踢，也总是冷嘲热讽，总要把那三闾大夫[4]硬推入汨罗江底，他们方才放心。

我们从前是儒教国，所以从前理想人格的标准是智仁勇。现在不知道变成了什么国了，但目前最普通人格的通性，明明是愚暗残忍懦怯，正得一个反面。但是真理正义是永生不灭的圣火；也许有时遭被蒙盖掩翳罢了。大多数的人一天二十四点钟的时间内，何尝没有一刹那清明之气的回复？但是谁有胆量来想他自己的想，感觉他内动的感觉，表现他正义的冲动呢？

蔡元培[5]所以是个南边人说的"戆大"[6]，愚不可及的一个书呆子，卑污苟且社会里的一个最不合时宜的理想者。所以他的话是没有人能懂的；他的行为是极少数人——如真有——敢表同情的；他的主张，他的理想，尤其是一盆飞旺的炭火，大家怕炙手，如何敢去抓呢？

"小人知进而不知退，"

"不忍为同流合污之苟安，"

"不合作主义，"

"为保持人格起见……"

"生平仅知是非公道，从不以人为单位。"

这些话有多少人能懂，有多少人敢懂？

这样的一个理想者，非失败不可；因为理想者总是失败的。若然理想胜利，那就是卑污苟且的社会政治失败——那是一个过于奢侈的希望了。

有知识有胆量能感觉的男女同志，应该认明此番风潮是个道德问题；随便彭允彝京津各报如何淆感，如何谣传，如何去牵涉政党，总不能掩没这风潮里面一点子理想的火星。要保全这点子小小的火星不灭，是我们的责任，是我们良心上的负担；我们应该积极同情这番拿人格头颅去撞开地狱门的精神。

（原刊于1923年1月28日《努力周报》第三十九期）

注释

1. 小热昏，广泛流行于江浙沪一带的曲艺谐谑形式，又名"小锣书"，俗称"卖梨膏糖的"，是一种马路说唱艺术。始于清光绪年间，盛行于20世纪20—30年代。

2. 冰炭敬，是清朝地方官员对京官（主要是本部门上级官吏）以夏季降温和冬季取暖名义上贡的银子，是一种例行的行贿手段

3. 卡立朋，今通译为卡列班，是莎士比亚戏剧《暴风雨》中的人物，是一个野性而丑怪的奴隶。

4. 三闾大夫，即屈原。"三闾大夫"是战国时楚国特设的官职，是主持宗庙祭祀，兼管王族屈、景、昭三大姓子弟教育的闲差事。屈原贬后任此职。

5. 蔡元培（1868—1940），字鹤卿，又字仲申、民友、孑民，乳名阿培，并曾化名蔡振、周子余，革命家、教育家、政治家。中华民国首任教育总长，1916年至1927年任北京大学校长，革新北大，开"学术"与"自由"之风。

6. 戆大（gàng dū），上海话、宁波话，傻瓜的意思，亦有写成"戆徒"。

导读

　　1922年，财政总长罗文干在与奥匈帝国签订贷款协定时涉嫌受贿，因而被捕，不久又因法院证据不足而对其免于起诉。但新任教育总长彭允彝提请国务院再议，罗文干因此再陷囹圄。北大校长蔡元培先生认为这是在蹂躏人权、干涉司法独立的行径，遂联合知识界为发起抗议，掀起风潮，而他本人则向总统提交辞呈，以示不合作的态度。他在辞呈中写道："窃元培承乏国立北京大学校长，虽职有专司，然国家大政所关，人格所在，亦不敢放弃国民天职，漠然坐视。数月以来，报章所记，耳目所及，举凡政治界所有最卑污之罪恶，最无耻之行为，无不呈现于中国。……元培目击时艰，痛心于政治清明之无望，不忍为同流合污之苟安；尤不忍于此种教育当局之下，支持教育残局，以招国人与天良之谴责。唯有奉身而退，以谢教育界及国人。"次日蔡元培先生即离京南下。徐志摩遂撰此文，一方面声援蔡元培，标举一种理想主义的精神，另一方面强烈表达了对卑污的社会政治和国民的劣根性的愤懑与批判。

罗素又来说话了

一

每次我念罗素的著作或是记起他的声音笑貌，我就联想起纽约城，尤其是吴尔吴斯五十八层的高楼。罗素的思想言论，仿佛是夏天海上的黄昏，紫黑云中不时有金蛇似的电火在冷酷地料峭地猛闪，在你的头顶眼前隐现！

矗入云际的高楼，不危险吗？一半个的霹雳，便可将他锤成粉屑——震的赫真江边的青林绿草都兢兢的摇动！但是不然！电火尽闪着，霹雳却始终不到，高楼依旧在层云中矗着，纯金的电光，只是照出他的傲慢，增加他的辉煌！

罗素最近在他一篇论文叫做：《余闲与机械主义》（见 Dial，For August，1923）又放射了一次他智力的电闪，威吓那五十八层的高楼。

我们是踮起脚跟，在旁边看热闹的人；我们感到电闪之迅与光与劲，亦看见高楼之牢固与倔强。

二

一二百年前，法国有一个怪人，名叫凡尔太[1]的，他是罗素的前身，罗素是他的后影；他当时也同罗素在今日一样，放射了最敏锐的智力的光电，威吓当时的制度习惯，当时的五十八层高楼。他放了半世纪冷酷的、料峭的闪电，结成一个大霹雳，到一七八九那年，把全欧的政治，连着比士梯亚[2]的大牢城，一起的打成粉屑。罗素还有一个前身，这个是他同种的，就是大诗人雪莱的丈人，著《女权论》的吴尔顿克辣夫脱[3]的丈夫，威廉古德温[4]，他也是个崇拜智力，崇拜理性的，他也凭着智理的神光，抨击英国当时的制度习惯，他是近代各种社会主义的一个始祖，他的霹雳，虽则没有法国革命那个的猛烈，却也打翻了不少的偶像，打倒了不少的高楼。

罗素的霹雳，要到什么时候才能轰出，不是容易可以按定的；但这不住的闪电，至少证明空中涵有蒸热的闷气，迟早总得有个发泄，疾电暴雨的种子，已经满布在云中。

三

他近年来最厌恶的对象，最要轰成粉屑的东西，是近代文明所产生的一种特别现象，与这现象所养成的一种特别心理。不错，他对于所谓西方文明，有极严重的抗议；但他却不是印度的甘地，他只反对部分，不反对全体。

他依然是未能忘情的，虽则他奖励中国人的懒惰，赞叹中国人的懦怯，慕羡中国人的穷苦——他未能忘情于欧洲真正的文化。"我愿意到中国去做一个穷苦的农夫，吃粗米，穿布衣，不愿意在欧美的文明社会里，做卖灵魂，吃人肉的事业"。这样的意思，他表示过好几次。但研究数理，大胆的批评人类；却不是卖灵魂，更不是吃人肉；所以素虽则爱极了中国，却还愿意留在欧洲，保存他：Honorable[5] 的高贵，这并不算言行的不一致，除非我们故意的讲蛮不讲理。

When I am tempted to wish the human race wiped out by some passing comet I think of scientific knowledge and of art ; those two things seem to make our existence not wholly futile.[6]

四

罗素先生经过了这几年红尘的生活——在战时主张和平，反抗战争；与执政者斗，与群众斗，与癫狂的心理斗，失败，屈辱，褫夺教职，坐监，讲社会主义，赞扬苏维埃革命，入劳工党，游鲍尔雪微克[7] 之邦，离婚，游中国，回英国，再结婚，生子，卖文为生——他对他人生的观察与揣摹，已经到了似乎成熟的（所以平和的）结论。

他对于人生并不失望；人类并不是根本要不得的，也并不是无可救度的，而且救度的方法，决计是平和的，不是暴烈的：暴烈只能产生暴烈，他看来人生本是铄亮的镜子。现在就只被灰尘盖住了；所以我们只要说擦了灰尘，人生便可回复光明的。

他以为只要有四个基本条件之存在，人生便是光明的。

第一是生命的乐趣——天然的幸福。

第二是友谊的情感。

第三是爱美与欣赏艺术的能力。

第四是爱纯粹的学问与知识。

这四个条件只要能推及平民——他相信是可以普遍的——天下就会太平，人生就有颜色。

五

怎样可以得到生命的乐趣？他答，所有人生的现象本来是欣喜的，不是愁苦的；只有妨碍幸福的原因存在时，生命方始失去他本有的活泼的韵节。小猫追赶她自己的尾巴，鹊之噪，水之流，松鼠与野兔在青草中征逐；自然界与生物界只是一个整个的欢喜。人类亦不是例外；街上褴褛的小孩，哪一个不是快乐的。人生种种苦痛的原因，是人为的，不是天然的；可移去的，不是生根的；痛苦是不自然的现象。只要彰明的与潜伏的原始本能，能有相当的满足与调和，生活便不至于发生变态。社会的制度是负责任的。从前的学者论政治或论社会，亦未尝不假定一分心理的基础；但心理学是个最较发达的科学，功利主义的心理假定是过于浅陋。近代心理学尤其是心理分析对于社会科学是大的贡献，就在证明人是根本的自私的动物。利他主义者只见了个表面，所以利他主义的伦理只能强人作伪，不能使人自然的为善。几个大宗教成功的秘密，就在认明这重要的一点：耶稣教说你行善你的灵魂便可升天；佛教说你修行结果你可证菩提；道教说你保全你的精气你可成仙。什么事都没有自己实在的利益彻底；什么事都起源于自觉的或不自觉的利己的动机。但同时人又是善于假借的；他往往穿着极体面的衣裳，掩盖他丑陋的原形。现在的新心理学，仿佛是一座照妖镜；不论芭蕉裹的怎样的紧结，他总耐心的去剥。现在虽然剥近，也许竟已剥到蕉心了。

所以，人类是利己的，这实在是现代政治家与社会改良家所最应认明与认定的。这个真理的暴露，并不有损人类的尊严，如其还有人未能忘情于此；并且亦不妨碍全社会享受和平与幸福的实现。认明了事实与实在，就不怕没有办法，危险就在隐匿或诡辩实在与事实。病人讳病时，便有良医也是无法可施的。现代与往代的分别，就在自觉与非自觉；社会科学的希望，就在发现从前所忽略的，误解的，或隐秘的病候。理清了病情，开明了脉案，然后可以盼望对症的药方；否则即使有偶逢的侥幸。决不能祛除病根的。

六

实际的说，身体的健康当然是生命的乐趣的第一个条件；有病的与肝旺的人，当然不能领略生命自然的意味。所以体育是重要的。但这重要也是相对的，我们如其侧重了躯体，也许因而妨碍智力的发展，像我们几个专诚尊崇运动学校的产品，蔡子民[8]先生曾经说到过，也是危险的。肌肉与脑筋应受同等的注意。如果男女都有了最低限度的健康，自然的幸福便有了基础，此外只要社会制度有相当的宽紧性，不阻碍男女个人本能相当的满足，消极的不使发生压迫状态致有变态与反常之产生。工作是不可免的，但相当的余闲也是必要的；罗素以为将来的社会不容不工作的分子，亦不容偏重的工作，据经济学家计算，每人每日只需三四小时工作，社会即可充裕的过去，现有的生产率，一半是原因于竞争制度的糜费。

七

工业主义的一个大目标是"成功"（Success），本质是竞争，竞争所要求的是"捷效"（Efficiency）。成功，竞争，捷效，所合成的心理或人生观，便是造成工业主义，日趋自杀现象，使人道日趋机械化的原因。我们要回复生命的自然与乐趣，只有一个方法，就在打破经济社会竞争的基础，消灭成功与捷效的迷信——简言之，切近我们中国自身的问题说，就在排斥太平洋那岸过来的主义，与青年会[9]所代表的道德。我前天会见一个有名的报馆经理，他说，报的事情，如其你要办他个发达，真不是人做的事！又有一个忠慎勤劳的银行经理，与一个忠慎勤劳的纱厂经理，也同声的说生意真不是人做的，整天的忙不算，晚上梦里的心思都不得个安稳，究竟为的是什么，我们自己都不知道。这是实情。竞争的商业社会，只是萧伯

讹 [10] 所谓零卖灵魂的市场。我们快快的回头，也许可以超脱；再不是迷信开纱厂。此如说，发大财——要知道蕴藻滨华丽宏大的大中华的烟囱，已经好几时不出烟。我们与其崇拜新近死的北岩公爵 [11]（他最大的功绩，就在造成同类相残的心理，摧残了数百万的生灵，他却取得了威望与金钱与不朽的荣誉）与美国的十大富豪，不如去听聂云台 [12] 先生的忏悔谈，去讲他演说托尔斯泰与甘地的真谛吧！

罗素说他自从看过中国以后，他才觉悟"累进"（Progress）与"捷效"的信仰是近代西方的大不幸。他也悟到固定的社会的好处——这是进步的反面——与惰性，或懒惰主义的妙处——这是捷效的反面——。他说："I have hopes of laziness as a gospel." [13]

懒惰是济世的福音！我们知道罗素所谓"懒惰"的反面不是我们农业社会之所谓勤——私人治己治家的勤是美德，永远应受奖励的——而是现代机械式的工商社会所产生无谓的慌忙与扰攘，灭绝性灵的慌忙与扰攘。这就是说，现代的社会趋向于侵蚀，终于完全剥夺合理的人生应有的余闲，这是极大的危险与悲惨。劳力的工人不必说，就是中等社会，亦都在这不幸的旋涡中急转。罗素以为，譬如就英国说，中级社会之顽，愚，嫉妒，偏执，迷信，劳工社会之残忍，愚暗，酗酒的习惯，等等，都是生活的状态失了自然的和谐的结果。

八

所以现代社会的状况，与生命自然的乐趣，是根本不能相容的。友谊的情感，是人与人，或国与国相处的必需原素，而竞争主义又是阻碍真纯同情心发展的原因。又次，譬如爱美的风尚，与普遍的艺术的欣赏，例如当年雅典或初期的罗马曾经实现过的，又不是工商社会所能容恕的。从前的技士与工人，对于他们自己独出心裁所造成的作品，有亲切真纯的兴趣；但现在伺候机器的工作，只能僵瘪人的心灵，决不能奖励创作的本能。我们只要想起英国的孟骞斯德 [14]、利物浦；美国的芝加哥、毕次保格 [15]、纽约；中国的上海、天津；就知道工业主义只孕育丑恶，庸俗，龌龊，罪恶，嚣厄，高烟囱与大腹贾。

又次，我们常以为科学与工业文明有不可分离的关系。是的，关系是有的；但却不是不可分离的。没有科学，就没有现代的文明；但科学有两种意义，我们应得认明：一是纯粹的科学，例如自然现象的研究，这是人类凭着智力与耐心积累所得的，罗素所谓"The most god-like thing that men can do." [16] 一是科学的应用，这才是工业文明的主因。真纯的科学家，只有纯粹的知识是他的对象，他绝对不是功利主义的，绝对不问他寻求与人生有何实际的关系。孟代尔 [17]（Mendel）当初在他清静的寺院培养他的豆苗，何尝想到今日农畜资本家的利用他的发明？法兰岱（Faraday）与麦克士惠尔（Maxwell）亦何尝想到现代的电气事业？

当初的先生们，竭尽他们一生精力，开拓人类知识的疆土，何尝料想到，照现在的状况看来，他们倒似乎变了人类的罪人；因为应用科学的成绩，就只（一）倍增了货物的产品，促成资本主义之集中；（二）制造杀人的利器；奖励同类自残的劣性；（三）设备机械性的娱乐，却掩没了美术的本能。我们再看，应用科学最发达的所在是美国；资本主义最不易摇动的所在，是美国；纯粹科学最不发达的，亦是美国；他们现在所利用的科学的发现，都不是美国人的成绩。所以功利主义的倾向，最是不利于少数的聪明才智，寻求纯粹智识的努力。我们中国近来很讨论科学是否人生的福音，一般人竟有误科学为实际的工商业，以为我们若然反抗工业主义，即是反对科学本体，这是错误的。科学无非是有系统的学术与思想，这如何可以排斥；至于反抗机械主义与提高精神生活，却又是一件事了。

所以合理的人生，应有的几种原素——自然的幸福，友谊的情感，爱美与创作的奖励，纯粹知识——科学——的寻求——都是与机械式的社会状况根本不能并存的。除非转变机械主义的倾向，人生很难有希望。

九

这是我们也都看得分明的；我们亦未尝不想转变方向，但却从哪里做起呢？这才是难处。罗素先生却并不悲观。他以为这是个心理——伦理的问题，旧式的伦理，分别善恶与是非的，大都不曾认明心理的实在，而且往往侧重个人的。罗素的主张，就在认明心理的实在，而以社会的利与弊，为判定行为善恶的标准。罗素看来，人的行为只是习惯，无所谓先天的善与恶。凡是趋向于产生好社会的习惯，不论是心的或体的，就是善；反之，产生劣社会的习惯，就是恶。罗素所谓好的社会，就是上面讲的具有四种条件的社会；他所谓劣社会就是反面，因本能压迫而生的苦痛（替代自然的快乐），恨与嫉忌（替代友谊与同情）；庸俗少创作，不知爱美，与心智的好奇心之薄弱。要奖励有利全体的习惯，可以利用新心理学的发现。我们既然明白了人是根本自私自利的，就可以利用人们爱夸奖恶责罚的心理，造成一种绝对的道德（Positive Morality），就是某种的行为应受奖掖，某种的行为应受责辱。但只是折衷于社会的利益，而不是先天的假定某种行为为善，某种行为为恶。从前台湾土人有一种风俗：一个男子想要娶妻，至少须杀下一个人头，带到结婚场上；我们文明社会奖励同类自残，叫做勇敢，算是美德，岂非一样可笑？

　　这样以结果判别行为的伦理，就性质说，与边沁[18]及穆勒父子[19]所代表的伦理学，无甚分别；罗素自己亦说他的主张并不是新奇的，不过不论怎样平常的一个原则，若然全社会认定了他的重要，着力的实行去，就会发生可惊的功效。以公众的利益判别行为之善恶：这个原则一定，我们的教育，刑律，我们奖与责的标准，当然就有极重要的转变。

十

　　归根的说，现有的工业主义，机械主义，竞争制度，与这些现象所造成的迷信心理与习惯，都是我们理想社会的仇敌，合理的人生的障碍。现在，就中国说，唯一的希望，就在领袖社会的人，早早的觉悟，利用他们表率的地位，排斥外来的引诱，转变自杀的方向，否则前途只是黑暗与陷阱。罗素说中国人比较的入魔道最浅，在地面上可算是最有希望的民族。他说这话，是在故意的打诨，哄骗我们呢，还是的确是他观察现代文明的真知灼见？——但吴稚晖先生曾叮嘱我们，说罗素只当我们是小孩子，他是个大滑头骗子！

（原刊于1923年12月《东方杂志》第二十卷第二十三期）

注释

1. 凡尔太，今通译为伏尔泰（1694—1778），法国启蒙思想家、文学家、哲学家。伏尔泰是 18 世纪法国资产阶级启蒙运动的旗手，被誉为"法兰西思想之王"、"法兰西最优秀的诗人"、"欧洲的良心"。

2. 比士梯亚，今通译为巴士底。巴士底狱是一座曾经位于法国巴黎市中心的坚固监狱，18 世纪末，法国国王在里面驻扎了大量军队，专门关押政治犯，伏尔泰便在此处坐过牢，因此不少当时的民众就认为巴士底狱是法国王权专制独裁的象征之一。

3. 吴尔顿克辣夫脱，今通译为沃尔斯通克罗夫特（1759—1797），英国人现代女权主义的奠基人，著有《女权论》。

4. 威廉古德温，今通译为威廉·葛德文（1756—1836），英国政治学家和作家。

5. Honorable，光荣的，可敬的，体面。

6. 翻译为："在我企望人类被划过的彗星所毁灭的时候，我就想到了科学和艺术；只有这两样东西才使我们的存在显得不是完全无益。"

7. 鲍尔雪微克，今通译为布尔什维克。

8. 蔡孑民，即蔡元培。

9. 青年会，即基督教青年会。

10. 萧伯讷，今译为萧伯纳（1856—1950），是英国现代杰出的现实主义戏剧作家。

11. 北岩公爵，即北岩勋爵（Lord Northcliffe，1865—1922），原名艾尔费雷德·查理士·威廉·哈姆斯沃斯（Alfred Charles William Harmsworth），是英国现代新闻事业的创始人。

12. 聂云台（1880—1953），名其杰，字云台，法名慧杰，中国企业家，是我国创办第一家纺织机械制造厂的先驱者。

13. 翻译为："我希望懒惰是一种福音。"

14. 孟骞斯德，今通译为曼彻斯特。

15. 毕次保格，今通译为匹兹堡。

16. 翻译为："人们所能做的最神圣的事情。"

17. 孟代尔（1822—1884），奥地利遗传学家，被誉为"现代遗传学之父"，是遗传学的奠基人。

18. 边沁（1748—1832），英国的法理学家、功利主义哲学家、经济学家和社会改革者。

19. 穆勒父子，即詹姆斯·穆勒（1773—1836）和约翰·穆勒（1806—1873）。父亲是英国庸俗经济学家、历史学家和哲学家，其子也是英国经济学家、思想家、哲学家、古典自由主义思想家。詹姆斯·穆勒自称最早提出并使用了"功利主义"这一概念。

导读

　　哲学家罗素发表论文《余闲与机械主义》，主旨是反思西方工业文明，所批判的是西方资本主义现代性，并提出获得生命快乐的可能。本文是作者对罗素这篇论文的读后感，在迷信西方、现代与科学的当时，不可不谓具有超前性。在市场的力量与资本的逻辑拨动着社会价值指针的今天，本文仍不失振聋发聩之效，也不啻"金蛇似的电火"。作为今日的读者，同彼时的作者一样，一方面"感到电闪之迅与光与劲"，一方面"亦看见高楼之牢固与倔强"。而作者到底不是"旁边看热闹的人"，唯愿我们也不是，因为生命的快乐是人人所欲的。追求它，除了破除俗见的智慧，恐怕还需要一番抗拒流弊的勇气。不论怎样，这是值得的。

　　作者在前两节以精妙的譬喻、象征与历史联想，表达了自己的阅读感受。作者以纽约城的五十八层高楼象征西方现代文明，而将罗素的思想比喻为紫黑云中金蛇似的电火。罗素的思想之霹雳是光耀而猛劲的，而现代文明的疾病也是顽固的。随后作者将罗素视为启蒙思想家伏尔泰的后影，两者都是在向权威挑战，都是在破除一种迷信。而不同者在于，伏尔泰挑战的是封建专制，所破除的是宗教迷信；而罗素所挑战的是西方现代文明，所破除的是现代迷信。法国启蒙运动是法国大革命的前夜，而作者相信罗素的"启蒙"也在孕育着新的变革："迟早总得有个发泄，疾电暴雨的种子，已经满布在云中。"

　　在下文，作者开始介绍罗素思想的具体内涵。现代人的生活充满失望、苦闷与烦恼，而"人生本是铄亮的镜子。现在就只被灰尘盖住了；所以我们只要说擦了灰尘，人生便可回复光明的"。人生的光明基于四个基本条件："第一是生命的乐趣——天然的幸福。第二是友谊的情感。第三是爱美与欣赏艺术的能力。第四是爱纯粹的学问与知识。"而那遮蔽人生的灰尘是什么呢？在作者或罗素看来，即现代社会的"工业主义"。他指出"工业主义的一个大目标是'成功'（Success），本质是竞争，竞争所要求的是'捷效'（Efficiency）。成功，竞争，捷效，所合成的心理或人生观，便是造成工业主义，日趋自杀现象，使人道日趋机械化的原因"。作者认为工业主义的成功与捷效，是一种的新的迷信。我们追求所谓的"成功"，而罔顾生命的乐趣，丧失感受力与想象力，致使性灵窒息、心灵僵瘗，这样的人生只是忧劳与烦恼。这样的观点，如今岂不是正中时弊吗？

　　作者并没有空泛地谈论罗素的思想，而是落实在中国本土。他说："切近我们中国自身的问题说，就在排斥太平洋那岸过来的主义，与青年会所代表的道德。"复古者的盲目排外并不可取,而维新者的盲目西化亦有弊端。两者之病,在于"片面"与"盲目"。徐志摩并非守旧派,然而又不片面追逐西方的各种主义,怀持了一份审慎,这是难能可贵的。作者对工业主义的批判,并非拒斥科学本身。作者认为,科学有两重含义:一是纯粹的科学,例如自然现象的研究;一是科学的应用,是具体的技术。而在作者看来,后者是工业文明、机械主义与竞争制度的主因。人类利用技术企图控制自然,其实也反过来控制了人类本身,成为我们合理人生的障碍,使我们丧失了自由。

在最后一节,作者总结了自己的主旨,并引了罗素的一个观点,即"中国人比较的入魔道最浅,在地面上可算是最有希望的民族"。这句话在今天该如何理解呢?而且,今日的西方早已脱离工业社会而迈入信息社会,那么这篇文章是否过时了呢?笔者认为并没有过时,原因即在于"竞争制度"并没有变,对所谓"成功"追求也没有变,反而日益激切。当现代人被驱赶至追逐成功的单行道上时,我们应该敢于想象,敢于开拓,敢于实践另一种人生的可能性。而当一个民族坚定地走自己的路时,就能开辟一种历史的可能性。这种希望就在中国。罗素关于幸福有一句名言:"参差多态乃幸福的本源。"除了"成功",我们尚有参差多态的人生选择。

落　叶

前天你们查先生来电话要我讲演，我说但是我没有什么话讲，并且我又是最不耐烦讲演的。他说：你来吧，随你讲，随你自由的讲，你爱说什么就说什么。我们这里你知道这次开学情形很困难，我们学生的生活很枯燥很闷，我们要你来给我们一点活命的水。这话打动了我。枯燥、闷，这我懂得。虽则我与你们诸君是不相熟的，但这一件事实，你们感觉生活枯闷的事实，却立即在我与诸君无形的关系间，发生厂一种真的深切的同情。我知道烦闷是怎么样一个不成形不讲情理的怪物，他来的时候，我们的全身防佛被一个大蜘蛛网盖住了，好容易挣出了这条手臂，那条又叫粘住了。那是一个可怕的网子。我也认识生活枯燥，他那可厌的面目，我想你们也都很认识他。他是无所不在的，他附在各个人的身上，他现在各个人的脸上。你望望你的朋友去，他们的脸上有他，你自己照镜子去，你的脸上，我想，也有他，可怕的枯燥，好比是一种毒剂，他一进了我们的血液，我们的性情，我们的皮肤就变了颜色，而且我怕是离着生命远，离着坟墓近的颜色。

我是一个信仰感情的人，也许我自己天生就是一个感情性的人。比如前几天西风到了，那天早上我醒的时候是冻着才醒过来的，我看着纸窗上的颜色比往常的淡了，我被窝里的肢体像是浸在冷水里似的，我也听见窗外的风声，吹着一棵枣树上的枯叶，一阵一阵的掉下来，在地上卷着，沙沙的发响，有的飞出了外院去，有的留在墙角边转着，那声响真像是叹气。我因此就想起这西风，冷醒了我的梦，吹散了树上的叶子，他那成绩在一般饥荒贫苦的社会里一定格外的可惨。那天我出门的时候，果然见街上的情景比往常不同了；穷苦的老头、小孩全躲在街角上发抖；他们迟早免不了树上枯叶子的命运。那一天我就觉得特别的闷，差不多发愁了。

因此我听着查先生说你们生活怎样的烦闷，怎样的干枯，我就很懂得，我就愿意来对你们说一番话。我的思想——如其我有思想——永远不是成系统的。我没有那样的天才。我的心灵的活动是冲动性的，简直可以说痉挈性的。思想不来的时候，我不能要他来，他来的时候，就比如穿上一件湿衣，难受极了，只能想法子把他脱下。我有一个比喻，我方才说起秋风里的枯叶；我可以把我的思想比作树上的叶子，时期没有到，他们是不很会掉下来的；但是到时期了，再要有风的力量，他们就只能一片一片的往下落；大多数也许是已经没有生命了的，枯了的，焦了的，但其中也许有几张还留着一点秋天的颜色，比如枫叶就是红的，海棠叶就是五彩的。这叶子实用是绝对没有的；但有人，比如我自己，就有爱落叶的癖好。他们初下来时颜色有很鲜艳的，但时候久了，颜色也变，除非你保存得好。所以我的话，那就是我的思想，也是与落叶一样的无用，至多有时有几痕生命的颜色就是了。你们不爱的尽可以随意的踩过，绝对不必理会；但也许有少数人有缘分的，不责备他们的无用，竟许会把他们捡起来揣在怀里，间在书里，想延留他们幽淡的颜色。感情，真的感情，是难得的，是名贵的，是应当共有的；我们不应得拒绝感情，或是压迫感情，那是犯罪的行为，与压住泉眼不让上冲，或是掐住小孩不让喘气一样的犯罪。人在社会里本来是不相连续的个体。感情，先天的与后天的，是一种线索，一种经纬，把原来分散的个体织成有文章的整体。但有时线索也有破烂与涣散的时候。所以一个社会里必须有新的线索继续的产出，有破烂的地方去补，有涣散的地方去拉紧，才可以维持这组织大体的匀整，有时生产力特别加增时，我们就有机会或是推广，或是加添我们现有的面积，或是加密，像网球板穿双线似的，我们现成的组织，因为我们知道创造的势力与破坏的势力，建设与溃败的势力，上帝与撒但的势力，是同时存在的。这两种势力是在一架天平上比着；他们很少平衡的时候，不是这头沉，就是那头沉，是的，人类的命运是在一架大天平上比着，一个巨大的黑影，那是我们集合的化身，在那里看着，他的手里满拿着分两的砝码，一会往这头送，一会又往那头送，地球尽转着，太阳、月亮、星，轮流的照着，我们的运命永远是在天平上称着。

　　我方才说网球拍，不错，球拍是一个好比喻。你们打球的知道网拍上哪里几根线是最吃重最要紧，哪几根线要是特别有劲的时候，不仅你对敌时拉球、抽球、拍球格外来的有力，出色，并且你的拍子也就格外的经用，少数特强的分子保持了全体的匀整。这一条原则应用到人道上，就是说，假如我们有力量加密，加强我们最普通的同情线，那线如其穿连得到所有跳动的人心时，那时我们的大网子就坚实耐用，天津人说的，就有根。不问天时怎样的坏，管他雨也罢，云也罢，霜也罢，风也罢，管他水流怎样的急，我们假如有这样一个强有力的大网子，哪怕不能在时间无尽的洪流里——早晚网起无价的珍品，哪怕不能在我们运命的天平上重重的加下创造的生命的分量？

　　所以我说真的感情，真的人情，是难能可贵的，那是社会组织的基本成分。初起也许只是一个人心灵里偶然的震动，但这震动，不论怎样的微弱，就产生了及远的波纹；这波纹要是唤得起同情的反应时，原来细的便拼成了粗的，原来弱的便合成了强的原来脆性的便结成了韧性的，像一缕缕的苎麻打成了粗绳似的；原来只是微波，现在掀成了大浪，原来只是山罅里的一股细水，现在流成了滚滚的大河，向着无边的海洋里流着。比如耶稣在山头上的训道（Sermon on the mount）还不是有限的几句话，但这一篇短短的演说，却制定了人类想望的止境，建设了绝对的价值的标准，创造了一个纯粹的完全的宗教。那是一件大事实，人类历史上一件最伟大的事实。再比如释迦牟尼感悟了生老、病死的究竟，发大慈悲心，发大勇猛心，发大无畏心，抛弃了他人间的地位，富与贵，家庭与妻子，直到深山里去修道，结果他也替苦闷的人间打开了一条解放的大道，为东方民族的天才下一个最光华的定义。那又是人类历史上的一件奇迹。但这样大事的起源还不止是一个人的心灵里偶然的震动，可不仅仅是一滴最透明的真挚的感情滴落在黑沉沉的宇宙间？

　　感情是力量，不是知识。人的心是力量的府库，不是他的逻辑。有真感情的表现，不论是诗是文是音乐是雕刻或是画，好比是一块石子掷在平面的湖心里，你站着就看得见他引起的变化。没有生命的理论，不论他论的是什么理，只是拿石块扔在沙漠里，无非在干枯的地面上添一颗干枯的分子，也许掷下去时便听得出一些干枯的声响，但此外只是一大片死一般的沉寂了。所以感情才是成江成河的水泉，感情才是织成大网的线索。

　　但是我们自己的网子又是怎么样呢？现在时候到了，我们应当张大了我们的眼睛，认明白我们周围事实的真相。我们已经含糊了好久，现在再不容含糊的了。让我们来大声的宣布我们的网子是坏了的，破了的，烂了的；让我们痛快的宣告我们民族的破产，道德、政治、社会、宗教、文艺，一切都是破产了的。我们的心窝变成了蠹虫的家，我们的灵魂里住着一个可怕的大谎！那天平上沉着的一头是破坏的重量，不是创造的重量；是溃败的势力，不是建设的势力；是撒但的魔力，不是上帝的神灵。霎时间这边路上长满了荆棘，那边道上涌起了洪水，我们头顶有骇人的声音，是雷霆还是炮火呢？我们周围有一哭声与笑声，哭是我们的灵魂受污辱的悲声，笑是活着的人们疯魔了的狞笑，那比鬼哭更听的可怕，更凄惨。我们张开眼来看时，差不多更没有一块于净的土地，哪一处不是叫鲜血与眼泪冲毁了的；更没有平安的所在，因为你即使忘却了外面的世界，你还是躲不了你自身的烦闷与苦痛。不要以为这样混沌的现象是原因于经济的不平等，或是政治的不安定，或是少数人的放肆的野心。这种种都是空虚的，欺人自欺的理论，说着容易，听着中听，因为我们只盼望脱卸我们自身的责任，只要不是我的分，我就有权利骂人。但这是，我着重的说，懦怯的行为；这正是我说的我们各个人灵魂里躲着的大谎！你说少数的政客，少数的军人，或是少数的富翁，是现在变乱的原因吗？我现在对你说：先生，你错了，你很大的错了，你太恭维了那少数人，你太瞧不起你自己。让我们一致的来承认，在太阳普遍的光亮底下承认，我们各个人的罪恶，各个人的不洁净，各个人的苟且与懦怯与卑鄙！我们是与最肮脏的一样的肮脏，与最丑陋的一般的丑陋，我们自身就是我们运命的原因。除非我们能起拔了我们灵魂里的大谎，我们就没有救度；我们要把祈祷的火焰把那鬼烧净了去，我们要把忏悔的眼泪把那鬼冲洗了去，我们要有勇敢来承当罪恶；有了勇敢来承当罪恶，方有胆量来决斗罪恶。再没有第二条路走。如其你们可以容恕我的厚颜，我想念我自己近作的一首诗给你们听，因为那首诗，正是我今天讲的话的更集中的表现：

毒 药

　　今天不是我歌唱的日子，我口边涎着狞恶的微笑，不是我说笑的日子，我胸怀间插着发冷光的利刃；

　　相信我，我的思想是恶毒的因为这世界是恶毒的。我的灵魂是黑暗的因为太阳已经灭绝丁光彩，我的声调是像坟堆里的夜鸦因为人间已经杀尽了一切的和谐，我的口音像是冤鬼责问他的仇人因为一切的恩已经让路给一切的怨；

　　但是相信我。真理是在我的话里虽则我的话像是毒药。真理是永远不含糊的虽则我的话里仿佛有两头蛇的舌，蝎子的尾尖，蜈蚣的触须；只因为我的心里充满着比毒药更强烈，比咒诅更狠毒，比火焰更倡狂，比死更深奥的不忍心与怜悯心与爱心，所以我说的话是毒性的，咒诅的。燎灼的，虚无的；

相信我，我们一切的准绳已经埋没在珊瑚土打紧的墓宫里，最劲冽的祭肴的香味也穿不透这严封的地层：一切的准则是死了的；

我们一切的信心像是顶烂在树枝上的风筝，我们手里擎着这迸断了的鹞线：一切的信心是烂了的；

相信我，猜疑的巨大的黑影，像一块乌云似的，已经笼盖着人间一切的关系：人子不再悲哭他新死的亲娘，兄弟不再来携着他姊妹的手。朋友变成了寇仇，看家的狗回头来咬他主人的腿：是的，猜疑淹没厂一切；在路旁坐着啼哭的，在街心里站着的，在你窗前探望的，都是被奸污的处女：池潭里只见些烂破的鲜艳的荷花；

在人道恶浊的涧水里流着，浮荇似的，五具残缺的尸体，它们是仁义礼智信，向着时间无尽的海澜里流去；

这海是一个不安靖的海，波涛猖撅的翻着，在每个浪头的小白帽上分明的写着人欲与兽性；

到处是奸淫的现象：贪心搂抱着正义，猜忌逼迫着同情，懦怯狎亵着勇敢，肉欲侮弄着恋爱，暴力侵凌着人道，黑暗践踏着光明；

听呀，这一片淫猥的声响，听呀，这一片残暴的声响；

虎狼在热闹的市街里，强盗在你们妻子的床上，罪恶在你们深奥的灵魂里……

白　旗

来，跟着我来，拿一面白旗在你们的手里——不是上面写着激动怨毒，鼓励残杀字样的白旗，也不是涂着不洁净血液的标记的白旗，也不是画着忏悔与咒语的白旗（把忏悔画在你们的心里）；

你们排列着，噤声的，严肃的，像送丧的行列，不容许脸上留存一丝的颜色，一毫的笑容，严肃的，噤声的，像一队决死的兵士；

现在时辰到了，一齐举起你们手里的白旗，像举起你们的心一样，仰看着你们头顶的青天，不转瞬的，恐惶的，像看着你们自己的灵魂一样；

现在时辰到了，你们让你们熬着、瘫着，迸裂着，滚沸着的眼泪流，直流，狂流，自由的流，痛快的流，尽性的流，像山水出峡似的流，像暴雨倾盆似的流……

现在时辰到了，你们让你们咽着，压迫着，挣扎着，汹涌着的声音嚎，直嚎，狂嚎，放肆的嚎，凶狠的嚎，像飓风在大海波涛间的嚎，像你们丧失了最亲爱的骨肉时的嚎……

现在时辰到了，你们让你们回复了的天性忏悔，让眼泪的滚油煎净了的，让嚎恸的雷霆震醒了的天性忏悔，默默的忏悔，悠久的忏悔，沉彻的忏悔，像冷峭的星光照落在一个寂寞的山谷里，像一个黑衣的尼僧匍伏在一座金漆的神龛前；……

在眼泪的沸腾里，在嚎恸的酣彻里，在忏悔的沉寂里，你们望见了上帝永久的威严。

婴 儿

我们要盼望一个伟大的事实出现，我们要守候一个馨香的婴儿出世：

你看他那母亲在她生产的床上受罪！

她那少妇的安详，柔和，端丽，现在在剧烈的阵痛里变形不可信的丑恶：你看她那遍体的筋络都在她薄嫩的皮肤底里暴涨着，可怕的青色与紫色，像受惊的水青蛇在田沟里急洇似的，汗珠站在她的前额上像一颗颗的黄豆，她的四肢与身体猛烈的抽搐着，畸屈着，奋挺着，纠旋着，仿佛她垫着的席子是用针尖编成的，仿佛她的帐围是用火焰织成的；

一个安详的，镇定的，端庄的，美丽的少妇，现在在阵痛的惨酷里变形成魔鬼似的可怖：她的眼，一时紧紧的阖着，一时巨大的睁着，她那眼，原来像冬夜池潭里反映着的明星，现在吐露着青黄色的凶焰，眼珠像是烧红的炭火，映射出她灵魂最后的奋斗，她的原来朱红色的口唇，现在像是炉底的冷灰，她的口颤着，撅着，扭着，死神的热烈的亲吻不容许她一息的平安，她的发是散披着，横在口边，漫在胸前，像揪乱的麻丝，她的手指间紧抓着几穗拧下来的乱发；

这母亲在她生产的床上受罪：

但她还不曾绝望，她的生命挣扎着血与肉与骨与肢体的纤微，在危崖的边沿上，抵抗着，搏斗着，死神的逼迫；

她还不曾放手，因为她知道（她的灵魂知道！）这苦痛不是无因的，因为她知道她的胎宫里孕育着一点比她自己更伟大的生命的种子，包涵着一个比一切更永久的婴儿；

因为她知道这苦痛是婴儿要求出世的征候，是种子在泥土里爆裂成美丽的生命的消息，是她完成她自己生命的使命的时机；

因为她知道这忍耐是有结果的，在她剧痛的昏瞀中她仿佛听着上帝准许人间祈祷的声音，她仿佛听着天使们赞美未来的光明的声音；

因此她忍耐着，抵抗着，奋斗着……她抵拼绷断她统体的纤微，她要赎出在她那胎宫里动荡着的生命，在她一个完全，美丽的婴儿出世的盼望中，最锐利。最沉酣的痛感逼成了最锐利最沉酣的快感……

这也许是无聊的希冀，但是谁不愿意活命，就使到了绝望最后的边沿，我们也还要妄想希望的手臂从黑暗里伸出来挽着我们。我们不能不想望这苦痛的现在，只是准备着一个更光荣的将来，我们要盼望一个洁白的肥胖的活泼的婴儿出世！

新近有两件事实，使我得到很深的感触。让我来说给你们听听。

前几时有一天俄国公使馆挂旗，我也去看了。加拉罕[1]站在台上，微微的笑着，他的脸上发出一种严肃的青光，他侧仰着他的头看旗上升时，我觉着了他的人格的尊严，他至少是一个有胆有略的男子，他有为主义牺牲的决心，他的脸上至少没有苟且的痕迹，同时屋顶那根旗杆上，冉冉的升上了一片的红光，背着窈远没有一斑云彩的青天。那面簇新的红旗在风前料峭的袅荡个不定。这异样的彩色与声响引起了我异样的感想。是腼腆，是骄傲，还是鄙夷，如今这红旗初次面对着我们偌大的民族？在场人也有拍掌的，但只是断续的拍掌，这就算是我想我们初次见红旗的敬意；但这又是鄙夷，骄傲，还是惭愧呢？那红色是一个伟大的象征，代表人类史里最伟大的一个时期；不仅标示俄国民族流血的成绩，却也为人类立下了一个勇敢尝试的榜样。在那旗子抖动的声响里我不仅仿佛听出了这近十年来那斯拉夫民族失败与胜利的呼声，我也想象到百数十年前法国革命时的狂热，一七八九年七月四日那天巴黎市民攻破巴士梯亚牢狱时的疯癫。自由，平等，友爱！友爱，千等，自由！你们听呀，在这呼声里人类理想的火焰一直从地面上直冲破天顶，历史上再没有更重要更强烈的转变的时期。卡莱尔 [2]（Carlyle）在他的法国革命史里形容这件大事有三句名句，他说，"To descr be this scene trtranscends the talent of mortals.After four hours of worldbedlam it surrenders.The Bastille is down！" 他说："要形容这一景超过了凡人的力量。过了四小时的疯狂他（那大牢）投降了。巴士梯亚是下了！" 打破一个政治犯的牢狱不算是了不得的大事，但这事实里有一个象征。巴士梯亚是代表阻碍自由的势力，巴黎士民的攻击是代表全人类争自由的势力，巴士梯亚的"下"是人类理想胜利的凭证。自由，平等，友爱！友爱，平等，自由！法国人在百几十年前倡狂的叫着。这叫声还在人类的性灵里荡着。我们不好像听见吗，虽则隔着百几十年光阴的旷野。如今凶恶的巴士梯亚又在我们的面前堵着；我们如其再不发疯，他那牢门上的铁钉，一个个都快刺透我们的心胸了！

这是一件事。还有一件是我六月间伴着泰戈尔到日本时的感想。早七年我过太平洋时曾经到东京去玩过几个钟头，我记得到上野公园去，上一座小山去下望东京的市场，只见连绵的高楼大厦，一派富盛繁华的景象。这回我又到上野去了，我又登山去望东京城了，那分别可太大了！房子，不错，原是有的；但从前是几层楼的高房，还有不少有名的建筑，比如帝国剧场、帝国大学等等，这次看见的，说也可怜，只是薄皮松板暂时支着应用的鱼鳞似的屋子，白松松的像一个烂发的花头，再没有从前那样富盛与繁华的气象。十九的城子都是叫那大地震吞了去烧了去的。我们站着的地面平常看是再坚实不过的，但是等到他起兴时小小的翻一个身，或是微微的张一张口，我们脆弱的文明与脆弱的生命就够受。我们在中国的差不多是不能想着世界上，在醒着的不是梦里的世界上，竟可以有那样的大灾难。我们中国人是在灾难里讨生活的，水、旱、刀兵、盗劫，哪一样没有，但是我敢说我们所有的灾难合起来，也抵不上我们邻居一年前遭受的大难。那事情的可怕，我敢说是超过了人类忍受力的止境。我们国内居然有人以日本人这次大灾为可喜的，说他们活该，我真要请协和医院大夫用 X 光检查一下他们那几位，究竟他们是有没有心肝的。因为在可怕的运命的面前，我们人类的全体只是一群在山里逢着雷霆风雨时的绵羊，哪里还能容什么种族、政治等等的偏见与意气？我来说一点情形给你们听听，因为虽则你们在报上看过极详细的记载，不曾亲自察看过的总不免有多少距离的隔膜。我自己未到日本前与看过日本后，见解就完全的不同。你们试想假定我们今天在这里集会，我讲的，你们听的，假如日本那把戏轮着我们头上来时，要不了的搭的搭的搭的三秒钟我与你们与讲台与屋子就永远诀别了地面，像变戏法似的，影踪都没了。那是事实，横滨有好几所五六层高的大楼，全是在三四秒时间内整个儿与地面拉一个平，全没了。你们知道圣书里面形容天降大难的时候，不要说本来脆弱的人类完全放弃了一切的虚荣，就是最猛鸷的野兽与飞禽也会在刹时间变化了性质，老虎会来小猫似的挨着你躲着，利喙的鹰鹞会得躲入鸡棚里去窝着，比鸡还要驯服。在那样非常的变动时，他们也好似觉悟了这彼此同是生物的亲属关系，在天怒的跟前同是剥夺了抵抗力的小虫子，这里面就发生了同命运的同情。你们试想就东京一地说，二三百万的人口，几十百年辛勤的成绩，突然的面对着最后审判的实在，就在今天我们回想起当时他们全城子像一个滚沸的油锅时的情景，原来热闹的市场变成了光焰万丈的火盆，在这里面人类最集中的心力与体力的成绩全变了燃料，在这里面艺术、教育、政治、社会人的骨与肉与血都化成了灰烬，还有百十万男女老小的哭嚷声，这哭声本体就可以摇动天地，——我们不要说亲身经历，就是坐在椅子上想象这样不可信的情景时，也不免觉得害怕不是？那可不是顽儿的事情。单只描写那样的大变，恐怕至少就须要荷马或是莎士比亚的天才。你们试想在那时候，假如你们亲身经历时，你的心理该是怎么样？你还恨你的仇人吗？你还不饶恕你的朋友吗？你还沾恋你个人的私有吗？你还有欺哄人的机会吗？你还有什么希望吗？你还不搂住你身旁的生物，管他是你的妻子，你的老子，你的听差。你的妈，你的冤家，你的老妈子，你的猫，你的狗，把你灵魂里还剩下的光明一齐放射出来，和着你同难的同胞在这普遍的黑暗里来一个最后的结合吗？

　　但运命的手段还不是那样的简单。他要是把你的一切都扫灭了，那倒也是一个痛快的结束；他可不然。他还让你活着，他还有更苛刻的试验给你。大难过了，你还喘着气；你的家，你的财产，都变了你脚下的灰，你的爱亲与妻与儿女的骨肉还有烧不烂的在火堆里燃着，你没有了一切；但是太阳又在你的头上光亮的照着，你还是好好的在平定的地面上站着，你疑心这一定是梦，可又不是梦，因为不久你就发现与你同难的人们，他们也一样的疑心他们身受的是梦。可真不是梦；是真的。你还活着，你还喘着气，你得重新来过，根本的完全的重新来过。除非是你自愿放手，你的灵魂里再没有勇敢的分子。那才是你的真试验的时候。这考卷可不容易交了，要到那时候你才知道你自己究竟有多大能耐，值多少，有多少价值。

　　我们邻居日本人在灾后的实际就是这样。全完了，要来就得完全来过，尽你自身的力量不够，加上你儿子的，你孙子的，你孙子的儿子的儿子的孙子的努力，也许可以重新撑起这份家私，但在这努力的经程中，谁也保不定天与地不再捣乱；你的几十年只要他的几秒钟。问题所以是你干不干？就只干脆的一句话，你干不干，是或否？同时也许无情的运命，扭着他那丑陋可怕的脸子在你的身旁冷笑，等着你最后的回话。你干不干，他仿佛也涎着他的怪脸问着你！

　　我们勇敢的邻居们已经交了他们的考卷；他们回答了一个干脆的干字，我们不能不佩服。我们不能不尊敬他们精神的人格。不等那大震灾的火焰缓和下去，我们邻居们第二次的奋斗已经庄严的开始了。不等运命的残酷的手臂松放，他们已经宣言他们积极的态度对运命宣战。这是精神的胜利，这是伟大，这是证明他们有不可摇的信心，不可动的自信力；证明他们是有道德的与精神的准备的，有最坚强的毅力与忍耐力的，有内心潜在着的精力的，有充分的后备军的，好比说，虽则前敌一起在炮火里毁了，这只是给他们一个出马的机会。他们不但不悲观，不但不消极，不但不绝望，不但不低着嗓子乞怜，不但不倒在地下等救，在他们看来这大灾难，只是一个伟大的激刺，伟大的鼓励，伟大的灵感，一个应有的试验，因此他们新来的态度只是双倍的积极，双倍的勇猛，双倍的兴奋，双倍的有希望；他们仿佛是经过大战的大将，战阵愈急迫愈危险，战鼓愈打得响亮，他的胆量愈大，往前冲的步子愈紧，必胜的决心愈强。这，我说，真是精神的胜利，一种道德的强制力，伟大的，难能的，可尊敬的，可佩服的。泰戈尔说的，国家的灾难，个人的灾难，都是一种试验：除是灾难的结果压倒了你的意志与勇敢，那才是真的灾难，因为你更没有翻身的希望。

这也并不是说他们不感觉灾难的实际的难受，他们也是人，他们虽勇，心究竟不是铁打的。但他们表现他们痛苦的状态是可注意的；他们不来零碎的呼叫，他们采用一种雄伟的庄严的仪式。此次震灾的周年纪念时；他们选定一个时间，举行他们全国的悲哀；在不知是几秒或几分钟的期间内，他们全国的国民一致的静默了，全国民的心灵在那短时间内融合在一阵忏悔的，祈祷的，普遍的肃静里（那是何等的凄伟！）；然后，一个信号打破了全国的静默，那千百万人民又一致的高声悲号，悲悼他们曾经遭受的惨运；在这一声弥漫的哀号里，他们国民，不仅发泄了蓄积着的悲哀，这一声长号，也表明他们一致重新来过的伟大的决心（这又是何等的凄伟！）。

这是教训，我们最切题的教训。我个人从这两件事情——俄国革命与日本地震——感到极深刻的感想；一件是告诉我们什么是有意义有价值的牺牲，那表面紊乱的背后坚定的站着某种主义或是某种理想，激动人类潜伏着一种普遍的想望，为要达到那想望的境界，他们就不顾冒怎样剧烈的险与难，拉倒已成的建设，踏平现有的基础，抛却生活的习惯，尝试最不可测量的路子。这是一种疯癫，但是有目的的疯癫；单独的看，局部的看，我们尽可以下种种非难与责备的批评，但全部的看，历史的看时，那原来纷乱的就有了条理，原来散漫的就成了片段，甚至于在经程中一切反理性的分明残暴的事实都有了他们相当的应有的位置，在这部大悲剧完成时，在这无形的理想"物化"成事实时，在人类历史清理节帐时，所得便超过所出，赢余至少是盖得过损失的。我们现在自己的悲惨就在问题不集中，不清楚，不一贯；我们缺少，用一个现成的比喻——那一面半空里升起来的彩色旗，（我不是主张红旗我不过比喻罢了！）使我们有眼睛能看的人都不由的不仰着头望；缺少那青天里的一个霹雳，使我们有耳朵能听的不由的惊心。正因为缺乏这样一个一贯的理想与标准（能够表现我们潜在意识所想望的），我们有的那一部疯癫性——历史上所有的大运动都脱不了疯癫性的成分——就没有机会充分的外现，我们物质生活的累赘与沾恋，便有力量压迫住我们精神性的奋斗；不是我们天生不肯牺牲，也不是天生懦怯，我们在这时期内的确不曾寻着值得或是强迫我们牺牲的那件理想的大事，结果是精力的散漫，志气的怠惰，苟且心理的普遍，悲观主义的盛行，一切道德标准与一切价值的毁灭与埋葬。

人原来是行为的动物，尤其是富有集合行为力的，他有向上的能力，但他也是最容易堕落的，在他眼前没有正当的方向时，比如猛兽监禁在铁笼子里。在他的行为力没有发展的机会时，他就会随地躺了下来，管他是水潭是泥潭，过他不黑不白的猪奴的生活。这是最可惨的现象，最可悲的趋向。如其我们容忍这种状态继续存在时，那时每一对父母每次生下一个洁净的小孩，只是为这卑劣的社会多添一个堕落的分子，那是莫大的亵渎的罪业；所有的教育与训练也就根本的失去了意义，我们还不如盼望一个大雷霆下来毁尽了这三江或四江流域的人类的痕迹！

再看日本人天灾后的勇猛与毅力，我们就不由的不惭愧我们的穷，我们的乏，我们的寒伧。这精神的穷乏才是真可耻的，不是物质的穷乏。我们所受的苦难都还不是我们应有的试验的本身，那还差得远哪；但是我们的丑态已经恰好与人家的从容成一个对照。我们的精神生活没有充分的涵养，所以临着稀小的纷扰便没有了主意，像一个耗子似的，他的天才只是害怕，他的伎俩只是小偷；又因为我们的生活没有深刻的精神的要求，所以我们合群生活的大网子就缺少最吃分量最经用的那几条普遍的同情线，再加之原来的经纬已经到了完全破烂的状态，这网子根本就没有了联结，不受外物侵损时已有溃败的可能，哪里还能在时代的急流里，捞起什么有价值的东西？说也奇怪，这几千年历史的传统精神非但不曾供给我们社会一个顽固的基础，我们现在到了再不容隐讳的时候，谁知道发现我们的桩子，只是在黄河里造桥，打在流沙里的！

难怪悲观主义变成了流行的时髦！但我们年轻人，我们的身体里还有生命跳动，脉管里多少还有鲜血的年轻人，却不应当沾染这最致命的时髦，不应当学那随地躺得下去的猪，不应当学那苟且专家的耗子，现在时候逼迫了，再不容我们刹那的含糊。我们要负我们应负的责任，我们要来补织我们已经破烂的大网子，我们要在我们各个人的生活里抽出人道的同情的纤维来合成强有力的绳索，我们应当发现那适当的象征，像半空里那面大旗似的，引起普遍的注意；我们要修养我们精神的与道德的人格，预备忍受将来最难堪的试验。简单的一句话，我们应当在今天——过了今天就再没有那一天了——宣传我们对于生活基本的态度。是是还是否；是积极还是消极；是生道还是死道；是向上还是堕落？在我们年轻人一个字的答案上就挂着我们全社会的运命的决定。我盼望我至少可以代表大多数青年，在这篇讲演的末尾，高叫一声——用两个有力量的外国字——

"Everlasting yea！"³

（原刊于1924年12月1日《晨报六周年纪念增刊》，收入《落叶》）

注释

1. 加拉罕（1889—1937），前苏联外交家。
2. 卡莱尔（1795—1881），英国的散文家和历史学家，著有《法国革命史》等。
3. Everlasting Yea，意思是：永远以积极的态度去对待人生。

导读

　　本文是作者1924年秋在北师大的一篇演讲，旨在呼唤真的感情，鼓励青年人永远以积极的态度去对待人生，摆脱悲观主义的厌世情绪，同时要怀持理想，肩负责任，去改造不合理的社会现实。文章论述观点时，既征引历史和现实事例，亦有生动形象的象征和比喻，是一篇佳作。

　　在文中，作者说："我是一个信仰感情的人，也许我自己天生就是一个感情性的人。"为何信仰感情呢？作者认为，"真的感情，真的人情，是难能可贵的，那是社会组织的基本成分。"人在社会中是孤立的个体，而感情则如同线索和经纬，将人与人联系在一起，形成和谐的整体与统一的力量。作者先以波纹、细流、江河与大海等形象的譬喻来说明一个人的感情如何形成巨大的社会性力量。再以耶稣山上训道与佛祖树下悟道两个具体事例，来说明感情的力量。这两项人类历史上的伟大奇迹，均起源于一个人心灵的偶然颤动，一份真的感情，一份悲悯的同情。所以作者认为"感情才是成江成河的水泉，感情才是织成大网的线索"。基于这样的认识，作者发出了社会批判之声，认为中国社会的感情的水泉已经干涸，感情的大网已经破烂。中国社会种种乱象的真正病因在于人心的自私冷漠，麻木不仁，而非在于"经济的不平等，或是政治的不安定，或是少数人的放肆的野心"。当然，本文是一篇演讲稿，并非论文，此处所操持的是散文或诗性的笔法，而非严密的论证。作者并非真的相信社会变乱与政治、经济、政客、军阀无关，而是为了强调责任意识，突出自我省思，激发真的感情。随后作者以《毒药》、《白旗》与《婴儿》三首诗来形象地表达自己的思想意蕴。联系上文的具体语境，《毒药》在此处所揭示的是社会的种种乱象与病态，表达了作者的愤懑、绝望和怨毒式情绪。而《白旗》是在呼唤每个人内心真的感情，一如诗里所写："一齐举起你们手里的白旗，像举起你们的心一样。"《婴儿》中的"婴儿"意象，象征着社会改革的理想与希望。意在表达：人们不该绝望，也不应放弃，而是忍耐、抵抗着与奋斗，为了伟大理想的实现。可以说，从《毒药》至《婴儿》，是一个从绝望到觉醒、再到奋斗的过程。继而，作者以俄国革命与日本地震两个切近的事例来唤起人们"重新来过"决心、勇气与毅力，以积极的态度对待人生，共同补织已经破烂的感情之网。

论自杀

一　读桂林梁巨川[1]先生遗书

前七前也是这秋叶初焦的日子，在城北积水潭边一家临湖的小阁上伏处着一个六十老人；到深夜里邻家还望得见他独自挑着荧荧的灯火，在那小楼上伏案疾书。

有一天破晓时他独自开门出去，投入净业湖的波心里淹死了。那位自杀的老先生就是桂林梁巨川先生，他的遗书新近由他的哲嗣焕鼐与漱冥[2]两先生印成六卷共四册，分送各公共阅览机关与他们的亲友。

遗书第一卷是"遗笔汇存"，就是巨川先生成仁前分致亲友的绝笔，共有十七缄，原迹现存彭冀仲先生别墅楼中（我想一部分应归京师图书馆或将来国立古物院保存），这里有影印的十五缄；遗书第二卷是先生少时自勉的日记（"感敏山房日记"节钞一卷）；第三卷"侍疾日记"是先生侍疾他的老太太时的笔录；第四卷是辛亥年的奏疏与民国初年的公牍；第五卷"伏卵录"是先生从学的札记；末第六卷"别竹辞花记"是先生决心就义前在缨子胡同手建的本宅里回念身世的杂记二十余则，有以"而今不可得矣"句作束的多条。

梁巨川先生的自杀在当时就震动社会的注意。这是昌言打破偶像主义与打破礼教束缚的新青年，也表示对死者相当的敬意，不完全驳斥他的自杀行为。陈独秀先生说他"总算是为救济社会而牺牲自己的生命，在旧历史上真是有数人物……言行一致的……身殉了他的主义"，陶孟和[3]先生在那篇《论自杀》是完全一个社会学者的看法；他的态度是严格批评的。陶先生分明是不赞成他自杀的；他说他"政治观念不清，竟至误送性命，够怎样的危险啊！"陶先生把性命看得很重。"自杀的结果是损失一个生命，并且使死者之亲族陷于穷困……影响是及于社会的。"一个社会学家分明不能容许连累社会的自杀行为。"但是梁先生深信自杀可以唤起国民的爱国心"："为唤醒国民的自杀"，陶先生那篇论文的结句说，"是借着断绝生命的手段做增加生命的事，岂能有效力吗？"

"岂能有效力吗"？巨川先生去世以来整整有七年了。我敢说我们都还记得曾经有这么一回事。他为什么要自杀？一般人的答话，我猜想，一定说他是尽忠清室，再没有别的了。清室！什么清室！今天故宫博物院展览，你去了没有？坤寿宫里有溥仪太太的相片，长得真不错，还有她的亲笔英文，你都看了没有？那老头多傻！这二十世纪还来尽忠！白白的淹死了一条老命！

同时让我们来听听巨川自表的话：

> 我身值清朝之末，故云殉清；其实非以清朝为本位，而以幼年所学为本位。……幼年所闻以对于世道有责任为主义，此主义深印于吾脑中，即以此主义为本位故不容不殉。

> 殉清又何言非本位？曰义者天地间不可歇绝之物，所以保全自身之人格，培补社会之元气，当引为自身当行之事，非因外势之牵迫而为也……诸君试思今日世局因何故而败坏至于此极。正由朝三暮四，反复无常，既卖旧君，复卖良友，又卖主帅，背弃平时之要约，假托爱国之美名，受金钱收买，受私人嗾使，买刺客以坏长城，因个人而破大局，转移无定，面目靦然。由此推行，势将全国人不知信义为何物，无一毫拥护公理之心，则人既不成为人。国焉能成为国……此鄙人所以自不量力，明知大势难救，而捐此区区，聊为国性一线之存也。

> ……辛亥之役无捐躯者为历史缺憾，数年默审于心，今更得正确理由，曰不实行共和爱民之政（口言平民主义之官僚锦衣玉食威福自雄视人民皆为奴隶民德堕落民生凋穷南北分裂实在不成事体），辜负清廷禅让之心。遂于戊午年十月初六夜或初七晨赴积水潭南岸大柳根一带身死……

由这几节里，我们可以看出巨川先生的自杀，决不是单纯的"尽忠"；

即使是尽忠，也是尽忠于世道（他自己说）。换句话说，他老先生实在再也看不过革命以来实行的，也最流行的不要脸主义；他活着没法子帮忙，所以决意牺牲自己的性命，给这时代一个警告，一个抗议。"所欲有甚于生者"，是他总结他的决心的一句话。

这里面有消息，巨川先生的学力、智力，在他的遗著里可以看出，决不是寻常的；他的思想也绝对不能说叫旧礼教的迷信束缚住了的。不，甚至他的政治观念，虽则不怎样精密，怎样高深，却不能说他（像陶先生说他）是"不清"，因而"误送了命"。不；如其曾经有一个人分析他自己的情感与思路的究竟，得到不可避免自杀的结论，因而从容的死去，那个人就是梁巨川先生。他并不曾"误送了"他的命。我们可以相信即使梁先生当时暂缓他的自杀，去进大学校的法科，理清他所有的政治观念（我敢说梁先生就在老年，他的理智摄收力也决不比一个普通法科学生差）；——结果积水潭大柳根一带还是他的葬身地。这因为他全体思想的背后还闪亮着一点不可错误的什么——随你叫他"天理"、"养"、信念、理想，或是康德[4]的道德范畴——就是孟子说的"甚于生"的那一点，在无形中制定了他最后的惨死，这无形的一点什么，决不是教科书知识所可淹没，更不是寻常教育所能启发的。前天我正在讲起一民族的国民性，我说"到了非常的时候它的伟大的不灭的部分，就在少数或是甚至一二人的人格里，要求最集中最不可错误的表现……因此在一个最无耻的时代里往往诞生出一两个最知耻的个人，例如宋末有文天祥，明末有黄梨洲[5]一流人。在他们几位先贤，不比当代看得见的一群遗老与新少，忠君爱国一类的观念脱卸了肤浅字面的意义，却取得了一种永久的象征的意义，……他们是为他们的民族争人格，争'人之所以为人'……在他们性灵的不朽里呼吸着民族更大的性灵"。我写那一段的时候并不曾想起梁巨川先生的烈迹，却不意今天在他的言行里（我还是初次拜读他的遗著）找到了一个完全的现成的例证。因此我觉得我们不能不尊敬梁巨川自杀的那件事实，正因为我们尊敬的不是他的单纯自杀行为的本体，而是那事实所表现的一点子精神。"为唤醒国民的自杀，"陶孟和先生说，"是借着断绝生命的手段做增加生命的事"；粗看这话似乎很对，但是话里有语病，就是陶先生拢统的拿生命一个字代表截然不同的两件事：他那话里的第一个生命里指个人躯壳的生存，那是迟早有止境的，他的第二个生命是指民族或社会全体灵性的或精神的生命，那是没有寄居的躯壳同时却是永生不灭的。至于实际上有效力没有效力，那是另外一件事又当别论的。但在社会学家科学的立场看来，他竟许根本否认有精神生命这回事，他批评一切行为的标准，只是它影响社会肉眼看得见暂时的效果；我们不能不羡慕他的人生观的简单、舒服、便利，同时却不敢随声附和。当年钱牧斋[6]也曾立定主意殉国，他雇了一只小船，满载着他的亲友，摇到河身宽阔处死去，但当他走上船头先用手探入河水的时候他忽然发明"水原来是这样冷的"的一个真理，他就赶快缩回了温暖的船舱，原船摇了回去。他的常识多充足，他的头脑多清明！还有吴梅村[7]也曾在梁上挂好上吊的绳子，自己爬上了一张桌子正要把脖子套进绳圈去的时候，他的妻子家人跪在地下的哭声居然把他生生的救了下来。那时候吴老先生的念头，我想竟许与陶先生那篇论文里的一个见解完全吻合："自杀的结果是损失一个生命，并且使死者的亲属陷于穷困之影响是及于社会的"，还是收拾起梁上的绳子好好伴太太吃饭去吧。这来社会学者的头脑真的完全占了实际的胜利，不曾误送人命哩！固然像钱吴一流人本来就没有高尚的品格与独立的思想，他们的行为也只是陶先生所谓方式的，即使当时钱老先生没有怪嫌水冷居然淹了进去，或是吴先生硬得过妻子们的哭声，居然把他的脖子套进了绳圈去勒死了——他们的自杀也只当得自杀，只当得与殉夫殉贞节一例看，本身就没有多大精神的价值，更说不上增加民族的精神的生命。但他们这要死又缩回来不死，可真成了笑话——不论它怎样暗合现代社会学家合理的论断。

　　顺便我倒又想起一个近例。就比如蔡子民[8]先生在彭允彝时代宣言，并且实行他的不合作主义，退出了混浊的北京，到今天还淹留在外国。当初有人批评他那是消极的行为。胡适之先生就在《努力》上发表了一篇极有精彩的文章——《蔡元培是消极吗？》——说明蔡先生的态度正是在那时情况下可能的积极态度，涵有进取的，抗议的精神，正是昏朦时代的一声警钟。就实际看，蔡先生这走的确并不曾发生怎样看得见的效力；现在的政治能比彭允彝时期清明多少是问题，现在的大学能比蔡先生在时干净多少是问题。不，蔡先生的不合作行为并不曾发生什么社会的效果。但是因此我们就能断定蔡先生的出走，就比如梁巨川先生的自杀，是错误吗？不，至少我一个人不这么想。我当时也在《努力》上说了话，我说"蔡元培所以是个南边人说的'戆大'，愚不可及的一个书呆子，卑污苟且社会里的一个最不合时宜的理想者。所以他的话是没有人能懂的；他的行为只有极少数人——如真有——敢表同情的；他的主张，他的理想，尤其是一盆飞旺的炭火，大家怕炙手，如何敢去抓呢？""小人知进而不知退""不忍为同流合污之苟安""不合作"，"为保持人格起见"，"生平仅知是非公道，从不以人为单位"——这些话有多少人能懂，有多少人敢懂？这样的一个理想主义者非失败不可，因为理想主义者总是失败的。若然理想胜利，那就是卑污苟且的社会政治失败——那是一个过于奢侈的希望了。

我先前这样想，现在还是这样想。归根一句话，人的行为是不可以一概论的；有的，例如梁巨川先生的自杀，甚至蔡先生的不合作，是精神性的行为，它的起源与所能发生的效果，决不是我们常识所能测量，更不是什么社会的或是科学的评价标准所能批判的。在我们一班信仰（你可以说迷信）精神生命的痴人，在我们还有寸土可守的日子，决不能让实利主义的重量完全压倒人的性灵的表现，更不能容忍某时代迷信（在中世是宗教，现代是科学）的黑影完全淹没了宇宙间不变的价值。

二　再论梁巨川先生的自杀

志摩：

你未免太挖苦社会学的看法了。我的那篇没有什么价值的旧作是不是社会学的或科学的看法，且不必管，但是你若说社会学家科学的人生观是"简单"、"舒服"、"便利"，我却不敢随声附和，我有点替社会科学抱不平。我现在还没有工夫替社会科学做辩护人，我且先替我自己说几句吧。

在我读你的在今日（十月十二日）《晨报副刊》的大作之先，我也正读了梁漱冥先生送给我的那部遗书。我这次读了巨川先生的年谱，辛壬类稿的跋语、伏卵录、别竹辞花记几种以后，我对于巨川先生坚强不拔的品格，谨慎廉洁的操行，忠于戚友的热诚，益加佩服。在现在一切事物都商业化的时代里，竟有巨川先生这样的人，实在是稀有的现象。我虽然十分的敬重巨川先生，我虽然希望自己还有旁人都能像巨川先生那样的律己，对于父母、家庭、朋友、国家或主义那样的忠诚，但是我总觉得自杀不应该是他老先生所采的办法。

志摩，你将来对于自杀或者还有什么深微奥妙的见解，像我这样浅见的人，总以为自杀并不是挽救世道人心的手段。我所不赞成的是消极的自杀，不是死。假使一个人为了一个信仰，被世人杀死，那是一个奋斗的殉道者的光荣的死，这是我所钦佩的。假使一个人因为自己的信仰，不为世人所信从，竟自己将自己的生命断送，这是一种消极的行为，是失败后的愤激的手段，虽然自杀者自己常声明说这个死是为的要唤醒同胞。假使一个医生因为设法支配微生物，反为微生物侵入身体内部而死，这是科学家牺牲的精神，这是最可景仰的行为。假使一个军官因为他的军人者不听从他的命令，他想要用他的自己的死感化他们，叫他们听从，这未免有点方法错误。我觉得巨川先生的死是这一类。

为唤醒一个人，一个与自己极有关系的人，用"尸谏"或者可以一时的有效。至于挽回世道人心总不是尸谏所能奏功的。

世界上曾有一个大教主是用死完成他的大功业的，他就是耶稣。但是耶稣并不是自杀。他的在十字架上的死，是证明他的卫道的忠心，而他的徒弟们采用唯理的解释法说他是为人类赎罪孽。

一般的说来，物理的生命是心理的生命的一个主要条件。没有身体哪里还有理想呢？诚然的，在世界上也常有身体消灭反能使理想生存的时候。苏格拉底饮鸩而哲学的思想大昌。文天祥遇害而忠气亘古今。但是所谓"杀身成仁"只限于杀身是奋斗的必不可免的结果的时候。杀身有种种的情形，有种种的方法，绝不是凡是杀身都是成仁的，更不是成仁必须杀身的。

但是，志摩，你千万不要以为这个见解就是爱惜生命，而不爱惜主义或理想。爱惜生命正是因为爱惜一种主义。志摩：假使你有一个理想是你认为在你的生命的价值以上无数倍的，你怎样想得到那个理想？你用自杀的方法去得到那个理想呢？你还是活着用种种的方法去得到那个理想呢？假使你——或随便一个男子恋爱了一个女子，好像丹梯的爱毗亚特里斯[9]，或哥德小说中少年维持的爱夏罗特（我举这个例，但是不要忘记维特的苦恼不过是一本小说，并且他的恋爱又有复杂的情形），这个男子用自杀的方法赢取那女子的爱呢，还是用种种恋爱的行为与表示去赢取那女子的爱呢？这个男子在有的时候或者以为即使他自己失去了生命，果然那女子能对于他有爱意，他也情愿，他也就达到了他的理想，但是像我这样的俗人，你或者称为一个功利主义者，总觉得这不过是失望者的自己安慰自己，与恋爱的本意不同。

我也并不是根本的反对自杀，我承认各人有自杀的自由，但是如以改良社会，挽回世道人心或忠于一种主义、信仰，或精神的生命为志愿，便不应该自杀，因为自杀与这些种志愿是相矛盾的。凡是志愿必须活着的人努力才有达到的希望，如巨川先生一生高洁的救世的行为尚不能唤起多入的注意与摹仿，他老先生的一死会可以唤醒全世人吗？即使他老先生的自杀一时的可以警醒了许多人，那也不过是一般人一时的感情的表现，人类本能的爱惜生命的感情的表现，又于世道人心有什么关系呢？无论巨川先生的志愿是救世，或是醒世，都必须积极努力，以本人为始，联合无数人努力的做去。救世或醒世没有捷径的，只有持久不懈的努力。我钦佩巨川先生之余还不得不说他老先生的自杀实是一个遗憾。这或者是因为我曾进过大学法科的缘故！

孟和十月十二日

陶孟和先生是我们朋辈中的一位隐士：他的家远在北新桥的北面；要不是我前天无意中从尘封的书堆里检出他的旧文来与他挑衅，他的矜贵的墨沈是不易滴落到宣武门外来的。我想我们都很乐意有机会得读陶先生的文章，他的思路的清澈与他文体的从容永远是读者们的一个有利益的愉快。这里再用不着我的不识趣的蛇足。我也不须答辩；陶先生大部分的见解都是我最同意的。活着努力，活着奋斗，陶先生这样说，我也这样说。我又不是干傻子，谁来提倡死了再去奋斗？——除非地下的世界与地上的世界同样的不完全。不，陶先生不要误会，我并不曾说自杀是"改良社会，挽回世道人心"的一个合理办法。我只说梁巨川先生见到了一点，使他不得不自杀；并且在他，这消极的手段的确表现了他的积极的目的；至于实际社会的效果，不但陶先生看不见，就我同情他自杀的一个也是一样的看不见。

我的信仰，我也不怕陶先生与读者们笑话，我自认永远在虚无缥缈间。

志摩附言

（原刊于1925年10月12日《晨报副刊》，收入《落叶》）

注释

1. 梁巨川，即梁济（1858—1918），清末官员、学者。字巨川，一字孟匡，别号桂岭劳人，以字行，广西桂林人，哲学家梁漱溟之父。光绪间举人。历官内阁中书、教养局总办委员、民政部主事、京师高等实业学堂斋务提调，清亡后投水自尽，留下万言遗书。

2. 漱冥，即梁漱溟（1893—1988），原名焕鼎，字寿铭。曾用笔名寿名、瘦民、漱溟，后以漱溟行世。现代著名思想家、哲学家、教育家，现代新儒学的早期代表人物之一，社会活动家，爱国民主人士。

3. 陶孟和（1888—1960），社会学家，当时任教于北京大学。

4. 康德（1724—1804），德国哲学家。

5. 黄梨洲，即黄宗羲（1610—1695），明末清初经学家、史学家、思想家，字太冲，一字德冰，号南雷，别号梨洲老人、梨洲山人、蓝水渔人、鱼澄洞主、双瀑院长、古藏室史臣等，学者称梨洲先生。

6. 钱牧斋，即钱谦益（1582—1664），字受之，号牧斋，晚号蒙叟、东涧老人，江苏常熟人，明末清初学者、散文家、诗人。明朝时，他是东林党的领袖之一，官至礼部侍郎。当明亡时，其与妻子柳如是欲投水殉国，遂发生文中提到的事情。嗣后他投降清朝，仍任礼部侍郎。

7. 吴梅村，即吴伟业（1609—1672），字骏公，号梅村，别署鹿樵生、灌隐主人、大云道人，明末清初著名诗人，与钱谦益、龚鼎孳并称"江左三大家"，又为娄东诗派开创者。

8. 蔡孑民，即蔡元培（1868—1940），1923年因北洋政府教育总长彭允彝干涉司法一事愤而辞职，申言与当局不合作。

9. 丹梯的爱毗亚特里斯，应该是指意大利中世纪但丁爱上贝娅特丽斯。但丁曾为她创作了一系列抒情诗，集结为《新生》。贝娅特丽斯去世后，诗人但丁始终未能忘情，将之视为精神上的恋人，并将其写入《神曲》，在作品中她是诗人游历天堂的向导。

导读

　　自杀，无疑是一种极端又复杂的现象，关涉哲学、宗教、社会学、心理学等诸领域。哲学家加缪甚至将"自杀"提升至哲学根本且唯一的地位。在哲学著作《西西弗斯神话》中，加缪于开篇便指出："真正严肃的哲学问题只有一个：自杀。判断生活是否值得经历，这本身就是在回答哲学的根本问题。"哈姆莱特那句"是生存还是毁灭"的追问也许是每一个真诚的生命都要面对的。生，需要理由。死，亦复如是。生或死，或许是基于同一个理由、同一个信念、同一种信仰。生与死的理由背后，所彰显的是生命的境界。我们甚至可以说，没有自杀存在的民族和社会是庸俗的，因为这说明没一个值得生死以之的东西存在。总有一些伟大的生命，并非为了一己的理由而主动迎向死亡之渊。社会学家涂尔干在《自杀论》中说："当一个人脱离社会时，他很容易自杀，而他过分地与社会融为一体时，他也很容易自杀。"由此而观，一个"以对于世道有责任为主义"的人，如梁巨川先生，势必是容易自杀的，尤其是在一个败坏的世道里。

每一个鲜活生命的骤然陨灭，都给人与社会以强烈的震撼。一如北岛的一句诗："一切死亡都有冗长的回音。"梁巨川先生之死，拨动着徐志摩的心弦，强烈而持久，遂成此文。在文中，徐志摩给予了梁巨川的自杀以肯定性的评价，旨在表彰知识分子的责任意识和理想主义的精神，批判社会中庸俗的实利主义。作者根据梁巨川的遗书，驳斥了社会上几种否定其自杀的言论，如认为其自杀毫无效力，又如认为其投湖是殉清。作者从遗书中读出，梁巨川之死非为尽忠清室，而是尽忠于"对于世道有责任"的信念，所以决意牺牲自己的性命，给这个"败坏至于此极"时代一个警告和一个抗议。

在下文中，作者对"生命"一词做出了自己的解读，即划分为肉身的生命与精神的生命两面。作者认为，梁巨川以自己肉身生命之陨灭而增加了民族的精神的生命。个体的肉身生命，是迟早有止境的，而民族或社会全体灵性的或精神的生命，是永生不灭的。同时，作者也指出，自杀不能一概而论，如殉身于某个王朝或妇女殉节，则是不应该的，因为无益于民族精神生命的增加，本身是没有精神价值的。随后，作者藉梁巨川自杀一事介入当下现实，将之与蔡元培先生的辞职联系起来，同是一种"拿人格头颅去撞开地狱门的精神"(《"就使打破了头，也还要保持我灵魂的自由"》)。鲁迅曾说："中国一向就少有失败的英雄，少有韧性的反抗，少有敢单身鏖战的武人，少有敢抚哭叛徒的吊客；见胜兆则纷纷聚集，见败兆则纷纷逃亡。"而梁巨川和蔡元培，无疑是这种敢于失败的英雄。或许理想主义者终归是要失败的，是要为实利主义者所讪笑的。然而作者决意要坚持下去，不顾实际功效，因为这份坚持和追求本身就具有精神价值。

笔者由梁巨川的自杀而想到了王国维的自杀。两人同为清朝遗老，自杀时间相距亦不过十载，但非为殉清，同是殉身一种文化责任与信念。陈寅恪如是评价王国维的自杀："寅恪以为古今中外志士仁人，往往憔悴忧伤，继之以死。其所伤之事，所死之故，不止局于一时间一地域而已。盖别有超越时间地域之理性存焉。而此超越时间地理之理性，必非其同时间地域之众人所能共喻。"确乎如此，这种"超越时间地理之理性"的确是时人难以理解的，也未敢理解的。所以徐志摩在文中愤懑地诘问："这些话有多少人能懂，有多少人敢懂？"这是实利主义之徒所永远不懂的，所以作者自嘲说："我的信仰，我也不怕陶先生与读者们笑话，我自认永远在虚无缥缈间。"仁人志士的信念，非在个人现实功利，而在"虚无缥缈间。"陈寅恪在《王观堂先生纪念碑铭》中最后写道："先生之著述，或有时而不章。先生之学说，或有时而可商。惟此独立之精神，自由之思想，历千万祀，与天壤而同久，共三光而永光。"先贤们的著述或学说，如今看来或许失效，因为这是囿于"一时间一地域"之事。而他们的精神，是永生不灭的，这是超越时间与地域的。

守旧与"玩"旧

一

走路有两个走法：一个是跟前面人走，信任他是认识路的；一个是走自己的路，相信你自己有能力认识路的。谨慎的人往往太不信任他自己；有胆量的人往往过分信任他自己。为便利计，我们不妨把第一种办法叫作古典派或旧派；第二种办法叫作浪漫派或新派。在文学上，在艺术上，在一般思想上，在一般做人的态度上，我们都可以看出这样一个分别，这两种办法的本身，在我看来，并没有什么好坏；这只是个先天性情上或后天嗜好上的一个区别；你也许夸他自己寻路的有勇气，但同时就有人骂他狂妄；你也许骂跟在人家背后的人寒伧，但同时就有人夸他稳健。应得留神的就只一点：就只那个"信"字是少不得的，古典派或旧派就得相信——完全相信——领他路的那个人是对的，浪漫派或新派就得相信——完全相信——他自己是对的，没有这点子原始的信心，不论你跟人走，或是你自己领自己，走出道理来的机会就不见得多，因为你随时有叫你心里的怀疑打断兴会的可能；并且即使你走着了也不算希奇，因为那是碰巧，与打中白鸽票的差不多。

二

在思想上抱住古代直下来的几根大柱子的，我们叫作旧派。这手势本身并不怎样的可笑，但我们却盼望他自己确凿的信得过那几条柱子是不会倒的。并且我们不妨进一步假定上代传下来的确有几根靠得住的柱子，随你叫它纲，叫它常，礼或是教，爱什么就什么，但同时因为在事实上有了真的便有假的，那几根真靠得住的柱子的中间就夹着了加倍加倍的幻柱子，不生根的，靠不住的，假的。你要是抱错了柱子，把假的认作真的，结果你就不免伊索寓言里那条笨狗的命运：他把肉骨头在水里的影子认是真的，差一点叫水淹了它的狗命。但就是那狗，虽则笨，虽则可笑，至少还有它诚实的德性：它的确相信那河里的骨头影子是一条真骨头：假如，譬方说，伊索那条狗曾经受过现代文明教育，那就是说学会了骗人上当，明知道水里的不是真骨头，却偏偏装出正经而且大量的样子，示意与他一同站在桥上的狗朋友们，他们碰巧是不受教育的，因此容易上人当，叫他们跳下水去吃肉骨头影子，它自己倒反站在旁边看趣剧作乐，那时我们对它的举动能否拍掌，对它的态度与存心能否容许？

三

寓言是给有想象力并且有天生幽默的人们看的，它内中的比喻是"不伤道"的；在寓言与童话里——我们竟不妨加一句在事实上——就有许多畜生比普通人们——如其我们没有一个时候忘得了人是宇宙的中心与一切的标准——更有道德，更诚实，更有义气，更有趣味，更像人！

四

上面说完了原则，使用了比方，现在要应用了。在应用之先，我得介绍我说这番话的缘由。孤桐[1] 在他的《再疏解辟义》——甲寅周刊第十七期——里有下面几节文章——

> ……凡一社会能同维秩序。各长养子孙，利害不同，而游刃有余，贤不肖浑淆而无过不及之大差，雍容演化，即于繁祉，共游一藩，不为天下裂，必有共同信念以为之基，基立而构兴，则相与饮食焉，男女焉，教化焉，事为焉，涂虽万殊，要归于一者也。兹信念者，亦期于有而已，固不必持绝对之念，本逻辑之律，以绳其为善为恶，或衷于理与否也。……（圈是原有的也是我要特加的。摩。）

> ……此诚世道之大忧，而深识怀仁之士所难熟视无睹者也。笃而论之，如耶教者，其蟫陋焉得言无，然天下之大。大抵上智少而中才多，宇宙之谜，既未可以尽明。因葆其不可明者，养人敬畏之心，取使葬伦之叙，乃为忧世者意念之所必至，故神道设教，

圣人不得已而为之。固不容于其义理，详加论议也。

　　……过此以往，稍稍还醇返朴，乃情势之所必然；此为群化消长之常，甲无所谓进化，乙亦无所谓退化，与愚曩举释义，盖有合焉。夫吾国亦苦社会公同信念之摇落也甚矣，旧者悉毁而新者未生，后生徒恃己意所能判断者，自立准裁，大道之忧，孰甚于是，愚此为惧。论入怀己，趣申本义，昧时之讥，所不敢辞。

五

　　孤桐这次论的是美国田芮西州[2]新近喧传的那件大案；与他的"辇义有合"的是判决那案件的法官们所代表的态度，就是特举的说，不承认我们人的祖宗与猴子的祖宗是同源的，因为《圣经》上不是这么说，并且这是最污辱人类尊严的一种邪说。关于孤桐先生论这件事的批评，我这里暂且不管，虽则我盼望有人管，因为他那文里叙述兼论断的一段话并不给我他对于任何一造有真切了解的印象。我现在要管的是孤桐在这篇文章里泄露给我们他自己思想的基本态度。

　　自分是"根器浅薄之流"，我向来不敢对现代"思想界的权威者"的思想存挑战的妄念，甲寅记者先生的议论与主张，就我见得到看得懂的说，很多是我不敢苟同的，但我这一晌只是忍着不说话。

　　同时我对于现代言论界里有孤桐这样一位人物的事实，我到如今为止，认为不仅有趣味，而且值得欢迎的。因为在事实上得着得力的朋友固然不是偶然；寻着相当的敌手也是极难得的机会。前几年的所谓新思潮只是在无抵抗性的空间里流着；这不是"新人们"的幸运，这应分是他们的悲哀，因为打架大部分的乐趣，认真的说，就在与你相当的对敌切实较量身手的事实里：你揪他的头发，他回揪你的头毛，你腾空再去扼他的咽喉，制他的死命，那才是引起你酣兴的办法；这暴烈的冲突是快乐，假如你的力量都化在无反应性的空气里，那有什么意思？早年国内旧派的思想太没有它的保护人了，太没有战斗的准备，退让得太荒谬了；林琴南[3]只比了一个手势就叫敌营的叫嚣吓了回去。新派的拳头始终不曾打着重实的对象；我个人一时间还猜想旧派竟许永远不会有对垒的能耐。但是不，甲寅周刊出世了，它那势力，至少就销数论，似乎超过了现行任何同性质的期刊物。

我对于孤桐一向就存十二分敬意的，虽则明知在思想上他与我——如其我配与他对称这一次——完全是不同道的。这敬仰他因为他是个合格的敌人。在他身上，我常常想，我们至少认识了一个不苟且、负责任的作者，在他的文字里，我们至少看着了旧派思想部分的表现。有组织的根据论辩的表现。有肉有筋有骨的拳头，不再是林琴南一流棉花般的拳头了；在他的思想里，我们看了一个中国传统精神的秉承者，牢牢的抱住几条大纲，几则经义，决心在"邪说横行"的时代里替往古争回一个地盘；在他严刻的批评里新派觉悟了许多一向不曾省察到的虚陷与弱点。不，我们没有权利，没有推托，来蔑视这样一个认真的敌人，我常常这么想，即使我们有时在他卖弄他的整套家数时，看出不少可笑的台步与累赘的空架。每回我想着了安诺尔德[4]说牛津是"败绩的主义的老家"，我便想象到一轮同样自傲的彩晕围绕在甲寅周刊的头顶；这一比量下来，我们这方倚仗人多的势力倒反吃了一个幽默上的亏输！不，假如我的祈祷有效力时，我第一就希冀甲寅周刊所代表的精神"亿万斯年"！

六

因为两极端往往有碰头的可能。在哲学上，最新的唯实主义与最老的唯心主义发现了彼此是紧邻的密切；在文学上，最极端的浪漫派作家往往暗合古典派的模型；在一般思想上，最激进的也往往与最保守的有联合防御的时候。这不是偶然；这里面有深刻的消息。"时代有不同"，诗人勃兰克[5]说，"但天才永远站在时代的上面"。"运动有不同"，英国一个艺术批评家说，"但传统精神是绵延的"。正因为所有思想最后的目的就在发见根本的评价标源，最漫浪（那就是最向个性里来）的心灵的冒险往往只是发见真理的一个新式的方式，虽则它那本质与最旧的方式所包容的不能有可称量的分别。一个时代的特征，虽则有，毕竟是暂时的，浮面的；这只是大海里波浪的动荡，它那渊深的本体是不受影响的；只要你有胆量与力量没透这时代的掀涌的上层你就淹入了静定的传统的底质，要能探险得到这变的底里的不变，那才是攫着了骊龙的额下珠，那才是勇敢的思想者最后的荣耀，旧派人不离口的那个"道"字，依我浅见，应从这样的讲法，才说得通，说得懂。

七

孤桐这回还是顶谨慎的捧出他的"大道"的字样来作他文章的后镇，"大道之忧，孰甚于是？"但是这回我自认我对于孤桐，不仅他的大道，并且他思想的基本态度，根本的失望了！而且这失望在我是一种深刻的幻灭的苦痛。美丽的安琪儿的腿，这样看来，原来是泥做的！请看下文。

我举发孤桐先生思想上没有基本信念。我再重复我上面引语加圈的几句："……兹信念者亦期于有而已，固不必持绝对之念，本逻辑之律，以绳其为善为恶，或衷于理与否也。"所有唯心主义或理想主义的力量与灵感就在肯定它那基本信念的绝对性；历史上所有殉道、殉教、殉主义的往例，无非那几个个人在确信他们那信仰的绝对性的真切与热奋中，他们的考量便完全超轶了小己的利益观念，欣欣的为他们各人心目中特定的"恋爱"上十字架，进火焰，登断头台，服毒剂，尝刀锋，假如他们——不论是耶稣，是圣保罗，是贞德、勃罗诺[6]，罗兰夫人[7]，或是甚至苏格腊底斯[8]——假如他们各个人当初曾经有刹那间会悟到孤桐的达观："固不必持绝对之念"：那在他们就等于彻底的怀疑，如何还能有勇气来完成他们各人的使命？

但孤桐已经自认他只是一个"实际政家"，他的职司，用他自己的辞令，是在"操剥复之机，妙调和之用"，这来我们其实"又何能深怪"？上当只是我自己。"我的腿是泥塑的"，安琪儿自己在那里说，本来用不着我们去发见。一个"实际政家"往往就是一个"投机政家"，正因他所见的只是当时与暂时的利害，在他的口里与笔下，一切主义与原则都失却了根本的与绝对的意义与价值，却只是为某种特定作用而姑妄言之的一套，背后本来没有什么思想的诚实，面前也没有什么理想的光彩。"作者手里的题目"，阿诺尔德[9]说，"如其没有贯彻他的，他一定做不好：谁要不能独立的运思，他就不会被一个题目所贯彻。"（Matthew Arnold：Preface to Merope）[10]如今在孤桐的文章里，我们凭良心说，能否寻出些微"贯彻"的痕迹，能否发见些微思想的独立？

八

一个自己没有基本信仰的人，不论他是新是旧，不但没权利充任思想的领袖，并且不能在思想界里占任何的位置；正因为思想本身是独立的，纯粹性的，不含任何作用的，他那动机，我前面说过，是在重新审定，劈去时代的浮动性，一切评价的标准。与孤桐所谓第二者（即实际政家）之用心："操剥复之机，妙调和之用"，根本没有关连。一个"实际政家"的言论只能当作一个"实际政家"的言论看他所浮泅的地域，只在时代浮动性的上层！他的维新，如其他是维新，并不是根基于独见的信念，为的只是实际的便利；他的守旧，如其他是守旧，他也不是根基于传统精神的贯彻，为的也只是实际的便利。这样一个人的态度实际上说不上"维"，也说不上"守"，他只是"玩"！一个人的弊病往往是在夸张过分；一个"实际政家"也自有他的地位，自有他言论的领域，他就不该侵入纯粹思想的范围，他尤其不该指着他自己明知是不定靠得住的柱子说"这是靠得住的，你们尽管抱去"，或是——再引喻伊索的狗——明知水里的肉骨头是虚影——因为他自己没有信念——却还怂恿桥上的狗友去跳水，那时他的态度与存心，我想，我们决不能轻易容许了吧！

（原刊于1925年11月11日《晨报副刊》，收入《落叶》）

注释

1. 孤桐，即章士钊（1881—1973），字行严，笔名黄中黄、烂柯山人、孤桐、青桐、秋桐等，学者、作家、教育家和政治活动家。章彼时任段祺瑞执政府司法总长兼教育总长，并主持《甲寅》周刊，反对新文学运动、新文化运动，反对白话文，反对"欧化"。

2. 田芮西州，今通译为田纳西州，是美国南部的一个州。

3. 林琴南，即林纾（1852—1924），字琴南，号畏庐，别属冷红生，近代文学家、翻译家。"五四"新文化运动中，林是保守派的代表。

4. 安诺尔德，今通译为阿诺德（1822—1888），英国诗人、评论家，曾任牛津大学任诗歌教授。

5. 勃兰克，今通译为布莱克（1757—1827），英国诗人、画家，著有诗集《诗歌随笔》、《天真之歌》、《经验之歌》、《耶路撒冷》等。

6. 勃罗诺，今通译为布鲁诺（1548—1600），意大利思想家、自然科学家、哲学家和文学家。他捍卫和发展了哥白尼的日心说，并把它传遍欧洲，被世人誉为是反教会、反经院哲学的无畏战士，是捍卫真理的殉道者。1592年由于批判经院哲学和神学、反对地心说等"罪名"被捕入狱，最后被宗教裁判所判为"异端"烧死在罗马鲜花广场。

7. 罗兰夫人（1754—1793），法国大革命时期著名的政治家。
8. 苏格腊底斯，今通译为苏格拉底（公元前 469—公元前 399），著名的古希腊的思想
   家、哲学家，教育家，他和他的学生柏拉图，以及柏拉图的学生亚里士多德被并称
   为"古希腊三贤"，更被后人广泛认为是西方哲学的奠基者。
9. 阿诺尔德，即阿诺德。
10. 翻译为：马修·阿诺德：《墨罗佩·序》

导论

　　本篇是徐志摩针对保守刊物《甲寅周刊》上章士钊的《再疏解辉义》
而写的评论。其要旨在于区别守旧与"玩"旧，以强调思想当真诚无伪，
信仰须持守无畏，所批判的是投机者，不论其是人生的、信仰的还是政治
的。作者曾在《迎上前去》一文中道出自己批判的原则，其中一点是："我
永远不来对人的攻击——在必要时我只拿一个人格当显微镜用，借它来显
出某种普遍的，但却隐遁不易踪迹的恶性。"所以，本文并非针对章士钊个
人，而是借其当显微镜用，显示出人性、社会和历史中存在的普遍的恶性
现象——人生的瞒与骗，虚无作戏，四处投机，无所操持。其根本诉求同
新文化运动一致，即在于"改造国民性"。

　　作者在开篇先划分出走路的两种方法，以比拟人生、文艺、思想或信
仰的两种立场，即旧派和新派。然而，不拘新与旧，不论古典还是浪漫，
总少不得一个"信"字。所谓"信"，首先是信心，相信自己所择取的和所
操守的，相信自它们的正当性；其次，是诚信，是信念，是言与行的一致，
是思想与生活的统一，是选择与持守的一贯，而非虚假作戏、随波逐流、
朝秦暮楚。新与旧，路途殊异，而信心一致。这即鲁迅在《破恶声轮》中
所说的："伪士当去，迷信可存，今日之急也。"先生在此所批判的同样是
无信仰、无特操的知识分子。

　　在第二、三节，作者改造了伊索寓言以作譬喻，形象而生动地讽刺无
"信"的投机者。既道明了精神原则，又以譬喻做了阐释，随后作者便开始
具体应用来审视章士钊的文章了，以戳破其"守"旧的面具，揭露其"玩"
旧的面孔。作者认为其虽是旧派，却并无操守和"信"的原则，因而不是
"守"旧，而是在"玩"旧。同时，新派亦然。如果维新"并不是根基于独
见的信念，为的只是实际的便利"，那么我们也同样可以称其为"玩"新。

吸烟与文化
（牛津）

一

　　牛津是世界上名声压得倒人的一个学府。牛津的秘密是它的导师制。导师的秘密，按利卡克教授说，是"对准了他的徒弟们抽烟"。真的，在牛津或康桥地方要找一个不吸烟的学生是很费事的——先生更不用提。学会抽烟，学会沙发上古怪的坐法，学会半吞半吐的谈话——大学教育就够格儿了。"牛津人"、"康桥人"：还不觳中吗？我如其有钱办学堂的话，利卡克说，第一件事情我要做的是造一间吸烟室，其次造宿舍，再次造图书室；真要到了有钱没地方花的时候再来造课堂。

二

　　怪不得有人就会说，原来英国学生就会吃烟，就会懒惰。臭绅士的架子！臭架子的绅士！难怪我们这年头背心上刺刺的老不舒服，原来我们中间也来了几个叫土巴菰烟[1]臭熏出来的破绅士！

　　这年头说话得谨慎些。提起英国就犯嫌疑。贵族主义！帝国主义！走狗！挖个坑埋了他！

　　实际上事情可不这么简单。侵略、压迫，该咒是一件事，别的事情可不跟着走。至少我们得承认英国，就它本身说，是一个站得住的国家，英国人是有出息的民族。它的是有组织的生活，它的是有活气的文化。我们也得承认牛津或是康桥至少是一个十分可羡慕的学府，它们是英国文化生活的娘胎。多少伟大的政治家、学者、诗人、艺术家、科学家，是这两个学府的产儿——烟味儿给熏出来的。

三

利卡克的话不完全是俏皮话。"抽烟主义"是值得研究的。但吸烟室究竟是怎么一回事？烟斗里如何抽得出文化真髓来？对准了学生抽烟怎样是英国教育的秘密？利卡克先生没有描写牛津、康桥生活的真相；他只这么说，他不曾说出一个所以然来。许有人愿意听听的，我想。我也叫名在英国念过两年书，大部分的时间在康桥。但严格的说，我还是不够资格的。我当初并不是像我的朋友温源宁[2]先生似的出了大金镑正式去请教熏烟的：我只是个，比方说，烤小半熟的白薯，离着焦味儿透香还正远哪。但我在康桥的日子可真是享福，深怕这辈子再也得不到那样蜜甜的机会了。我不敢说康桥给了我多少学问或是教会了我什么。我不敢说受了康桥的洗礼，一个人就会变气息，脱凡胎。我敢说的只是——就我个人说，我的眼是康桥教我睁的，我的求知欲是康桥给我拨动的，我的自我的意识是康桥给我胚胎的。我在美国有整两年，在英国也算是整两年。在美国我忙的是上课，听讲，写考卷，龈橡皮糖，看电影，赌咒，在康桥我忙的是散步，划船，骑自转车，抽烟，闲谈，吃五点钟茶，牛油烤饼，看闲书。如其我到美国的时候是一个不含糊的草包，我离开自由神的时候也还是那原封没有动；但如其我在美国时候不曾通窍，我在康桥的日子至少自己明白了原先只是一肚子颟顸。这分别不能算小。

我早想谈谈康桥，对它我有的是无限的柔情。但我又怕亵渎了它似的始终不曾出口。这年头！只要"贵族教育"一个无意识的口号就可以把牛顿、达尔文、米尔顿[3]、拜伦、华茨华斯、阿诺尔德[4]、纽门[5]、罗刹蒂[6]、格兰士顿[7]等等所从来的母校一下抹煞。再说年来交通便利了，各式各种日新月异的教育原理教育新制翩翩的从各方向的外洋飞到中华，哪还容得厨房老过四百年墙壁上爬满骚胡髭一类藤萝的老书院一起来上讲坛？

四

但另换一个方向看去，我们也见到少数有见地的人再也看不过国内高等教育的混沌现象，想跳开了蹂烂的道儿，回头另寻新路走去。向外望去，现成有牛津、康桥青藤缭绕的学院招着你微笑；回头望去，五老峰下飞泉声中白鹿洞一类的书院瞅着你惆怅。这浪漫的思乡病跟着现代教育丑化的程度在少数人的心中一天深似一天。这机械性、买卖性的教育够腻烦了,我们说。我们也要几间满沿着爬山虎的高雪克[8]屋子来安息我们的灵性,我们说。我们也要一个绝对闲暇的环境好容我们的心智自由的发展去,我们说。

林玉堂[9]先生在《现代评论》登过一篇文章谈他的教育的理想。新近任叔永[10]先生与他的夫人陈衡哲[11]女士也发表了他们的教育的理想。林先生的意思约莫记得是相仿效牛津一类学府;陈、任两位是要恢复书院制的精神。这两篇文章我认为是很重要的,尤其是陈、任两位的具体提议,但因为开倒车走回头路分明是不合时宜,他们几位的意思并不曾得到期望的回响。想来现在的学者们大忙了,寻饭吃的、做官的,当革命领袖的,谁都不得闲,谁都不愿闲,结果当然没有人来关心什么纯粹教育(不含任何动机的学问)或是人格教育。这是个可憾的现象。

我自己也是深感这浪漫的思乡病的一个;我只要

　　草青人远,

　　一流冷涧……

但我们这想望的境界有容我们达到的一天吗?

十五年一月十四日。

(原刊于1926年10月1日《晨报副刊》,收入《巴黎的鳞爪》)

注释

1. 土巴菰烟,英文 tobacco 的音译,意即“烟草”。
2. 温源宁(1899—1984),英国剑桥大学法学硕士。1925年起,历任北京大学西方语言文学系教授兼英文组主任、清华大学西洋文学系教授、北平大学女子师范学院外国文学系讲师等职。1935年起,与林语堂、全增嘏、姚克等合编英文文史月刊《天下》。
3. 米尔顿,今通译为弥尔顿(1608—1674)英国诗人、政论家、民主斗士,著有《失乐园》。
4. 阿诺尔德,今通译为阿诺德(1822—1888),英国诗人、评论家,牛津大学任诗歌教授。

5. 纽门，今通译为纽曼（1801—1890），现代重要的高等教育思想家。

6. 罗刹蒂，今通译为罗塞蒂（1828—1882），画家、诗人、翻译家。

7. 格兰士顿，今通译为格莱斯顿（1809—1898）英国政治家，曾作为自由党人四次出任英国首相。格莱斯顿是美国总统伍德罗·威尔逊的偶像，始终被学者排名为最伟大的英国首相之一。

8. 高雪克，Gothic 的音译，意即"哥特式"，12 至 16 世纪流行于西欧的建筑风格，以尖拱、拱顶、细长柱等为特点，主要建于天主教堂。

9. 林玉堂，即林语堂（1895—1976），原名和乐，后改玉堂，又改语堂。笔名毛驴、宰予、岂青等，中国当代著名学者、文学家、语言学家。早年留学国外，回国后在北京大学等著名大学任教。

10. 任叔永，即任鸿隽（1886—1961），化学家和教育家。辛亥革命元老，我国近代科学的奠基人之一。

11. 陈衡哲（1893—1976），作家，著有短篇小说集《小雨点》，散文《衡哲散文集》。1920 年在芝加哥大学获硕士学位，同年应北大校长蔡元培之邀回国，是中国第一位女教授。

导读

　　徐志摩将吸烟与文化联系一处，令人费解，标题本身就颇堪玩味，诱使你不得不读，以探究竟。殊不知，开篇更是富有谐趣的"奇谈怪论"。作者告诉你，蜚声世界的顶尖学府牛津大学，其秘密在于导师制，而导师的秘密就是对准了学生们抽烟。而唯有"学会抽烟，学会沙发上古怪的坐法，学会半吞半吐的谈话"，才算是够格的大学教育。更有甚者，在大学教授的心目中，吸烟室的重要性超乎图书馆与教室之上。诸多英国伟大的政治家、学者、诗人、艺术家、科学家都是给牛津或剑桥（康桥）的烟味给熏出来的，故而我们可以说，牛津和剑桥两所学府孕育并引领着英国的文化生活。更进一步的推论是，富有活力的文化之获得，端赖吸烟一事。文化的真髓是从烟斗里抽出来的，而伟大的心智是烟味熏陶出来的。是为吸烟与文化的关系。

　　妙论如同妙喻，须兼具"奇"与"通"两面。初读之，奇崛反常，出人意表；后思之，合情合理，通畅明达。谓文化真髓出于烟斗，奇则奇矣，但是否通呢？随后，作者即以自身的受教经验为我们解释此中奥义之所在。徐志摩曾留学于英、美两国，所学之物迥然有别："在美国我忙的是上课，听讲，写考卷，龈橡皮糖，看电影，赌咒，在康桥我忙的是散步，划船，骑自转车，抽烟，闲谈，吃五点钟茶，牛油烤饼，看闲书。"而各自成效亦截然两样：在美国，作者一窍不通，满腹颠顶，形同机械；在英国，作者的心智得到了自由的发展，如其所言："我的眼是康桥教我睁的，我的求知欲是康桥给我拨动的，我的自我的意识是康桥给我胚胎的。"何也？原来吸烟的背后是宽松自如的氛围、顺乎性灵的方法、自由谈学的意味与纯粹的教育精神。而美国式的大学教育则盛行以成绩衡量一切的风气，学生疲于应试，苦于学分，违逆本性，人格未得陶冶，心智不得自由，学问亦是僵死的。所以，作者并非鼓吹吸烟之奇效，吸烟只是表象，其实质是自由而纯粹的大学教育，非为文凭，非为学分，非为功利。基于此，作者切入中国教育，指出其弊端在于机械性与买卖性，进而主张牛津、剑桥式的教育理念或恢复书院制的精神，求的是自由教育的风气、宽松闲暇的环境、纯正纯粹的境界。

　　本文属"闲话"风，随意而谈，信手拈来，涉笔成趣，亦庄亦谐，同时又介入现实，切中流弊。林语堂先生曾著一文，名为《吸烟与教育》，文风、题旨乃至象征物（吸烟），均与本文庶几近之，可资参考。林语堂在那篇文章中如是结尾："如此不由兴味之启发而赖学分之鞭策，叫人念书，桎梏其性灵，沦丧其慧心，如以刍养马，以草喂牛，牛马将来耒耙驾轭，或是登俎豆，入太牢，虽然也都是社会有用之才，到底已违背牛马之本性而丧失其顶天立地优游林下驰骋荒郊的快乐了。"这番话如今读来亦颇富启发，值得今人深思。

卢梭[1]与幼稚教育

　　我去年七月初到康华尔[2]（Cornwall 英伦最南一省）去看卢梭夫妇。他们住在离潘让市[3]九英里沿海设无线电台处的一个小村落，望得见"地角"（Land's End）的"壁虎"尖凸出在大西洋里，那是英伦岛最南的一点，康华尔沿海的"红岩"（Red Cliffs）是有名的，但我在那一带见着的却远没有想象中的红岩的壮艳。因为热流故，这沿海一带的气候几乎接近热带性，听说冬天是极难得冷雪的。这地段却颇露荒凉的景象，不比中部的一片平芜，树木也不多，荒草地里只见起伏的巨牛；滨海尤其是硗确的岩地，有地方壁立万仞，下瞰白羽的海岛在汹涌的海涛间出没。卢梭的家，一所浅灰色方形的三层楼屋，有矮墙围着，屋后身凸出一小方的雨廊，两根廊柱是黄漆的，算是纪念中国的意思。——是矗峙在一片荒原的中间，远望去这浅嫩的颜色与呆木的神情，使你想起十八世纪趣剧中的村姑子，发上歇着一只怪鸟似的缎结，手叉着腰，直挺挺的站着发愣。屋子后面是一块草地，一边是门，一边抄过去满种着各色的草花不下二三十种，在一个墙角里他们打算造一爿中国凉亭式的小台，我当时给写了一块好像"听风"还不知"临风"的匾题，现在想早该造得了。这小小的家园是我们的哲学家教育他的新爱弥儿[4]山的场地。

　　卢梭那天赶了一个破汽车到潘让市车站上来接我的时候，我差一点不认识他。简直是一个乡下人！一顶草帽子是开花的，褂子是烂的，领带，如其有，是像一根稻草在胸前飘着，鞋，不用说，当然有资格与贾波林[5]的那双拜弟兄！他手里擒着一只深酱色的烟斗，调和他的皮肤的颜色。但他那一双眼，多敏锐，多集中，多光亮——乡下人的外廓掩不住哲学家的灵智！

　　那天是礼拜，我从"Exeter"[6]下去就只这趟奇慢的车。卢梭先生开口就是警句，他说"萨拜司[7]的休息日是耶教与工团联合会的唯一共同信条"！车到了门前，那边过来一个光着"脚鸭子"手提着浴布的女人，肤色叫太阳晒得比卢梭的紫酱，笑着招呼我，可不是勃兰克女士，现在卢梭夫人，我怎么也认不出来，要是她不笑不开口。进门去他们给介绍他们的一对小宝贝，大的是男，四岁，有个中国名字叫金铃，小的是女，叫恺弟。我问他们为什么到这极南地方来做隐士，卢梭说一来为要静心写书，二来（这是更重要的理由）为顾管他们两小孩子的德育（to look after the moral education of our kids）。

我在他们家住了两晚。听卢梭谈话正比是看德国烟火，种种眩目的神奇，不可思议的在半空里爆发，一胎孕一胎的，一彩绾一彩的，不由你不讶异，不由你不欢喜。但我不来追记他的谈话，那困难就比是想描写空中的银花火树；我此时想起的就只我当时眼见的所谓"看顾孩子们的德育"的一斑。这讲过了，下回再讲他新出论教育的书——

On Education! Especially in Early Childhood, By Bertrand Russell, Published : London, George Allen and Unwin.[8]

金铃与恺弟有他们的保姆，有他们的奶房（Nursery），白天他们爹妈工作的时候保姆领着他们。每餐后他们照例到屋背后草地上玩，骑木马，弄熊，看花，跑，这时候他们的爹妈总来参加他们的游戏。有人说大人物都是有孩子气的，这话许有一部分近情。有一次我在威尔思[9]家看他跟他的两个孩子在一间"仓间"里打"行军球"玩，他那高兴真使人看了诧异，简直是一个孩子——跑，踢，抢，争，笑，嚷，算输赢，一双晶亮的小蓝眼珠里活跃着不可抑遏的快活，满脸红红的亮着汗光，气吁吁的一点也不放过，正如一个活泼的孩子，谁想到他是年近六十"在英语国里最伟大的一个智力"（法郎士[10]评语）的一个作者！卢梭也是的，虽则他没有威尔思那样彻底的忘形，也许是为他孩子还太小不够合伙玩的缘故。这身体上（不止思想——与心情上）不失童真，在我看是西方文化成功的一个大秘密；回想我们十六字联"蟠蟠老成，尸居余气；翩翩年少，弱不禁风"的汉族，不由得脊骨里不打寒噤。

我们全站在草地上。卢梭对大孩子说，来，我们练习。他手抓住了一双小手，口唱着"我们到桑园里去，我们到桑园里去"那个儿歌，提空了小身子一高一低的打旋。同时恺弟那不满三岁的就去找妈给她一个同哥哥一样。再来就骑马。爸爸做马头，妈妈做马尾巴，两孩夹在中间做马身子，得儿儿跑，得儿儿跑，绕着草地跑，跑个气喘才住。有一次兄妹俩抢骑木马，闹了，爸爸过去说约翰（男的名）你先来，来过了让妹妹，恺弟就一边站着等轮着她。但约翰来过了还不肯让恺弟要哭了，爸妈吩咐他也不听，这回老哲学家恼了，一把拿他合扑着抱了起来往屋子里跑，约翰就哭，听他们上楼去了。但等不到五分钟，父子俩携着手笑吟吟走了出来，再也不闹了。

妈叫约翰领徐先生看花去，这真太可爱了，园里花不止三十种，惭愧我这老大认不到三种，四岁的约翰却没一样不知名，并且很多种还是他小手亲自栽的，看着他最爱的他就蹲下去摸摸亲亲，他还知道各种花开的迟早，哪几样蝴蝶们顶喜欢，哪几样开顶茂盛，他全知道，他得意极了。恺弟虽则走路还勉强，她也来学样，轻轻的摸摸嗅嗅，那神气太好玩了。

吃茶的时候孩子们也下来。约翰捧了一本大书来，那是他的，给客人看。书里是各地不同的火车头，他每样讲给我听；这绿的是南非洲从哪里到哪里的，这长的是加拿大那里的，这黄的是伦敦带我们到潘让市来的，到哪一站换车，这是过西伯利亚到中国去的，爸爸妈妈顶喜欢的中国，约翰大起来一定得去看长城吃大鸭子；这是横穿美洲过落机山的，过多少山洞，顶长的有多长——喔，约翰全知道，一看就认识！卢梭说他不仅认识知道火车，他还知道轮船，他认好几十个大轮船，知道它们走的航线，从哪里到哪里——他的地理知识早就超过他保姆的，这学全是诱着他好奇的本能，渐渐由他自己一道一道摸出来的；现在你可以问他从伦敦到上海，或是由西特尼到利物浦，或是更复杂的航路，他都可以从地图上指给你看，过什么地方，有什么好东西看好东西吃，他全知道！

但最使我受深印的是这一件事。卢梭告诉我他们早到时，约翰还不满三岁，他们到海里去洗澡，他还是初次见海，他觉得怕，要他进水去他哭，这来我们的哲学家发恼了："什么，卢梭的儿子可以怕什么的！可以见什么觉得胆怯的！那不成！"他们夫妻俩简直把不满三岁的儿子，不管他哭闹，一把揪进了海里去，来了一回再来，尽他哭！好，过了三五天，你不叫他进水去玩他都不依，一定要去了！现在他进海水去就比在平地上走一样的不以为奇。东方做父母的一定不能下这样手段不是？我也懂得，但勇敢，胆力，无畏的精神，是一切德性的起源，品格的基础，这地方决不可含糊；别的都还可以，懦怯，怕，最不成的，这一关你不趁早替他打破，他竟许会害了他一辈子的。卢梭每回说勇敢（Gourage）这字时，他声音来得特别的沉着，他眼里光异样的闪亮，竟仿佛这是他的宗教的第一个信条，做人唯一的凭证！

　　我们谁没有做过小孩子？我们常听说孩子时代是人生最乐的时光。孩子是一片天真没有烦恼，没有忧虑，一天只道玩，肢体是灵活的，精神是活泼的。有父母的孩子尤其是享福，谁家父母不疼爱孩子，家里添了一个男的，屋子里顶奥僻的墙角都会叫喜气的光彩给照亮了的。谁不想回去再过一道甜蜜的孩子生活，在妈的软兜里窝里，向爹要果子糖吃，晚上睡的时候有人替你换衣服，低低的唱着歌哄你闭上眼，做你甜蜜的小梦去？年岁是烦恼，年岁是苦恼，年岁是懊恼：咒它的，为什么亮亮的童心一定得叫人事的知识给涂黯了的？我们要老是那七八十来岁，永远不长成，永远有爹娘疼着我们；比如那林子里的莺儿，永远在欢欣的歌声中自醉，永远不知道：

> The weariness, the fever, and the fret here, where men sit and hear each other groan……[11]

那够多美！

　　这是我们理想中的孩子时代，我们每回觉得吃不住生活的负担时往往惆怅光阴太匆匆的卷走了我们那一段最耐寻味的痕迹。但我们不要太受诗人们的催眠了，既然过去的已经是过去；我们知道有意识的人生自有它的尊严，我们经受的烦恼与痛苦，只要我们能受得住不叫它们压倒，也自有它们的意义与价值；过分耽想做孩子时轻易的日子，只是泄漏你对人生欠缺认识，犹之过分伤悼老年同是一种知识上的浅陋，不，我们得把人生看成一个整的；正如树木有根有干有枝叶有花果，完全的一生当然得具备童年与壮年与老年三个时期；童年是播种与栽培期，壮年是开花成荫期，老年是结果收成期，童年期的重要，正在它是一个伟大的未来工作的预备，这部工夫做不认真不透彻时将来的花果就得代付这笔价钱——

> The child is father of the man.[12]

真的我们很少自省到我们的缺陷，意志缺乏坚定，身体与心智不够健全，种种习惯的障碍使我们随时不自觉的走上堕落的方向，这里面有多少情形是可以追源到我们当初栽培与营养时期的忽略与过失。根心里的病伤难治；在弁髦时代种下的斑点，可以到斑白的毛发上去寻痕迹，在这里因果的铁律是丝毫不松放的。并且我们说的孩子时期还不单指早年时狭义的教育，实际上一个人品格的养成是在六岁以前，不是以后；这里说的孩子期可以说是从在娘胎时起到学龄期止的径程——别看那初出娘胎黄毛吐沫的小团团正如小猫小狗似的不懂事，它们官感开始活动的时辰，就是它来人生这学校上学的凭证。不，胎教家还得进一步主张做父母的在怀胎期内就该开始检点他们自身的作为，开始担负他们养育的责任。这道理是对的；正如在地面上仅透乃至未透一点青芽的花木，不自主的感受风露的影响，禀承父母气血的胎儿，当然也同样可以吸收他们思想与行为的气息，不论怎样的微细。

但孩子它自己是无能力的，这责任当然完全落在做父母的与及其他管理人的身上。但我们一方面看了现代没有具备做父母资格的男女们尽自机械性的活动着他们生产的本能，没遮拦的替社会增加废物乃至毒性物的负担，无顾恋的糟蹋血肉与灵性——我们不能不觉着怕惧与忧心；再一方面我们又见着应分有资格的父母们因为缺乏相当的知识或是缺乏打破不良习惯的勇气，不替他们的儿女准备下适当环境，不给他们适当的营养，结果上好的材料至少不免遭受部分的残废——我们又不能不觉着可惜与可怜。因为养育儿女，就算单顾身体一事，仅仅凭一点本能的爱心还是不够的；要期望一个完全的儿童，我们得先假定一双完全的父母，身体、知识、思想，一般的重要。人类因为文明的结果，就这躯体的组织也比一切生物更复杂，更柔纤，更不易培养；它那受病的机会以及病的种类也比别的动物差得远了。因此在猫、狗、牛、马是一个不成问题的现象，在今日的人类就变了最费周章的问题了。

带一个生灵到世界上来，养育一个孩子成人，做父母的责任够多重大；但实际上做父母的——尤其是我们中国人——够多糊涂！中国民族是叫"不孝有三，无后为大"一句话给咒定了的："生儿子"是人生第一件大事情，多少的罪恶，什么丑恶的家庭现象，都是从这上头发生出来的。影响到个人，影响到社会，同样的不健康。摘下来的果子，比方说，全是这半青不熟的，毛刺刺的一张皮包着松松的一个核，上口是一味苦涩，做酱都嫌单薄，难怪结果是十六字的大联"蹒蹒老成，尸居余气；翩翩年少，弱不禁风"尤其是所谓"士"的阶级，那应分是社会的核心，最受儒家"孝"说的流毒，一代促一代的酿成世界上唯一的弱种；谁说今日中国社会发生病态与离心涣散的现象（原先闭关时代，不与外族竞争，所以病象不能自见，虽则这病根已有几千年的老），不能归咎到我们最荒谬的"唯生男主义"？先天所以是弱定了的，后天又没有补救的力量；中国人管孩子还不是绝无知识绝对迷信固执恶习的老妈子们的专门任务？管孩子是阃以内的事情，丈夫们管不着，除了出名请三朝满月周岁或是孩子死了出名报丧！家庭又是我们民族恶劣根性的结晶，比牢狱还来得惨酷，黑暗，比猪圈还来得不讲卫生；但这是我们小安琪们命定长成的环境，什么奇才异禀敌得过这重重"反生命"的势力？这情形想起都叫人发抖，我不是说我们的父母就没有人性，不爱惜他们子女；不，实际上我们是爱得太过了。但不幸天下事情单凭原始的感情是万万不够的，何况中国人所谓爱儿子的爱的背后还耽着一个不可说的最自私的动机——"传种"：有了儿子盼孙子，有了孙子望曾孙，管他是生疮生癣，做贼做强盗，只要到年纪娶媳妇传种就得！生育与繁殖固然是造物的旨意，但人类的尊严就在能用心的力量超出自然法的范围，另创一种别的生物所不能的生活概念，像我们这样原始性的人生观不是太挖苦了吗？就为我们生子女的唯一目标是为替祖先传命脉，所以儿童本身的利益是绝对没有地位的。喔，我知道你要驳说中国人家何尝不想栽培子弟，要他有出息，"有出息"，是的！旧的人家想子弟做官发财；新的人家想子弟发财做官（现在因为欠薪的悲惨做父母的渐渐觉得做官是乏味的，除了做兵官，那是一种新的行业）动机还不是一样为要满足老朽们的虚荣与实惠，有几家父母曾经替子弟们自身做人的使命（非功利的）费一半分钟的考量踌躇？再没有一种反嘲（爱伦内 [13]）能比说"中国是精神文明"来得更恶毒，更鲜艳，更深刻！我们现在有人已经学会了嘲笑英国维多利亚时代所代表的理想与习俗。呒，这也是爱伦内；我们的开化程度正还远不如那所谓"菲力士挺 [14]"哪！我们从这近几十年来的经验，至少得了一个教训，就是新的绝对不能与旧的妥协，正如科学不能妥协迷信，真理不能妥协错误。我们革新的工作得从根底做起；一切的价值得重新估定，生活的基本观念得重新确定，一切教育的方针得按照前者重新筹划——否则我们的民族就没有更新的希望。

是的，希望就在教育。但教育是一个最泛的泛词，重要的核心就在教育的目标是什么。古代斯巴达奖励儿童做贼，为的是要造成做间谍的技巧；中世纪的教育是为训练教会的奴隶；近代帝国主义的教育是为侵略弱小民族；中国人旧式的教育是为维持懒惰的生活。但西方的教育，虽则自有它的错误与荒谬情形，但它对于人的个性总还有相当的尊敬与计算，这是不容否认的。所以我们当前第一个观念得确定的是人是个人，他对他自身的生命负有直接的责任；人的生命不是一种工具，可以供当权阶级任意的利用与支配。教育的问题是在怎样帮助一个受教育人合理的做人。在这里我们得假定几个重要的前提：（一）人是可以为善的；（二）合理的生活是可能的；（三）教育是有造成品格的力量的。我在这篇里说的教育几乎是限于养成品格一义，因为灌输智识只是极狭义的教育并且是一个实际问题，比较的明显简单。近代关于人生科学的进步，给了我们在教育上很多的发见与启示，一点是使我们对于儿童教育特别注意，因为品格的养成期最重要的是在孩子出娘胎到学龄年的期间。在人类的智力还不能实现"优生"的理想以前，我们只能尽我们教育的能力引导孩子们逼近准备"理想人"的方向走去。这才真是革命的工作——革除人类已成乃至防范未成的恶劣根性，指望实现一个合理的群体生活的将来。手把着革命权威的不是散传单的学生，不是有枪弹的大兵，也不是讲道的牧师或讲学的教师；他们是有子女的父母，在孩子们学语学步吃奶玩耍最关紧要的日常生活间，我们期望真正革命工作的活动！

关于这革命工作的性质、原则，以及实行的方法，卢梭在他新出《论教育》的书里给了我们极大的光亮与希望。那本书听说陈宝锷先生已经着手翻译，那是一个极好的消息，我们盼望那书得到最大可能的宣传，真爱子女的父母们都应得接近那书里的智慧，因为在适当的儿童教育里隐有改造社会最不可错误的消息。我下次也许再续写一篇，略述卢梭那本书的大意与我自己的感想。

（原刊于1926年5月10日/12日《晨报副刊》）

注释

1. 卢梭,今通译为罗素(1872—1970),罗素是 20 世纪英国哲学家、数学家、逻辑学家、历史学家,无神论或者不可知论者,也是上世纪西方最著名、影响最大的学者和和平主义社会活动家之一,1950 年诺贝尔文学奖得主。

2. 康华尔,今通译为康沃尔。

3. 潘让市,今通译为彭赞斯,属于英格兰西南部的康沃尔郡。

4. 爱弥儿,《爱弥儿》法国杰出的启蒙思想家卢梭的重要著作。在此书中,卢梭通过对他所假设的教育对象爱弥儿的教育,来反对封建教育制度,阐述他的教育思想。提请读者注意的是,此卢梭并非文中的"卢梭"。前者是 18 世纪启蒙哲学家让·雅克·卢梭,后者今通译为罗素。

5. 贾波林,今通译为卓别林(1889—1977),伟大的喜剧电影演员。

6. Exeter,埃克塞特(英格兰西南部城市)。

7. 萨拜司,是 Sabbath 的音译,安息日的意思。

8. 是为罗素著作。这段话翻译为:《论教育——尤其是孩童的早期教育》,伯特兰·罗素著,由伦敦乔治·艾伦和昂温公司出版。

9. 威尔思,今通译为威尔斯(1866—1946),英国著名小说家,以科幻小说创作闻名。

10. 法郎士(1844—1924),法国作家、文学评论家、社会活动家。

11. 翻译为:"这疲劳、热病、和焦躁,这使人对坐而悲叹的世界。"这段话出自济慈的诗歌《夜莺颂》。

12. 翻译为:三岁看老。

13. 爱伦内,英语 irony 的音译,意思是反讽。

14. 菲力士挺,Philistine 的音译,即腓力斯人,地中海东岸的古代居民。

导读

　　本文是一篇谈论儿童教育的文章,其中一些观点即使在今天亦不过时,读来仍不失振聋发聩之效,可资借鉴。本文糅合叙事与议论,两者互释,藉"事"以落实"论",借"论"以阐发"事",所标举的是作者心中理想的儿童教育理念。

　　经历"五四"新文化运动的洗礼,符合科学、民主、自由、平等精神的儿童教育观开始兴起于知识界,诸多知识分子对此均有论及,如鲁迅的名篇《我们现在怎样做父亲》。谈论如何"为人父母"本身就表明了反传统、重估价值的态度与立场。传统文化以长者为本位,故而所重的是如何"为人子女"。所以"鲁迅提出'怎样做父亲'就意味着立足点的变化:从长者

本文转向为'幼者本位'。"（钱理群：《与鲁迅相遇》）

　　本文先以一半笔墨来叙事，叙写罗素对子女的教育，不乏诸多生动的细节，如罗素夫妇陪孩子玩游戏，又如罗素夫妇让子女进入海水中去锻炼勇气。作者由具体事例生发开去，一方面批判传统的儿童教育观念，一方面表达自己心中的教育理想。首先，作者确立了儿童教育的重要意义，且譬喻形象，如他所说："童年是播种与栽培期，壮年是开花成荫期，老年是结果收成期，童年期的重要，正在它是一个伟大的未来工作的预备，这部工夫做不认真不透彻时将来的花果就得代付这笔价钱。"其次，作者批判了传统文化中几种错误的观念，如生育的目标仅在于承续命脉而罔顾儿童本身的利益，又如功利的教育观，即希望子女当官发财而无视其天性和品格。最后，作者提出自己的教育观。作者认为，儿童教育的目标首先在于确定儿童是人，而非实现父母功利目标的工具；同时是"个人"，父母应当尊重儿童的个性。此观念颇近鲁迅的"立人"思想，即"掊物质而张灵明，任个人而排众数。"作者指出，教育的最重要和最广泛意义在于养成品格，而非仅仅是灌输知识。作者曾在《"话"》一文中写道："我们的一生不成材不碍事：材是有用的意思；不成器也不碍事，器也是有用的意思。生活却不可不成品，不成格，品格就是个性的外现，是对于生命本体，不是对于其余的标准，例如社会家庭——直接担负的责任。"作者在结尾处将旨在"养成品格"的教育提升至革命工作的地位，因为其可以"革除人类已成乃至防范未成的恶劣根性，指望实现一个合理的群体生活的将来。"是为一种非功利的功利，符合新文化运动改造国民性的诉求。

　　绝对的值得一听的话，是从不曾经人口说过的；比较的值得一听的话，都在偶然的低声细语中；相对的不值得一听的话，是有规律有组织的文字结构；绝对不值得一听的话，是用不经修练，又粗又蠢的嗓音所发表的语言。比如：正式集会的演说，不论是运动、女子参政或是宣传色彩鲜明的主义；学校里讲台上的演讲，不论是山西乡村里训阉阉圣人用民主主义的冬烘先生[1]的法宝，或是穿了前红后白道袍方巾的博士衣的瞎扯；或是充满了烟士披里纯[2]开口天父闭口阿门的讲道——都是属于我所说最后的一类：都是无条件的根本的绝对的不值得一听的话。历代传下来的经典，大部分的文学书，小部分的哲学书，都是末了第二类——相对的不值得一听的话。至于相对的可听的话，我说大概都在偶然的低声细语中：例如真诗人梦境最深——诗人们除了做梦再没有正当的职业——神魂远在祥云缥缈之间那时候随意吐露出来的零句断片，英国大诗人宛茨渥士[3]所谓茶壶煮沸时嗤嗤的微音；最可以象征入神的诗境——例如李太白的"我醉欲眠卿且去，明朝有意抱琴来"，或是开茨[4]的"There I shut her wild, wild eyes with kisses four"[5]，你们知道宛茨渥士和雪莱他们不朽的诗歌，大都是在田野间，海滩边，树林里，独自徘徊着像离魂病似的自言自语的成绩；法国的波特莱亚[6]、凡尔仑[7]他们精美无比的妙句，很多是受了烈性的麻醉剂——大麻或是鸦片——影响的结果。这种话比较的很值得一听。还有青年男女初次受了顽皮的小爱神箭伤以后，心跳肉颤面红耳赤的在花荫间在课室内，或在月凉如洗的墓园里，含着一包眼泪吞吐出来的——不问怎样的不成片段，怎样的违反文法——往往都是一颗颗希有的珍珠，真情真理的凝晶。但诸君要听明白了，我说值得一听的话大都是在偶然的低声和语中，不是说凡是低声和语都是值得一听的，要不然外交厅屏风后的交头接耳，家里太太月底月初枕头边的小噜苏，都有了诗的价值了！

　　绝对的值得一听的话，是从不曾经人口道过的。整个的宇宙，只是不断的创造；所有的生命，只是个性的表现。真消息，真意义，内蕴在万物的本质里，好像一条大河，网路似的支流，随地形的结构，四方错综着，由大而小，由小而微，由微而隐，由有形至无形，由可数至无限，但这看来极复杂的组织所表明的只是一个单纯的意义，所表现的只是一体活泼的精神；这精神是完全的，整个的，实在的；唯其因为是完全整个实在而我们人的心力智力所能运用的语言文字，只是不完全非整个的，模拟的，象征的工具，所以人类几千年来文化的成绩，也只是想猜透这大迷谜似是而非的各种的尝试。人是好奇的动物；我们的心智，便是好奇心活动的表现。这心智的好奇性便是知识的起源。一部知识史，只是历尽了九九八十一大难却始终没有望见极乐世界求到大藏真经的一部西游记。说是快乐吧，明明是劫难相承的苦恼，说是苦恼，苦恼中又分明有无限的安慰。我们各个人的一生便是人类全史的缩小，虽则不敢说我们都是寻求真理的合格者，但至少我们的胸中，在现在生命的出发时期，总应该培养一点寻求真理的诚心，点起一盏寻求真理的明灯，不至于在生命的道上只是暗中摸索，不至于盲目的走到了生命的尽头，什么发见都没有。

　　但虽则真消息与真意义是不可以人类智力所能运用的工具——就是语言文字——来完全表现，同时我们又感觉内心寻真求知的冲动，想侦探出这伟大的秘密，想把宇宙与人生的究竟，当作一朵盛开的大红玫瑰，一把抓在手掌中心，狠劲的紧挤，把花的色、香、灵肉，和我们自己爱美、爱色、爱香的烈情，绞和在一起，实现一个彻底的痛快；我们初上生命和知识舞台的人，谁没有，也许多少深浅不同，浮士德[8]的大野心，他想"discover the force that binds the world and guides its course"[9]谁不想在知识界里，做一个笼卷一切的拿破仑？这种想为王为霸的雄心，都是生命原力内动的征象，也是所有的大诗人、大艺术家最后成功的预兆；我们的问题就在怎样能替这一腔还在潜伏状态中的活泼的蓬勃的心力心能，开辟一条或几条可以尽情发展的方向，使这一盏心灵的神灯，一度点着以后，不但继续的有燃料的供给，而且能在狂风暴雨的境地里，益发的光焰神明；使这初出山的流泉，渐渐的汇成活泼的小涧，沿路再并合了四方来会的支流，虽则初起经过崎岖的山路，不免辛苦，但一到了平原，便可以放怀的奔流，成河成江，自有无限的前途了。

　　真伟大的消息都蕴伏在万事万物的本体里，要听真值得一听的话，只有请教两位最伟大的先生。

现放在我们面前的两位大教授，不是别的，就是生活本体与大自然。生命的现象，就是一个伟大不过的神秘：墙角的草兰，岩石上的苔藓，北冰洋冰天雪地里的极熊水獭，城河边咭咭叫夜的水蛙，赤道上火焰似沙漠里的爬虫，乃至于弥漫在大气中的霉菌，大海底最微妙的生物；总之太阳热照到或能透到的地域，就有生命现象。我们若然再看深一层，不必有菩萨的慧眼，也不必有神秘诗人的直觉，但凭科学的常识，便可以知道这整个的宇宙，只是一团活泼的呼吸，一体普遍的生命，一个奥妙灵动的整体。一块极粗极丑的石子，看来像是全无意义毫无生命，但在显微镜底下看时，你就在这又粗又丑的石块里，发现一个神奇的宇宙，因为你那时所见的，只是千变万化颜色花样各各不同的种种结晶体，组成艺术家所不能想象的一种排列；若然再进一层研究，这无量数的凝晶各个的本体，又是无量数更神奇不可思议的电子所组成：这里面又是一个 Cosmos[10]，仿佛灿烂的星空，无量数的星球同时在放光辉在自由地呼吸着。

但我们决不可以为单凭科学的进步就能看破宇宙结构的秘密。这是不可能的。我们打开了一处知识的门，无非又发现更多还是关得紧紧的，猜中了一个小迷谜，无非从这猜中里又引起一个更大更难猜的迷谜，爬上了一个山峰，无非又发现前面还有更高更远的山峰。

这无穷尽性便是生命与宇宙的通性。知识的寻求固然不能到底，生命的感觉也有同样无限的境界。我们在地面上做人这场把戏里，虽则是霎那间的幻象，却是有的是好玩，只怕我们的精力不够，不曾学得怎样玩法，不怕没有相当的趣味与报酬。

所以重要的在于养成与保持一个活泼无碍的心灵境地，利用天赋的身与心的能力，自觉的尽量发展生活的可能性。活泼无碍的心灵境界：比如一张绷紧的弦琴，挂在松林的中间，感受大气小大快慢的动荡，发出高低缓急同情的音调。我们不是最爱自由最恶奴从吗？但我们向生命的前途看时，恐怕不易使我们乐观，除了我们一点无形无踪的心灵以外，种种的势力只是强迫我们做奴做隶的努力：种种对人的心与责任，社会的习惯，机械的教育，沾染的偏见，都像沙漠的狂风一样，卷起满天的砂土，不时可以把我们可怜的旅行人整个儿给埋了！

这就是宗教家出世主义的大原因，但出世者所能实现的至多无非是消极的自由，我们所要的却不止此。我们明知向前是奋斗，但我们却不肯做逃兵，我们情愿将所有的精液，一齐发泄成奋斗的汗，与奋斗的血，只要能得最后的胜利，那时尽量的痛苦便是尽量的快乐。我们果然能从生命的现象与事实里，体验到生命的实在与意义；能从自然界的现象与事实里，领会到造化的实在与意义，那时随我们付多大的价钱，也是值得的了。

要使生命成为自觉的生活，不是机械的生存，是我们的理想。要从我们的日常经验里，得到培保心灵扩大人格的资养，是我们的理想。要使我们的心灵，不但消极的不受外物的拘束与压迫，并且永远在继续的自动，趋向创作，活泼无碍的境界，是我们的理想。使我们的精神生活，取得不可否认的实在，使我们生命的自觉心，像大雪天滚雪球一般的愈滚愈大，不但在生活里能同化极伟大极深沉与极隐奥的情感，并且能领悟到大自然一草一木的精神，是我们的理想。使天赋我们灵肉两部的势力，尽性的发展，趋向最后的平衡与和谐，是我们的理想。

理想就是我们的信仰，努力的标准，果然我们能运用想象力为我们自己悬拟一个理想的人格，同时运用理智的机能，认定了目标努力去实现那理想，那时我们在奋斗的经程中，一定可以得到加倍的勇气，遇见了困难，也不至于失望，因为明知是题中应有的文章，我们的立身行事，也不必迁就社会已成的习惯与法律的范围，而自能折中于超出寻常所谓善恶的一种更高的道德标准；我们那时便可以借用李太白当时躲在山里自得其乐时答复俗客的妙句，"落花流水沓然去，别有天地非人间！"

我们也明知这不是可以偶然做到的境界；但问题是在我们能否见到这境界，大多数人只是不黑不白的生，不黑不白的死，耗费了不少的食料与饮料，耗费了不少的时间与空间，结果连自己的臭皮囊都收拾不了，还要连累旁人；能见到的人已经不少，见到而能尽力做去的人当然更少，但这极少数人却是文化的创造者，便能在梁任公[11]先生说的那把宜兴茶壶里留下一些不磨的痕迹。

我个人也许见言太偏僻了，但我实在不敢信人为的教育，他动的训练，能有多大的价值：我最初最后的一句话，只是"自身体验去"，真学问、真知识决不是在教室中书本里所能求得的。

大自然才是一大本绝纱的奇书，每张上都写有无穷无尽的意义，我们只要学会了研究这一大本书的方法，多少能够了解他内容的奥义，我们的精神生活就不怕没有资养，我们理想的人格就不怕没有基础。但这本无字的天书，决不是没有相当的准备就能一目了然的：我们初识字的时候，打开书本子来，只见白纸上画的许多黑影，哪里懂得什么意义。我们现有的道德教育里哪一条训条，我们不能在自然界感到更深彻的意味，更亲切的解释？每天太阳从东方的地平上升，渐渐的放光，渐渐的放彩，渐渐的驱散了黑夜，扫荡了满天沉闷的云雾，霎刻间临照四方，光满大地；这是何等的景象？夏夜的星空，张着无量数光芒闪烁的神眼，衬出浩渺无极的穹苍，这是何等的伟大景象？大海的涛声不住的在呼啸起落，这是何等伟大奥妙的景象？高山顶上一体的纯白，不见一些杂色，只有天气飞舞着，云彩变幻着，这又是何等高尚纯粹的景象？小而言之，就是地上一棵极贱的草花，他在春风与艳阳中摇曳着，自有一种庄严愉快的神情，无怪诗人见了，甚至内感"非涕泪所能宣泄的情绪"。宛茨渥士说的自然"大力回容，有镇驯矫饬之功"，这是我们的真教育。但自然最大的教训，尤在"凡物各尽其性"的现象。玫瑰是玫瑰，海棠是海棠，鱼是鱼，鸟是鸟，野草是野草，流水是流水；各有各的特性，各有各的效用，各有各的意义。仔细的观察与悉心体会的结果，不由你不感觉万物造作之神奇，不由你不相信万物的底里是有一致的精神流贯其间，宇宙是合理的组织，人生也无非这大系统的一个关节。因此我们也感想到人类也许是最无出息的一类。一茎草有他的妩媚，一块石子也有他的特点，独有人反只是庸生庸死，大多数非但终身不能发挥他们可能的个性，而且遗下或是丑陋或是罪恶一类不洁净的踪迹，这难道也是造物主的本意吗？

我面前说过所有的生命只是个性的表现。只要在有生的期间内，将天赋可能的个性尽量的实现，就是造化旨意的完成。我这几天在留心我们馆里的月季花，看他们结苞，看他们开放，看他们逐渐的盛开，看他们逐渐的憔悴，逐渐的零落。我初动的感情觉得是可悲，何以美的幻象这样的易灭，但转念却觉得不但不必为花悲，而且感悟了自然生生不已的妙意。花的责任，就在集中他春来所吸受阳光雨露的精神，开成色香两绝的好花，精力完了便自落地成泥，圆满功德，明年再来过。只有不自然的被摧残了，不能实现他自傲色香的一两天，那才是可伤的耗费。

不自然的杀灭了发长的机会，才是可惜，才是违反天意。我们青年人应该时时刻刻把这个原则放在心里。不能在我生命里实现人之所以为人，我对不起自己。在为人的生活里不能实现我之所以为我，我对不起生命；这个原则我们也应该时时放在心里。

我们人类最大的幸福与权力，就是在生活里有相当的自由活动，我们可以自觉的调剂，整理，修饰，训练我们生活的态度，我们既然了解了生活只是个性的表现，只是一种艺术，就应得利用这一点特权将生活看作艺术品，谨慎小心的做去。运命论我们是不相信的，但就是相面算命先生也还承认心有改相致命的力量。环境论的一部分我们不得不承认，但是心灵支配环境的可能，至少也与环境支配生活的可能相等，除非我们自愿让物质的势力整个儿扑灭了心灵的发展，那才是生活里最大的悲惨。

我们的一生不成材不碍事：材是有用的意思；不成器也不碍事，器也是有用的意思。生活却不可不成品，不成格，品格就是个性的外现，是对于生命本体，不是对于其余的标准，例如社会家庭——直接担负的责任；橡树不是榆树，翠鸟不是鸽子，各有各的特异的品格。在造化的观点看来，橡树不是为柜子衣架而生，鸽子也不是为我们爱吃五香鸽子而存，这是他们偶然的用或被利用，物之所以为物的本义是在实现他天赋的品性，实现内部精力所要求的特异的格调。我们生命里所包涵的活力，也不问你在世上做将，做相，做资本家，做劳动者，做国会议员，做大学教授，而只要求一种特异品格的表现，独一的，自成一体的，不可以第二类相比称的，犹之一树上没有两张绝对相同的叶子，我们四万万人里也没有两个相同的鼻子。

而要实现我们真纯的个性，决不是仅仅在外表的行为上务为新奇务为怪僻——这是变性不是个性——真纯的个性是心灵的权力能够统制与调和身体，理智、情感、精神，种种造成人格的机能以后自然流露的状态，在内不受外物的障碍，像分光镜似的灵敏，不论是地下的泥砂，不论是远在万万里外的星辰，只要光路一对准，就能分出他光浪的特性；一次经验便是一次发明，因为是新的结合，新的变化。有了这样的内心生活，发之于外，当然能超于人为的条例而能与更深奥却更实在的自然规律相呼应，当然能实现一种特异的品与格，当然能在这大自然的系统里尽他特异的贡献，证明他自身的价值。懂了物各尽其性的意义再来观察宇宙的事物，实在没有一件东西不是美的，一叶一花是美的不必说，就是毒性的虫，比如蝎子，比如蚂蚁，都是美的。只有人，造化期望最深的人，却是最辜负的，最使人失望的，因为一般的人，都是自暴自弃，非但不能尽性，而且到底总是糟蹋了原来可以为美可以为善的本质。

惭愧呀，人！好好一张可以做好文章的题目，却被你写做一篇一窍不通的滥调；好好一个画题，好好一张帆布，好好的颜色，都被你涂成奇丑不堪的滥画；好好的雕刀与花岗石，却被你斫成荒谬恶劣的怪像！好好的富有灵性可以超脱物质与普遍的精神共化永生的生命，却被你糟蹋亵渎成了一种丑陋庸俗卑鄙龌龊的废物！

生活是艺术。我们的问题就在怎样的运用我们现成的材料，实现我们理想的作品；怎样的可以像密仡郎其罗[12]一样，取到了一大块矿山里初开出来的白石，一眼望过去，就看出他想象中的造像，已经整个的嵌稳着，以后只要下打开石子把他不受损伤的取了出来的工夫就是。所以我们再也不要抱怨环境不好不适宜，阻碍我们自由的发展，或是教育不好不适宜，不能奖励我们自由的发展。发展或是压灭，自由或是奴从，真生命或是苟活，成品或是无格——一切都在我们自己，全看我们在青年时期有否生命的觉悟，能否培养与保持心灵的自由，能否自觉的努力，能否把生活当作艺术，一笔不苟的做去。我所以回返重复的说明真消息、真意义、真教育决非人口或书本子可以宣传的，只有集中了我们的灵感性直接的一面向生命本体，一面向大自然耐心去研究，体验，审察，省悟，方才可以多少了解生活的趣味与价值与他的神圣。

因为思想与意念，都起于心灵与外象的接触：创造是活动与变化的结果。真纯的思想是一种想象的实在，有他自身的品格与美，是心灵境界的彩虹，是活着的胎儿。但我们同时有智力的活动，感动于内的往往有表现于外的倾向——大画家米莱氏[13]说深刻的印象往往自求外现，而且自然的会寻出最强有力的方法来表现——结果无形的意念便化成有形可见的文字或是有声可闻的语言，但文字语言最高的功用就在能象征我们原来的意念，他的价值也止于凭借符号的外形，暗示他们所代表的当时的意念。而意念自身又无非是我们心灵的照海灯偶然照到实在的海里的一波一浪或一岛一屿。文字语言本身又是不完善的工具，再加之我们运用驾驭力的薄弱，所以文字的表现很难得是勉强可以满足的。我们随便翻开哪一本书，随便听人讲话，就可以发现各式各样的文字障，与语言习惯障，所以既然我们自己用语言文字来表现内心的现象已经至多不过勉强的适用，我们如何可以期望满心只是文字障与语言习惯障的他人，能从呆板的符号里领悟到我们一时神感的意念。佛教所以有禅宗一派，以不言传道，是很可寻味的——达摩面壁十年，就在解脱文字障直接明心见道的工夫。现在的所谓教育尤其是离本更远，即使教育的材料最初是有多少活的成分，但经了几度的转换，无意识的传授，只能变成死的训条——穆勒约翰[14]说的"Dead dogma"[15]不是"living idea"[16]。我个人所以根本不信任人为的教育能有多大的价值，对于人生少有影响不用说，就是认为灌输知识的方法，照现有的教育看来，也免不了硬而且蠢的机械性。

但反过来说，既然人生只是表现，而语言文字又是人类进化到现在比较的最适用的工具，我们明知语言文字如同政府与结婚一样是一件不可免的没奈何事，或如尼采说的是"人心的牢狱"，我们还是免不了他。我们只能想法使他增加适用性，不能抛弃了不管。我们只能做两部分的工夫：一方面消极的防止文字障语言习惯障的影响；一方面积极的体验心灵的活动，极谨慎的极严格的在我们能运用的字类里选出比较的最确切最明了最无疑义的代表。

这就是我们应该应用"自觉的努力"的一个方向。你们知道法国有个大文学家弗洛贝尔[17]，他有一个信仰，以为一个特异的意念只有一个特异的字或字句可以表现，所以他一辈子艰苦卓绝的从事文学的日子，只是在寻求唯一适当的字句来代表唯一相当的意念。他往往不吃饭不睡，呆呆的独自坐着，绞着脑筋的想，想寻出他称心惬意的表现，有时他烦恼极了，甚至想自杀，往往想出了神，几天写不成一句句子。试想象他那样伟大的天才，那样丰富的学识，尚且要下这样的苦工，方才制成不朽的文学，我们看了他的榜样不应该感动吗？

不要说下笔写，就是平常说话，我们也应有相当的用心——一句话可以泄露你心灵的浅薄，一句话可以证明你自觉的努力，一句话可以表示你思想的糊涂，一句话可以留下永久的印象。这不是说说话要漂亮，要流利，要有修词的工夫，那都是不重要的：最重要的是对内心意念的忠实，与适当的表现。固然有了清明的思想，方能有清明的语言，但表现的忠实，与不苟且运用文字的决心，也就有纠正松懈的思想与惊醒心灵的功效。

我们知道说话是表现个性极重要的方法，生活既然是一个整体的艺术，说话当然是这艺术里的重要部分。极高的工夫往往可以从极小的起点做去，我们实现生命的理想，也未始不可从注意说话做起。

（原刊于《落叶》，北新书局1926年6月初版）

注释

1. 冬烘先生，指昏庸浅陋的知识分子。

2. 烟士披里纯，英文"灵感"一词的音译。

3. 宛茨渥士，今通译为华兹华斯（1770—1850），英国自然主义、浪漫主义诗人。

4. 开茨，今通译为济慈（1795—1821），英国浪漫主义诗人。

5. 译文为："在那儿，我用四个吻合上她野性的、野性的眼眸。"该诗句出自济慈的《无情的美人》

6. 波特莱亚，今通译为波德莱尔（1821—1867），法国19世纪最著名的现代派诗人，象征派诗歌先驱，代表作有《恶之花》。

7. 凡尔仑，今通译为魏尔伦（1844—1896），法国象征主义诗人。

8. 浮士德，歌德《浮士德》中的主人公。

9. 翻译为：发现一种统一世界并引导它进程的力量。

10. Cosmos，宇宙。

11. 梁任公，即梁启超。

12. 密仡郎其罗，今通译为米开朗基罗。

13. 米莱氏，今通译为米勒（1814—1875），19世纪法国最杰出的以表现农民题材而著称的现实主义画家。

14. 穆勒约翰，即约翰·穆勒（1806—1873），英国心理学家、哲学家和经济学家。

15. Dead dogma，死的教条。

16. living idea，活的思想。

17. 弗洛贝尔，今通译为福楼拜（1821—1880），19世纪中叶法国伟大的批判现实主义作家，代表作是《包法利夫人》。

导读

本篇行文如行云流水，气韵生动，酣畅淋漓，徜徉恣肆，如野马奔趋，如倒峡泻河，亦不乏奇思妙悟，其气也畅，其势也大，其象也繁，其旨也远。苏轼尝夫子自道："吾文如万斛泉水，不择地而出。在平地滔滔汩汩，虽一日千里无难。及其与山石曲折，随物赋形而不可知也。所可知者，常行于所当行，常止于不可不止。如是而已矣！"以这段话来形容本篇也未尝不可。而在赞叹其宛若天成之时，也可见出作者匠心之严密、布局之考究，文章洋洋洒洒，旁征博引，意象纷呈，妙喻迭出，隽语时现，但未尝离题脱轨，且首尾呼应，以"话"始，以"话"终。

读本篇，且不论旨趣如何，仅就阅读的直观感受而言，我们至少叹赏两点：其一，我们要服膺作者的诗才，联想丰富无穷，譬喻生动巧妙，且意象层出不尽，如墙角的草兰，岩石上的苔藓，北冰洋冰天雪地里的极熊水獭，城河边咶咶叫夜的水蛙，赤道上火焰似沙漠里的爬虫，弥漫在大气中的霉菌等物象，连绵而出，汩汩而流，教人目不暇接。文章写得饱满、充盈、丰润，不枯燥，不干瘪，不抽象。其二，也是很少被评论者提及的，我们当佩服作者的哲思，一方面玄远，纵论宇宙造化、万物本性。一方面又真切，谓之"真"，是因为这出于作者本人的生命的感悟与思索。谓之"切"，是因为这重感悟与思想，并非谈玄论虚而消极出世，没有脱离我们的生活世界。虽是玄思宇宙自然，而到底是为了介入生活与社会，落实在生命的意义与价值之中，寻求的是艺术的人生形式及内涵。通观以上诗才与哲思两个方面，既有哲人的宏大视域，亦有诗人的细腻体验，可用一句话来形容："仰观宇宙之大，俯察品类之盛。"

作者开篇即口吐莲花，对世间话语做出四重价值划分，既是惊人之语，亦不乏深远旨趣，颇堪玩味思索。在作者看来，演说和宣言、经典书籍属于绝对或相对不值得听的话语，反而是诗人梦呓和恋人情话相对值得一听。为何？只缘其真而纯，仿若出自赤子之心。虽犹梦境，却超越善恶、无关功利，自由无阻，一如诗人荷尔德林所言："诗，这是人的一切活动中最纯真的。"哲学家海德格尔就认为，学者们不该去研究历史文献，而是倾听诗人的声音。而在作者看来，最值得倾听的却是不曾经人口道出的，是无言之言，来自生活本体与大自然。这是一本伟大的书籍，是无言之教，我们当去倾听，去领会，去践行。那么，我们从生活本体和自然中学习什么呢？作者告诉我们，去学习自然这本大书，并非是当要浮士德式的人物，妄图以知识来统御万物，这是人力难为的，而是让我们去领悟自然的本质：物尽其性。作者随后举例并进一步阐释：玫瑰是玫瑰，海棠是海棠，鱼是鱼，鸟是鸟，野草是野草，流水是流水；各有各的特性，各有各的效用，各有各的意义。所有的生命只是个性的表现。只要在有生的期间内，将天赋可能的个性尽量的实现，就是造化旨意的完成。讲到这里，作者的思想已然颇近老庄的道家精神了。宇宙生生不已，不断创造，自是让我们想到了老子的"道"。而作者将无活泼碍的心境比作琴弦挂于松林间，随风而鸣动，则让我们想起《庄子·齐物论》的开篇。

然而，作者虽有老庄式的领悟，而到底不是出世的。领悟"物尽其性"的自然教训，不是为了遁迹山野，落入空无之境，其目的在于："养成与保持一个活泼无碍的心灵境地，利用天赋的身与心的能力，自觉的尽量发展生活的可能性。"这是教我们不可庸生庸死，要获得一种生命的自觉，发挥自己的天赋能力，实现自己的真纯个性，把生活当作一个整体的艺术，去创造，生生不已。整个宇宙，就是不断的创作。每一个生命，也同样是一个宇宙。

海滩上种花

　　朋友是一种奢华：且不说酒肉势利，那是说不上朋友，真朋友是相知，但相知谈何容易，你要打开人家的心，你先得打开你自己的，你要在你的心里容纳人家的心，你先得把你的心推放到人家的心里去；这真心或真性情的相互的流转，是朋友的秘密，是朋友的快乐。但这是说你内心的力量够得到，性灵的活动有富余，可以随时开放，随时往外流，像山里的泉水，流向容得住你的同情的沟槽；有时你得冒险，你得花本钱，你得抵拚在巉岈的乱石间，触刺的草缝里耐心的寻路，那时候艰难，苦痛，消耗，在在是可能的，在你这水一般灵动，水一般柔顺的寻求同情的心能找到平安欣快以前。

　　我所以说朋友是奢华，"相知"是宝贝，但得拿真性情的血本去换，去拚。因此我不敢轻易说话，因为我自己知道我的来源有限，十分的谨慎尚且不时有破产的恐惧；我不能随便"花"。前天有几位小朋友来邀我跟你们讲话，他们的恳切折服了我，使我不得不从命，但是小朋友们，说也惭愧，我拿什么来给你们呢？

　　我最先想来对你们说些孩子话，因为你们都还是孩子。但是那孩子的我到哪里去了？仿佛昨天我还是个孩子，今天不知怎的就变了样。什么是孩子要不为一点活泼的天真，但天真就比是泥土里的嫩芽，天冷泥土硬就压住了它的生机——这年头问谁去要和暖的春风？

　　孩子是没了。你记得的只是一个不清切的影子，模糊得很，我这时候想起就像是一个瞎子追念他自己的容貌，一样的记不周全；他即使想急了拿一双手到脸上去印下一个模子来，那模子也是个死的。真的没了。一个在公园里见一个小朋友不提多么活动，一忽儿上山，一忽儿爬树，一忽儿溜冰，一忽儿干草里打滚，要不然就跳着憨笑；我看着羡慕，也想学样，跟他一起玩，但是不能，我是一个大人，身上穿着长袍，心里存着体面，怕招人笑，天生的灵活换来矜持的存心——孩子，孩子是没有的了，有的只是一个年岁与教育蛀空了的躯壳，死僵僵的，不自然的。

我又想找回我们天性里的野人来对你们说话。因为野人也是接近自然的；我前几年过印度时得到极刻心的感想，那里的街道房屋以及土人的体肤容貌，生活的习惯，虽则简，虽则陋，虽则不夸张，却处处与大自然——上面碧蓝的天，火热的阳光，地下焦黄的泥土，高矗的椰树——相调谐，情调，色彩，结构，看来有一种意义的一致，就比是一件完美的艺术的作品。也不知怎的，那天看了他们的街，街上的牛车，赶车的老头露着他的赤光的头颅与此紫姜色的圆肚，他们的庙，庙里的圣像与神座前的花，我心里只是不自在，就仿佛这情景是一个熟悉的声音的叫唤，叫你去跟着他，你的灵魂也何尝不活跳跳的想答应一声"好，我来了，"但是不能，又有碍路的挡着你，不许你回复这叫唤声启示给你的自由。困着你的是你的教育；我那时的难受就比是一条蛇摆脱不了困住他的一个硬性的外壳——野人也给压住了，永远出不来。

所以今天站在你们上面的我不再是融会自然的野人，也不是天机活灵的孩子：我只是一个"文明人"，我能说的只是"文明话"。但什么是文明只是堕落？文明人的心里只是种种虚荣的念头，他到处忙不算，到处都得计较成败。我怎么能对着你们不感觉惭愧？不了解自然不仅是我的心，我的话也是的。并且我即使有话说也没法表现，即使有思想也不能使你们了解；内里那点子性灵就比是在一座石壁里牢牢的砌住，一丝光亮都不透，就凭这双眼望见你们，但有什么法子可以传达我的意思给你们，我已经忘却了原来的语言，还有什么话可说的？

但我的小朋友们还是逼着我来说谎（没有话说而勉强说话便是谎）。知识，我不能给；要知识你们得请教教育家去，我这里是没有的。智慧，更没有了：智慧是地狱里的花果，能进地狱更能出地狱的才采得着智慧，不去地狱的便没有智慧——我是没有的。

我正发窘的时候，来了一个救星——就是我手里这一小幅画，等我来讲道理给你们听。这张画是我的拜年片，一个朋友替我制的。你们看这个小孩子在海边沙滩上独自的玩，赤脚穿着草鞋，右手提着一枝花，使劲把它往沙里栽，左手提着一把浇花的水壶，壶里水点一滴滴的往下掉着。离着小孩不远看得见海里翻动着的波澜。

你们看出了这画的意思没有？

　　在海砂里种花。在海砂里种花！那小孩这一番种花的热心怕是白费的了。砂碛是养不活鲜花的，这几点淡水是不能帮忙的；也许等不到小孩转身，这一朵小花已经支不住阳光的逼迫，就得交卸他有限的生命，枯萎了去。况且那海水的浪头也快打过来了，海浪冲来时不说这朵小小的花，就是大根的树也怕站不住——所以这花落在海边上是绝望的了，小孩这番力量准是白化的了。

　　你们一定很能明白这个意思。我的朋友是很聪明的，他拿这画意来比我们一群呆子，乐意在白天里做梦的呆子，满心想在海砂里种花的傻子。画里的小孩拿着有限的几滴淡水想维持花的生命，我们一群梦人也想在现在比沙漠还要干枯比沙滩更没有生命的社会里，凭着最有限的力量，想下几颗文艺与思想的种子，这不是一样的绝望，一样的傻？想在海砂里种花，想在海砂里种花，多可笑呀！但我的聪明的朋友说，这幅小小画里的意思还不止此；讽刺不是她的目的。她要我们更深一层看。在我们看来海砂里种花是傻气，但在那小孩自己却不觉得。他的思想是单纯的，他的信仰也是单纯的。他知道的是什么？他知道花是可爱的，可爱的东西应得帮助他发长；他平常看见花草都是从地土里长出来的，他看来海砂也只是地，为什么海砂里不能长花他没有想到，也不必想到，他就知道拿花来栽，拿水去浇，只要那花在地上站直了他就欢喜，他就乐，他就会跳他的跳，唱他的唱，来赞美这美丽的生命，以后怎么样，海砂的性质，花的运命，他全管不着！我们知道小孩们怎样的崇拜自然，他的身体虽则小，他的灵魂却是大着，他的衣服也许脏，他的心可是洁净的。这里还有一幅画，这是自然的崇拜，你们看这孩子在月光下跪着拜一朵低头的百合花，这时候他的心与月光一般的清洁与花一般的美丽，与夜一般的安静。我们可以知道到海边上来种花那孩子的思想与这月下拜花的孩子的思想会得跪下的——单纯、清洁，我们可以想象那一个孩子把花栽好了也是一样来对着花膜拜祈祷——他能把花暂时栽了起来便是他的成功，此外以后怎么样不是他的事情了。

　　你们看这个象征不仅美，并且有力量；因为它告诉我们单纯的信心是创作的泉源——这单纯的烂漫的天真是最永久最有力量的东西，阳光烧不焦他，狂风吹不倒他，海水冲不了他，黑暗掩不了他——地面上的花朵有被摧残有消灭的时候，但小孩爱花种花这一点："真"却有的是永久的生命。

　　我们来放远一点看。我们现有的文化只是人类在历史上努力与牺牲的成绩。为什么人们肯努力肯牺牲？因为他们有天生的信心；他们的灵魂认识什么是真什么是善什么是美，虽则他们的肉体与智识有时候会诱惑他们反着方向走路；但只要他们认明一件事情是有永久价值的时候，他们就自然的会得兴奋，不期然的自己牺牲，要在这忽忽变动的声色的世界里，赎出几个永久不变的原则的凭证来。耶稣为什么不怕上十字架？密尔顿[1]何以瞎了眼还要做诗，贝德花芬[2]何以聋了还要制音乐，密仡郎其罗[3]为什么肯积受几个月的潮湿不顾自己的皮肉与靴子连成一片的用心思，为的只是要解决一个小小的美术问题？为什么永远有人到冰洋尽头雪山顶上去探险？为什么科学家肯在显微镜底下或是数目字中间研究一般人眼看不到心想不通的道理消磨他一生的光阴？

　　为的是这些人道的英雄都有他们不可摇动的信心；像我们在海砂里种花的孩子一样，他们的思想是单纯的——宗教家为善的原则牺牲，科学家为真的原则牺牲，艺术家为美的原则牺牲——这一切牺牲的结果便是我们现有的有限的文化。

　　你们想想在这地面上做事难道还不是一样的傻气——这地面还不与海砂一样不容你生根，在这里的事业还不是与鲜花一样的娇嫩？——潮水过来可以冲掉，狂风吹来可以折坏，阳光晒来可以熏焦我们小孩子手里拿着往砂里栽的鲜花，同样的，我们文化的全体还不一样有随时可以冲掉、折坏、熏焦的可能吗？巴比伦的文明现在哪里？嘭湃城[4]曾经在地下埋过千百年，克利脱[5]的文明直到最近五六十年间才完全发见。并且有时一件事实体的存在并不能证明他生命的继续。这区区地球的本体就有一千万个毁灭的可能。人们怕死不错，我们怕死人，但最可怕的不是死的死人，是活的死人，单有躯壳生命没有灵性生活是莫大的悲惨；文化也有这种情形，死的文化倒也罢了，最可怜的是勉强喘着气的半死的文化。你们如其问我要例子，我就不迟疑的回答你说，朋友们，贵国的文化便是一个喘着气的活死人！时候已经很久的了，自从我们最后的几个祖宗为了不变的原则牺牲他们的呼吸与血液，为了不死的生命牺牲他们有限的存在，为了单纯的信心遭受当时人的讪笑与侮辱。时候已经很久的了，自从我们最后听见普遍的声音像潮水似的充满着地面。时候已经很久的了，自从我们最后看见强烈的光明像彗星似的扫掠过地面。时候已经很久的了，自从我们最后为某种主义流过火热的鲜血。时候已经很久的了，自从我们的骨髓里有胆量，我们的说话里有分量。这是一个极伤心的反省！我真不知道这时代犯了什么不可赦的大罪，上帝竟狠心的赏给我们这样恶毒的刑罚？你看看去这年头到哪里去找一个完全的男子或是一个完全的女子——你们去看去，这年头哪一个男子不是阳痿，哪一个女子不是鼓胀！要形容我们现在受罪的时期，我们得发明一个比丑更丑比脏更脏比下流更下流比苟且更苟且比懦怯更懦怯的一类生字去！朋友们，真的我心里常常害怕，害怕下回东风带来的不是我们盼望中的春天，不是鲜花青草蝴蝶飞鸟，我怕他带来一个比冬天更枯槁更凄惨更寂寞的死天——因为丑陋的脸子不配穿漂亮的衣服，我们这样丑陋的变态的人心与社会凭什么权利可以问青天要阳光，问地面要青草，问飞鸟要音乐，问花朵要颜色？你问我明天天会不会放亮？我回答说我不知道，竟许不！

　　归根是我们失去了我们灵性努力的重心，那就是一个单纯的信仰，一点烂漫的童真！不要说到海滩去种花——我们都是聪明人谁愿意做傻瓜去——就是在你自己院子里种花你都懒怕动手哪！最可怕的怀疑的鬼与厌世的黑影已经占住了我们的灵魂！

　　所以朋友们，你们都是青年，都是春雷声响不曾停止时破绽出来的鲜花，你们再不可堕落了——虽则陷阱的大口满张在你的跟前，你不要怕，你把你的烂漫的天真倒下去，填平了它，再往前走——你们要保持那一点的信心，这里面连着来的就是精力与勇敢与灵感——你们再不怕做小傻瓜，尽量在这人道的海滩边种你的鲜花去——花也许会消灭，但这种花的精神是不烂的！

（原刊于《落叶》，北新书局1926年6月初版）

注释

1. 密尔顿，今通译为弥尔顿（1608—1674），英国诗人、政论家，民主斗士。弥尔顿是清教徒文学的代表，他的一生都在为资产阶级民主运动而奋斗，代表作《失乐园》，与《荷马史诗》、《神曲》并称为西方三大诗歌。
2. 贝德花芬，今通译为贝多芬。
3. 密仡郎其罗，今通译为米开朗基罗。

4. 嘭湃城，今通译为庞贝城。庞贝城是亚平宁半岛西南角坎佩尼亚地区一座历史悠久的古城，始建于公元前 6 世纪，于 79 年 8 月 24 日被维苏威火山爆发时的火山灰覆盖，直至 18 世纪才被发掘，得以重现于世。如今的庞贝古城已被联合国教科文组织定为世界文化和自然遗产。

5. 克利脱，今通译为克里特。克里特文明，也译作米诺斯文明或迈诺安文明，是爱琴海地区的古代文明，出现于古希腊，迈锡尼文明之前的青铜时代，约公元前 3000 年—前 1450 年。该文明的发展主要集中在克里特岛。"米诺斯"这个名字源于古希腊神话中的克里特国王米诺斯。

导读

本文是作者在北师大附属中学的演讲稿，旨在鼓励青年要葆有单纯的信心与信仰，坚定地捍卫真善美的理想，无畏于社会的压抑、现实的阻遏与命运的严酷。

画家兼作家凌叔华女士曾为作者设计了一张贺年片，画面构思奇特且合情理，意蕴深远，颇堪玩味，所绘的是一片海滩，一个天真烂漫的稚童，右手在沙地上栽花，左手持水壶浇灌，不远处看得见海里翻动着的波澜。凌叔华将之题为《海滩上种花》，而作者即以此做了这场演讲，由这幅画谈起，引入理想与现实、信心与信仰的话题。毋须更多的常识即可知，砂碛养不活鲜花，几点淡水亦无济于事，何况尚有酷烈阳光的逼迫与汹涌海浪的威胁。在海砂里种花是虚妄之念，是无知之行，是徒劳之举，终将陷入绝望之境，了无所得。而作者却以理想主义者的目光来观照这幅画，并却做了另一番的深刻的解读："在我们看来海砂里种花是傻气，但在那小孩自己却不觉得。他的思想是单纯的，他的信仰也是单纯的。"而这份思想、信心与信仰的单纯，正是一切创造的源泉，是人类文化生生不已的内在力量。海滩上所种不仅是鲜花，还有思想与灵魂的真善美。前者或可轻易被摧毁，而后者却可不朽地盛放，一如作者所说："地面上的花朵有被摧残有消灭的时候，但小孩爱花种花这一点：'真'却有的是永久的生命。"随后作者藉此生发开去，征引文化历史事实，来论述单纯的信心和信仰的重要性，意在鼓励青年人要怀持一个单纯的信仰和一点烂漫的童真，使灵魂莫被悲观厌世的阴影所盘踞，让手足莫被急功近利之念所缠缚，无畏地去到海滩上种花——做一名真的理想主义者。或许理想到底未竟，或许努力终归东流，或许信仰时遭讪笑，而这种追求的精神就足以照亮我们的生命，无可摧毁。作者曾说："我相信真的理想主义者是受得住眼看他往常保持着的理想煨成灰，碎成断片，烂成泥，在这灰、这断片、这泥的底里，他再来发现他更伟大、更光明的理想。"（《迎上前去》）

在海滩上种花，无异于西西弗斯推石上山。众神惩罚西西弗斯，判处他把一块巨石不断地推向山顶，而石头因自身的重量又从山顶上滚落，如此循环往复，永远是无望与徒劳。而我们不要忘记西西弗斯受罚的原因，那缘于一份无限深爱。"这是为了热爱这片土地而必须付出的代价。"（加缪：《西西弗斯神话》）同时，哲学家加缪还告诉我们："登上顶峰的斗争本身就足以充实人的心灵。应该设想，西西弗斯是幸福的。"是的，他是幸福的，正如种花的孩子是快乐的。

关于女子
（苏州女中讲稿）

苏州！谁能想象第二个地名有同样清脆的声音，能唤起同样美丽的联想，除是南欧的威尼市[1]或翡冷翠[2]，那是远在异邦，要不然我们就得迫想到六朝时代的金陵广陵或许可以仿佛？当然不是杭州，虽则苏杭是常常联着说到的；杭州即使有几分美秀，不幸都教山水给占了去，更不幸就那一点儿也成了问题：你们不听说雷峰塔已经教什么国术大力士给打个粉碎，西湖的一汪水也教大什么会的电灯给照干了吗？不，不是杭州；说到杭州我们不由的觉得舌尖上有些儿发锈。所以只剩了一个苏州准许我们放胆的说出口，放心的拿上手。比是乐器中的笙箫，有的是袅袅的余韵。比是青青的柏子，有的是沁人心脾的留香。在这里，不比别的地处，人与地，是相对无愧的；是交相辉映的；寒山寺的钟声与吴侬的软语一般的令人神往；虎丘的衰草与玄妙观的香烟同样的勾人留恋。

但是苏州——说也惭愧，我这还是第二次到，初次来时只匆匆的过了一宵，带走的只有采芝斋的几罐糖果和一些模糊的印象。就这次来也不得容易。要不是陈淑[3]先生相请的殷勤。——聪明的陈淑先生，她知道一个诗人的软弱，她来信只淡淡的说你再不来时天平山经霜的枫叶都要凋谢了——要不是她的相请的殷勤，我说，我真不知道几时才得偷闲到此地来，虽则我这半年来因为往返沪宁间每星期得经过两次，每星期都得感到可望而不可即的惆怅。为再到苏州来我得感谢她。但陈先生的来信却不单单提到天平山的霜枫，她的下文是我这半月来的忧愁：她要我来说话——到苏州来向女同学们说话！我如何能不忧愁？当然不是愁见诸位同学，我愁的是我现在这相儿，一个人孤伶伶的站在台上说话！我们这坐惯冷板凳日常说废话的所谓教授们最厌烦的，不瞒诸位说，这是我们自己这无可奈何的职务——说话（我再不敢说讲演，那样粗蠢的字样在苏州地方是说不出口的）。

就说谈话吧，再让一步，说随便谈话吧，我不能想象更使人窘的事情！要你说话，可不指定要你说什么，"随便说些什么都行"，那天陈先生在电话里说。你拿艳丽的朝阳给一只芙蓉或是一支百灵，它就对你说一番极美丽动听的话，即使它说过了你冒失的恭维它说你这"讲演"真不错，它也不会生气，也不会惭愧，但不幸我不是芙蓉更不是百灵。我们乡里有一句俗话说宁愿听苏州人吵架，不愿听杭州人谈话。我的家乡又不幸是在浙江，距着杭州近，离着苏州远的地处。随便说话，随你说什么，果然我依了陈先生扯上我的乡谈，恐怕要不到三分钟你们都得想念你们房间里备着的八封丹或是别的止头痛的药片了！

但陈先生非得逼我到，逼我献丑，写了信不够，还亲自到上海来邀。我不能不答应来。"但是我去说些什么呢，苏州，又是女同学们？"那天我放下陈先生的电话心头就开始踌躇。不要忙，我自己安慰自己说，在上海不得空闲，到南京去有一个下午可以想一想。那天在车上倒是有福气看到镇江以西，尤其是栖霞山一带的雪叶。虽则那早上是雾茫茫的，但雪总是好东西，它盖住地面的不平和丑陋，它也拓开你心头更清凉的境界，山变了银山，树成了玉树，窗以外是彻骨的凉，彻骨的静，不见一个生物，鸟雀们不知藏躲在哪里，雪花密团团的在半空里转。栖霞那一带的大石狮子，雄踞在草亩里张着大口向着天的怪东西，在雪地里更显得白，更显得壮，更见得精神。在那边相近还有一座塔，建筑雕刻，都是第一流的美术，最使人想见六朝的风流，六朝的闲暇。在那时政治上没有统一的野心家，江以南，江以北，各自成家，汉也有，胡也有，各造各的文化。且不说龙门，且不说云冈，就这栖霞的一些遗迹，就这雄踞在草亩里的大石狮，已够使我们想见当时生活的从容，气魄的伟大，情绪的俊秀。

我们在现代感到的只是局促与匆忙。我们真是忙，谁都是忙。忙到倦，忙到厌。但忙的是什么？为什么忙？我们的子孙在一千年后，如其我们的民族再活得到一千年，回看我们的时代，他们能不能了解我们的匆忙？我们有什么东西遗留给他们可以使他们骄傲，宝贵，值得他们保存，证见我们的存在，认识我们的价值，可以使他们永久停留他们爱慕的纪念——如同那一只雄踞在草亩里的大石狮？我们的诗人文人贡献了些什么伟大的诗篇与文章？我们的建筑与雕刻，且不说别的，有哪样可以留存到一百年乃至十五年而还值得一看的？我们的画家怎样描写宇宙的神奇？我们哪一个音乐家是在解释我们民族的性灵的奥妙？但这时候我眼望着的江边的雪地已经戏幕似的变形成为北方赤地几千里的灾区，黄沙天与黄土地的中间只有惨淡的风云，不见人烟的村庄以及这里那里枝条上不留一张枯叶的林木。我也望得见几千万已死的将死的未死的人民，在不可名状的苦难中为造物主的地面上留下永久的羞耻。在他们迟钝的眼光中，他们分明说他们的心脏即使还在跳动他们已经失去感觉乃至知觉的能力，求生或将死的呼号早已逼死在他们枯竭的咽喉里；他们分明说生活、生命，乃至单纯的生存已经到了绝对的绝境，前途只是沙漠似的浩瀚的虚无与寂灭，期待着他们，引诱着他们，如同春光，如同微笑，如同美。我也望见钩结在连环战祸中的区域与民生；为了谁都不明白的高深的主义或什么的相互的屠杀，我也望见那少数的妖魔，踞坐在跸卫森严的魔窟中计较下一幕的布景与情节，为表现他们的贪，他们的毒，他们的野心，他们的威灵，他们手擎着全体民族的命运当作一掷的孤注。我也望见这时代的烦闷毒气似的在半空里没遮拦的往下盖，被牺牲的是无量数春花似的青年。这憧憬中的种种都指点着一个归宿，一个结局——沙漠似的浩瀚的虚无与寂灭，不分疆界永不见光明的死。

我方才不还在眷恋着文化的消沉吗？文化，文化，这呼声在这可怖的憧憬前，正如灾民苦痛的呼声，早已逼死在枯竭的咽喉里，再也透不出声音。但就这无声的叫喊已经在我的周围引起怪异的回响，像是哭，像是笑，像是鸱枭，像是鬼……

但这声响来源是我坐位邻近一位肥胖的旅伴的雄伟的呵欠。在这呵欠声中消失了我重叠的幻梦似的憧憬，我又见到了窗外的雪，听到车轮的响动。下关的车站已经到了。

我能把我这一路的感想拉杂来充当我去苏州的谈话资料吗，我在从下关进城时心里计较。秀丽的苏州，天真的女同学们，能容受这类荒伧，即使不至怪诞的思想吗？她们许因为我是教文学的想从我听一些文学掌故或文学常识。但教书是无可奈何，我最厌烦的是说本行话。他们又许因为我曾经写过一些诗是在期望一个诗人的谈话，那就得满缀着明月和明星的光彩，透着鲜花与鲜草的馨香，要不然她们竟许期待着雪莱[4]的云雀或是济慈[5]的夜莺。我的倒像是鸱枭[6]的夜啼，不是太煞尽了风景？这我转念，或许是我的过虑，他们等着我去谈话正如他们每月或每星期等着别人去谈话一样，无非想听几句可乐的插科与诙谐，（如其有的话，那算是好的）一篇，长或是短，勉励或训诲的陈腐（那是你们打呵欠乃至瞌睡的机会），或是关于某项专门知识的讲解（那你们先生们示意你们应得掏出铅笔在小本子上记下的）写了几句自己谦让道歉不曾预备得好的话，在这末尾与他鞠躬下台时你们多少间酬报他一些鼓掌，就算完事一宗，但事实上他讲的话，正如讲的人，不能希望（他自己也不希望）在你们的脑筋里留有仅仅隔夜的印象，某人不是到你们这里来讲过的吗，隔几天许有人问。嘎，不错是有的，他讲些什么了？谁知道他讲什么来了，我一句也没有听进去；不是你提起，我忘都忘了我听过他讲哪！

这是一班到处应酬讲演人的下场头。他们事实上也只配得这样的下场头。穷、窘、枯、干，同学们，是现代人们的生活。干、枯、窘、穷，同学们，是现代人们的思想。不要把占有名气或地位的人们看太高了，他们的苦衷只有他们上年纪的人自家得知，这年头的荒歉是一般的。

也不知怎的我想起来说些关于女子的杂话。不是女子问题。不懂得科学，没有方法来解剖"女子"这个不可思议的现象。我也不是一个社会学家，搬弄着一套现成的名词来清理恋爱，改良婚姻或家庭。我也没有一个道学家的权威，来督责女子们去做良妻贤母，或奖励她们去做不良的妻不贤的母。我没有任何解决或解答的能力。我自己所知道的只是我的意识的流动，就那个我也没有支配的力量。就比是隔着雨雾望远山的景物，你只能辨认一个大概。也不知是哪里来的光照亮了我意识的一角，给我一个辨认的机会，我的困难是在想用粗笨的语言来传达原来极微纤的印象，像是想用粗笨的铁针来绣描细致的图案。我今天所要查考的，所以，不是女子，更不是什么女子问题，而是我自己的意识的一个片段。

我说也不知怎的我的思想转上了关于女子的一路。最显浅的原由，我想，当然是为我到一个女子学校里来说话。但此外也还有别的给我暗示的机会。有一天我在一家书店门首见着某某女士的一本新书的广告，书名是"蠹鱼生活"。这倒是新鲜，我想，这年头有甘心做书虫的女子。三百年来女子中多的是良妻贤母，多的是诗人词人，但出名的书虫不就是一位郝夫人王照圆[7]女士吗？这是一件事，再有是我看到一篇文章，英国一位名小说家做的，她说妇女们想从事著述至少得有两个条件：一是她得有她自己的一间屋子，这她随时有关上或锁上的自由；二是她得有五百一年（那合华银有六千元）

的进益。她说的是外国情形，当然和我们的相差得远，但原则还不一样是相通的？你们或许要说外国女人当然比我们强，我们怎好跟她们比；她们的环境要比我们的好多少，她们的自由要比我们的大多少；好，外国女人，先让我们的男人比上了外国的男人再说女人吧！

可是你们先别气馁，你们来听听外国女人的苦处。在 Queen Anne[8] 的时候，不说更早，那就是我们清朝乾隆的时候，有天才的贵族女子们（平民更不必说了）实在忍不住写下了些诗文就许往抽屉里堆着给蛀虫们享受，哪敢拿著作公开给庄严伟大的男子们看，那不让他们笑掉了牙。男人是女人的"反对党"（The oppose faction），Lady Winchilsea[9] 说。趁早，女人，谁敢卖弄谁活该遭殃，才学哪是你们的分！一个女人拿起笔就像是在做贼，谁受得了男人们的讥笑。别看英国人开通，他们中间多的是写"妇学篇"的章实斋[10]。倒是章先生那板起道学面孔公然反对女人弄笔墨还好受些。他们的蒲伯[11]，他们的 John Gay[12]，他们管爱文学有才情的女人叫做"蓝袜子"，说她们放着家务不管，"痒痒的就爱乱涂。"Margaret of Newcastle[13] 另一位才学的女子，也愤愤的说"女人像蝙蝠或猫头鹰似的活着，牲口似的工作，虫子似的死……"且不说男人的态度，女性自己的谦卑也是可以的。Dorothy Osburne[14] 那位清丽的书翰家一写到那位有文才的爵夫人就生气，她说，"那可怜的女人准是有点儿偏心的，她什么傻事不做到来写什么书，又况是诗，那不太可笑了，要是我就算我半个月不睡觉我也到不了那个。"奥斯朋自己可没有想到自己的书翰在千百年后还有人当作宝贵的文学作品念着，反比那"有点儿偏心胆敢写书的女人"风头出得更大，更久！

再说近一点，一百年前英国出一位女小说家，她的地位，有一个批评家说，是离着莎士比亚不远的 Jane Austen[15]——她的环境也不见得比你们的强。实际上她更不如我们现代的女子。再说她也没有一间她自己可以开关的屋子，也没有每年多少固定的收入。她从不出门，也见不到什么有学问的人；她是一位在家里养老的姑娘，看到有限几本书，每天就在一间永远不得清静的公共起坐间里装作写信似的起草她的不朽的作品。"女人从没有半个钟头"，Florence Nightingale[16] 说，"女人从没有半个钟头可以说是她们自己的"。再说近一点，白龙德[17]（Brontë）姊妹们，也何尝有什么安逸的生活。在乡间，在一个牧师家里，她们生，她们长，她们死。她们至多站在露台上望望野景，在雾茫茫的天边幻想大千世界的形形色色，幻想她们无颜色无波浪的生活中所不能的经验。要不是她们卓绝的天才，蓬勃的热情与超越的想象，逼着她们不得不写，她们也无非是三个平常的乡间女子，郁死在无欢的家里，有谁想得到她们——光明的十九世纪于她们有什么相干，她们得到了些什么好处？

说起来还是我们的情形比他们的见强哪。清朝的大文人王渔洋、袁子才、毕秋帆、陈碧城都是提倡妇女文学最大的功臣。要不是他们几位间接与直接的女弟子的贡献，清朝一代的妇女文学还有什么可述的？要不是他们那时对于女子做诗文做学问的铺张扬厉，我们那位文史通义先生也不至于破口大骂自失身份到这样可笑的地步。他在妇学里面说：

> 近有无耻文人，以风流自命，蛊惑士女，大率以优伶杂剧所演才子佳人惑人。长江以南名门大家闺阁，多为所诱，征诗刻稿，标榜声名，无复男女之嫌，殆忘其身之雌矣。此等闺娃，妇学不修，岂有真才可取，而为邪人播弄，浸成风俗，人心世道，大可忧也。

章先生要是活到今天看见女子上学堂，甚至和男子同学，上衙门公司店铺工作和男子同事，进这个那个的党和男子同志，还不把他老人家活活的给气瘪了！

所以你们得记得就在英国，女权最发达的一个民族，女子的解放，不论哪一方面，都还是近时的事情。女子教育算不上一百年的历史。女子的财产权是五十年来才有法律保障的。女子的政治权还不到十年。但这百年来女性方面的努力与成绩不能不说是惊人的。在百年以前的人类的文化可说完全是男性的成绩，女性即使有贡献是极有限的或至多是间接的，女子中当然也不少奇才异能，历史上不少出名的女子，尤其是文艺方面。希腊的沙浮[18]至今还是个奇迹。中世纪的 Hypatia[19]，Heloise[20]是无可比的。英国的依利萨伯[21]，唐朝的武则天，她们的雄才大略，哪一个男子敢不低头？十八世纪法国的沙龙夫人们是多少天才和名著的保姆。在中国，我们只要记起曹大家的汉书，苏若兰的回文，徐淑、蔡文姬、左九嫔的词藻，武明曌的升仙太子碑，李若兰、鱼玄机的诗，李清照、朱淑真的词，明文氏的九骚——哪一个不是照耀百世的奇才异禀。

这固然是，但就人类更宽更大的活动方面看，女性有什么可以自傲的？有女莎士比亚女司马迁吗？有女牛顿女倍根吗？有女柏拉图女但丁吗？就说到狭义的文艺，女性的成绩比到男性的还不是培蝼比到泰山吗？你怪得男性傲慢，女性气馁吗？

在英国乃至在全欧洲，奥斯丁以前可以说女性没有一个成家的作者。从依利萨伯到法国革命查考得到的女子作品只是小诗与故事。就中国论，清朝一代相近三百年间的女作家，按新近钱单夫人的《清闺秀艺文略》看，可查考的有二千三百十二人之多，但这数目，按胡适之先生的统计，只有百分之一的作品是关于学问，例如考据历史、算学、医术，就那也说不上有什么重要的贡献，此外百分之九十九都是诗词一类的文学，而且妙的地方是这些诗集诗卷的题名，除了风花雪月一类的风雅，都是带着虚心道歉的意味，仿佛她们都不敢自信女子有公然著作成书的特权似的，都得声明这是她们正业以外的闲情，本算不上什么似的，因之不是绣余，就是爨余，不是红余，就是针余，不是脂余梭余，就是织余绮余（陈圆圆的职业特别些，她的词集叫《舞余词》)，要不然就是焚余烬余未焚未烧未定一类的通套，再不然就是断肠泪稿一流的悲苦字样。（除了秋瑾的口气那是不同些）情形是如此，你怪得男性的自美，女性的气短吗？

但这文化史上女性远不如男性的情形自有种种的解释，自然的趋势，男性当然不能借此来证明女子的能力根本不如男子，女性也不能完成推托到男性有意的压迫。谁要奇怪女性的迟缓，要问何以女权论要等到玛丽乌尔夫顿克辣夫德[22]方有具体的陈词，只须记得人权论本身也要到相差不远的日子才出世。人的思想的能力是奇怪的，有时他连窜带跳的在短时期内发见了很多，例如希腊黄金时代与近一百五十年来的欧洲，有时睡梦迷糊的在长时期一无新鲜，例如欧洲的中世纪或中国的明代。它不动的时候就像是冬天，一切都是静定的无生气的，就像是生命再不会回来，但它一动的时候那就比是春雷的一震，转眼间就是蓬勃绚烂的春时。在欧洲从亚理斯多德[23]直到卢梭乃至叔本华，没有一个思想家不承认男女的不平等是当然的，绝对不值得并且也无从研究的；即使偶有几个天才不容自掩的女子，在中国我们叫作才女，那还是客气的，如同叫长花毛的鸭作锦鸡，在欧洲百年前叫做蓝袜子，那就不免有嘲笑的意思。但自从约翰弥勒[24]纯正通达论妇女论的大文出世以来，在理论上所有女性不如男性或是女性不能和男性享受平等机会以及共同负责文化社会的生存与进步的种种谬见、偏见与迷信都一齐从此失去了根据，在事实上在这百年来女性自强的努力也已经显明的证明，女性只要有同等的机会不论在哪样事情上都不能比男性不如；人类的前途展开了一个伟大的新的希望，就是此后文化的发展是两性共同的企业，不再是以前似的单性的活动。在这百年来虽则在别的方面人类依然不免继续他们的谬误、愚蠢、固执、迷信，但这百余年是可纪念的因为这至少是一个女性开始光荣的世纪。在政治上，在社会上，在法律与道德上，在理论方面，至少女性已经争得与男性完全平等的地位。在事实上，女子的职业一天增多一天，我们现在不易想象一种职业男性可以胜任而女性不能的——也许除了实际的上战场去打仗，但这项职业我们都希望将来有完全淘汰的一天，我们决不希望温柔的女性在任何情形下转变成善斗杀的凶恶。文学与艺术不用说，女子是早就占有地位的，但近百年来的扩大也是够惊人的。诗人就说白郎宁夫人 [25]、罗刹蒂 [26] 小姐、梅耐儿夫人 [27] 三个名字已经是够辉煌的。小说更不用说，英美的出版界已有女作家超过男作家的趋势，在品质方面一如数量。I.A.George Eliot[28]，George Sand[29]，Brontë Sisters[30]，近时如曼殊斐儿、薇金娜吴尔夫 [31] 等等都是卓成家为文学史上增加光彩的作者。演剧方面如沙拉贝娜，Duse[32]，Ellen Terry[33]，都是人类永久不可磨灭的记忆。论跳舞，女子的贡献更分明的超过男子，我们不能想象一个男性的 Isadora Duncan[34]。音乐、画、雕刻，女子的出人头地的也在天天的加多，科学与哲学，向来是男性的专业，但跟着教育的发展女子的贡献也在日渐的继长增高。你们只须记起 Madame Curie[35] 就可以无愧。讲到学问，现在有哪一门女子提不起来的。

但这情形，就按最先进几国说，至多也不过一百年来的事，然而成绩已有如此的可观。再过了两千年，我想，男子多半再不敢对女子表示性的傲慢。将来的女子自会有她们的莎士比亚、倍根、亚理斯多德、卢梭，正如她们在帝王中有过依利萨伯、武则天，在诗人中有过白郎宁、罗刹蒂，在小说家中有过奥斯丁与白龙德姊妹。我们虽则不敢预言女性竟可以有完全超越男性的一天，但我们很可以放心的相信此后女性对文化的贡献比现在总可以超过无量倍数，倒男子要担心到他的权威有摇动的危险的一天。

但这当然是说得很远的话。按目前情形，尤其是中国的，我们一方面固然感到女子在学问事业日渐进步的兴奋与快慰，但同时我们也深刻的感觉到种种阻碍的势力，还是很活动的在着。我们在东方几乎事事是落后的，尤其是女子，因为历史长，所以习惯深，习惯深所以解放更觉费力。不说别的，中国女子先就忍就了几千年身体方面绝无理性可说的束缚，所以人家的解放是从思想作起点，我们先得从身体解放起。我们的脚还是昨天放开的，我们的胸还是正在开放中。事实上固然这一代的青年已经不至感受身体方面的束缚，但不幸长时期的压迫或束缚是要影响到血液与神经的组织的本体的。即如说脚，你们现有的固然是极秀美的天足，但你们的血液与纤维中，难免还留着几十代缠足的鬼影。又如你们的胸部虽已在解放中，但我知道有的年轻姑娘们还不免感到这解放是一种可羞的不便。所以单说身体，恐怕也得至少到你们的再下去三四代才能完全实现解放，恢复自然发长的愉快与美。身体方面已然如此，别的更不用说了。再说一个女子当然还不免做妻做母，单就生产一件事说，男性就可以无忌惮的对女性说"这你总逃不了，总不能叫我来替代你吧"！事实上的确有无数本来在学问或事业上已经走上路的女子，为了做妻做母的不可避免临了只能自愿或不自愿的牺牲光荣的成就的希望。这层的阻碍说要能完全去除，当然是不可能，但按现今种种的发明与社会组织与制度逐渐趋向合理的情形看，我们很可以设想这天然阻碍的不方便性消解到最低限度的一天。有了节育的方法，比如说，你就不必有生育，除了你自愿，如此一个女子很容易在她几十年的生活中匀出几个短期间来尽她对人类的责任。还有将来家庭的组织也一定与现在的不同，趋势是在去除种种不必要精力的消耗（如同美国就有新法的合作家庭，女子管家的担负不定比男子的重，彼此一样可以进行各人的事业）。所以问题倒不在这方面。成问题的是女子心理上母性的牢不可破，那与男子的父性是相差得太远了。我来举一个例。近代最有名的跳舞家 Isadora Duncan 在她的自传里说她初次生产时的心理，我觉得她说得非常的真。在初怀孕时她觉得处处的不方便，她本是把她的艺术——舞——看得比她的生命都更重要的，她觉得这生产的牺牲是太无谓了。尤其是在生产时感到极度的痛苦时（她的是难产）她是恨极了上帝叫女人担负这惨毒的义务；她差一点死了。但等到她的孩子一下地，等到看护把一个稀小的喷香的小东西偎到她身旁去吃奶时，她的快乐，她的感激，她的兴奋，她的母爱的激发，她说，简直是不可名状。在那时间她觉得生命的神奇与意义——这无上的创造——是绝对盖倒一切的，这一相比她原来看作比生命更重要的艺术顿时显得又小又浅，几于是无所谓的了。在那时间把性的意识完全盖没了后天的艺术家的意识。上帝得了胜了！这，我说，才真是成问题，倒不在事实上三两个月的身体的不便。这根蒂深而力道强的母性当然是人生的神秘与美的一个重要成分，但它多少总不免阻碍女子个人事业的进展。

所以按理论说男女的机会是实在不易说成完全平等的，天生不是一个样子你有什么办法？但我们也只能说到此因为在一个女子，母的人格，母性的实现，按理是不应得与她个人的人格、个性的实现相冲突的。除了在不合理的或迷信打底的社会组织里，一个女子做了妻母再不能兼顾别的，她尽可以同时兼顾两种以上的资格，正如一个男子的父性并不妨害他的个性。就说 Duncan，她不能不说是一个母性特强（因为情感富强）的一个女子，但她事实上并不曾为恋爱与生育而至放弃她的艺术的追求。她一样完成了她的艺术。此外做女子的不方便当然比男子的多，但那些都是比较不重要的。

我们国内的新女子是在一天天可辨认的长成，从数千年来有形与无形的束缚与压迫中渐次透出性灵与身体的美与力，像一支在箨里中透露着的新笋。有形的阻碍，虽则多，虽则强有力，还是比较容易克除的，无形的阻碍，心理上，意识与潜意识的阻碍，倒反需要更长时间与努力方有解脱的可能。分析的说，现社会的种种都还是不适宜于我们新女子的长成的。我再说一个例，比如演戏，你认识戏的重要，知道它的力量。你也知道你有舞台表演的天赋。那为你自己，为社会，你就得上舞台演戏去不是？这时候你就逢到了阻力。积极的或许你家庭的守旧与固执。消极的或许你觅不到相当的同志与机会。这些就算都让你过去，你现在到了另一个难关。有一个戏非你充不可，比如说，那碰巧是个坏人，那是说按人事上习惯的评判，在表现艺术上是没有这种区分的，艺术须要你做，但你开始踌躇了。说一个实例，新近南国社[36]演的《沙乐美》，那不是一个贞女，也不是一个节妇。有一位俞女士，她是名门世家的一位小姐，去担任主角。她只知道她当前表现的责任。事实上她居然排除了不少的阻难而登台演那戏了。有一晚她正演到要热慕的叫着"约翰我要亲你的嘴"，她瞥见她的母亲坐在池子里前排瞪着怒眼望着她，她顿时萎了，原来有热有力的音声与诗句几于嗫嚅的勉强说过了算完事。她觉得她再也鼓不住她为艺术的一往的勇气，在她母亲怒目一视中，艺术家的她又萎成了名门世家事事依傍着爱母的小姐——艺术失败了！习惯胜利了！

　　所以我说这类无形的阻碍力量有时更比有形的大。方才说的无非是现成的一个例。在今日一个女子向前走一个步都得有极大的决心和用力，要不然你非但不上前，你难说还向后退——根性、习惯、环境的势力，种种都牵掣着你，阻拦着你。但你们各个人的成就或败于未来完全性的新女子的实现都有关系。你多用一分力，多打破一个阻碍，你就多帮助一分，多便利一分新女子的产生。简单说，新女子与旧女子的不同是一个程度，不定是种类的不同。要做一个新女子，做一个艺术家或事业家，要充分发展你的天赋，实现你的个性，你并没有必要不做你父母的好女儿，你丈夫的好妻子，或是你儿女的好母亲——这并不一定相冲突的（我说不一定因为在这发轫时期难免有各种牺牲的必要，那全在你自己判清了利弊来下决断）。分别是在旧观念是要求你做一个扁人，纸剪似的没有厚度没有血脉流通的活性，新观念是要你做一个真的活人，有血有气有肌肉有生命有完全性的！这有完全性要紧——的一个个人。这分别是够大的，虽则话听来不出奇。旧观念叫你准备做妻做母，新观念并不不叫你准备做妻做母，但在此外先要你准备做人，做你自己。从这个观点出发，别的事情当然都换了透视。我看古代留传下来的女作家有一个有趣味的现象。她们多半会写诗，就是说拿她们的心思写成可诵的文句。按传说说，至少一个女子的文才多半是有一种防身作用，比如现在上海有钱人穿的铁马甲。从《周南》的蔡人妻作的"茉莒三章"，《召南》申人女"行露三章"，《卫》共姜"柏舟诗"，《陈风》"墓门"，陶婴"黄鹄歌"，宋韩凭妻"南山有乌"句乃至罗敷女"陌上桑"，都是全凭编了几句诗歌，而得幸免男性的侵凌的。还有卓文君写了"白头吟"，司马相如即不娶姨太太，苏若兰制了回文诗，扶风窦滔也就送掉他的宠妾。唐朝有几个宫妃在红叶上题了诗从御沟里放流出外因而得到夫婿的。（"一入深宫里，无由得见春。题诗花叶上，寄与接流人。"）此外更有多少女子作品不是慕就是怨。如是看来文学之于古代妇女多少都是于她们婚姻问题发生密切关系的。这本来是，有人或许说，就现在女子念书的还不是都为写情书的准备，许多人家把女孩送进学校的意思还不无非是为了抬高她在婚姻市场上的卖价？这类情形当然应得书篇似的翻阅过去，如其我们盼望新女子及早可以出世。

　　这态度与目标的转变是重要的。旧女子的弄文墨多少是一种不必要的装饰；新女子的求学问应分是一种发见个性必要的过程。旧女子的写诗词多少是抒写她们私人遭际与偶尔的情感；新女子的志向应分是与男子共同继承并且继续生产人类全部的文化产业。旧女子的字业是承认女子无才便是德的大条件而后红着脸做的事情，因而绣余炊余一流的道歉；新女子的志愿是要为报复那一句促狭的造孽格言而努力给男性一个不容否认的反证。旧女子有才学的理想是李易安的早年的生涯——当然不一定指她的"被翻红浪，起来慵自梳头"一类的艳思——嫁一个风流跌宕一如赵明诚公子的夫婿（"赖有闺房如学舍，一编横放两人看"）过一些风流而兼风雅的日子，新女子——我们当然不能不许她私下期望一个风流的有情郎（"易求无价宝，难得有情郎"），但我们却同时期望她虽则身体与心肠的温柔都给了她的郎，她的天才她的能力却得贡献给社会与人类。

十二月十五日。

（原载于1929年10月《新月》第2卷第8期）

注释

1. 威尼市，今通译为威尼斯。
2. 翡冷翠，今通译为佛罗伦萨。
3. 陈淑，苏州女中校长。
4. 雪莱（1792—1822），英国浪漫主义诗人。《致云雀》是他的代表作。
5. 济慈（1795—1821），英国浪漫主义诗人。《夜莺颂》是他的代表作。
6. 鸱枭，即猫头鹰。
7. 王照圆（1763—851），字瑞玉。清末女诗人和训诂学家，清代著名学者郝懿行之妻。
8. Queen Anne，安妮女王（1665—1714），英国女王。
9. Lady Winchilsea，今通译为温奇尔西夫人（1667—1720），女诗人。
10. 章实斋，即章学诚，原名文酕、文镳，字实斋，号少岩，清代史学家、文学家。
11. 蒲伯，今通译为蒲柏（1688—1744），英国启蒙时期古典主义诗人。
12. John Gay，盖依（1685—1732），英国诗人，剧作家。
13. Margaret of Newcastle，翻译为"纽卡斯尔的玛格丽特"，即玛格丽特·卡文迪什（Margaret Cavendish），纽卡斯尔公爵夫人，作家。"Margaret of Newcastle"及文中提到的话，徐志摩应该是引自伍尔芙的《一间自己的屋子》第四章。
14. Dorothy Osburne，多萝西·奥斯本（1627—1695），英国女作家，以书信闻名于世。徐志摩在后文将其译为"奥斯朋"。
15. Jane Austen，简·奥斯汀（1775—1817），英国著名女性小说家，代表作《傲慢与偏见》《理智与情感》等。
16. Florence Nightingale，弗洛伦斯·南丁格尔（1820—1910），英国护士，近代护

理和近代护士教育的创始人，以在克里米亚战争中改善病员护理工作而闻名。

17. 白龙德，今通译为勃朗特。勃朗特姐妹即夏洛蒂·勃朗特（1816—1855），艾米莉·勃朗特（1818—1848）和安妮·勃朗特（1820—1849）。姐妹三人均为英国著名女作家，代表作别为《简·爱》、《呼啸山庄》和《艾格尼斯·格雷》。

18. 沙浮，今通译萨福（约前 630 或 612—约前 592 或 560），古希腊著名的女抒情诗人。

19. Hypatia，希帕蒂亚（约 370—约 415），古罗马女数学家、天文学家和哲学家，新柏拉图学派中亚历山大里亚学派的创始人，任亚历山大城新柏拉图学院的主持人。

20. Heloise，埃罗伊兹（约 1098—1164），法兰克福女隐修道院院长。

21. 依利萨伯，今通译为伊丽莎白，即伊丽莎白一世，英国都铎王朝女王。

22. 玛丽乌尔夫顿克辣夫德，今通译为玛丽·沃尔斯通克拉芙特，18 世纪末英国著名的政论家和女性主义思想家，著有《为女权辩护》。

23. 亚理斯多德，今通译为亚里士多德（前 384—前 322），古希腊伟大的哲学家、科学家和教育家之一。

24. 约翰弥勒，今通译为约翰·穆勒（1806—1873），英国心理学家、哲学家和经济学家。

25. 白郎宁夫人，今或译为勃朗宁夫人，英国女诗人。

26. 罗刹蒂，即克里斯蒂娜·罗赛蒂（1830—1894），英国女诗人。

27. 梅耐儿夫人，今通译为梅内尔夫人（1847—1922），英国诗人、散文作家。

28. I.A.George Eliot，乔治·艾略特（1819—1880），原名玛丽·安妮·埃文斯（Mary Ann Evans），英国女作家，其主要作品有《弗洛斯河上的磨坊》、《米德尔马契》等。

29. George Sand，乔治·桑（1804—1876），法国女作家。

30. Brontë Sisters，勃朗特姐妹。

31. 薇金娜吴尔夫，今通译为弗吉尼亚·伍尔芙（1882—1941），英国女作家，被誉为 20 世纪现代主义与女性主义的先锋。

32. Duse，杜丝（1859—1984），意大利女演员。

33. Ellen Terry，爱伦·泰丽（1847—1928），英国女演员。

34. Isadora Duncan，伊莎朵拉·邓肯（1878—1927），美国著名舞蹈家，现代舞的创始人。

35. Madame Curie，居里夫人。

36. 南国社，中国文艺团体。1927 年冬成立于上海，领导人田汉。

导读

本文是徐志摩应邀在苏州女子中学做的一场题为《关于女子》的讲演，旨在鼓励女学生争取独立自主，克服有形与无形的阻力，在地位、人格乃至事业上求得与男性的平等，充分发挥自己的个性、禀赋和能力，"贡献给社会与人类"。

作者并非空谈两性平等和女性解放，而是基于东西方对比、新旧女性对照，并落实于历史的脉络和具体的现实环境之中。他旁征博引，过对女性创作的历史及现状的分析，向人们指出西方女性作家同样处于艰难的环境之中，并揭示出内在与外在、有形与无形的各种阻力，同时勉励女性争取自我解放，充分发展自己的天赋，实现自我个性，与男子共同继承并且继续生产人类全部的文化产业。

尤为值得称道者，即作者两次提及英国女作家伍尔芙，并屡次征引她的《一间自己的屋子》中的材料，以支撑、丰富自己的演讲。《一间自己的屋子》是伍尔芙在剑桥大学女子学院的两篇讲稿，主题是"女性与小说"指出女人应去争取独立的经济力量和社会地位。她讲演结束仅一个多月，作者便于苏州做了"关于"女子的讲演，因而被研究者认为是将伍尔芙引入中国的第一人。

秋

　　两年前，在北京，有一次，也是这么一个秋风生动的日子，我把一个人的感想比作落叶，从生命那树上掉下来的叶子。落叶，不错，是衰败和凋零的象征，它的情调几乎是悲哀的。但是那些在半空里飘摇，在街道上颠倒的小树叶儿，也未尝没有它们的妩媚，它们的颜色，它们的意味，在少数有心人看来，它们在这宇宙间并不是完全没有地位的。"多谢你们的摧残，使我们得到解放，得到自由。"它们仿佛对无情的秋风说："劳驾你们了，把我们踹成粉，踩成泥，使我们得到解脱，实现消灭。"它们又仿佛对不经心的人们这么说。因为看着，在春风回来的那一天，这叫卑微的生命的种子又会从冰封的泥土里翻成一个新鲜的世界。它们的力量，虽则是看不见，可是不容疑惑的。

　　我那是感着的沉闷，真是一种不可形容的沉闷。它仿佛是一座大山，我整个的生命叫它压在底下。我那是的思想简直是毒的，我有一首诗，题目就叫《毒药》，开头的两行是——

　　　　今天不是，我唱歌的日子，我口边涎着狞恶的冷笑，不是我说笑的日子，我胸怀间插着发冷光的刀剑；

　　　　相信我，我的思想是恶毒的，因为这世界是恶毒的，我的灵魂是黑暗的，因为太阳已经灭绝了光彩，我的声调，像是坟堆里的夜枭，因为人间已经杀尽了一切的和谐，我的口音，像是冤鬼责问他的仇人，因为一切的恩已经让路一切的怨。

　　我借这一首不成形的咒诅的诗，发泄了成一腔的闷气，但我却并不绝望，并不悲观，在极深刻的沉闷的底里，我那时还摸着了希望。所以我在《婴儿》——那首不成形诗的最后一节——那诗的后段，在描写一个产妇在她生产的受罪中，还能含有希望的句子。

在我那时带有预言性的想象中，我想望着一个伟大的革命。因此我在那篇《落叶》的末尾，我还有勇气来对待人生的挑战，郑重地宣告一个态度，高声的喊一声"Ever lasting Yea"[1]。

"Everlasting Yea"；"Everlasting Yea"一年，一年，又过去了两年。这两年间我那时的想望实现了没有？那伟大的"婴儿"有出世了没有？我们的受罪取得了认识与价值没有？

我不知道，我不知道。我知道的还只是那一大堆丑陋的蛮肿的沉闷，压得瘗人的沉闷，笼盖着我的思想，我的生命。它在我经络里，在我的血液里。我不能抵抗，我再没有力量。

我们靠着维持我们生命的不仅是面包。不仅是饭，我们靠着活命的，是一个诗人的话，是情爱、敬仰心、希望。"We Live by love, admiration and hope"[2]这话又包涵一个条件，就是说这世界这人类能承受我们的爱，值得我们的敬仰，容许我们的希望的。但现代是什么光景？人性的表现，我们看得见听得到的，到底是怎么回事？我想我们都不是外人，用不着掩饰，实在也无从掩饰，这里没有什么人性的表现，除了丑恶、下流、黑暗。太丑恶了，我们火热的胸膛里有爱不能爱，太下流了，我们有敬仰心不能敬仰，太黑暗了，我们要希望也无从希望。太阳给天狗吃了去，我们只能在无边的黑暗中沉默着，永远的沉默着！这仿佛是经过一次强烈的地震的。悲惨，思想、感情、人格，全给震成了无可收拾的断片，也不成系统，再也不得连贯，再也没有发现。但你们在这个时候要我来讲话，这使我感着一种异样的难受。难受，因为我自身的悲惨。难受，尤其因为我感到你们的邀请不止是一个寻常讲话的邀请，你们来邀我，当然不是要什么现成的主义，那我是外行，也不为什么专门的学识，那我是草包，你们明知我是一个诗人，他的家当，除了几座空中的楼阁，至多只是一颗热烈的心。你们邀我来也许在你们中间也有同我一样感到这时代的悲哀，一种不可解脱不能摆脱的况味，所以要我这同是这悲哀沉闷中的同志来，希冀万一，可以给你们打几个幽默的比喻，说一点笑话，给一点子安慰，有这么小小的一半个时辰，彼此可以在同情的温暖中忘却了时间的冷酷。因此我踌躇，我来怕没有什么交代，不来又于心不安。我也曾想选几个离着实际的人生较远些的事儿来和你们谈谈，但是相信我，朋友们，这念头是枉然的，因为不论你思想的起点是星光是月是蝴蝶，只一转身，又逢着了人生的基本问题，冷森森的竖着像是几座拦路的墓碑。

不，我们躲不了它们：关于这时代人生的问号，小的、大的、歪的、正的，像蝴蝶的绕满了我们的周遭。正如在两年前它们逼迫我宣告一个坚决的态度，今天它们还是逼迫着要我来表示一个坚决的态度。也好，我想，这是我再来清理一次我的思想的机会，在我们完全没有能力解决人生问题时，我们只能承认失败。但我们当前的问题究竟是些什么？如其它们有力量压倒我们，我们至少也得抬起头来认一认我们敌人的面目。再说譬如医病，我们先得看清是什么病而后用药，才可以有希望治病。说我们是有病，那是无可置疑的。但病在哪一部，最重要的征候是什么，我们却不一定答得上。至少，各人有各人的答案，决不会一致的。就说这时代的烦闷：烦闷也不能凭空来的不是？它也得有种种造成它的原因，它到底是怎么回事、我们也得查个明白。换句话说，我们先得确定我们的问题，然后再试第二步的解决。也许在分析我们病症的研究中，某种对症的医法，就会不期然的显现。我们来试试看。

说到这里，我们可以想象一班乐观派的先生们冷眼的看着我们好笑。他们笑我们无事忙，谈什么人生，谈什么根本问题。人生根本就没有问题，这都那玄学鬼钻进了懒惰人的脑筋里在那里不相干的捣玄虚来了！做人就是做人，重在这做字上。你天性喜欢工业，你去找工程事情做去就得。你爱谈整理国故，你寻你的国故整理去就得。工作，更多的工作，是唯一的福音。把你的脑力精神一齐放在你愿意做的工作上，你就不会轻易发挥感伤主义，你就不会无病呻吟，你只要尽力去工作，什么问题都没有了。

这话初听倒是又生辣又干脆的，本来末，有什么问题，做你的工好了，何必自寻烦恼！但是你仔细一想的时候，这明白晓畅的福音还是有漏洞的。固然这时代很多的呻吟只是懒鬼的装病，或是虚幻的想象，但我们因此就能说这时代本来是健全的，所谓病痛所谓烦恼无非是心理作用了吗？固然当初德国有一个大诗人，他的伟大的天才使他在什么心智的活动中都找到趣味，他在科学实验室里工作得厌倦了，他就跑出来带住一个女性就发迷，西洋人说的"跌进了恋爱"；回头他又厌倦了或是失恋了，只一感到烦恼，或悲哀的压迫，他又赶快飞进了他的实验室，关上了门，也关上了他自己的感情的门，又潜心他的科学研究去了。在他，所谓工作确是一种救济，一种关栏，一种调剂，但我们怎能比得？我们一班青年感情和理智还不能分清的时候，如何能有这样伟大的克制的工夫？所以我们还得来研究我们自身的病痛，想法可能的补救。

并且这工作论是实际上不可能的。因为假如社会的组织，果然能容得我们各人从各人的心愿选定各人的工作并且有机会继续从事这部分的工作，那还不是一个黄金时代？"民各其业，安其生"。还有什么问题可谈的？现代是这样一个时候吗？商人能安心做他的生意，学生能安心读他的书，文学家能安心做他的文学吗？正因为这时代从思想起，什么事情都颠倒了，混乱了，所以才会发生这普通的烦闷病，所以才有问题，否则认真吃饱了饭没有事做，大家甘心自寻烦恼不成。

我们来看看我们的病症。

第一个显明的症候是混乱。一个人群社会的存在与进行是有条件的。这条件是种种体力与智力的活动的和谐的合作，在这诸种活动中的总线索，总指挥，是无形迹可寻的思想，我们简直可以说哲理的思想，它顺着时代或领着时代规定人类努力的方面，并且在可能时给它一种解释，一种价值的估定与意义的发见。思想是一个使命，是引导人类从非意识的以至无意识的活动进化到有意识的活动，这点子意识性的认识与觉悟，是人类文化史上最光荣的一种胜利，也是最透彻的一种快乐。果然是这部分哲理的思想，统辖得往这人群社会全体的活动，这社会就上了正轨；反面说，这部分思想要是失去了它那总指挥的地位，那就坏了，种种体力和智力的活动，就随时随地有发生冲突的可能，这重心的抽去是种种不平衡现象主要的原因。现在的中国就吃亏在没有了这个重心，结果什么都豁了边，都不合式了。我们这老大国家，说也可惨，在这百年来，根本就没有思想可说。从安逸到宽松，从怠惰到着忙，从着忙到瞎闹，从瞎闹到混乱，这几个形容词我想可以概括近百年来中国的思想史，——简单说，它完全放弃了总指挥的地位，没有了统系，没有了目标，没有了和谐，结果是现代的中国：一团混乱。

混乱，混乱，哪儿都是的。因为思想的无能，所以引起种种混乱的现象，这是一步。再从这种种的混乱，更影响到思想本体，使它也传染了这混乱。好比一个人因为身体软弱才受外感，得了种种的病，这病的蔓延又回过来销蚀病人有限的精力，使他变成更软弱了，这是第二步。经济，政治，社会，哪儿不是蹊跷，哪儿不是混乱？这影响到个人方面是理智与感情的不平衡，感情不受理智的节制就是意气，意气永远是浮的，浅的，无结果的；因为意气占了上风，结果是错误的活动。为了不曾辨认清楚的目标，我们的文人变成了政客，研究科学的，做了非科学的官，学生抛弃了学问的寻求，工人做了野心家的牺牲。这种种混乱现象影响到我们青年是造成烦闷心理的原因的一个。

这一个症候——混乱——又过渡到第二个症候——变态。什么是人群社会的常态？人群是感情的结合。虽则尽有好奇的思想家告诉我们人是互杀互害的，或是人的团结是基本于怕惧的本能，虽则就在有秩序上轨道的社会里，我们也看得见恶性的表现，我们还是相信社会的纪纲是靠着积极的感情来维系的。这是说在一常态社会天平上，爱情的分量一定超过仇恨的分量，互助的精神一定超过互害互杀的现象。但在一个社会没有了负有指导使命的思想的中心的情形之下，种种离奇的变态的现象，都是可能的产生了。

一个社会不能供给正常的职业时，它即使有严厉的法令，也不能禁止盗匪的横行。一个社会不能保障安全，奖励恒业恒心，结果原来正当的商人，都变成了拿妻子生命财产来做买空卖空的投机家。我们只要翻开我们的日报：就可以知道这现代的社会是常态是变态。拢统一点说，他们现在只有两个阶级可分，一个是执行恐怖的主体，强盗、军队、土匪、绑匪、政客、野心的政治家，所有得势的投机家都是的，他们实行的，不论明的暗的，直接间接都是一种恐怖主义。还有一个是被恐怖的。前一阶级永远拿着杀人的利器或是类似的东西在威吓着，压迫着，要求满足他们的私欲，后一阶级永远在地上爬着，发着抖，喊救命，这不是变态吗？这变态的现象表现在思想上就是种种荒谬的主义离奇的主张。拢统说，我们现在听得见的主义主张，除了平庸不足道的，大就是计算领着我们向死路上走的。这不是变态吗？

这种种的变态现象影响到我们青年，又是造成烦闷心理的原因的一个。

这混乱与变态的观众又协同造成了第三种的现象——一切标准的颠倒。人类的生活的条件，不仅仅是衣食住："人之异于禽兽者几希"，我们一讲到人道，就不能脱离相当的道德观念。这比是无形的空气，他的清鲜是我们健康生活的必要条件。我们不能没有理想，没有信念，我们真生命的寄托决不在单纯的衣食间。我们崇拜英雄——广义的英雄——因为在他们事业上表现的品性里，我们可以感到精神的满足与灵感，鼓舞我们更高尚的天性，勇敢的发挥人道的伟大。你崇拜你的爱人，因为她代表的是女性的美德。你崇拜当代的政治家，因为他们代表的是无私心的努力。你崇拜思想家，因为他们代表的是寻求真理的勇敢。这崇拜的涵义就是标准。时代的风尚尽管变迁，但道义的标准是永远不动摇的。这些道义的准则，我们向时代要求的是随时给我们这些道义准则的具体的表现。仿佛是在渺茫的人生道上给悬着几颗照路的明星。但现在给我们的是什么？我们何尝没有热烈的崇拜心？我们何尝不在这一件那一件事上，或是这一个人物那一个人物的身上安放过我们迫切的期望。但是，但是，还用我说吗！有哪一件事不使我们重大的迷惑，失望，悲伤？说到人的方面，哪有比普通的人格的破产更可悲悼的？在不知哪一种魔鬼主义的秋风里，我们眼见我们心目中的偶像败叶似的一个个全掉了下来！眼见一个个道义的标准，都叫丑恶的人格给沾上了不可清洗的污秽！标准是没有了的。这种种道德方面人格方面颠倒的现象，影响到我们青年，又是造成烦闷心理的原因的一个。

跟着这种种症候还有一个惊心的现象，是一般创作活动的消沉，这也是当然的结果。因为文艺创作活动的条件是和平有秩序的社会状态，常态的生活，以及理想主义的根据。我们现在却只有混乱、变态，以及精神生活的破产。这仿佛是拿毒药放进了人生的泉源，从这里流出来的思想，哪还有什么真善美的表现？

这时代病的症候是说不尽的，这是最复杂的一种病，但单就我们上面说到的几点看来，我们似乎已经可以采得一点消息，至少我个人是这么想。——那一点消息就是生命的枯窘，或是活力的衰耗。我们所以得病是为我们生活的组织上缺少了思想的重心，它的使命是领导与指挥。但这又为什么呢？我的解释，是我们这民族已经到了一个活力枯窘的时期。生命之流的本身，已经是近于干涸了：再加之我们现得的病，又是直接克伐生命本体的致命症候，我们怎能受得住？这话可又讲远了，但又不能不从本原上讲起。我们第一要记得我们这民族是老得不堪的一个民族。我们知道什么东西都有它天限的寿命；一种树只能青多少年，过了这期限就得衰，一种花也只能开几度花，过此就为死（虽则从另一种看法，它们都是永生的，因为它们本身虽得死，它们的种子还是有机会继续发长）。我们这棵树在人类的树林里，已经算得是寿命极长的了。我们的血统比较又是纯粹的，就连我们的近邻西藏满蒙的民族都等于不和我们混合。还有一个特点是我们历来因为四民制的结果，士之子恒为士，商之子恒为商，思想这任务完全为士民阶级的专利，又因为经济制度的关系，活力最充足的农民简直没有机会读书，因为士民阶级形成了一种孤单的地位。我们要知道知识是一种堕落，尤其从活力的观点看，这士民阶级是特别堕落的一个阶级，再加之我们旧教育观念的偏窄，单就知识论，我们思想本能活动的范围简直是荒谬的狭小。我们只有几本书，一套无生命的陈腐的文学，是我们唯一的工具。这情形就比是本来是一个海湾，和大海是相通的，但后来因为沙地的胀起，这一湾水渐渐隔离它所从来的海，而更成了湖。这湖原先也许还承受得着几股山水的来源，但后来又经过陵谷的变迁，这部分的来源也断绝了，结果这湖又干成一只小潭，乃至一小潭的止水，长满了青苔与萍梗，纯迟迟的眼看得见就可以完全干涸了去的一个东西。这是我们受教育的士民阶级的相仿情形。现在所谓知识亦无非是这潭死水里的比较泥草松动些风来还多少吹得绉的一洼臭水，别瞧它矜矜自喜，可怜它能有多少前程？还能有多少生命？

所以我们这病，虽则症候不止一种，虽然看来复杂，归根只是中医所谓气血两亏的一种本原病。我们现在所感觉的烦闷，也只见沉浸在这一洼离死不远的臭水里的气闷，还有什么可说的？水因为不流所以滋生了草，这水草的胀性，又帮助浸干这有限的水。同样的，我们的活力因为断绝了来源，所以发生了种种本原性的病症，这些病又回过来侵蚀本源，帮助消尽这点仅存的活力。

病性既是如此，那不是完全绝望了吗？

那也不是这么容易。一棵大树的凋零，一个民族的衰歇，也不是一朝一夕的事儿。我们当然还是要命。只是怎么要法，是我们的问题。我说过我们的病根是在失去于思想的重心，那又是原因于活力的单薄。在事实上，我们这读书阶级形成了一种极孤单的状况，一来因为阶级关系它和民族里活力最充足的农民阶级完全隔绝了，二来因为畸形教育以及社会的风尚的结果，它在生活方面是极端的城市化、腐化、奢侈化、惰化，完全脱离了大自然健全的影响变成自蚀的一种蛀虫，在智力活动方面，只偏向于纤巧的浅薄的诡辩的乃至于程式化的一道，再没有创造的力量的表示，渐次的完全失去了它自身的尊严以及统辖领导全社会活动的无上的权威。这一没有了统帅，种种紊乱的现象就都跟着来了。

这畸形的发展是值得寻味的。一方面你有你的读书阶级，中了过度文明的毒，一天一天往腐化僵化的方向走，但你却不能否认它智力的发达，只因为道义标准的颠倒以及理想主义的缺乏，它的活动也全不是在正理上。就说这一堂的翩翩年少——尤其是文化最发旺的江浙的青年，十个里有九个是弱不禁风的。但问题还不全在体力的单薄，尤其是智力活动本身是有了病，它只有毒性的载刺，没有健全的来源，没有天然的资养。纤巧的新奇的思想不是我们需要的，我们要的是从丰满的生命与强健的活力里流露出来纯正的健全的思想，那才是有力量的思想。

同时我们再看看占我们民族十分之八九的农民阶级。他们生活的简单，脑筋的简单，感情的简单，意识的疏浅，文化的定位，几于使他们形成一种仅仅有生物作用的人类。他们的肌肉是发达的，他们是能工作的，但因为教育的不普及，他们智力的活动简直的没有机会，结果按照生物学的公例，因无用而退化，他们的脑筋简直不行的了。乡下的孩子当然比城市的孩子不灵，粗人的子弟当然比上不书香人的子弟，这是一定的。但我们现在为救这文化的性命，非得赶快就有健全的活力来补充我们受足了过度文明的毒的读书阶级不可。也有人说这读书阶级是不可救药的了，希望如其有，是在我们民族里还未经开化的农民阶级。我的意思是我们应得利用这部分未开凿的精力来补充我们开凿过分的士民阶级。讲到实施，第一得先打破这无形的阶级界限以及省分界限。通婚和婚是必要的，比较的说，广东、湖南乃至北方人比江浙人健全得多，乡下人比城里人健全得多，所以江浙人和北方人非得尽量的通婚，城市人非得与农人尽量的通婚不可。但是这话说着容易，实际上是极困难的。讲到结婚，谁愿意放弃自身的艳福，为的是渺茫的民族的前途上，哪一个翩翩的少年甘心放着窈窕风流的江南女郎不要，而去乡村找粗蠢的大姑娘作配，谁肯不就近结识血统逼近的姨妹表妹乃至于同学妹，而肯远去异乡到口音不相通的外省人中间去寻配偶？这是难的，我知道。但希望并不见完全没有——这希望完全是在教育上。第一我们得赶快认清这时代病无非是一种本原病，什么混乱的变态的现象，都无非是显示生命的缺乏。这种种病，又都就是直接克伐生命的，所以我们为要文化与思想的健全，不能不想方法开通路子，使这几洼孤立的呆定的死水重复得到天然泉水的接济，重复灵活起来，一切的障碍与淤塞自然会得消灭——思想非得直接从生命的本体里热烈的迸裂出来才有力量，才是力量。这过度文明的人种非得带它回到生命的本源上去不可，它非得重新生过根不可。按着这个目标，我们在教育上就不能不极力推广教育的机会到健全的农民阶级里去，同时奖励阶级间的通婚。假如国家的力量可以干涉到个人婚姻的话，我们仅可以用强迫的方法叫你们这些翩翩的少年都去娶乡下大姑娘，而同时把我们窈窕风流的女郎去嫁给农民做媳妇。况且谁都知道，我们现在择偶的标准本身就是不健全的。女人要嫁给金钱、奢侈、虚荣、女性的男子；男人的口味也是同样的不妥当。什么都是不健全的，喔，这毒气充塞的文明社会！在我们理想实现的那一天，我们这文化如其有救的话，将来的青年男女一定可以兼有士民与农民的特长，体力与智力得到均平的发展，从这类健全的生命树上，我们可以盼望吃得着美丽鲜甜的思想的果子！

　　至于我们个人方面，我也有一部分的意见，只是今天时光局促了怕没有机会发挥，但总结一句话，我们要认清我们是什么病，这病毒是在我们一个个你我的身体上，血液里，无容讳言的。只要我们不认错了病多少总有办法。我的意见是要多多接近自然，因为自然是健全的纯正的影响，这里面有无穷尽性灵的资养与启发与灵感。这完全靠我们各个自觉的修养。我们先得要立志不做时代和时光的奴隶，我们要做我们思想和生命的主人，这暂时的沉闷决不能压倒我们的理想，我们正应得感谢这深刻的沉闷，因为在这里，我们才感悟着一些自度的消息，如我方才说的，我们还是得努力，我们还是得坚持，我们的态度是积极的。正如我两年前《落叶》的结束是喊一声 Everlasting Yea，我今天还是要你们跟着我来喊一声 Everlasting Yea.

（原刊于《秋》，良友图书印刷公司1931年11月初版）

注释

1. Everlasting Yea，意思是：永远以积极的态度去对待人生。
2. 翻译为：我们靠爱情、敬仰心和希望而活。

导读

学者黄子平先生对现代文学有一个深刻的洞见，即在影响 20 世纪中国思潮的诸多自然理论中，生物学的作用是最为深远而普遍的。中国现代知识分子，如鲁迅，常将中国的社会、民族、文化、国民性等看作是一个病态的有机体。而他们的责任就是为其开出疗救的药方来。徐志摩的文章中也不乏"疾病的隐喻"，此文即是一例。

本文是作者 1929 年秋在暨南大学的一篇演讲，与《落叶》一样，旨在鼓舞青年人永远以积极的态度去对待人生，共同克服时代所带给他们的烦恼、悲哀与苦闷。同时，也表达了对现代文明及知识阶级的反思与批判，倡导去阅读自然这本大书，以求得健全的思想。徐志摩是感情的信仰者，所以他在《落叶》中开出的药方是"感情"。而徐志摩也是自然的崇拜者，故而这一次的疗救之方是"自然"。

在文中，作者诊断文化与社会的病症，概括了三种症候，分别是：混乱，变态及一切标准的颠倒。而病因在于缺少思想的重心，无以指挥和领导我们的生命。而思想重心的丧失则是由于民族活力的枯窘。在作者看来，现代知识分子应该肩负起改造民族文化的使命，而他们的畸形发展却加剧了民族文化的病情，甚至就是病根所在。所谓知识分子的"畸形"，是源于双重隔绝：一，与农民阶级隔绝；二，与自然隔绝，极端的城市化、腐化、奢侈化、惰化。总之，是"中了过度文明的毒"，致使丧失"丰满的生命与强健的活力"，进而失去了纯正、健全、有力量的思想。那么如何疗救呢？作者认为，首先，知识分子要打破与农民阶级的隔绝。乡下人有着美丽、强韧、富有活力的生命形式，这是来自泥土、草根与河流的健康而自然的人性。而知识分子久居于患了"现代文明病"的都市，生命是虚弱、萎缩的，人性是虚伪而扭曲的。所以"为救这文化的性命，非得赶快就有健全的活力来补充我们受足了过度文明的毒的读书阶级不可。"其次，打破与自然的隔绝，回归自然，"因为自然是健全的纯正的影响，这里面有无穷尽性灵的资养与启发与灵感。"这是作者一贯的自然观，即认为自然是人的"本"，是活力的来源，是性灵的补剂，是精神的资养，是人格的基础。

我的祖母之死

一

一个单纯的孩子，

过他快活的时光，

兴匆匆的，活泼泼的，

何尝识别生存与死亡？

　　这四行诗是英国诗人华茨华斯（William Wordsworth）一首有名的小诗叫做"我们是七人"（We are Seven）的开端，也就是他的全诗的主意。这位爱自然，爱儿童的诗人，有一次碰着一个八岁的小女孩，发鬈蓬松的可爱，他问她兄弟姊妹共有几人，她说我们是七个，两个在城里，两个在外国，还有一个姊妹一个哥哥，在她家里附近教堂的墓园里埋着。但她小孩的心理，却不分清生与死的界限，她每晚携着她的干点心与小盘皿，到那墓园的草地里，独自的吃，独自的唱，唱给她的在土堆里眠着的兄姊听，虽则他们静悄悄的莫有回响，她烂漫的童心却不曾感到生死间有不可思议的阻隔；所以任凭华翁多方的譬解[1]，她只是睁着一双灵动的小眼，回答说：

　　"可是，先生，我们还是七人。"

二

　　其实华翁自己的童真，也不让那小女孩的完全：他曾经说"在孩童时期，我不能相信我自己有一天也会得悄悄的躺在坟里，我的骸骨会得变成尘土。"又一次他对人说"我做孩子时最想不通的，是死的这回事将来也会得轮到我自己身上。"

　　孩子们天生是好奇的，他们要知道猫儿为什么要吃耗子，小弟弟从哪里变出来的，或是究竟先有鸡还是先有鸡蛋；但人生最重大的变端——死的现象与实在，他们也只能含糊的看过，我们不能期望一个个小孩子们都是搔头穷思的丹麦王子[2]。他们临到丧故，往往跟着大人啼哭；但他只要眼泪一干，就会到院子里踢毽子，赶蝴蝶，就使在屋子里长眠不醒了的是他们的亲爹或亲娘，大哥或小妹，我们也不能盼望悼死的悲哀可以完全翳蚀了他们稚羊小狗似的欢欣。你如其对孩子说，你妈死了，你知道不知道——他十次里有九次只是对着你发呆；但他等到要妈叫妈，妈偏不应的时候，他的嫩颊上就会有热泪流下。但小孩天然的一种表情，往往可以给人们最深的感动。我生平最忘不了的一次电影，就是描写一个小孩爱恋已死母亲的种种天真的情景。她在园里看种花，园丁告诉她这花在泥里，浇下水去，就会长大起来。那天晚上天下大雨，她睡在床上，被雨声惊醒了，忽然想起园丁的话，她的小脑筋里就发生了绝妙的主意。她偷偷的爬出了床，走下楼梯，到书房里去拿下桌上供着的她死母的照片，一把揣在怀里，也不顾倾倒着的大雨，一直走到园里，在地上用园丁的小锄掘松了泥土，把她怀里的亲妈，谨慎的取了出来，栽在泥里，把松泥掩护着；她做完了工就蹲在那里守候——一个三四岁的女孩，穿着白色的睡衣，在深夜的暴雨里，蹲在露天的地上，专心笃意的盼望已经死去的亲娘，像花草一般，从泥土里发长出来！

三

我初次遭逢亲属的大故，是二十年前我祖父的死，那时我还不满六岁。那是我生平第一次可怕的经验，但我追想当时的心理，我对于死的见解也不见得比华翁的那位小姑娘高明。我记得那天夜里，家里人吩咐祖父病重，他们今夜不睡了，但叫我和我的姊妹先上楼睡去，回头要我们时他们会来叫的。我们就上楼去睡了，底下就是祖父的卧房，我那时也不十分明白，只知道今夜一定有很怕的事，有火烧、强盗抢、做怕梦，一样的可怕。我也不十分睡着，只听得楼下的急步声，碗碟声、唤婢仆声、隐隐的哭泣声，不息的响音。过了半夜，他们上来把我从睡梦里抱了下去，我醒过来只听得一片的哭声，他们已经把长条香点起来，一屋子的烟，一屋子的人，围拢在床前，哭的哭，喊的喊，我也挥了过去，在人丛里偷看大床里的好祖父。忽然听说醒了醒了，哭喊声也歇了，我看见父亲爬在床里，把病父抱持在怀里，祖父倚在他的身上，双眼紧闭着，口里衔着一块黑色的药物他说话了，很清的声音，虽则我不曾听明他说的什么话，后来知道他经过了一阵昏晕，他又醒了过来对家人说："你们吃吓了，这算是小死。"他接着又说了好几句话，随讲音随低，呼气随微，去了，再不醒了，但我却不曾亲见最后的弥留，也许是我记不起，总之我那时早已跪在地板上，手里擎着香，跟着大众高声的哭喊了。

四

此后我在亲戚家收殓虽则看得不少，但死的实在的状况却不曾见过。我们念书人的幻想力是比较的丰富，但往往因为有了幻想力，就不管生命现象的实在，结果是书呆子，陆放翁说的"百无一用是书生"。人生的范围是无穷的：我们少年时精力充足什么都不怕尝试，只愁没有出奇的事情做，往往抱怨这宇宙太窄，青天太低，大鹏似的翅膀飞不痛快，但是……但是平心的说，且不论奇的、怪的、特别的、离奇的，我们姑且试问人生里最基本的事实，最单纯的、最普遍的、最平庸的、最近人情的经验，我们究竟能有多少的把握，我们能有多少深彻的了解，我们是否都亲身经历过？譬如说：生产、恋爱、痛苦、悲、死、妒、恨、快乐、真疲倦、真饥饿、渴、毒焰似的渴、真的幸福、冻的刑罚、忏悔、种种的情热。我可以说，我们平常人生观、人类、人道、人情、真理、哲理、本能等等名词不离口吻的念书人们，什么文学家，什么哲学家——关于真正人生基本的事实的实在，知道的——恐怕是极微至鲜，即使不等于圆圈。我有一个朋友，他和他夫人的感情极厚，一次他夫人临到难产，因为在外国，所以进医院什么都得他自己照料，最后医生宣言只有用手术一法，但性命不能担保，他没有法子，只好和他半死的夫人诀别（解剖时亲属不准在旁的）。满心毒魔似的难受，他出了医院，走在道上，走上桥去，像得了离魂病似的，心脉舂臼似的跳着，最后他听着了教堂和缓的钟声，他就不自主的跟着钟声，进了教堂，跟着在做礼拜的跪着、祷告、忏悔、祈求、唱诗、流泪（他并不是信教的人），他这样的捱过时刻，后来回转医院时，一步步都是惨酷的磨难，比上行刑场的犯人，加倍的难受，他怕见医生与看护妇，仿佛他的运命是在他们的手掌里握着。事后他对人说"我这才知道了人生一点子的意味！"

五

所以不曾经历过精神或心灵的大变的人们，只是在生命的户外徘徊，也许偶尔猜想到几分墙内的动静，但总是浮的浅的，不切实的，甚至完全是隔膜的。人生也许是个空虚的幻梦，但在这幻象中，生与死，恋爱与痛苦，毕竟是陡起的奇峰，应得激动我们傍徨者的注意，在此中也许有可以感悟到一些幻里的真，虚中的实，这浮动的水泡不曾破裂以前，也应得饱吸自由的日光，反射几丝颜色！

我是一只不羁的野驹，我往往纵容想象的倡狂，诡辩人生的现实；比如凭借凹折的玻璃，觉察当前景色。但时而复再，我也能从烦嚣的杂响中听出清新的乐调，在炫耀的杂彩里，看出有条理的意匠。这次祖母的大故，老家庭的生活，给我不少静定的时刻，不少深刻的反省。我不敢说我因此感悟了部分的真理，或是取得了若干的智慧；我只能说我因此与实际生活更深了一层的接触，益发激动我对于人生种种好奇的探讨，益发使我惊讶这迷谜的玄妙，不但死是神奇的现象，不但生命与呼吸是神奇的现象，就连日常的生活与习惯与迷信，也好像放射着异样的光闪，不容我们擅用一两个形容词来概状，更不容我们昌言什么主义来抹煞——一个革新者的热心，碰着了实在的寒冰！

六

我在我的日记里翻出一封不曾写完不曾付寄的信，是我祖母死后第二天的早上写的。我时在极强烈的极鲜明的时刻内，很想把那几日经过感想与疑问，痛快的写给一个同情的好友，使他在数千里外也能分尝我强烈的鲜明的感情。那位同情的好友我选中了通伯[3]。但那封信却只起了一个呆重的头，一为丧中忙，二为我那时眼热不耐用心，始终不曾写就，一直挨到现在再想补写，恐怕强烈已经变弱，鲜明已经透暗，逃亡的囚逋，不易追获的了。我现在把那封残信录在这里，再来追摹当时的情景。

通伯：

我的祖母死了！从昨夜十时半起，直到现在，满屋子只是号啕呼抢的悲音，与和尚、道士、女僧的礼忏鼓磬声。二十年前祖父丧时的情景，如今又在眼前了。忘不了的情景！你愿否听我讲些？

我一路回家，怕的是也许已经见不到老人，但老人却在生死的交关仿佛存心的弥留着，等待她最钟爱的孙儿——即不能与他开言诀别，也使他尚能把握她依然温暖的手掌，抚摩她依然跳动着的胸怀，凝视她依然能自开自阖虽则不再能表情的目睛。她的病是脑充血的一种，中医称为"卒中"（最难救的中风）。她十日前在暗房里踬仆倒地，从此不再开口出言，登仙似的结束了她八十四岁的长寿，六十年良妻与贤母的辛勤，她现在已经永远的脱辞了烦恼的人间，还归她清净自在的来处。我们承受她一生的厚爱与荫泽的儿孙，此时亲见，将来追念，她最后的神化，不能自禁中怀的摧痛，热泪暴雨似的盆涌，然痛心中却亦隐有无穷的赞美，热泪中依稀想见她功成德备的微笑，无形中似有不朽的灵光，永远的临照她绵衍的后裔……

七

旧历的乞巧[4]那一天，我们一大群快活的游踪，驴子灰的黄的白的，轿子四个脚夫抬的，正在山海关外纡回的、曲折的绕登角山的栖贤寺，面对着残圮的长城，巨虫似的爬山越岭，隐入烟霭的迷茫。那晚回北戴河海滨住处，已经半夜，我们还打算天亮四点钟上莲峰山去看日出，我已经快上床，忽然想起了，出去问有信没有，听差递给我一封电报，家里来的四等电报。我就知道不妙，果然是"祖母病危速回"！我当晚就收拾行装，赶早上六时车到天津，晚上才上津浦快车。正嫌路远车慢，半路又为水发冲坏了轨道过不去，一停就停了十二点钟有余，在车里多过了一夜，直到第三天的中午方才过江上沪宁车。这趟车如其准点到上海，刚好可以接上沪杭的夜车，谁知道又误了点，误了不多不少的一分钟，一面我们的车进站，他们的车头呜的一声叫，别断别断的去了！我若然是空身子，还可以冒险跳车，偏偏我的一双手又被行李雇定了，所以只得定着眼睛送它走。

所以直到八月二十二日的中午我方才到家。我给通伯的信说"怕是已经见不着老人"，在路上那几天真是难受，缩不短的距离没有法子，但是那急人的水发，急人的火车，几面凑拢来，叫我整整的迟一昼夜到家！试想病危了的八十四岁的老人，这二十四点钟不是容易过的，说不定她刚巧在这个期间内有什么动静，那才叫人抱憾哩！但是结果还算没有多大的差池——她老人家还在生死的交关等着！

八

奶奶——奶奶——奶奶！奶——奶！你的孙儿回来了，奶奶！没有回音。老太太阖着眼，仰面躺在床里，右手拿着一把半旧的雕翎扇很自在的扇动着。老太太原来就怕热，每年暑天总是扇子不离手的，那几天又是特别的热。这还不是好好的老太太，呼吸顶匀净的，定是睡着了，谁说危险！奶奶，奶奶！她把扇子放下了，伸手去摸着头顶上挂着的冰袋，一把抓得紧紧的，呼了一口长气，像是暑天赶道儿的喝了一碗凉汤似的，这不是她明明的有感觉不是？我把她的手拿在我的手里，她似乎感觉我手心的热，可是她也让我握着，她开眼了！右眼张得比左眼开些，瞳子却是发呆，我拿手指在她的眼前一挑，她也没有瞬，那准是她瞧不见了——奶奶，奶奶，——她也真没有听见，难道她真是病了，真是危险，这样爱我疼我宠我的好祖母，难道真会得……我心里一阵的难受，鼻子里一阵的酸，滚热的眼泪就迸了出来。这时候床前已经挤满了人，我的这位，我是那位，我一眼看过去，只见一片惨白忧愁的面色，一双双装满了泪珠的眼眶。我的妈更看的憔悴。她们已经伺候了六天六夜，妈对我讲祖母这回不幸的情形，怎样的她夜饭前还在大厅上吩咐事情，怎样的饭后进房去自己擦脸，不知怎样的闪了下去，外面人听着响声才进去，已经是不能开口了，怎样的请医生，一直到现在还没有转机……

一个人到了天伦骨肉的中间，整套的思想情绪，就变换了式样与颜色。你的不自然的口音与语法没有用了；你的耀眼的袍服可以不必穿了；你的洁白的天使的翅膀，预备飞翔出人间到天堂的，不便在你的慈母跟前自由的开豁；你的理想的楼台亭阁，也不轻易的放进这二百年的老屋；你的佩剑、要寨、以及种种的防御，在争竞的外界即使是必要的，到此只是可笑的累赘。在这里，不比在其余的地方，他们所要求于你的，只是随熟的声音与笑貌，只是好的，纯粹的本性，只是一个没有斑点子的赤裸裸的好心。在这些纯爱的骨肉的经纬中心，不由得你不从你的天性里抽出最柔糯亦最有力的几缕丝线来加密或是缝补这幅天伦的结构。

所以我那时坐在祖母的床边，含着两朵热泪，听母亲叙述她的病况，我脑中发生了异常的感想，我像是至少逃回了二十年的光阴，正如我膝前子侄辈一般的高矮，回复了一片纯朴的童真，早上走来祖母的床前，揭开帐子叫一声软和的奶奶，她也回叫了我一声，伸手到里床去摸给我一个蜜枣或是三片状元糕，我又叫了一声奶奶，出去玩了，那是如何可爱的辰光，如何可爱的天真，但如今没有了，再也不回来了。现在床里躺着的，还不是我的亲爱的祖母，十个月前我伴着到普陀登山拜佛清健的祖母，但现在何以不再答应我的呼唤，何以不再能表情，不再能说话，她的灵性哪里去了，她的灵性哪里去了？

九

一天，一天，又是一天——在垂危的病榻前过的时刻，不比平常飞驶无碍的光阴，时钟上同样的一声的嗒，直接的打在你的焦急的心里，给你一种模糊的隐痛——祖母还是照样的眠着，右手的脉自从起病以来已是极微仅有的，但不能动弹的却反是有脉的左侧，右手还是不时在挥扇，但她的呼吸还是一例的平匀，面容虽不免瘦削，光泽依然不减，并没有显著的衰象，所以我们在旁边看她的，差不多每分钟都盼望她从这长期的睡眠中醒来，打一个呵欠，就开眼见人，开口说话——果然她醒了过来，我们也不会觉得离奇，像是原来应当似的。但这究竟是我们亲人绝望中的盼望，实际上所有的医生，中医、西医、针医，都已一致的回绝，说这是"不治之症"。中医说这脉象是凭证，西医说脑壳里血管破裂，虽则植物性机能——呼吸、消化——不曾停止，但言语中枢已经断绝——此外更专门更玄学更科学的理论我也记不得了。所以暂时不变的原因，就在老太太本来的体元太好了，拳术家说的"一时不能散工"，并不是病有转机的兆头。

我们自己人也何尝不明白这是个绝症；但我们却总不忍自认是绝望：这"不忍"便是人情。我有时在病榻前，在凄恺的静默中，发生了重大的疑问。科学家说人的意识与灵感，只是神经系最高的作用，这复杂，微妙的机械，只要部分有了损伤或是停顿，全体的动作便发生相当的影响；如其最重要的部分受了扰乱，他不是变成反常的疯癫，便是完全的失去意识。照这一说，体即是用，离了体即没有用；灵魂是宗教家的大谎，人的身体一死什么都完了。这是最干脆不过的说法，我们活着时有这样有那样已经健够麻烦，尽够受，谁还有兴致，谁还愿意到坟墓的那一边再去发生关系，地狱也许是黑暗的，天堂是光明的，但光明与黑暗的区别无非是人类专擅的假定，我们只要摆脱这皮囊，还归我清静，我就不愿意头戴一个黄色的空圈子，合著手掌跪在云端里受罪！

　　再回到事实上来，我的祖母——一位神智最清明的老太太——究竟在哪里？我既然不能断定因为神经部分的震裂她的灵感性便永远的消减，但同时她又分明的失却了表情的能力，我只能设想她人格的自觉性，也许比平时消淡了不少，却依旧是在着，像在梦魇里将醒未醒时似的，明知她的儿女孙曾不住的叫唤她醒来，明知她即使要永别也总还有多少的嘱咐，但是可怜她的睛球再不能反映外界的印象，她的声带与口舌再不能表达她内心的情意，隔着这脆弱的肉体的关系，她的性灵再不能与他最亲的骨肉自由的交通——也许她也在整天整夜的伴着我们焦急，伴着我们伤心，伴着我们出泪，这才是可怜，这才真叫人悲感哩！

十

　　到了八月二十七那天，离她起病的第十一天，医生吩咐脉象大大的变了，叫我们当心，这十一天内每天她只咽入很困难的几滴稀薄的米汤，现在她的面上的光泽也不如早几天了，她的目眶更陷落了，她的口部的筋肉也更宽弛了，她右手的动作也减少了，即使拿起了扇子也不再能很自然的扇动了——她的大限的确已经到了。但是到晚饭后，反是没有什么显象。同时一家人着了忙，准备寿衣的、准备冥银的、准备香灯等等的。我从里走出外，又从外走进里，只见匆忙的脚步与严肃的面容。这时病人的大动脉已经微细的不可辨，虽则呼吸还不至怎样的急促。这时一门的骨肉已经齐集在病房里，等候那不可避免的时刻。到了十时光景，我和我的父亲正坐在房的那一头一张床上，忽然听得一个哭叫的声音说——"大家快来看呀，老太太的眼睛张大了！"这尖锐的喊声，仿佛是一大桶的冰水浇在我的身上，我所有的毛管一齐竖了起来，我们跟跄的奔到了床前，挤进了人丛。果然，老太太的眼睛张大了，张得很大了！这是我一生从不曾见过，也是我一辈子忘不了的眼见的神奇（恕罪我的描写！）不但是两眼，面容也是绝对的神变了（transfigured），她原来皱缩的面上，发出一种鲜润的彩泽，仿佛半淤的血脉，又一度充满了生命的精液，她的口，她的两颊，也都回复了异样的丰润；同时她的呼吸渐渐的上升，急进的短促，现在已经几乎脱离了气管，只在鼻孔里脆响的呼出了。但是最神奇不过的是一双眼睛！她的瞳孔早已失去了收敛性，呆顿的放大了。但是最后那几秒钟！不但眼眶是充分的张开了，不但黑白分明，瞳孔锐利的紧敛了，并且放射着一种不可形容，不可信的辉光，我只能称他为"生命最集中的灵光"！这时候床前只是一片的哭声，子媳唤着娘，孙子唤着祖母，婢仆争喊着老太太，几个稚龄的曾孙，也跟着狂叫太太……但老太太最后的开眼，仿佛是与她亲爱的骨肉，作无言的诀别，我们都在号泣的送终，她也安慰了，她放心的去了。在几秒时内，死的黑影已经移上了老人的面部，遏灭了生命的异彩，她最后的呼气，正似水泡破裂，电光杳灭，菩提的一响，生命呼出了窍，什么都止息了。

十一

我满心充塞了死象的神奇，同时又须顾管我有病的母亲，她那时出性的号啕，在地板上滚着，我自己反而哭不出来；我自己也觉得奇怪，眼看着一家长幼的涕泪滂沱，耳听着狂沸似的呼抢号叫，我不但不发生同情的反应，却反而达到了一个超感情的，静定的，幽妙的意境，我想象的看见祖母脱离了躯壳与人间，穿着雪白的长袍，冉冉的上升天去，我只想默默的跪在尘埃，赞美她一生的功德，赞美她一生的圆寂。这是我的设想！我们内地人却没有这样纯粹的宗教思想；他们的假定是不论死的是高年厚德的老人或是无知无愆的幼孩，或是罪大恶极的凶人，临到弥留的时刻总是一例的有无常鬼、摸壁鬼、牛头马面、赤发獠牙的阴差等等到门，拿着镣链枷锁，来捉拿阴魂到案。所以烧纸帛是平他们的暴戾，最后的呼抢是没奈何的诀别。这也许是大部分临死时实在的情景，但我们却不能概定所有的灵魂都不免遭受这样的凌辱。譬如我们的祖老太太的死，我只能想象她是登天，只能想象她慈祥的神化——像那样鼎沸的号啕，固然是至性不能自禁，但我总以为不如匐伏隐泣或默祷，较为近情，较为合理。

理智发达了，感情便失了自然的浓挚；厌世主义的看来，眼泪与笑声一样是空虚的，无意义的。但厌世主义姑且不论，我却不相信理智的发达，会得妨碍天然的情感；如其教育真有效力，我以为效力就在剥削了不合理性的"感情作用"，但决不会有损真纯的感情；他眼泪也许比一般人流得少些，但他等到流泪的时候，他的泪才是应流的泪。我也是智识愈开流泪愈少的一个人，但这一次却也真的哭了好几次。一次是伴我的姑母哭的，她为产后不曾复元，所以祖母的病一直瞒着她，一直到了祖母故后的早上方才通知她。她扶病来了，她还不曾下轿，我已经听出她在啜泣，我一时感觉一阵的悲伤，等到她出轿放声时，我也在房中歔欷不住。又一次是伴祖母当年的赠嫁婢哭的。她比祖母小十一岁，今年七十三岁，亦已是个白发的婆子，她也来哭她的"小姐"，她是见着我祖母的花烛的唯一个人，她的一哭我也哭了。

再有是伴我的父亲哭的。我总是觉得一个身体伟大的人，他动情感的时候，动人的力量也比平常人伟大些。我见了我父亲哭泣，我就忍不住要伴着淌泪。但是感动我最强烈的几次，是他一人倒在床里，反复的啜泣着，叫着妈，像一个小孩似的，我就感到最热烈的伤感，在他伟大的心胸里浪涛似的起伏，我就感到母子的感情的确是一切感情的起原与总结，等到一失慈爱的荫庇，仿佛一生的事业顿时莫有了根柢，所有的快乐都不能填平这唯一的缺陷；所以他这一哭，我也真哭了。

但是我的祖母果真是死了吗？她的躯体是的。但她是不死的。诗人勃兰恩德（Bryant）[5] 说：

So live, that when thy summons comes to join the innumerable caravan which moves to that mysterious realm where each one takes his chamber in the silent halls of death, then go not, like the quarry slave at night scourged to his dungeon, but sustained and soothed.

By an unfaltering truth, approach thy grave like one that wraps the drapery of his couch, about him, and lies down to pleasant dreams.[6]

　　如果我们的生前是尽责任的，是无愧的，我们就会安坦的走进我们的坟墓，我们的灵魂里不会有惭愧或悔恨的啮痕。人生自生至死，如勃兰恩德的比喻，真是大队的旅客在不尽的沙漠中进行，只要良心有个安顿，到夜里你卧倒在帐幕里也就不怕噩梦来缠绕。

　　我的祖母，在那旧式的环境里，到我们家来五十九年，真像是做了长期的苦工，她何尝有一日的安闲，不必说子女的嫁娶，就是一家的柴米油盐，扫地抹桌，哪一件事不在八十岁老人早晚的心上！我的伯父快近六十岁了，但他的起居饮食，还差不多完全是祖母经管的，初出世的曾孙如其有些身热咳嗽，老太太晚上就睡不安稳；她爱我宠我的深情，更不是文字所能描写，她那深厚的慈荫，真是无所不包，无所不蔽。但她的身心即使劳碌了一生，她的报酬却在灵魂无上的平安；她的安慰就在她的儿女孙曾，只要我们能够步她的前例，各尽天定责任，她在冥冥中也就永远的微笑了。

十一月二十四日。

（原刊于《自剖文集》，新月书店1928年1月初版）

注释

1. 譬解，解释说明之意。
2. 丹麦王子，即莎士比亚的《哈姆莱特》中的哈姆莱特，耽于沉思。
3. 通伯，即陈源（1896—1970），字通伯，笔名陈西滢，文学评论家、翻译家。
4. 乞巧，旧时风俗，农历七月七日夜（或七月六日夜），穿着新衣的少女们在庭院向织女星乞求智巧，称为"乞巧"。
5. 勃兰恩德（Bryant），今通译为布赖恩特（1794—1878），美国诗人和新闻记者。文中的英语诗文引自他的代表作《死亡随想》（或译为《死亡观》），表达了面对死亡的坦然。
6. 此段英文大意为：因此，活下去吧，当你被召唤，加入那旅队，趋向神秘之域，在那里，人人将在寂静的死亡之殿里拥有自己的卧房。你走了，不要像采石场的奴隶一样，在深夜被鞭笞进黑暗的地牢，而是带着平静与抚慰／带着永恒不变的真理，走进你的墓穴，像一个合上卧榻帷幕的人，躺下去，进入甜美的梦乡。

导读

　　本文是一篇作者悼念祖母的文章，情感浓挚动人，并始终伴以对死亡的认知与冥思。字里行间，有深情的泪水，有深刻的体验，亦有深沉的思索。对生的觉解来自死亡。古希腊哲人告诉我们，哲学就是对死亡的练习。哲学家海德格尔对此亦有开示："先行到死中去。"而另一位哲学家德里达亦教我们聆听亡者，去和幽灵对话，以学会生活。学者常言人由动物进化为人的标志是工具的出现，而埃德加·莫兰提醒我们勿忘葬礼，那才是文化的萌芽。可以说，生的意义，是在我们逼视死亡之渊的时刻涌现出来的。死亡，是我们不可逾越的，必定在某一时刻注销我们的存在，不论是多么强劲的生命，正像《赤壁赋》中的追问："固一世之雄也，而今安在哉？"然而死亡是我们不容回避的，当去睇视它，思索它，从而悟求生之意义。

　　本文是双线并进或者说表里互应，一是祖母病危、弥留而最终辞世的过程，于此作者注入的是汩汩的情泪；一是对死亡的认知和思考，于此作者投入的是深深的哲思。前者是感性体验，后者是理性之思。

　　文章开篇借华茨华斯的诗歌引入死亡的主题，并表现了自己最初对死亡的懵懂与困惑。孩童涉世殊浅，乃至空无，并无对死亡的认知，亦无烦恼、恐惧与哀恸。而"书呆子"则耽溺于书本知识里，徜徉于幻想之域，罔顾生命现象的实在，对最单纯的、最普遍的、最平庸的、最近人情的经验缺少把握、体会与思索。所谓人类、人道、人情、真理、哲理、本能等，不过是漂浮于纸面的名词，而非深入生命之内的探询，因而了无分量，来得浮浅，乃至虚假。徐志摩所要的"是筋骨里迸出来，血液里激出来，性灵里跳出来，生命里震荡出来的真纯的思想。"（《迎上前去》）而这次祖母的大故，无疑给予作者一次重要的体验——对死的认知和对生的领会。作者将之视为"与实际生活更深了一层的接触"。随后，作者便切入祖母大故的过程，对祖母弥留之际的描摹投入大量笔墨，尤其是生命回光返照的那一瞬息。可见作者体验之深切。起初自然是哀痛之笔，作者"奶奶——奶奶——奶奶"呼唤，读来断肠。而祖母生命消逝的那一瞬，作者竟感到了一种神奇、超脱和宗教般的体验。于是作者借布赖恩特的诗歌引入了作者对生与死的理性之思："如果我们的生前是尽责任的，是无愧的，我们就会安坦的走近我们的坟墓，我们的灵魂里不会有惭愧或悔恨的啮痕。"物尽其性，人尽其责，则是生命的圆满，一如作者曾说的"所有的生命只是个性的表现。只要在有生的期间内，将天赋可能的个性尽量的实现，就是造化旨意的完成。"（《"话"》）

　　本文首位呼应，作者以诗歌开篇，表达的是对生与死的懵懂；以诗歌结尾，表达的是对生与死的领悟。而这一切并非抽象玄谈，出自的是作者深切的体验，即祖母的死亡。这又令我想到了庄子。庄子丧妻，有悲恸，亦有彻悟，有深情，亦有大智。庄子悲的是妻子亡故，彻悟的是自然之理，故而"鼓盆而歌"。他所"歌"并非丧妻，而是生与死的通达了悟。本文亦应作如是观。

我的彼得[1]

　　新近有一天晚上，我在一个地方听音乐，一个不相识的小孩，约莫八九岁光景，过来坐在我的身边，他说的话我不懂，我也不易使他懂我的话，那可并不妨事，因为在几分钟内我们已经是很好的朋友，他拉着我的手，我拉着他的手，一同听台上的音乐。他年纪虽则小，他音乐的兴趣已经很深：他比着手势告我他也有一张提琴，他会拉，并且说哪几个是他已经学会的调子。他那资质的敏慧，性情的柔和，体态的秀美，不能使人不爱；而况我本来是喜欢小孩们的。

　　但那晚虽则结识了一个可爱的小友，我心里却并不快爽；因为不仅见着他使我想起你，我的小彼得，并且在他活泼的神情里我想见了你，彼得，假如你长大的话，与他同年龄的影子。你在时，与他一样，也是爱音乐的；虽则你回去的时候刚满三岁，你爱好音乐的故事，从你襁褓时起，我屡次听你妈与你的"大大"讲，不但是十分的有趣可爱，竟可说是你有天赋的凭证，在你最初开口学话的日子，你妈已经写信给我，说你听着了音乐便异常的快活，说你在坐车里常常伸出你的小手在车栏上跟着音乐按拍；你稍大些会得淘气的时候，你妈说，只要把话匣开上，你便在旁边乖乖的坐着静听，再也不出声不闹：——并且你有的是可惊的口味，是贝德花芬[2]是槐格纳[3]你就爱，要是中国的戏片，你便盖没了你的小耳决意不让无意味的锣鼓，打搅你的清听！你的大大（她多疼你！）讲给我听你得小提琴的故事：怎样那晚上买琴来的时候，你已经在你的小床上睡好，怎样她们为怕你起来闹赶快灭了灯亮把琴放在你的床边，怎样你这小机灵早已看见，却偏不作声，等你妈与大大都上了床，你才偷偷的爬起来，摸着了你的宝贝，再也忍不住的你技痒，站在漆黑的床边，就开始你"截桑柴"的本领，后来怎样她们干涉了你，你便乖乖的把琴抱进你的床去，一起安眠。她们又讲你怎样欢喜拿着一根短棍站在桌上摹仿音乐会的导师，你那认真的神情常常叫在座人大笑。此外还有不少趣话，大大记得最清楚，她都讲给我听过；

但这几件故事已够见证你小小的灵性里早长着音乐的慧根。实际我与你妈早经同意想叫你长大时留在德国学习音乐；——谁知道在你的早殇里我们不失去了一个可能的毛赞德（Mozart）[4]：在中国音乐最饥荒的日子，难得见这一点希冀的青芽，又教命运无情的脚根踏倒，想起怎不可伤？

彼得，可爱的小彼得，我"算是"你的父亲，但想起我做父亲的往迹，我心头便涌起了不少的感想；我的话你是永远听不着了，但我想借这悼念你的机会，稍稍疏泄我的积愫，在这不自然的世界上，与我境遇相似或更不如的当不在少数，因此我想说的话或许还有人听，竟许有人同情。就是你妈，彼得，她也何尝有一天接近过快乐与幸福，但她在她同样不幸的境遇中证明她的智断，她的忍耐，尤其是她的勇敢与胆量；所以至少她，我敢相信，可以懂得我话里意味的深浅，也只有她，我敢说，最有资格指证或相诠释——在她有机会时——我的情感的真际。

但我的情愫！是怨，是恨，是忏悔，是怅惘？对着这不完全，不如意的人生，谁没有怨，谁没有恨，谁没有怅惘？除了天生颟顸[5]的，谁不曾在他生命的经途中——葛德[6]说的——和着悲哀吞他的饭，谁不曾拥着半夜的孤衾饮泣？我们应得感谢上苍的是他不可度量的心裁，不但在生物的境界中他创造了不可计数的种类，就这悲哀的人生也是因人差异，各各不同，——同是一个碎心，却没有同样的碎痕，同是一滴眼泪，却难寻同样的泪晶。

彼得我爱，我说过我是你的父亲。但我最后见你的时候你才不满四月，这次我再来欧洲你已经早一个星期回去，我见着的只你的遗像，那太可爱，与你一撮的遗灰，那太可惨。你生前日常把弄的玩具——小车、小马、小鹅、小琴、小书——，你妈曾经件件的指给我看，你在时穿着的衣、褂、鞋、帽，你妈与你大大也曾含着眼泪从箱里理出来给我抚摩，同时她们讲你生前的故事，直到你的影像活现在我的眼前，你的脚踪仿佛在楼板上踹响。你是不认识你父亲的，彼得，虽则我听说他的名字常在你的口边，他的肖像也常受你小口的亲吻，多谢你妈与你大大的慈爱与真挚，她们不仅永远把你放在她们心坎的底里，她们也使我——没福见着你的父亲，知道你，认识你，爱你，也把你的影像、活泼、美慧、可爱，永远镂上了我的心版。那天在柏林的会馆里，我手捧着那收存你遗灰的锡瓶，你妈与你七舅站在旁边止不住滴泪，你的大大哽咽着，把一个小花圈挂上你的门前——那时间我，你的父亲，觉着心里有一个尖锐的刺痛，这才初次明白曾经有一点血肉从我自己的生命里分出，这才觉着父性的爱像泉眼似的在性灵里汩汩的流出；只可惜是迟了，这慈爱的甘液不能救活已经萎折了的鲜花，只能在他纪念日的周遭永远无声的流转。

彼得，我说我要借这机会稍稍爬梳我年来的郁积；但那也不见得容易；要说的话仿佛就在口边，但你要它们的时候，它们又不在口边：像是长在大块岩石底下的嫩草，你得有力量翻起那岩石才能把它不伤损的连根起出——谁知道那根长的多深！是恨，是怨，是忏悔，是怅惘？许是恨，许是怨，许是忏悔，许是怅惘。荆棘刺入了行路人的胫踝，他才知道这路的难走；但为什么有荆棘？是它们自己长着，还是有人存心种着的？也许是你自己种下的？至少你不能完全抱怨荆棘：一则因为这道是你自愿才来走的；再则因为那刺伤是你自己的脚踏上子荆棘的结果，不是荆棘自动来刺你。——但又谁知道？因此我有时想，彼得像你倒真是聪明：你来时是一团活泼，光亮的天真，你去时也还是一个光亮，活泼的灵魂；你来人间真像是短期的作客，你知道的是慈母的爱，阳光的和暖与花草的美丽，你离开了妈的怀抱，你回到了天父的怀抱，我想他听你欣欣的回报这番作客——只尝甜浆，不吞苦水——的经验，他上年纪的脸上一定满布着笑容——你的小脚踝上不曾碰着过无情的荆棘，你穿来的白衣不曾沾着一斑的泥污。

但我们，比你住久的，彼得，却不是来作客；我们是遭放逐，无形的解差永远在后背催逼着我们赶道：为什么受罪，前途是哪里，我们始终不曾明白，我们明白的只是底下流血的胫踝，只是这无恩的长路，这时候想回头已经太迟，想中止也不可能，我们真的羡慕，彼得，像你那谪期的简净。

在这道上遭受的，彼得，还不止是难，不止是苦，最难堪的是逐步相追的嘲讽，身影似的不可解脱。我既是你的父亲，彼得，比方说，为什么我不能在你的生前，日子虽短，给你应得的慈爱，为什么要到这时候，你已经去了不再回来，我才觉着骨肉的关连？并且假如我这番不到欧洲，假如我在万里外接到你的死耗，我怕我只能看作水面上的云影，来时自来，去时自去：正如你生前我不知欣喜，你在时我不知爱惜，你去时也不能过分动我的情感。我自分不是无情，不是寡恩，为什么我对自身的血肉，反是这般不近情的冷漠？彼得，我问为什么，这问的后身便是无限的隐痛；我不能怨，我不能恨，更无从悔，我只是怅惘，我只能问！明知是自苦的

挪揄，但我只能忍受。而况挪揄还不止此，我自身的父母，何尝不赤心的
爱我；但他们的爱却正是造成我痛苦的原因：我自己也何尝不笃爱我的亲亲，
但我不仅不能尽我的责任，不仅不曾给他们想望的快乐，我，他们的独子，
也不免加添他们的烦愁，造作他们的痛苦，这又是为什么？在这里，我也
是一般的不能恨，不能怨，更无从悔，我只是怅惘——我只能问。昨天我
是个孩子，今天已是壮年：昨天腮边还带着圆润的笑涡，今天头上已见星
星的白发；光阴带走的往迹，再也不容追赎，留下在我们心头的只是些挪
揄的鬼影；我们在这道上偶尔停步回想的时候，只能投一个虚圈的"假使
当初"，解嘲已往的一切。但已往的教训，即使有，也不能给我们利益，因
为前途还是不减启程时的渺茫，我们还是不能选择自由的途径——到那天
我们无形的解差喝住的时候，我们唯一的权利，我猜想，也只是再丢一个
虚圈更大的"假使"，圆满这全程的寂寞，那就是止境了。

（原刊于《自剖文集》，新月书店1928年1月初版）

注释

1. 彼得，即徐志摩和其前妻张幼仪的儿子徐德生（生于德国，故名德生），小名彼得。
   彼得生于 1924 年 2 月 24 日，而 3 月徐志摩便与张幼仪离婚。1925 年彼得因病死
   于德国，使徐志摩感到悲痛而愧疚。
2. 贝德花芬，今通译为贝多芬（1770—1827），德国作曲家、钢琴家、指挥家。
3. 槐格纳，今通译为瓦格纳（1813—1883），德国作曲家。
4. 毛赞德（Mozart），今通译为莫扎特（1756—1791），奥地利作曲家。
5. 颟顸（mān hān），糊涂，不明事理。
6. 葛德，今通译为歌德（1749—1832），德国剧作家、诗人、思想家。

导读

　　本文是一篇悼念亲子的文章，情见乎词，衔悲哀切，深挚动人。一声
声"彼得"的呼唤，是作者一回回的心碎，一行行的悲泪，糅合着痛与悯、
悲与愧，亦不乏因无奈人世而生的心灵歌哭。徐志摩是至情之人，如其所言：
"我是一个信仰感情的人，也许我自己天生就是一个感情性的人。"（《落叶》）
骨肉永别，自是悲不自胜，情难自已，而行诸文墨，并不散乱失序，亦有

布局可观、匠心可寻，是一篇伤逝佳作。作者自己曾言："他（刘叔和）说我那篇悼儿文做得不坏；有人素来看不起我的笔墨的，他说，这回也相当的赞许了。"（《吊刘叔和》）

　　本文所表达的情感殊为复杂，除却悲痛的主音，尚有其他情感作为旁音辅调，相互交织，彼此混响，共同作用。此处简略交代背景，以供读者参考。徐志摩第一任妻子是张幼仪，而两人婚事系父母包办。在徐志摩邂逅林徽因之前，夫妻两人情感如何，尚无确证。而徐志摩爱上林徽因，确是导致两人离婚的直接原因。为了追求林徽因，他在妻子怀孕间便提出分手。次子彼得出生不久，两人即宣布离婚。不过，徐志摩最终并未获得林徽因的芳心。追求失败之后，他转而与有夫之妇陆小曼相恋，引来各方指摘，闹得满城风雨。而就在此时，由前妻张幼仪抚养的彼得，因患腹膜炎而夭亡，时年仅三岁。虽是骨肉之亲，却仅有一面之缘，不能不令徐志摩感到悲痛与愧疚。

　　在开篇作者写自己在音乐会上结识了一位可爱的小友，因这孩子资质的敏慧、性情的柔和以及体态的秀美，而想到自己的夭折的儿子彼得。于是关于彼得生前的回忆于此时汨汨而出，在作者的内心竟成洪涛。作者写彼得颇具音乐天赋，且出之以一二生动的细节。令人读来，无不心生怜爱，更何况作为父亲的徐志摩呢。这份记忆之美，反衬丧子之悲，也令作者无限怅悔："只可惜是迟了，这慈爱的甘液不能救活已经萎折了的鲜花，只能在他纪念日的周遭永远无声的流转。"同时，作者也藉悼念来倾诉自己的百端情愫，来爬梳作者的郁积。人世无奈，人生实难，世路多艰，常生荆棘。生命如遭放逐，只是被驱策着，趋向荆棘丛生之途，经受种种苦难。我们似乎只能投下一重复一重"假设"，来解嘲既往和宽慰当下了。于是作者假设儿子降生人间，是短暂的作客，所品尝的只是甜酱——爱与美，而未尝吞下苦水——人世的艰难。所以他的身心尚未遭到伤害，性灵亦未得到染污，只会令长期放逐人世的人感到羡慕。然而作者也知道，这只是虚设，寻的是宽慰，尤其在心灵蒙受巨痛之时。

吊刘叔和[1]

　　一向我的书桌上是不放相片的。这一月来有了两张，正对我的坐位，每晚更深时就只他们俩看着我写，伴着我想；院子里偶尔听着一声清脆，有时是虫，有时是风卷败叶，有时，我想象，是我们亲爱的故世人从坟墓的那一边吹过来的消息。伴着我的一个是小，一个是"老"：小的就是我那三月间死在柏林的彼得，老的是我们钟爱的刘叔和，"老老"。彼得坐在他的小皮椅上，抿紧着他的小口，圆睁着一双秀眼，仿佛性急要妈拿糖给他吃，多活灵的神情！但在他右肩的空白上分明题着这几行小字："我的小彼得，你在时我没福见你，但你这可爱的遗影应该可以伴我终身了。"老老是新长上几根看得见的上唇须，在他那件常穿的缎褂里欠身坐着，严正在他的眼内，和蔼在他的口额间。

　　让我来看。有一天我邀他吃饭，他来电说病了不能来，顺便在电话中他说起我的彼得。（在褓裸时的彼得，叔和在柏林也曾见过。）他说我那篇悼儿文做得不坏；有人素来看不起我的笔墨的，他说，这回也相当的赞许了。我此时还分明记得他那天通电时着了寒发沙的嗓音！我当时回他说多谢你们夸奖，但我却觉得凄惨因为我同时不能忘记那篇文字的代价。是我自己的爱儿。过于几天适之[2]来说"老老病了，并且他那病相不好，方才我去看他，他说适之我的日子已经是可数的了。"他那时住在皮宗石[3]家里。我最后见他的一次，他已在医院里。他那神色真是不好，我出来就对人讲，他的病中医叫做湿瘟，并且我分明认得它，他那眼内的钝光，面上的涩色，一年前我那表兄沈叔薇弥留时我曾经见过——可怕的认识，这侵蚀生命的病征。可怜少鳏的老老，这时候病榻前竟没有温存的看护；我与他说笑："至少在病苦中有妻子毕竟强似没妻子，老老，你不懊丧续弦不及早吗？"那天我喂了他一餐，他实在是动弹不得；但我向他道别的时候，我真为他那无告的情形不忍。（在客地的单身朋友们，这是一个切题的教训，快些成家，不过于挑剔了吧；你放平在病榻上时才知道没有妻子的悲惨！——到那时，比如叔和，可就太晚了。）

叔和没了，但为你，叔和，我却不曾掉泪。这年头也不知怎的，笑自难得，哭也不得容易。你的死当然是我们的悲痛，但转念这世上惨淡的生活其实是无可沾恋，趁早隐了去，谁说一定不是可羡慕的幸运？况且近年来我已经见惯了死，我再也不觉着它的可怕。可怕是这烦嚣的尘世：蛇蝎在我们的脚下，鬼祟在市街上，霹雳在我们的头顶，噩梦在我们的周遭。在这伟大的迷阵中，最难得的是遗忘；只有在简短的遗忘时我们才有机会恢复呼吸的自由与心神的愉快。谁说死不就是个悠久的遗忘的境界？谁说墓窟不就是真解放的进门？

但是随你怎样看法，这生死间的隔绝，终究是个无可奈何的事实，死去的不能复活，活着的不能到坟墓的那一边去探望。到绝海里去探险我们得合伙，在大漠里游行我们得结伴；我们到世上来做人，归根说，还不只是惴惴的来寻访几个可以共患难的朋友，这人生有时比绝海更凶险，比大漠更荒凉，要不是这点子友人的同情我第一个就不敢向前迈步了，叔和真是我们的一个。他的性情是不可信的温和："顶好说话的老老"；但他每当论事，却又绝对的不苟同，他的议论，在他起劲时，就比如山墅间雨后的乱泉，石块压不住它，蔓草掩不住它。谁不记得他那永远带伤风的嗓音，他那永远不平衡的肩背，他那怪样的激昂的神情？通伯[4]在他那篇《刘叔和》里说起当初在海外老老与傅孟真[5]的豪辩，有时竟连"呐呐不多言"的他，也"免不了加入他们的战队"。这三位衣常敞，履无不穿的"大贤"在伦敦东南隅的陋巷，点煤汽油灯的斗室里，真不知有多少次借光柏拉图[6]与卢骚[7]与斯宾塞[8]的迷力，欺骗他们告空虚的肠胃——至少在这一点他们三位是一致同意的！但通伯却忘了告诉我们他自己每回入战团时的特别情态，我想我应得替他补白。我方才用乱泉比老老，但我应得说他是一窜野火，焰头是斜着去的；傅孟真，不用说，更是一窜野火，更猖獗，焰头是斜着来的；这一去一来就发生了不得开交的冲突。在他们最不得开交时，劈头下去了一剪冷水，两窜野火都吃了惊，暂时翳了回去。那一剪冷水就是通伯；他是出名浇冷水的圣手。

啊，那些过去的日子！枕上的梦痕，秋雾里的远山。我此时又想起初渡太平洋与大西洋时的情景了。我与叔和同船到美国，那时还不熟；后来同在纽约一年差不多每天会面的，但最不可忘的是我与他同渡大西洋的日子。那时我正迷上尼采[9]，开口就是那一套沾血腥的字句。

我仿佛跟着查拉图斯脱拉[10]登上了哲理的山峰，高空的清气在我的肺里，杂色的人生横亘在我的眼下。船过必司该海湾的那天，天时骤然起了变化：岩片似的黑云一层层累叠在船的头顶，不漏一丝天光，海也整个翻了，这里一座高山，那边一个深谷，上腾的浪尖与下垂的云爪相互的纠拿着；风是从船的侧面来的，夹着铁梗似粗的暴雨，船身左右侧的倾欹着。这时候我与叔和在水发的甲板上往来的走——那里是走，简直是滚，多强烈的震动！霎时间雷电也来了，铁青的云板里飞舞着万道金蛇，涛响与雷声震成了一片喧阗，大西洋险恶的威严在这风暴中尽情的披露了，"人生"，我当时指给叔和说，"有时还不止这凶险，我们有胆量进去吗？"那天的情景益发激动了我们的谈兴，从风起直到风定，从下午直到深夜，我分明记得，我们俩在沉酣的论辩中遗忘了一切。

今天国内的状况不又是一幅大西洋的天变？我们有胆量进去吗？难得是少数能共患难的旅伴；叔和，你是我们的一个，如何你等不得浪静就与我们永别了？叔和，说他的体气，早就是一个弱者；但如其一个不坚强的体壳可以包容一团坚强的精神，叔和就是一个例。叔和生前没有仇人，他不能有仇人；但他自有他不能容忍的对象：他恨混淆的思想，他恨腌臜的人事。他不轻易斗争；但等他认定了对敌出手时，他是最后回头的一个。叔和，我今天又走上了风雨中的甲板，我不能不悼惜我侣伴的空位！

十月十五日。

（原刊于1925年10月19日《晨报副刊》，收入《自剖文集》）

注释

1. 刘叔和，名光一，字叔和，北京大学法科毕业，是徐志摩在美国留学时的同学，后两人又同赴英国。1923年回国，任教于北京大学。1924年辞职，出任《现代评论》经理。1925年9月2日病逝。
2. 适之，即胡适。胡适（1891—1962），现代著名学者、诗人、历史家、文学家、哲学家。因提倡文学革命而成为新文化运动的领袖之一。
3. 皮宗石（1887—1967），教育家，曾任湖南大学校长、武汉大学法学院教授和院长北京大学法学院教授。
4. 通伯，即陈源（1896—1970），文学评论家、翻译家。字通伯，笔名陈西滢。

5. 傅孟真，即傅斯年（1896—1950），字孟真，历史学家、学术领导人、"五四"运动学生领袖之一、中央研究院历史语言研究所的创办者。傅曾任北京大学代理校长、国立台湾大学校长。

6. 柏拉图（约前427—前347），古希腊伟大的哲学家，也是全部西方哲学乃至整个西方文化最伟大的哲学家和思想家之一，他和老师苏格拉底，学生亚里士多德并称为古希腊三大哲学家。

7. 卢骚，今通译为卢梭（1712—1778），法国伟大的启蒙思想家、哲学家、教育家、文学家，18世纪法国大革命的思想先驱，启蒙运动最卓越的代表人物之一。主要著作有《论人类不平等的起源和基础》、《社会契约论》、《爱弥儿》、《忏悔录》、《新爱洛漪丝》、《植物学通信》等。

8. 斯宾塞（1820—1903），英国哲学家，社会学家。

9. 尼采（1844—1900），德国著名哲学家。西方现代哲学的开创者，同时也是卓越的诗人和散文家。

10. 查拉图斯脱拉，今常译为"查拉图斯特拉"或"扎拉图斯特拉"，出自尼采的《查拉图斯特拉如是说》。书中，尼采假托古波斯先知琐罗亚斯德（即书中所述的查拉图斯特拉）之口宣讲自己的"超人哲学"和"永恒轮回"学说。

导读

本文是作者悼念挚友刘叔和的篇章，一方面寄托了作者无限的哀思与怀念，一方面藉此倾诉内衷情愫百端，尤其是对社会现实的愤懑与批判。作者开篇以一个细节托出内心的巨痛，从侧面交代朋友亡故的事实，即书桌上的照片。作者的书桌原本是不摆放照片的，而一个月内竟然来了两张，一张是他的至亲彼得，一张是他的挚友叔和。这对作者而言，无疑是双重的心灵重创。夜阑人静，伴守照片，作者听院落里的风声虫鸣，想象这是亡人从坟墓里吹来的消息。随后作者为我们描摹照片上的影像，虽无沉痛之泪墨的倾注，而读来心中顿生悲戚。

罗兰·巴特对摄影有一个深刻的洞识："摄影"和艺术发生关系，并非通过"绘画"，而是"戏剧"。把"摄影"与"戏剧"勾联一处的、切中本质的中介，便是"死亡"。作为一门表演艺术的戏剧，不论在东方还是西方，最初都与死人祭祀有着密切的联系。演员扮演的是死者，因而"把自己变成一个既是活人又是死人的人。"巴特在照片中，发现的便是这种戏剧与亡者祭祀的关系，他说"无论怎样努力地把照片设想的栩栩如生，照片和最早的戏剧一样，和栩栩如生的画一样，是个脸上涂了脂粉的哑角，在那张呆板的脸庞下之，我们看到的是死人。"确乎如此，闪光灯骤然光耀之处，每一个时空被定格的刹那，其背后均隐伏着死亡的悯悯的威胁，也许某一时刻它就要从黑暗中扑将出来，捕获我们的心。被影像所反映或表现的人与物、情与景，已经被闭锁于逝去的时间之流中，无可追挽。我们翻看旧日照片，每一次接近的内在意图，都是一次远离的客观现实。而将这一特点加倍放大者，无疑是瞻顾亡人的照片。愈是栩栩如生的影像，愈加剧我们内心的痛楚。所以作者虽只是勾画影像，并无渲染，而读来却是断肠。

随后作者回忆了挚友弥留之际的情景，这一段笔墨不多，而实际上竟有四重死亡之音的混响，其哀痛可见一斑。这四重分别为：刘叔和之死，叔和妻子之死，儿子彼得之死，表兄沈叔薇之死。以叔和的亡故为主音，辅之以另外三重死亡。面对亡友，作者说"我却不曾掉泪。这年头也不知怎的，笑自难得，哭也不得容易。"读到此处，便想起台静农在《伤逝》中结尾句："分明死生之间，却也没生命奄忽之感。或者人当无可奈何之时，感情会一时麻木的。"当无奈到了深处，心灵是一时麻木的，哭与笑都是难得的，这是一方面。另一方面是因为现实的卑污与丑恶，当"蛇蝎在我们的脚下，鬼祟在市街上，霹雳在我们的头顶，噩梦在我们的周遭"，在作者看来，也许遗忘与死亡反成了一种解脱。作者由现实而追忆往昔，回念同窗时光，彼时他们同在海外留学，富于理想与激情。彼时他们同船共渡大西洋，两人站在甲板上，一怀豪情，充满迎战风浪的勇气和改造社会的决心。而如今，归国回来，作者又站在了风雨中的甲板——多难的人生和社会现实——而往昔的朋友却不在了，人生实难，理想未竟，谁与共济，岂不痛哉。

伤双栝老人[1]

看来你的死是无可致疑的了，宗孟先生，虽则你的家人们到今天还没法寻回你的残骸。最初消息来时，我只是不信，那其实是太奇特，太荒唐，太不近情。我曾经几回梦见你生还，叙述你历险的始末，多活现的梦境！但如今在栝树凋尽了青枝的庭院，再不闻"老人"的謦欬[2]；真的没了，四壁的白联仿佛在微风中叹息。这三四十天来，哭你有你的内眷、姊妹、亲戚，悼你的私交；惜你有你的政友与国内无数爱君才调的士夫。志摩是你的一个忘年的小友。我不来敷陈你的事功，不来历叙你的言行；我也不来再加一份涕泪吊你最后的惨变。魂兮归来！此时在一个风满天的深夜握笑，就只两件事闪闪的在我心头：一是你的谐趣天成的风怀，一是鬈年失怙的诸弟妹，他们，你在时，哪一息不是你的关切，便如今，料想你傍徨的阴魂也常在他们的身畔飘逗。平时相见，我倾倒你的语妙，往往含笑静听，不叫我的笨涩羼杂[3]你的莹澈，但此后，可恨这生死间无情的阻隔，我再没有那样的清福了！只当你是在我跟前，只当是消磨长夜的闲谈，我此时对你说些琐碎，想来你不至厌烦吧。

先说说你的弟妹。你知道我与小孩子们说得来，每回我到你家去，他们一群四五个，连着眼珠最黑的小五，浪一般的拥上我的身来，牵住我的手，攀住我的头，问这样，问那样；我要走时他们就着了忙，抢帽子的，锁门的，嘎着声音苦求的——你也曾见过我的狼狈。自从你的噩耗到后，可怜的孩子们，从不满四岁到十一岁，哪懂得生死的意义，但看了大人们严肃的神情，他们也都发了呆，一个个木鸡似的在人前愣着。有一天听说他们私下在商量，想组织一队童子军，冲出山海关去替爸爸报仇！

"栝安"那虚报到的一个早上，我正在你家。忽然间一阵天翻似的闹声从外院陡起，一群孩子拥着一位手拿电纸的大声的欢呼着，冲锋似的陷进了上房。果然是大胜利，该得庆祝的："爹爹没有事"！"爹爹好好的"！徽[4]那里平安电马上发了去，省她急。福州电也发了去，省他们跋涉。但这欢喜的风景运定活不到三天，又叫接着来的消息给完全煞尽！

当初送你同去的诸君回来，证实了你的死信。那晚，你的骨肉一个个走进你的卧房，各自默恻恻的坐下，啊，那一阵子最难堪的噤寂，千万种痛心的思潮在各个人的心头，在这沉默的暗惨中，激荡、汹涌起伏。可怜的孩子们也都泪滢滢的攒聚在一处，相互的偎着，半懂得情景的严重。霎时间，冲破这沈默，发动了决声的号啕，骨肉间至性的悲哀——你听着吗，宗孟先生，那晚有半轮黄月斜觇着北海白塔的凄凉？

我知道你不能忘情这一群童稚的弟妹。前晚我去你家时见小四小五在灵帏前翻着筋斗，正如你在时他们常在你的跟前献技。"你爹呢"？我拉住他们问。"爹死了。"他们嘻嘻的回答，小五搂住了小四，一和身又滚做一堆！他们将来的养育是你身后唯一的问题——说到这里，我不由的想起了你离京前最后几回的谈话。政治生活，你说你不但尝够而且厌烦了。这五十年算是一个结束，明年起你准备谢绝俗缘，亲自教课膝前的子女；这一清心你就可以用功你的书法，你自觉你腕下的精力，老来只是健进，你打算再化二十年工夫，打磨你艺术的天才；文章你本来不弱，但你想望的却不是什么等身的著述，你只求沥一生的心得，淘成三两篇不易衰朽的纯晶。这在你是一种觉悟；早年在国外初识面时，你每每自负你政治的异禀，即在年前避居津地时你还以为前途不少有为的希望，直至最近政态诡变，你才内省厌倦，认真想回复你书生逸士的生涯。我从最初惊讶你清奇的相貌，惊讶你更清奇的谈吐，我便不阿附你从政的热心，曾经有多少次我讽劝你趁早回航，领导这新时期的精神，共同发现文艺的新土。即如前半年泰戈尔来时，你那兴会正不让我们年轻人；你这半百翁登台演戏，不辞劳倦的精神正不知给了我们多少的鼓舞！

不，你不是"老人"；你至少是我们后生中间的一个。在你的精神里，我们看不见苍苍的鬓发，看不见五十年光阴的痕迹；你的依旧是二三十年前"春痕"故事里的"逸"的风情——"万种风情无地着"，是你最得意的名句，谁料这下文竟命定是"辽原白雪葬华颠"！

谁说你不是君房[5]的后身？可惜当时不曾记下你摇曳多姿的吐属，蓓蕾似的满缀着警句与谐趣，在此时回忆，只如天海远处的点点航影，再也认不分明。你常常自称厌世人。果然，这世界，这人情，哪禁得起你锐利的理智的解剖与抉剔？你的锋芒，有人说，是你一生最吃亏的所在。但你厌恶的是虚伪，是矫情，是顽老，是乡愿[6]的面目，那还不是该的？谁有你的豪爽，谁有你的倜傥，谁有你的幽默？你的锋芒，即使露，也决不是完全在他人身上应用，你何尝放过你自己来？对己一如对人，你丝毫不存姑息，不存隐讳。这就够难能，在这无往不是矫揉的日子。再没有第二人，除了你，能给我这样脆爽的清谈的愉快。再没有第二人在我的前辈中，除了你，能使我感受这样的无"执"无"我"精神。

最可怜是远在海外的徽徽，她，你曾经对我说，是你唯一的知己；你，她也曾对我说，是她唯一的知己。你们这父女不是寻常的父女。"做一个有天才的女儿的父亲"，你曾说，"不是容易享的福，你得放低你天伦的辈分先求做到友谊的了解"。徽，不用说，一生崇拜的就只你，她一生理想的计划中，哪件事离得了聪明不让她自己的老父？但如今，说也可怜，一切都成了梦幻，隔着这万里途程，她那弱小的心灵如何载得起这奇重的哀惨！这终天的缺陷，叫她问谁补去？佑着她吧，你不昧的阴灵，宗孟先生，给她健康，给她幸福，尤其给她艺术的灵术——同时提携她的弟妹，共同增荣雪池双栝的清名！

十五年二月二日新月社。

（原刊于1926年2月3日《晨报副刊》，收入《自剖文集》）

注释

1. 双栝老人，即林长民（1876—1925），字宗孟，自称苣苳、苣苳子，又号桂林一枝室主，晚年号双栝庐主人，民国时期政治家、外交家、书法家。1925年张作霖依靠日本政府的支援，兵分四路进攻北京，意欲自任总统。11月，奉军将领郭松龄向全国发表《反奉通电》，并将原奉军第三方面军改称为东北国民军。郭松龄起兵后，托人游说林长民出关。林长民感念郭松龄知遇之恩，于11月30日晚乘郭松龄专车秘密离京，途中受到奉军王永清部的袭击。与郭松龄同行的林长民下车躲避时被流弹击中身亡。
2. 謦欬（qǐng kài），咳嗽声，引申为言笑。
3. 羼杂（chàn zá），搀杂混杂。
4. 徽，即林徽因，建筑学家和作家，林长民的女儿。
5. 君房，即贾捐之，字君房，西汉官吏。《汉书·贾捐之传》称其："君房下笔，言语妙天下。"此处乃作者借此称赞林长民吐属多姿而妙语连珠。
6. 乡愿，指伪君子，亦指媚俗趋时、八面玲珑的人。

导读

    本文是作者悼念忘年之交林长民的篇章，笔墨大致落在两处：一是"谐趣天成的风怀"，一是"髫年失怙的诸弟妹"。前者叙写林长民高洁的人格、非凡的吐属、潇洒的风度及超卓的才情；后者叙写死者的年幼子女对丧父的反应。作者藉两方面叙写来表达对死者的深深怀念，寄托内心无尽的哀思。

    以"万种风情无地着"独标的林长民，确乎是"恋爱大家"，自己娶过三位夫人，且于彼时倡导恋爱自由，曾在北京一所大学演讲过《恋爱与婚姻》，多有惊世骇俗之言。林与徐相识在英国，一见如故，互为知己，结成忘年之交。徐志摩曾作爱情小说《春痕》，男主角"逸"便是以林长民为原型，文中有所交代："在你的精神里，我们看不见苍苍的鬓发，看不见五十年光阴的痕迹；你的依旧是二三十年前'春痕'故事里的'逸'的风情。"文中对林长民的超凡谈吐的叙写，令人印象深刻。称其是"言语妙天下"的君房的后身，且有"摇曳多姿的吐属，蓓蕾似的满缀着警句与谐趣"。同时，文中亦极赞其人格的无伪和精神的无我。然而作者也委婉地表达了对他热心于从政的惋惜。此外，文中叙写死者幼儿对死亡的懵懂无知，是让人动容之处。虽无哀伤之泪，而读来更觉悲戚。

家　德

　　家德住我们家已有十多年了。他初来的时候嘴上光光的还算是个壮夫，头上不见一茎白毛，挑着重担到车站去不觉得乏。逢着什么吃重的工作他总是说"我来！"他实在是来得的。现在可不同了。谁问他"家德，你怎么了，头发都白了？"他就回答"人总要老的，我今年五十八，头发不白几时白？"他不但发白，他上唇疏朗朗的两披八字胡也见花了。

　　他算是我们家的"做生活"，但他，据我娘说，除了吃饭住，却不拿工钱。不是我们家不给他，是他自己不要。打头儿就不要。"我就要吃饭住。"他说，我记得有一两回我因为他替我挑行李上车站给他钱，他就瞪大了眼说，"给我钱做什么？"我以为他嫌少，拿几毛换一块圆钱再给他，可是他还是"给我钱做什么？"更高声的抗议。你再说也是白费，因为他有他的理性。吃谁家的饭就该为谁家做事，给我钱做什么？

　　但他并不是主义的不收钱。镇上别人家有丧事喜事来叫他去帮忙的做完了有赏封什么给他，他受。"我今天又'摸了'钱了。"他一回家就欣欣的报告他的伙伴。他另的一种能耐，几乎是专门的，那叫做"赞神歌"。谁家许了愿请神，就非得他去使开了他那不是不圆润的粗嗓子唱一种有节奏有顿挫的诗句赞美各种神道。奎星[1]、纯阳祖师[2]、关帝[3]、梨山老母[4]，都得他来赞美。小孩儿时候我们最爱看请神，一来热闹，厅上摆得花绿绿点得亮亮的，二来可以借口到深夜不回房去睡，三来可以听家德的神歌。乐器停了他唱，唱完乐又作。他唱什么听不清，分得清的只"浪溜圆"三个字，因为他几乎每开口必有浪溜圆。他那唱的音调就像是在厅的顶梁上绕着，又像是暖天细雨似的在你身上匀匀的洒，反正听着心里就觉得舒服，心一舒服小眼就闭上，这样极容易在妈或是阿妈的身上靠着甜甜的睡了。到明天在床里醒过来时耳边还绕着家德那圆圆的甜甜的浪溜圆。家德唱了神歌想来一定到手钱，这他也不辞，但他更看重的是他应分到手的一块祭肉。肉太肥或太瘦都不能使他满意："肉总得像一块肉。"他说。

"家德，唱一点神歌听听。"我们在家时常常央着他唱，但他总是板着脸回说"神歌是唱给神听的。"虽则他有时心里一高兴或是低着头做什么手工他口里往往低声在那里浪溜他的圆。听说他近几年来不唱了。他推说忘了，但他实在以为自己嗓子干了，唱起来不能原先那样圆转加意所以决意不再去神前献丑了。

他在我家实在也做不少的事。每天天一亮他就从他的破烂被窝里爬起身。一重重的门是归他开的，晚上也是他关的时候多。有时老妈子不凑手他是帮着煮粥烧饭。挑行李是他的事，送礼是他的事，劈柴是他的事。最近因为父亲常自己烧檀香，他就少劈柴，多劈檀香。我时常见跨坐在一条长凳上戴着一副白铜边老花眼镜伛着背细细的劈。"你的镜子多少钱买的，家德？""两只角子。"他头也不抬的说。

我们家后面那个"花园"也是他管的。蔬菜，各样的，是他种的。每天浇，摘去焦枯叶子，厨房要用时采，都是他的事。花也是他种的，有月季，有山茶，有玫瑰，有红梅与腊梅，有美人蕉，有桃，有李，有不开花的兰，有葵花，有蟹爪菊，有可以染指甲的凤仙，有比鸡冠大到好几倍的鸡冠。关于每一种花他都有不少话讲：花的脾，花的胃，花的颜色，花的这样那样。梅花有单瓣双瓣，兰有荤心素心，山茶有家有野，这些简单，但在小孩儿时听来有趣的知识，都是他教给我们的。他是博学得可佩服。他不仅能看书能写，还能讲书，讲得比学堂里先生上课时讲的有趣味得多。我们最喜欢他讲《岳传》里的岳老爷。岳老爷出世，岳老爷归天，东窗事发，莫须有三字构成冤狱，岳雷上坟，朱仙镇八大锤——哼，那热闹就不用提了。他讲得我们笑，他讲得我们哭，他讲得我们着急，但他再不能讲得使我们瞌睡，那是学堂里所有的先生们比他强的地方。

也不知是谁给他传的，我们都相信家德曾经在乡村里教过书。也许是实有的事，像他那样的学问在乡里还不是数一数二的。可是他自己不认。我新近又问他，他还是不认。我问他当初念些什么书。他回一句话使我吃惊。他说我念的书是你们念不到的。那更得请教，长长见识也好。他不说念书，他说读书。他当初读的是百家姓，千字文，神童诗，——还有呢？还有酒书。什么？"酒书。"他说，什么叫酒书？酒书你不知道，他仰头笑着说，酒书是教人吃酒的书。真的有这样一部书吗？他不骗人，但教师他可从不曾做过。他现在口授人念经。他会念不少的经，从《心经》到《金刚经》全部，背得溜熟的。

　　他学念佛念经是新近的事。早三年他病了，发寒热。他一天对人说怕好不了，身子像是在大海里浮着，脑袋也发散得没有个边，他说。他死一点也不愁，不说怕。家里就有一个老娘，他不放心，此外妻子他都不在意。一个人总要死的，他说。他果然昏晕了一阵子，他床前站着三四个他的伙伴。他苏醒时自己说，"就可惜这一生一世没有念过佛，吃过斋，想来只可等待来世的了。"说完这话他又闭上了眼仿佛是隐隐念着佛。事后他自以为这一句话救了他的命，因为他竟然又好起了。从此起他就吃上了净素。开始念经，现在他早晚都得做他的功课。

　　我不说他到我们家有十几年了吗，原先他在一个小学校里做当差。我做学生的时候他已经在。他的一个同事我也记得，叫矮子小二，矮得出奇，而且天生是一个小二的嘴脸。家德是校长先生用他进去的。他初起工钱每月八百文，后来每年按加二百文，一直加到二千文的正薪，那不算少。矮子小二想来没有读过什么酒书，但他可爱喝一杯两杯的，不比家德读了酒书倒反而不喝。小二喝醉了回校不发脾气就倒上床，他的一份事就得家德兼做。后来矮子小二因为偷了学校的用品到外边去换钱使发觉了被斥退。家德不久也离开学校，但他是为另一种理由。他的是自动辞职，因为用他进去的校长不做校长了，所以他也不愿再做下去。有一天他托一个乡绅到我们家来说要到我们家住，也不说别的话。从那时起家德就长住我们家了。

　　他自己乡里有家。有一个娘，有一个妻，有三个儿子，好的两个死了，剩下一个是不好的。他对妻的感情，按我妈对我说，是极坏。但早先他过一时还得回家去，不是为妻，是为娘。也为娘他不能不对他妻多少耐着性子。但是谢谢天，现在他不用再耐，因为他娘已经死了。他再也不回家去，积了一些钱也不再往家寄。妻不成材，儿子也没有淘成，他养家已有三十多年，儿子也近三十，该得担当家，他现在不管也没有什么亏心的了。他恨他妻多半是为她不孝顺他的娘，这最使他痛心。他妻有时到镇上来看他问他要钱，他一见她的影子都觉得头痛，她一到他就跑，她说话他做哑巴，她闹他到庭心里去伏在地下劈柴。有一回他接他娘出来看迎灯，让她睡他自己的床，盖他自己的棉被，他自己在灶边铺些稻柴不脱衣服睡。下一天他妻也赶来了，从厨房的门缝里张见他开着笑口用筷捡一块肥肉给他脱尽了牙翘着个下巴的老娘吃。她就在门外大声哭闹。他过去拿门给堵上了，捡更肥的肉给娘，更高声的说他的笑话，逗他娘和厨下别人的乐。晚上他妻上楼见他娘睡家德自己的床，盖他自己的被，回下来又和他哭闹——他从后门往外跑了。

他一见他娘就开口笑说话没有一句不逗人乐。他娘见他乐也乐，翘着一个干瘪下巴眯着一双皱皮眼不住的笑，厨房里顿时添了无穷的生趣。晚上在门口看灯，家德忙着招呼他娘，端着一条长凳或是一只方板凳，半抱着她站上去，连声的问看得见了不，自己躲在后背双手扶着她防她闪，看完了灯他拿一只碗到巷口去买一碗大肉面汤一两烧酒给他娘吃，吃完了送她上楼睡去。"又要你用钱，家德。"他娘说。"喔，这算什么，我有的是钱！"家德就对他妈背他最近的进益，黄家的丧事到手三百六；李家的喜事到手五角小洋，还有这样那样的，尽他娘用都用不完，这一点点算什么的！

家德的娘来了，是一件大新闻。家德自己起劲不必说，我们上下一家子都觉得高兴。谁都爱看家德跟他娘在一起的神情，谁都爱听他母子俩甜甜的谈话。又有趣，又使人感动。那位乡下老太太，穿紫棉绸衫梳元宝髻的，看着她那头发已经斑白的儿子心里不知有多么得意。就算家德做了皇帝，她也不能更开心。"家德！"她时常尖声的叫，但等得家德赶忙回过头问"娘，要啥？"她又就只眯着一双皱皮眼甜甜的笑，再没有话说。她也许是忘了她想着要说的话，也许她就爱那么叫她儿子一声，这来屋子里人就笑家德也笑，她也笑，家德在她娘的跟前，拖着早过半百的年岁，身体活灵得像一只小松鼠，忙着为她张罗这样那样的，口齿伶俐得像一只小八哥，娘长娘短的叫个不住。如果家德是个皇帝，世界上决没有第二个皇太后有他娘那样的好福气。这是家德的伙伴们的思想。看看家德跟他娘，我妈比方一句有诗意的话，就比是到山楼上去看太阳——满眼都是亮。看看家德跟他娘，一个老妈子说，我总是出眼泪，我从来不知道做人会得这样的有意思。家德的娘一定是几世前修得来的。有一回家德脚上发流火[5]，走路一颠一颠的不方便，但一走到他娘的跟前，他立即忍了痛僵直了身子放着腿走路，就像没有病一样。"家德你今年胡须也白了。"他娘说。"人老的好，须白的好：娘你是越老越清，我是胡须越白越健。"他这一插科他娘就忘了年岁忘了愁。

他娘已在两年前死了。寿衣，有绸有缎的，都是家德早在镇上替她预备好了的。老太太进棺材还带了一支重足八钱的金押发去，这当然也是家德孝敬的。他自从娘死过，再也不回家，他妻出来他也永不理睬她。他现在吃素，念经，每天每晚都念——也是念给他娘的。他一辈子难得花一个闲钱，就有一次因为妻儿的不贤良叫他太伤心了，他一气就"看开"了。他竟然连着有三五天上茶店，另买烧饼当点心吃，一共花了足足有五百钱光景，此外再没有荒唐过。前几天他上楼去见我妈，手筒着手，兴匆匆的说，"太太，我要到乡下去一趟。""好的，"我妈说，"你有两年多不回去了。""我积下了一百多块钱，我要去看一块地葬我娘去。"他说。

（原刊于1929年2月《新月》第1卷第12期，收入《轮盘》）

注释

1. 奎星，天上三十八宿之一，即北斗七星勺部的四颗星（或第一颗）。最初在汉代《孝经援神契》纬书中有"奎主文章"之说；东汉宋均注："奎星屈曲相钩，似文字之划。"由此后世把"奎星"演化成天上文官之首，为主宰文运与文章兴衰之神。
2. 纯阳祖师，即吕洞宾，著名的道教仙人。
3. 关帝，即三国时期蜀汉名将关羽。在关羽去世后，其形象逐渐被后人神化，一直是历来民间祭祀的对象，被尊称为"关公"；又经历代朝廷褒封，清代时被奉为"忠义神武灵佑仁勇威显关圣大帝"，崇为"武圣"，与"文圣"孔子齐名。
4. 梨山老母，又称"骊山姥"，"骊山老母"或"黎山老母"，是道教崇奉的女仙。
5. 流火，病名，丹毒的俗称。

导读

《家德》本是一篇小说，以作者家的佣人家麟为原型。而此文先后被编入诸种徐志摩的散文选本，我们也不妨当作一篇记人的散文来读。此文迥别于作者的其他篇章，隐去了他一贯的"野马风"、绮丽的语言、联想的丰富，写得趣味盎然而朴实无华，这种风格形式的转变是为了契合一种来自民间的生命形式——家德生动鲜活而淳朴善良的生命。

家德是一位可亲可敬之人，作者在文中以诸多事件和细节予以表现。他勤劳素朴，在作者家里做工，只求吃与住，却不拿工钱。他长于养花、种菜，掌管徐家的花园。徐家园中的婆娑而繁密的花影，不能不归功于他。他会唱"神歌"，且有余音绕梁之美，如暖天细雨，极容易便令年幼时的作者甜甜入梦。此外，此人博闻而有趣，不仅能看书，亦能说书，"讲得比学堂里先生上课时讲的有趣味得多"。全文落墨尤多之处，即家德对母亲的孝顺，并出之以生动的细节，如他喂母亲肥肉吃，而将不孝顺的妻子关在门外，任其哭喊。又如家德脚上发流火，走路颇不便，又恐母亲忧心，故而在其面前佯装无恙，"忍了痛僵直了身子放着腿走路"，读之令人动容。

作家卡尔维诺曾经说："一个孩子听故事的乐趣，有一部分在于等待发生他期望的重复：重复的情景、重复的措辞、重复的套语。就像在诗中和歌中，押韵帮助形成节奏一样，在散文故事中事件也起到押韵的作用。"将故事中的"重复"和事件的"呼应"，与诗歌中的押韵相比拟，这真是令人为之绝倒的妙论。依循这个思路再读此文，我们会发现关于"金钱"的态度，是本篇屡次"重复"和前后"呼应"之处，形成散文的内在韵律，所歌咏的是家德美好的人格：一方面，他并不贪恋钱财，如拒收工钱的细节；另一方面，他似乎又在意金钱，如盘算自己所积攒的钱数，然而却并非用于一己享乐，全为孝顺他的母亲。

徐志摩年表（1897—1931）

1897 年

1月15日，生于浙江省海宁市硖石镇一个富裕家庭。父亲徐伸如是当地著名实业家，曾任硖石商会会长。

1907 年

入硖石开智学堂。

1911 年

春，入杭州府中学堂。

在读其间，于校刊《友声》发表文言论文《论小说与社会之关系》、《镭锭与地球之历史》。

1914 年

入北京大学预科。

1915 年

12月，与张幼仪成婚。

1916 年

5月，转入天津北洋大学法科预科。

1917 年

北洋大学法科并入北京大学，即回到北京大学学习。

1918 年

4月，长子徐积锴出生。

6月，拜梁启超为师。

8月，赴美留学，入读克拉克大学历史系。

1919 年

6月毕业，获一等荣誉。

8月，入哥伦比亚大学经济系，攻读硕士学位。

1920 年

9月，获硕士学位，学位论文是《论中国妇女的地位》（第二年补寄）。

10月，入读英国伦敦大学政治经济学院。其间，结识林长民、林徽因父女。

1921 年

经狄更生介绍，以特别生身份入读剑桥大学皇家学院。受浪漫主义文学和唯美主义文学影响，开始新诗创作。

1922 年

2月，次子徐德生（彼得）出生（三岁时夭亡）。

3月，与张幼仪离婚。

7月，拜访作家曼殊斐儿，遂有他所言"那二十分不死的时间"。

10月，回国。

1923 年

春，应聘为北京大学英文系教授。

5月，翻译小说《涡提孩》（英国作家高斯著），由商务印书馆出版。

8月11日，陪梁启超游北戴河。

8月27日，祖母逝世，此前已从北戴河赶回硖石。

1924 年

3月，成立新月社。

4月，泰戈尔来华，担任翻译工作。

11月，与陈茜滢合译的小说集《曼殊斐儿》由商务印书馆出版。

这一年，与陆小曼相识相恋。

1925 年

3月，第二度欧游。

7月，回京。

8月，诗集《志摩的诗》由中华书局出版。

10月，接手《晨报副刊》。

1926 年

4月，主编《晨报副刊·诗镌》。

6月，散文集《落叶》由北京北新书局出版。

10月，与陆小曼成婚。婚后居硖石，辞去北京大学教授一职。

12月，迁居上海。

1927 年

春季开学，任光华大学教授。

7月，参与创办的新月书店正式开业。

8月，散文集《巴黎的鳞爪》由上海新月书店出版。

9月，诗集《翡冷翠的一夜》由上海新月书店出版。

1928 年

1月，散文集《自剖》由上海新月书店出版。

春季开学，兼任东吴大学教授。

3月10日，与闻一多、饶孟侃、叶公超等人创办《新月》月刊。

6月，第三度欧游。

7月，与陆小曼合著的戏剧剧本《卞昆冈》由新月书店出版。

11月，回国。

1930 年

4月，小说集《轮盘》由上海中华书局出版。

9月，兼任南京国立中央大学文学院英语文学教授。

1931 年

1月，主编的《诗刊》季刊创刊。

2月，赴京，住胡适家。

春季开学，任教北京大学与北京女子大学。

8月，诗集《猛虎集》由新月书店出版。

11月11日，抵沪看陆小曼。

11月18日，赴南京，欲搭乘翌日起飞的"济南号"邮机赴北京。

11月19日，邮机从南京起飞，飞至济南附近时因雾触山，机毁人亡。

嗣后，赵家璧编的徐志摩散文集《秋》由上海良友图书印刷公司1931年11月初版。翌年7月，陈梦家编的徐志摩诗集《云游》由上海新月书店出版。